古典文獻研究輯刊

二六編

曾永義 主編

第18冊

明末清初山左孝婦河流域文學家族關係研究

馬瑜理 著

國家圖書館出版品預行編目資料

明末清初山左孝婦河流域文學家族關係研究／馬瑜理 著 --
初版 -- 新北市：花木蘭文化事業有限公司，2022〔民111〕
目 4+304 面；19×26 公分
（古典文學研究輯刊 二六編；第18冊）
ISBN 978-626-344-008-1（精裝）
1.CST：明清文學 2.CST：家族史 3.CST：文學評論
820.8   111009923

ISBN-978-626-344-008-1

古典文學研究輯刊
二六編 第十八冊   ISBN：978-626-344-008-1

明末清初山左孝婦河流域文學家族關係研究

作　　者 馬瑜理
主　　編 曾永義
總 編 輯 杜潔祥
副總編輯 楊嘉樂
編輯主任 許郁翎
編　　輯 張雅淋、潘玟靜、劉子瑄　美術編輯　陳逸婷
出　　版 花木蘭文化事業有限公司
發 行 人 高小娟
聯絡地址 235 新北市中和區中安街七二號十三樓
　　　　 電話：02-2923-1455／傳真：02-2923-1452
網　　址 http://www.huamulan.tw 信箱 service@huamulans.com
印　　刷 普羅文化出版廣告事業
初　　版 2022 年 9 月
定　　價 二六編 23 冊（精裝）新台幣 62,000 元

明末清初山左孝婦河流域文學家族關係研究

馬瑜理 著

作者簡介

馬瑜理，山東大學文學博士，現任廣東海洋大學文學與新聞傳播學院講師。主要研究領域為明清家族文學與地域文化、中國古典園林與文學。發表學術論文：〈明清易代之際山左文人風貌與詩風的嬗變〉、〈論清初新城王氏與益都趙氏家族文學上的交叉影響〉、〈明末清初孝婦河文學世家的多元關係〉、〈明清時期粵西文學家族鉤沉〉、〈揚州賀氏東園考〉等十餘篇。主持省級課題：廣東省哲學社會科學「十三五」規劃項目「明清粵東西北文學家族研究」。

提　要

　　本文試圖把家族文學與地域文學相結合，盡可能全面地展現孝婦河流域的地理面貌、歷史概況、文化源流，以及明末清初文學家族的崛起、繁盛、衰落的發展簡史，並把文學家族與明清易代這一特殊歷史時期相結合，探討家族成員在明末黨爭、人生抉擇、新朝為官的生存狀態，突顯孝婦河流域士人的風貌及心態變化。進一步探討這些文學家族的多元關係，分析這些關係對家族成員在文學創作上的影響，總結出孝婦河流域文學發展的規律。

　　明清時期，山左孝婦河流域文風盛行，世家大族雲集，且主要集中在益都、淄川、新城三縣。因此，本文的關注點在於上述三縣的文學家族，在資料的處理上採取以孝婦河流域文學業績最為顯著的五個家族（益都趙氏、益都孫氏、新城王氏、淄川高氏、淄川張氏）為研究對象，由此間及到淄川畢氏家族以及蒲松齡、唐夢賚兩位文人。本文命題中的「家族關係」，主要指家族之間形成的婚姻、師生、宦友、文學交遊四位一體的多元關係。重點探討家族之間的文學交遊關係：如王氏家族與趙氏家族在詩歌創作上存在著世系的交叉影響；高氏家族、王氏家族、張氏家族在詩風與審美趣味存在著一定程度的相似性；王氏家族對張氏家族的直接影響與間接影響；孫氏家族受到趙氏家族影響的同時，亦與王氏家族的王士禛互為影響。家族中的核心創作成員，通過影響其他家族成員的文學創作，而進一步輻射山左詩壇的創作風氣，由此可窺見明末至清前期詩壇風尚的轉移與嬗變。

目

次

緒　論

第一節　研究意義

　　明清時期，山左地區世家大族雲集，尤其以孝婦河流域的家族最為集中。孝婦河流域在歷史上曾是名家輩出、文學繁榮之地。孝婦河流域的仕宦家族與文學家族主要集中在益都、淄川、新城、長山等縣。根據《山東通志》、《濟南府志》、《青州府志》等地方志統計可知，孝婦河流域的仕宦家族〔註1〕共有21個，分別是：籠水趙氏、顏山孫氏、白馬張氏、西河翟氏、益都蔣氏、般陽高氏、西鋪畢氏、鴛橋王氏、淄川張氏、淄川韓氏、顏山孫氏、長山劉氏、長山李氏、焦橋袁氏、新城王氏、新城畢氏、新城耿氏、新城於世、臨朐馮氏、臨朐馬氏、鄒平張氏。文學家族〔註2〕共有14個，分別是：籠水趙氏、顏山孫氏、白馬張氏、般陽高氏、西鋪畢氏、淄川張氏、鴛橋王氏、淄川韓

〔註1〕仕宦家族，是指連續兩代以上因科舉而入仕、在當時政壇與地方上均有影響的大家族。關於仕宦家族的稱謂及其概念，學術界並無統一的定義。朱亞非在《清代山東仕宦家族及其文化》（《中國文化報》，2013 年 12 月 30 日），中稱：「仕宦家族有別於歷史上的門閥士族和王公貴族，他們多產生於社會中下層，靠科舉起家，重視家族文化的繼承和對後代的教育。」陶晉生在《北宋士族：家庭・婚姻・生活》（中央研究院歷史語言研究所，2003 年版）中第 2～9 頁，用「士族」指稱仕宦家族。

〔註2〕文學家族，是指連續兩代以上有著述可考、文集流傳、在當時文壇有一定影響的詩書家族。張劍、呂肖奐的《宋代的文學家族與家族文學》（《第四界宋代文學國際研討會論文集》杭州大學出版社，2006 年，第 53、54 頁）一文中定義文學家族曰：「一個家族一代數人或者兩代、三代以上均有能文學之名或以文學著稱於世的成員，這個家族就可以稱之為文學家族。」

氏、顏山孫氏、新城王氏、臨朐馮氏、長山劉氏、長山李氏、鄒平張氏。以上的分類是相對的，仕宦家族與文學家族之間常有交叉與重合，只是以其家族最為著名的領域來作大致的分類。其中，文學家族與仕宦家族略有重合，有些家族既是仕宦家族，同時又是文學家族。如臨朐馮氏家族的馮惟敏與其兄馮惟健、馮惟重及弟馮惟訥以詩享名齊魯間，時稱「臨朐四馮」。孝婦河流域的文學成就突出，體裁豐富，雅俗文學兼備，有深入研究的價值。

孝婦河流域文學家族的興起以至發展、繁盛、衰落，大都集中在明萬曆至清雍正時期，約 160 餘年。如：萬曆初年，淄川張氏家族到八世張敬及九世張至發，一度成為官宦世家。淄川高氏家族自八世高舉、高譽萬曆科舉起家後，高氏成為明末淄川望族。淄川畢氏至嘉靖後期七世畢木，方始讀書，略晚於新城王氏、淄川張氏與淄川高氏，正式崛起是在八世畢自嚴、畢自肅、畢自寅。益都趙氏至九世趙振業時，始崛起，此時為萬曆後期。益都孫氏家族崛起最晚，自六世孫延壽，始尚讀書，至七世「顏山雙鳳」孫霱、孫震，孫氏家族開始發展，此時已是明季。

孝婦河流域的仕宦家族和文學家族，因地緣較近，加之門當戶對，故姻親關係盤根錯節，家族之間交往密切。婚姻圈的建立，有助於擴大仕宦家族的勢力和社會交往。以淄川高氏家族為例，其與益都趙氏、新城王氏、淄川張氏、淄川畢氏、益都孫氏均有聯姻。美國學者艾爾曼在《經學、政治和宗族》中指出家族：「其勢力、聲望不僅是基於宗教本身的凝聚力，士紳家庭還利用聯姻策略來實現自己的社會和政治目的，與其他大族聯姻可以強化宗族的凝聚力……宗族借助聯姻形式強化自身的組織性，乃是士紳生活的一大特徵。」〔註3〕文學家族之間的聯姻，既促進了這些世家之間的聯繫，又推動了地域文學的發展。

明清時期，孝婦河流域文人交遊、結社、酬唱現象較多。明嘉靖年間，青州的海岱詩社由馮裕、石存禮、陳經、黃卿、楊應奎、劉澗甫、劉澄甫、藍田八人組成。明萬曆年間，淄川畢氏家族的畢木，曾與王雲石、韓約庵、孟對軒，結社於青雲寺。清順治四年（1647），趙進美、高珩、高瑋、孫廷銓，偕同里諸君子於京師結文社，分韻賦詩。順治十四年（1657），王士禎與孫寶侗等人於歷下大明湖畔結秋柳詩社。順治十六年（1659），蒲松齡與張篤慶、李

〔註3〕艾爾曼著，趙剛譯：《經學、政治和宗族：中華帝國晚期常州文學派研究》，江蘇人民出版社，2005 年版，第 41 頁。

堯臣、王鹿瞻，結郢中詩社。康熙十一年（1672），蒲松齡與唐夢賚、高珩、張紞等人東遊嶗山；過諸城，遊蘇軾所建超然臺舊跡。

本文主要研究孝婦河流域文學家族之間的四種關係：

（一）聯姻關係

孝婦河流域的文學家族婚嫁時注重門第，同時亦注重家風家學。「世第簪纓，曳履敞星辰之府；家學霄漢，分符飂梟鳥之聲。」〔註4〕孝婦河流域文學家族的聯姻關係，有助於擴大家族的勢力，同時家族之間的文學交往也促進了聯姻關係的建立。

（二）師生關係

孝婦河流域師生關係的形成，大多是由聯姻關係而形成的。由姻親關係而形成的師生關係，是孝婦河流域文學家族的一個重要特點。師生之間，相互交流，相互影響，有利於師門學術的繼承，也促進了文學的傳承與發展。李真瑜認為：「文學積累和文學傳承是文學世家形成的基本規律。」「這個積累和傳承的過程是以整個家族為依託的。」〔註5〕如馮溥與趙執信、趙執信與畢海珖、王士禛與張元，他們之間都有師生之誼，或為座主、或為門生、或為家庭塾師、或為私淑弟子。這種師生關係，影響著家族成員的文學道路的選擇，乃至詩文風格的取向。

（三）宦友關係

同朝為官、同年中第，都是宦友關係的表現。如孫廷銓與趙進美、趙進美與高珩等。他們之間更多地有政治上的聯繫，這種聯繫在一定程度上對文學關係是有影響的。

（四）文學關係

孝婦河流域文人的交遊、結社、雅集、酬唱、題跋現象，這些都屬於文學關係。如：趙進美為王士禛詩集作序，高珩為孫廷銓文集作序，高珩為蒲松齡《聊齋誌異》作序，唐夢賚為蒲松齡《聊齋誌異》作序，王士禛為孫寶侗《惇裕堂文集》作序。王士禛、高珩為畢自嚴《石隱園藏稿》作序。孝婦河流域家族間的文學關係，一方面繁榮著孝婦河流域的文學，另一方面，還促進

〔註4〕〔清〕唐夢賚：《志壑堂文集》，《清代詩文集彙編》（第103冊），上海古籍出版社，2010年版，第263頁。

〔註5〕李真瑜：《明清文學世家的基本特徵》，《中州學刊》，2006年第1期。

家族成員創作過程中的相互融合。

孝婦河流域的這些家族，並不是孤立存在的，而是通過聯姻、師生、宦友、交遊等關係，共同形成了孝婦河流域文學家族群體。這一群體作為山左家族的重要縮影，其文化與文學的盛衰，也影響著山左文學的發展。

把孝婦河流域作為一個區域進行研究，通過考察孝婦河的歷史和發展情況，總結出孝婦河流域的文化涵義。分別從孝婦河流域顏神故事之流變，歷代對孝婦河的吟詠，孝婦河流域的歷史、地理、經濟概況，孝婦河流域與齊文化之關係，孝婦河流域家族的特點，孝婦河流域文化的多元性等方面全面展示孝婦河流域文學家族的面貌，勾勒家族文學傳承演變的軌跡，以期豐富山左文化以及文學與文化關係的研究。

把孝婦河流域最具代表性的五個文學家族之間的互動、交遊等關係作為研究的對象。以淄川高氏、益都趙氏、新城王氏、淄川張氏、益都孫氏家族為研究中心，旁及淄川畢氏、蒲松齡、唐夢賚等文學家族和個人。研究這些文學家族之間的關係，包括聯姻關係研究、師生關係研究、宦友關係研究以及文學關係研究。其中聯姻關係、師生關係、宦友關係的研究，是為了更好地研究家族之間的文學關係，研究他們之間文學創作的相互影響，為家族文學的研究提供一個新的視角。對文學家族特徵以及家族之間相互關係的研究，有助於理解明萬曆至清雍正時期山左孝婦河流域作家群的成長和創作環境，並很好地把家族文學與地域文學研究結合起來。

第二節　學術研究成果回顧

一、孝婦河文化研究成果

最早把孝婦河流域作為一個區域研究對象的是秦海瀅的論文《明清時期山東孝婦河畔的望族——以淄川地區為中心》（中山大學博士後出站報告，2006 年）。該報告主要從歷史學的角度探討淄川地區的六個家族的盛衰變化，分析望族變遷與時代變遷的關係及望族地域化過程。

提出「孝婦河流域」這一區域概念的是李伯齊、王勇、徐文軍所著《山東文學史》（山東人民出版社，2011 年）。其中提到「孝婦河流域」三大家：「孝婦河發源於今淄博市博山區禹王山、青石關、岳陽山一線，流經博山、淄川，經張店繞周村入桓臺馬踏湖，復經廣饒、博興入小清河，注入渤海，被

稱為淄博的母親河。在清代，一條孝婦河串起了清初文壇上的三大家：在孝婦河的上游顏神鎮出了一位趙執信〔註6〕，在孝婦河的中游淄川出了一位蒲松齡，在孝婦河的下游桓臺出了一位王士禎。」

　　其他的研究成果還有：房慧君的《博山顏神信仰研究》（山東大學碩士論文，2012 年）、任濱雁的《試論博山地區顏文姜傳說及信仰》（《民間文化論壇》，2013 年第 4 期），均是從民間信仰的角度考察孝婦河的信仰文化。於斐的《淺談博山孝文化》（安徽大學碩士論文，2007 年）從孝文化角度探討孝婦河地區的文化的形成於發展。官美堞《古代工礦市鎮──顏神鎮的形成和發展》（《文史哲》，1988 年）、楊亮《淄博民間工藝文化與當代產業化研究》（山東大學博士論文，2012 年）分別是從工業和工藝的角度對孝婦河流域城鎮的形成發展、孝婦河流域工藝產業化進行研究。任才的《重商　尚典　創新──齊魯文化視域下的博山琉璃文化》（《傳承》，2012 年第 18 期）則是從齊魯文化的角度研究博山的琉璃工藝。

二、孝婦河流域文學家族研究成果

　　目前，對孝婦河流域文學家族的研究，主要集中在對某一個家族、某一位作家的研究上。有以下幾個特點：一是研究家族中的代表人物，而對其他成員的研究較少；二是偏重於文學領域，注重研究人物的作品、思想等；三是對幾個家族之間的關係的研究成果甚少。

　　（一）最初研究益都趙氏家族，主要集中在對趙執信生平事蹟與著作的整理研究上。民國三十三年（1944）北京輔仁大學李森文的《趙執信年譜》，填補了趙氏家族研究的一項空白，為趙執信及其家族的研究提供了寶貴資料。此後，徐植農的《趙執信年譜》（《明清詩文研究叢刊》，1982 年第 2 輯），是趙執信年譜研究的後續成果。錢殷之的《趙執信年譜》（2007 年 6 月刊《燕喜堂集》之一）引用了許多新材料，如引用的《籠水趙氏世譜》是李譜與徐譜中都未曾引用過的。

　　對趙執信著述版本及詩論、交遊的研究，亦是研究的重要方面。蔣寅的《趙執信與清初詩學之終結》（《華中師範大學學報》，2011 年第 6 期），文章

〔註6〕信，音「伸」，同「身」。李森文《趙執信年譜》第 2 頁：執信，乃根據《周禮》而命名。周制：以玉作六瑞，表示爵位等次。信圭為六瑞之一，刻人形，作伸狀；躬圭，刻人形，作屈身狀。蓋因爵位不同，而所刻不同形象以辨別之。

認為趙執信的詩學主要包括兩個方面：一是對王士禛的批評，一是《聲調譜》的詩歌格律的研究。趙執信著作版本研究成果主要有：陳汝潔的《關於趙執信詩集版本的補正》（《蒲松齡研究》，2005 年第 1 期）、《趙執信詩論佚文》（《文獻》，2006 年第 1 期）等論文。對趙執信交往的研究，集中在趙執信與王士禛、蒲松齡、仲是保、李孚青、曹寅、洪昇等人的關係研究上。而趙執信與王士禛的關係以及詩學分歧則是學術界關注最多的，如蔣寅的《王漁洋與趙秋谷的關係及詩學之分歧》（《太原師範學院學報》，2003 年第 2 期）、《王士禛與趙執信的一段文學史公案》（《文史知識》，2003 年第 11 期）以及陳汝潔、劉聿鑫的《王士禛、趙執信交惡真相考》（《文史哲》，2009 年第 5 期）。陳汝潔與劉聿鑫此文通過新發現的《趙執信與王漁洋信札》，重新考證趙、王交惡的真相實與兩人的詩學分歧以及趙執信的直率性格有關。

對趙氏家族文化研究以及家族其他成員的研究，成果較少，還有待於深入挖掘。王小舒的《趙進美的詩歌創作與理論主張》（《廈門廣播電視大學學報》，2012 年第 1 期）首次對趙氏家族的其他成員趙進美進行了研究，論述了趙進美在山左詩壇的重要地位以及對王士禛神韻說的影響。

目前，2013 年中華書局出版的王勇的《明清博山趙氏家族文化研究》一書，對博山趙氏（即益都趙氏）家族形成與發展的歷史進行了考察，並從中揭示其獨特的文化價值。書中對趙進美與丁耀亢、查繼佐、方以智、周亮工、曹溶、宋琬、龔鼎孳、施閏章、王士禛等人的交往和酬唱進行了詳盡的論述；通過列舉家族聯姻的歷史，透視明清山左文學家族之間的互相關照。

（二）新城王氏家族的研究成果，以對王士禛的研究為主，對王氏家族其他成員的重視不足。對王士禛的研究主要集中在作品整理、生平、詩學研究上。代表學術成果有：袁世碩先生主編的《王士禛全集》，輯錄了王士禛的詩、詞、文、雜著等。蔣寅的《王漁洋事蹟徵略》（人民文學出版社，2001 年版），以年譜的方式對王士禛的生平事蹟以交遊進行了考察，資料翔實。吳調公的《神韻論》、王小舒的《神韻詩史研究》則細緻考察了神韻詩的發展與興衰過程。

另外，何成的博士論文《新城王氏：對明清時期山東科舉望族的個案研究》（山東大學博士論文，2002 年）詳細地探討了王氏的仕宦、家族結構、婚姻關係、文化、教育等，從社會歷史的方面提供了詳實的資料。賀琴的博士論文《明清時期山左新城王氏家族文學研究》（山東大學博士論文，2015 年），

在時代背景下探討了新城王氏家族的生存與發展、家族文化、家學傳統，考察了王氏家族的交遊與著述情況；並對代表成員王象春、王象艮、王與玟、王士祿、王士禛等人的詩歌創作進行分析，總結王氏家族文學發展的脈絡。王小舒的《明末清初山東新城王氏家族的歷史選擇》（《山東大學學報》，2011年第6期）一文，簡述了王氏從明末到清初的家族發展演變，指出王氏以道義和讀書的世傳家訓；並分析了明清易代對新城王氏的影響，勾勒出文學創作的變化軌跡。董家鴻的博士論文《明清時期山東新城王氏家族書法研究》（曲阜師範大學博士論文，2020年）從書法鑒藏、書法創作、碑帖刊刻等方面探討王氏家族在書法領域的貢獻，揭示王氏家族書學思想與書法風格、書寫思想與文學思潮之間的關係，補充了學界對王氏家族在藝術領域方面研究的不足。

　　（三）淄川高氏家族的研究相對於益都趙氏、新城王氏來說，學術成果較少。主要集中在對高珩一人的研究上，而高氏家族的其他代表成員高瑋、高之騄則鮮少有學者研究。王秀文的碩士論文《高珩與〈棲雲閣詩〉研究》（山東大學碩士論文，2010年），首次對高珩的家世、生平、交遊以及詩集《棲雲閣詩》的思想、藝術特色進行了分析。袁世碩先生的專著《蒲松齡事蹟著述新考》（齊魯書社，1988年出版）其中的一篇《蒲松齡與高珩》，對高珩與蒲松齡的交遊進行了考證，並提及了高珩的歸隱心態。鄒宗良先生的博士論文《蒲松齡年譜匯考》（山東大學博士論文，2015年）旁徵博引，對高珩的相關事蹟作了詳細考證。

　　（四）淄川張氏家族的研究主要集中在對核心成員張篤慶的研究上。首先是張篤慶的詩歌研究。趙碧霄的碩士論文《張篤慶與其歌行詩研究》（山東大學碩士論文，2010年）考察了張篤慶歌行詩的藝術風格有二：一是超拔雄奇之風，一是慷慨低回的風調。崔國光的《清初詩人張篤慶及其詩歌創作》（《東嶽論叢》，2001年第3期）從張篤慶與蒲松齡的贈詩中指出了張篤慶與蒲松齡文學觀念的差異。其次是研究張篤慶與蒲松齡的交往。如袁世碩先生的《蒲松齡與張篤慶》（《柳泉》，1980年第2期）詳細考述了張篤慶與蒲松齡結郢中詩社、並肩科考、為人作幕僚等相近的生活經歷與遭遇，使得兩人一生保持誠篤的友誼；並指出由於張篤慶出身世家、蒲松齡出身寒微的緣故，兩人的創作差異亦十分明顯，以至於各自走上雅俗懸殊的文學道路。

（五）益都孫氏家族的研究成果主要有：高茜的碩士論文《清初山左顏山孫氏家族文學研究》（山東大學碩士論文，2014 年），探討了顏山孫氏家族的起源、遷徙及發展歷程；並對孫廷銓、孫廷鐸、孫寶侗及其他孫氏家族成員的創作進行了個案分析。李伯齊主編的《山東分體文學史》（齊魯書社，2005 年版）第六章《清代山東散文》，介紹了孫廷銓的散文創作，指出其文有深刻古雋的特點，筆勢雄健雋邁，語言朗暢多變。鄭娟的《孫廷銓及其入仕——兼談清初入仕漢官之出世心態》（《安徽文學》，2009 年第 6 期），著重於文人心態研究，分析了出仕新朝的明朝舊臣孫廷銓的處世心態與為官之道。

三、孝婦河流域文學家族關係研究

關於淄川高氏、張氏家族與其他家族關係的研究，目前的研究成果主要有：王小舒的《淄川畢氏家族的文學道路與歷史貢獻考論》（《中國文化研究》，2013 年第 1 期），提及畢氏家族與益都趙氏、新城王氏的交往與聯姻，以及聯姻對畢際有、畢世持、畢海珖文學創作的影響。文章認為在文學創作上，畢氏幾代成員堅持雅俗兼容、與時共進，與王士禛、趙執信等有密切交往，牽涉多個文學支派。

益都趙氏、孫氏家族與其他家族關係研究的成果有：王勇的《明清博山趙氏家族文化研究》第五章《博山趙氏家族與山東文化世家的聯姻》中，論及益都趙氏（亦稱博山趙氏）與益都孫氏、淄川高氏、淄川張氏、淄川畢氏、新城王氏家族的聯姻，文獻徵引詳細嚴謹。高茜的碩士論文《清初山左顏山孫氏家族文學研究》，該論文認為顏山孫氏與諸多海內大家、遺民名士都有著廣泛的文學交遊；並探究了孫廷銓與趙進美、高珩，孫廷鐸與王士禛，孫寶侗與王士禛的文學交遊情況。

新城王氏家族與其他文學家族關係研究的成果主要有：何成的博士論文《新城王氏：對明清時期山東科舉望族的個案研究》，在細緻搜集家譜、年譜、地方志等文獻的基礎上，詳細地考證了新城王氏與益都趙氏、益都孫氏、淄川高氏、淄川張氏、淄川畢氏家族之間的聯姻關係。王勇的《王士禛與博山趙氏文人的交往》（《山東理工大學學報》，2014 年第 5 期），考察了王士禛與趙進美、趙執信、趙執端的文學交往，文章指出王士禛與趙氏交往的意義，既促進了雙方的進步，又推動了山東古代文學的發展。上述二文均注意到了

益都趙氏與王士禛之間的文學影響，為家族之間文學關係的深入研究奠定了基礎。

從上述研究成果可以看出，大部分的研究僅著眼於家族成員間的社會交往、聯姻層面，對文學創作層面以及家族交往對文學創作的影響甚少述及，或論述不夠深入；對家族與家族之間在文學上的交叉影響，成果鮮少。由此可知，目前學界對孝婦河流域文化研究以及孝婦河流域文學家族之間的關係研究並不十分充分，還有繼續研究的必要和意義。

第三節　概念界定與研究思路

一、概念界定

本文所研究的是明末清初山左孝婦河流域文學家族之關係，首先對相關概念作出界定。

（一）時間界定

孝婦河流域文學家族的崛起以至發展、繁盛、衰落，大都集中在明萬曆至清雍正時期，即明末清初時期。本文所指的「明末清初」是從明萬曆元年（1573）至清雍正十三年（1735），共 160 餘年。關於明末清初時期的界定，學術界意見不一。楊緒敏在《敏學齋史學探研錄》中認為「把明末清初具體界定為從某年到某年並沒有統一的科學標準，可見，適當地把界定時間段向前或向後拉長或縮短一些也未嘗不可。」〔註7〕因此，本文以明萬曆元年至清雍正十三年為明末清初時期。

（二）地理概念

山東，古稱山左，因山東省位於太行山之東，因此稱山東為「山左」。孝婦河，古稱袁水，亦名孝水、籠水或隴水，今俗稱孝婦河。《水經注・隴水》載：「此水（孝婦河）源出博山神頭顏文姜祠下，由南而北流，匯諸泉貫淄川之中，經西牆下，流經桓臺入小清河。」〔註8〕孝婦河發源於益都顏文姜祠下，貫穿淄川縣境，又流經長山、新城、鄒平、高苑等縣，後入博興小清河，蜿蜒135 公里，流域面積達 1733 平方公里。《康熙益都縣志》指出了孝婦河的流

〔註7〕楊緒敏：《敏學齋史學探研錄》，黃山書社，2010 年版，第 340 頁。
〔註8〕〔清〕陳食花：《益都縣志》，清康熙十一年刻本，卷一。

向：「水北注般水入焉，又北逕濟南府長山縣西，又北逕新城縣西，北入小清河，逕本府高苑、博興、樂安縣東北高家港入海。」〔註9〕孝婦河流域，包括益都、淄川、長山、鄒平、新城、高苑、博興等縣。而益都、淄川、新城三縣則占孝婦河流域面積的百分之八十。因此本文以益都、淄川、新城作為討論的重點。

（三）家族界定

明清時期，孝婦河流域興起的文學家族，主要有淄川高氏、淄川張氏、益都趙氏、益都孫氏、新城王氏，共五大家族。由於淄川地區的蒲松齡、唐夢賚以及畢氏家族與上述文學家族之間的關係比較密切，因此，在研究這些家族關係的同時，也會涉及蒲松齡、唐夢賚、畢氏家族與上述五個家族之間的關係。

本文以益都趙氏、淄川高氏、新城王氏為中心，以淄川張氏、淄益都孫氏為次重點，並旁及蒲松齡、唐夢賚、畢氏家族。下面把本文研究的文學家族（明萬曆至清雍正年間）列表於下：

地區	家族	文學成員
益都	趙氏	趙振業、趙進美、趙作肅、趙作羹、趙作楫、趙作謀、趙執信、趙執端、趙執琯、趙執瑁、趙執御、趙執賁等（共4代）
淄川	高氏	高舉、高譽、高所蘊、高瑋、高珩、高瑾、高壇、高琭、高之駒、高之騊、高之騄、高之驛等（共4代）
新城	王氏	王象春、王象雲、王象明、王象艮、王與胤、王與端、王與玟、王士祿、王士禧、王士禎、王士祜、王士譽、王士驌、王士驪、王士騠、王啟涑、王啟座等（共4代）
淄川	張氏	張敬、張中發、張至發、張泰瑞、張譜、張詢、張詮、張緞、張永躋、張篤慶、張履慶、張增慶、張元等（共6代）
益都	孫氏	孫霱、孫鼎昌、孫廷銓、孫廷鐸、孫廷錫、孫廷鍾、孫寶仁、孫寶任、孫寶信、孫寶仍、孫寶侗、孫嗣端、孫續端等（共5代）

二、研究思路

本文以文獻、文化、文學三者相結合的方法對孝婦河流域文學家族的婚姻、宦友、師生、文學關係進行研究。其中，文獻、文化是文學研究的基礎，重點在文學研究。

〔註9〕〔清〕陳食花：《益都縣志》，清康熙十一年刻本，卷一。

（一）將家族文學與地域文學相結合

此前的家族文學研究，著重研究某一個家族，或某一地的幾個家族，均未涉及多個縣境的多個家族。本文選取了淄川、益都顏神、新城三縣境的五個家族作為研究對象，並旁及淄川唐夢賚、蒲松齡二位文人，研究範圍擴大，難度加深。

（二）梳理出了聯姻、師生、宦友、交遊關係網

在研究多個家族關係時，一般的研究者多關注家族之間的姻親關係，而對師生、宦友、交遊關係的探討並不十分深入。本文盡可能全面地搜集孝婦河流域文學家族的譜牒類文獻、家族成員的生平資料和作品集以及地方志等方志類文獻、地域總集等，整理出這五個文學家族聯姻、師生、宦友、交遊四位一體的多元關係。

（三）論述重點在於家族之間的多元關係對家族成員文學上的影響

這種影響是多樣性的：既有文學理論上的影響，又有創作風格上的影響；既有正向影響，又有反向影響；既有直接影響，又有間接影響。既有世系間的交叉影響，又有不同家族間的傳承，還有一家同時受多家濡染的現象。且這些多樣影響表現在多種文體的創作中，如詩、文、詞、雜劇、俚曲、小說等文體的創作中均可見這些家族的交互影響。

（四）把宏觀研究與個案研究相結合

選取家族中文學成就最高的核心成員，如趙進美、趙執信、王象春、王士禛、王士祿、高珩、張篤慶、張元、孫廷銓、孫廷鐸等人，進行個案研究。從詩歌、散文、詞作、雜劇、俚曲、小說等多種文學體裁，分析他們在文學創作中的多元互動關係與多樣性的影響，從家族關係的角度把握孝婦河流域文體滲透、雅俗交融的創作特點和文學風尚。

（五）把家族文學與時代背景相結合

在論述婦河流域的文學家族關係時，結合這些家族所處的明末清初的時代背景進行論述，從宏觀上把握這些家族的一致性和共同性，如：明末黨爭中家族的政治傾向、易代之際家族成員的不同選擇、鼎革後家族成員出仕新朝的複雜心態，從這些方面均可窺探孝婦河文學家族的趨同性和不同之處。

（六）關於趙執信與王士禛「談龍」公案的一點新見

有一點新的看法，便是趙執信與王士禛並不是針鋒相對的，而是異中有「同」的，理由如下：趙執信曾評點其弟子畢海珖的詩集《潤堂詩草》，其著重圈注和批點的詩句，皆是清簡雋永之句，與王士禛詩風十分接近，此其一。清雍正九年（1731），趙執信為友人馮廷櫆（馮廷櫆乃王士禛高足）詩集作序，序中稱讚其詩「神韻泠然，去俗遠矣」，深得王士禛神韻之妙，此其二。從上述側面反映出趙執信與王士禛審美趣味的契合，此所謂二人之「同」。

第一章　孝婦河流域文化的多元性

孝婦河，古稱袁水，亦名孝水、籠水或隴水，今俗稱孝婦河。孝婦河發源於益都顏神鎮顏文姜祠下，貫穿淄川縣境，又流經長山、新城、鄒平、高苑等縣，後入博興小清河，蜿蜒 135 公里，流域面積達 1733 平方公里。康熙《益都縣志》指出了孝婦河的流向：「水北注般水入焉，又北逕濟南府長山縣西，又北逕新城縣西，北入小清河，逕本府高苑、博興、樂安縣東北高家港入海。」〔註1〕

第一節　孝婦河流域的地理、歷史概況

一、孝婦河流域的地理概況

孝婦河流域，包括益都、淄川、長山、鄒平、新城、高苑、博興等縣。而益都、淄川、新城三縣則占孝婦河流域面積的百分之八十。因此本文以益都、淄川、新城作為討論的重點。

孝婦泉水源清澄淨，池深丈餘。流出成河，為孝婦河，為多條河流匯合而成。續修《博山縣志》卷二「方輿志」載孝婦河「南受大洪泉、白洋河、藥王泉，水北流會八陡河，水徑永濟橋，受支離柳林諸泉水，北流東西兩圩間會范河，再北受沙溝河、惡峪水、倒流河、石臼河諸水入淄川縣境，會般水，徑長山、鄒平、桓臺入小清河，合流東北入海。」〔註2〕

〔註 1〕〔清〕陳食花：《益都縣志》，清康熙十一年刻本，卷一。
〔註 2〕〔清〕王蔭桂：《續修博山縣志》，民國二十六年鉛印本，卷二。

孝婦河上游的益都縣，古稱顏神鎮，此地環山帶水，地寡土瘠，「人多地少，墾荒造地，石堰層疊，梯山種植，往往岡陵濯濯，山洪為害。又地勢不平，田多沙瘠，灌田絕少，旱災易成。」〔註3〕可耕地資源非常稀少，但礦藏豐富。從宋代開始，益都出現了陶瓷業，馮琦就認為此地的土壤適合陶瓷業的發展，「顏神之山，盤紆而中裂，水出文姜故址者，繞其下，厥土墳而植，宜陶，陶者以千數。」〔註4〕元末明初又出現了琉璃製品和爐料業。乾隆《博山縣志》記述了顏神鎮的煤炭生產概況，「博山地寡民貧，多鑿井穿洞，以資其利，蓋自昔然矣。迄於今，鑿者愈眾，得者常艱，生涯亦少促焉。」〔註5〕《鄉園憶舊錄》曾記淄川煤炭生產的詳情：煤炭，博山、淄川等邑為多。井甚深，淄川以人力轉車出炭，班分晝夜，刻無停息。井底鑿洞，隨鑿隨運。炭厚則洞高，炭薄則洞卑。〔註6〕而山左少川無船，運煤炭於百里外，視炭如金，運費甚高。

孫廷銓撰《顏山雜記》，卷四的《物產·琉璃》一篇，詳細記述了琉璃的原料、呈色、火候、配色、煉製過程、產品種類、製作工藝，考證了琉璃的歷史，比較了中國琉璃與西域琉璃的各自特色：「琉璃者，石以為質，硝以和之，礁以煆之，銅、鐵、丹、鉛以變之。非石不成，非硝不行，非銅、鐵、丹、鉛則不精，三合而後生。」〔註7〕凡朝廷所需青簾、珮玉、連珠、華燈、屏風、礶合、果山、棋子、風鈴、念珠、壺頂、簪珥、泡燈、魚瓶、葫蘆、硯滴、佛眼、軒轅鏡等，無一不出自顏神鎮的爐料業。孝婦河地區的一些家族就是靠著工業起家和繁榮的。益都顏神鎮的孫氏家族，世代以琉璃為業。《顏山雜記》卷二《逸民》：「爐座者，余家自洪武垛籍，所領內官監青簾世業也。惟國家營建郊壇饗殿，則執治其櫺扉簾幌之事。……隸籍內廷，班匠事焉，故世執之也。」〔註8〕孫氏家族六世祖孫延壽，在明隆慶、萬曆間，是朝廷駐益都顏神的琉璃監造官。國家營建郊壇清廟，舉行祭祀活動時，孫氏家族則負責「櫺扉簾幌」的督造。可以說，孫氏家族的繁盛首先得益於顏神

〔註3〕〔清〕王蔭桂：《續修博山縣志》，民國二十六年鉛印本，卷七。

〔註4〕〔清〕王蔭桂：《續修博山縣志》，民國二十六年鉛印本，卷十三。

〔註5〕〔清〕富申：《博山縣志》，清乾隆十八年刻本，卷四。

〔註6〕〔清〕王培荀：《鄉園憶舊錄》，齊魯書社，1993年版，第439頁。

〔註7〕〔清〕孫廷銓：《顏山雜記》，《清代詩文集彙編》（第42冊），上海古籍出版社，2010年版，第199頁。

〔註8〕〔清〕孫廷銓：《顏山雜記》，《清代詩文集彙編》（第42冊），上海古籍出版社，2010年版，第165頁。

鎮琉璃業的發達。

益都也盛產淄石，淄石又稱顏石，號韞玉。淄石產自益都縣城北倒流河中的淄石坑。《顏山雜記‧淄石坑》載：「淄石坑在城北庵上村倒流河側。」倒流河之得名，因此河西流入後峪村之秀水河，匯孝婦河。淄石，以中坑中出產者為上。淄石可雕琢為硯，世稱淄硯。淄硯以金星硯為最佳，「映日視之金星滿體，暗室不見者為最精，大星者為下。」〔註9〕明清之際，淄硯過分開採，因石坑堙廢，多用地表石，故所產硯臺大不如前。淄硯中發墨而不損筆者，經歷代採取，今已不可得矣。

由於煤炭、陶瓷、琉璃、鐵冶等工業的發展，益都的規模迅速發展起來。早在金元時期，益都的商業已相當發達，到明清時期，工商業居全國前列。馮琦在《修魏公祠記》中稱顏神鎮在「青以西，淄（淄川）、萊（萊蕪）、新（新城）、益（益都）之間一都會也。而於山近，故亡命時有，陶故鼓鑄，四方貿易輻輳。」〔註10〕王士禎也稱：「青州府益都縣，去郡二百餘里，地名顏神鎮，土多煤礦，利兼窯冶，四方商販，群聚於此。」〔註11〕可見，明清時期，孝婦河流域的益都縣，同周圍各縣鎮密切通商，四方商販都聚集在益都，顏神鎮已是具有相當規模的工商業城鎮和貿易中心了。

春秋時期的齊國不僅重視農業，同時也兼顧工商業的發展。由於山地貧瘠，益都地區農業不甚發達，而煤炭業、爐料業、陶瓷業等工商業發達。這與齊國的當時的經濟狀況是一致的，可以說，由於齊文化的浸染，孝婦河流域的區域在選擇經濟發展方向上，並沒有一味地偏限於農業，而是因地制宜、多元化地發展工業，才使得顏神鎮在明清時期成為淄川、萊蕪、新城、益都之間的貿易中心。

益都孫廷銓記述淄川檞蠶甚詳，「蠶初出，蠕蠕如蟻，即散置檞樹，聽其眠食。食盡，更移他樹，皆以人力，彌山遍谷，一望蠶叢。」〔註12〕新城王士禎於順治十三年作了《蠶詞四首》及《山蠶詞四首》。其中《山蠶詞四首》因益都孫廷銓曾作《山蠶說》，為廣其意而作。《蠶詞四首》云：「青青桑葉映迴塘，三月紅蠶欲暖房。相約明朝南陌去，背人先祭馬頭娘。」「戴勝初來水

〔註9〕〔清〕孫廷銓：《顏山雜記》，《清代詩文集彙編》（第42冊），上海古籍出版社，2010年版，第198頁。

〔註10〕〔清〕王蔭桂：《續修博山縣志》，民國二十六年鉛印本，卷十三。

〔註11〕〔清〕王士禎：《香祖筆記》，商務印書館，1934年版，第20頁。

〔註12〕〔清〕王培荀：《鄉園憶舊錄》，齊魯書社，1993年版，第437頁。

染藍，女桑濃葉滿江南。誰家少婦青絲籠，知向香閨飼女蠶。」「玉蛾飛飛金繭酥，蠶時幾日閉門樞。白葦與儂作璘藉，黃金與儂作踟躕。」「鳩鳴屋角桑葉低，三眠四眠蠶始齊。小姑嬌小好閒事，蔟蠶學罷學添梯。」〔註13〕詩中提到的馬頭娘，為傳說中的司管蠶桑之神。描寫了新城農戶從採桑、飼蠶到結繭、吐絲的養蠶過程。青絲籠採桑葉、飼女蠶，白葦作蠶箔，黃金作織梭；學罷蔟蠶，又學添梯，家家戶戶都有養蠶的傳統。「背人先祭馬頭娘」，可見新城有祭拜蠶神的習俗。

益都縣也有廣泛種植桑樹、養蠶紡織的傳統。續修《博山縣志》記載：「邑內蠶桑，向以縣境東南、東北各方產量最多，牆下田畔無不植桑。以東鄉臨朐得仿其芟接之術，幾無家不事蠶業。」〔註14〕益都境內，牆下、田畔間都植滿了桑樹，無家不以桑蠶為業。到了清乾隆時期，淄川的紡織業已經十分發達。乾隆《淄川縣志‧輿地志‧續物產》記載：「淄之椆綢非物產乎？曰：繭不產於淄，而綢間織於淄。」〔註15〕

淄川的蒲松齡不僅親自參加農耕勞作，還把農事經驗寫成著作。蒲松齡撰於康熙四十四年（1705）的《農桑經》，分為《農經》和《蠶經》兩個部分，其中的《蠶經》就是關於養蠶與栽桑經驗的總結。蒲松齡還寫過一首《養蠶辭》：「養蠶三四月，小蠶出叢叢。採桑傷素手，投食誤女紅。幾何時，三眠起；大者蜿蜒，小者紛如蟻。蠶娘入室看，撫之竊竊喜。阿姑送老小姑嫁，一切衣裝俱待此。誰知大蠶腹便便，只知飽食臥葉邊；縱使小蠶都勤苦，繅得絲來能幾許。」〔註16〕描述了淄川地區人們以養蠶為生的艱辛。

二、孝婦河流域與齊魯文化之關係

孝婦河流域的淄川縣，秦代時屬齊郡。漢景帝後元二年（142），設般陽縣，以在般水之陽而名；王莽時把般陽縣改稱濟南亭；東漢隸屬青州部。南朝宋元嘉五年（428），改貝丘縣。隋開皇十六年（596），置淄州；隋開皇十八年（598），改貝丘為淄川縣，淄川之名自此始。唐代隸屬河南道，宋隸屬京東東路。金隸屬山東東路，元設般陽路，治所在淄川城。明隸山東省，洪武九年

〔註13〕〔清〕王士禛：《帶經堂集》，《清代詩文集彙編》（第134冊），上海古籍出版社，2010年版，第20頁。

〔註14〕〔清〕王蔭桂：《續修博山縣志》，民國二十六年鉛印本，卷七。

〔註15〕〔清〕張鳴鐸：《乾隆淄川縣志》，清乾隆四十一年刻本，卷一。

〔註16〕〔清〕蒲松齡：《蒲松齡集》，中華書局，1962年版，第476頁。

（1376），改為般陽府，改淄川縣為淄川州；洪武十年（1377），又改為淄川縣，隸屬濟南府。清沿明制。乾隆年間所修《淄川縣志》卷一「續山川」中描述了淄川的山川形勢：「淄邑水利東土之山，以岱為宗，岱自西南來，群峰插漢，萬壑隨之，奔赴二百里薈萃於淄，淄固山水之奧區也。中貫孝婦一河，挾抱諸水。」〔註17〕泰山位於淄川西南，群峰直衝霄漢，諸多水脈彙集於淄川，其中孝婦河穿城而過，挾抱諸水。淄川銜山抱水，有山川之秀。淄川勝蹟古稱「般陽二十四景」，分別為：聖廟古檜、般水、崑崙山、孝水、夾谷臺、三台山、萬山、蒼龍峽、釁山、瀑水灣、蘇相橋、煥山、長白山、青嶂泉、青雲寺、晴雨泉、龍泉寺、放生磯、寶塔寺、明山倒影、豐水、趙斷溝、豹山、仙岩洞。

　　孝婦河流域的益都，秦時亦屬齊郡，漢為青州部，稱益縣。曹魏時始設益都縣，為青州治所。唐代屬河南道，宋代隸京東東路。元代為山東東西道宣慰司，明代屬山東布政使司，清雍正十二年（1734），改益都十二鄉之一顏神鎮為博山縣，並劃淄川、萊蕪兩縣邊疆以屬之。康熙《益都縣志》舊序：「益邑山川秀麗，兼以風土富饒，文物興盛，誠一巨觀也。」〔註18〕據《續修博山縣志》卷二「方輿志」載：「周末齊國西南郊長城嶺下之北鄙，有孝婦顏文姜，居嶺下歿，而有神。故後世目其地為顏神。」〔註19〕「方輿志」又載：「博邑地處彈丸，而帶水環山，有險可守。向雖寇驚迭生，每以限於岩阻，不得逞其志。……淄水東環而為帶，隴水北折而為襟。南崎魯山之雄，西聳原山之秀。蒼龍峽擅奇於長嶺，扞借鄰對。青石關負險於洋河，掌分門鑰。連金史之夾谷，通左傳之弇。」〔註20〕益都顏神鎮，雖為彈丸之地，但地勢險要，環山帶水，易守難攻。每遇賊寇，皆能化險為夷。顏神鎮有淄水為帶，孝婦河為襟，清泉汩汩，水旱不改，可以稱為益都的母親河。並有魯山、原山、蒼龍峽、青石關等天然屏障。

　　新城縣，春秋時期為齊桓公繫馬臺地，秦為齊郡，漢屬高苑，東漢屬濟南國。南北朝時期為武強、長樂二縣地。隋朝為長山、高苑二縣，屬齊郡。唐宋金因之。元至元十九年，並淄、萊田索二鎮於驛臺，立新城縣治，隸屬般陽

〔註17〕〔清〕張鳴鐸：《淄川縣志》，清乾隆四十一年刻本，卷一。

〔註18〕〔清〕陳食花：《益都縣志》，清康熙十一年刻本，序。

〔註19〕〔清〕王蔭桂：《續修博山縣志》，民國二十六年鉛印本，卷二。

〔註20〕〔清〕王蔭桂：《續修博山縣志》，民國二十六年鉛印本，卷二。

路。明洪武初,屬般陽府,洪武十二年改屬濟南府。清代,隸屬濟南府。新城境內的山川有商山、馬公山、花山、四角山、羅公山、吳公山、桃花嶺;河流主要有孝婦河、小清河、時水、白石溝、錦秋湖等。

「齊魯」一詞緣起於春秋時期的齊、魯兩國。魯國居泰山之陽,以曲阜為都城;齊國居泰山之陰,始以營丘為都城,後遷薄姑,再遷至臨淄。經過春秋戰國時期,隨著兩國政治、經濟、文化的發展,頻繁的交流,齊魯兩國的文化開始融合,逐漸形成了齊魯文化。孔子在《論語·雍也》中指出齊魯兩國的不同特點,「齊一變,至於魯;魯一變,至於道。」齊國一旦變革,則有望達到魯國的水平;魯國一旦變革,就可以走入王道之列。朱熹《集注》曰:「孔子之時,齊俗急功利,喜誇詐,乃霸政之餘習。魯則重禮教,崇信義,猶有先王之遺風焉。」〔註21〕朱熹認為,春秋時期,齊國急功急利,霸主當政;魯國重視禮教,崇尚道義,仁政治國。

孔子又用「水」和「山」來比喻齊魯兩國的差別,「知者樂水,仁者樂山;知者動,仁者靜;知者樂,仁者壽。」〔註22〕在孔子的眼中,齊國是水文化,魯國是山文化,這種觀點十分符合齊、魯兩國的地理環境。齊國瀕臨大海,似水般奔流不息;魯國處於內陸,如山般厚重不移。齊文化和魯文化正是在這種地理環境的差異下形成的。齊國依山傍海,「膏壤千里,宜桑麻,人民多文采、布帛、魚鹽。」〔註23〕齊國的開國始祖姜尚,相傳他是炎帝的後裔,其先祖因掌四嶽有功,在虞夏之際封於呂。姜尚根據封地的實際情況,制定了因俗簡禮、通商工之業、便漁鹽之利的政策,因此,齊國才得以發展起來。由於水陸交通的便利,同周邊的國家加強溝通往來,逐漸形成了一種開放意識和創新精神。齊國「其俗寬緩闊達,而足智,好議論,地重,難動搖,怯於眾鬥,勇於持刺,故多劫人者,大國之風也。」〔註24〕

齊國人民注重文采,有強烈的現實精神以及積極進取的創新精神。在孫廷銓所撰《顏山雜記》卷四《物產·琉璃》一篇中,比較了益都顏神鎮琉璃和西域琉璃的不同特色:「然中國所鑄,有與西域異者:鑄之中國,色甚光鮮,而質則輕脆,沃以熱酒,隨手破裂。其來自海舶者,制差鈍樸,而色亦

〔註21〕 〔宋〕朱熹:《論語集注》,齊魯書社,1992年版,第57頁。
〔註22〕 〔宋〕朱熹:《論語集注》,齊魯書社,1992年版,第57頁。
〔註23〕 〔漢〕司馬遷:《史記·貨殖列傳》,線裝書局,2006年版,第541頁。
〔註24〕 〔漢〕司馬遷:《史記·貨殖列傳》,線裝書局,2006年版,第541頁。

微暗，其可異者，雖百沸湯注之，與磁銀無異，了不復動，是名『番琉璃』也。」〔註25〕正是由於益都琉璃的大膽創新、積極變革，才能夠呈現出色澤光鮮、質地清脆的特點，避免西域琉璃的色彩暗淡、外形鈍樸的缺點。這與管子主張的「不慕古，不留今，與時變，與俗化」〔註26〕的創新思想不謀而合。淄川、益都、新城三縣，在春秋戰國時期，已經發展成為資源豐富、農工商比較發達的濱海之國。在此基礎上，齊桓公任管仲為相，「通貨積財，富國強兵」，〔註27〕九合諸侯，一匡天下，最終成就齊國霸業。

魯國處於洙水和泗水之間的一片丘陵地帶，是典型的內陸國家。由於處於丘陵地帶，土地平坦肥沃，魯國十分注重農業的發展，而商業和工業則不發達。魯國「宜五穀、桑麻、六畜，地小人眾，數被水旱之害，民好畜藏，故秦、夏、梁、魯好農而重民。」魯國重視王道，崇尚禮儀，以禮樂為治國方略。魯國人「俗好儒，備於禮，故其民……儉嗇，畏罪遠邪。及其衰，好賈趨利。」〔註28〕魯國形成了重禮樸實的民風，有濃厚的宗法制度。

戰國時期，齊魯文化開始融合，始於齊桓公時期的稷下學宮，這種融合順應時代的發展趨勢。齊桓公田午是田齊的第二代君主，為了廣納人才，在齊國都城臨淄的稷門附近建立了學宮，設立「大夫」之號，招攬天下人才，對稷下學者倍加尊崇。齊桓公所創辦的稷下學宮，經過齊威王、齊宣王的努力，廣開言路，禮賢下士，因此稷下學宮進一步擴大規模，發展到了鼎盛階段。一時間，儒家、道家、墨家、法家、名家、陰陽家、小說家、縱橫家、兵家、農家等各派學者薈萃，如淳于髡、孟子、荀子、鄒衍、宋鈃等人均到稷下學宮求學和交流。「天下談客，坐聚於齊。臨淄、稷下之徒，車雷鳴，袂雲摩，學者翕然以談相宗。」〔註29〕於是形成了戰國時期百家爭鳴、百花齊放的局面，促進學術思想的繁榮，對後世的文化、學術、思想的發展產生了深遠的影響。

稷下學宮為齊文化與魯文化的交流提供了舞臺，並促進了這兩種文化的融合，最終形成齊魯文化。稷下學宮的學者們在為君主排憂解難、參政議政

〔註25〕〔清〕孫廷銓：《顏山雜記》，《清代詩文集彙編》（第42冊），上海古籍出版社，2010年版，第200頁。

〔註26〕〔春秋〕管仲：《管子》，廣州出版社，2004年版，第200頁。

〔註27〕〔漢〕司馬遷：《史記‧管晏列傳》，線裝書局，2006年版，第282頁。

〔註28〕〔漢〕司馬遷：《史記‧貨殖列傳》，線裝書局，2006年版，第541頁。

〔註29〕黃清泉：《中國歷代小說序跋輯錄　文言筆記小說序跋部分》，華中師範大學出版社，1989年版，第262頁。

的同時，還擔任起培養人才、傳播文化知識的教育重任。他們大都廣收門徒、授業解惑、著書立說。稷下學宮的設立對孝婦河流域的文學發展及文學家族的興起也是有一定關係的。孝婦河流域書院眾多，益都地區著名的有松林書院、范公書院、崇義書院、白龍洞書院、雲門書院、顏神鎮舊學。淄川地區，則有鄭公書院、般陽書院、翼經書院、康成書院、靈峰學社等。這些是孝婦河流域文風興盛和文學創作繁榮的重要因素，同時也成為孝婦河流域有別於其他地區的特質。畢際有之子畢盛鉅有詩《邑侯周公新建般陽書院詩》紀其事，詩云：「講堂何崔嵬，百堵泮壁傍。借問創者誰，茂叔真循良。止飲孝溪水，節俸峻宮牆。椓楔標重閣，大書古般陽。列廡近百楹，誦讀聲琅琅。徵拔盡名儒，麟鳳欲騰驤。縫掖鬱麕集，揣摩爛光芒。神君晨夕臨，皋比坐中堂。快論決江河，執經群趨蹌。落筆疑風雨，珠璣燦天章。十載絕科第，酉秋三鶚翔。南宮鳴孤鳳，冠蓋生輝光。神君自作師，在三義難忘。白鷺莫比數，嶽麓可頡頏。梟飛如省闈，千古留甘棠。」〔註30〕般陽書院建立在泮宮坊、登雲坊之側，畢盛鉅認為可與白鷺書院、嶽麓書院相比肩，有使科第相續、蔭被後世之功。

齊文化中包含著魯文化，魯文化中又融動著齊文化。正如邱文山所指出的，「從民族學的角度看，齊文化融合了東夷文化、姜炎文化、商文化和周文化……從地域來說，齊文化融合了濱海文化與內陸文化；從物質文化看，齊文化兼具農業文化、畜牧文化和漁業文化的特點。」〔註31〕可以說，孝婦河流域同時受到了齊文化和魯文化的影響，孝婦河流域的文化則是在齊文化和魯文化共同作用下形成的。齊魯文化的融合對孝婦河地域文化的形成產生深遠的影響。從孝婦河流域的顏文姜故事的流傳和演變中，可以清晰地看到孝婦河流域的文化受魯國儒家「忠」、「孝」觀念的深刻影響。而孝婦河流域的文學家族才得以詩禮簪纓，綿延數代不絕。

第二節　從顏神故事看孝婦河流域文化的演變

孝婦河流域文化的初步形成是在北宋，最終形成則是在明、清兩代。孝婦河流域文化的形成是與顏文姜的傳說緊密聯繫的，從歷代顏文姜傳說的發

〔註30〕張鳴鐸：《淄川縣志》，民國九年石印本，卷七。
〔註31〕邱文山：《齊文化與中華文明》，齊魯書社，2006年版，第8頁。

展演變可以清楚地看到孝婦河文化的形成脈絡。

一、北宋之前的孝婦河文化

　　孝婦河因北周孝婦顏文姜而得名。顏文姜祠，是為了供奉、祭奠顏文姜這位孝婦而興建的。據《青州府志》記載，顏文姜祠始建於後周，唐天寶年間重建，宋熙寧八年擴建。

　　有關顏神孝婦的記載，最早見於東晉郭緣生的《續述征記》：「梁鄒城西有籠水，云齊孝婦誠感神明，湧泉發於室內，潛以緝籠覆之，由是無負汲之勞。家人疑之，時其出而搜其室，試發此籠，泉遂噴湧，流漂居宇，故名籠水。」〔註32〕唐代歐陽詢的《藝文類聚》以及徐堅的《初學記》都徵引過此文。由郭緣生的記載，我們可以看到東晉時已有「孝婦」之稱，只是還未有具體的名姓。故事的核心在於孝婦「誠感神明」，才得以有泉水發於室內。東晉時期，孝婦的故事情節已初步具備，敘事模式已基本形成。

　　到了南北朝時期，顧野王鈔撰眾家之言，作《輿地志》。其中有關於籠水的記載：「籠水古名孝水，齊有孝婦顏文姜，事姑養孝，遠道汲水，不以寒暑易心，感得靈泉，生於室內，文姜常以緝籠蓋之。姑怪其須水即得，非意相供，姜不在，私入姜室，去籠觀之，水即噴湧，壞其居宅，故俗亦呼為籠水。」〔註33〕故事中首次出現了孝婦的名姓「顏文姜」，提到了顏文姜「事姑養孝」的品德，故事情節逐漸飽滿。其次，出現了婆婆的形象，指出是由於婆婆的疑心才使得泉水噴湧而出並浸壞其宅。

　　唐代李冗的《獨異志》中也有記載，曰：「淄川有女曰顏文姜，事姑孝謹，樵薪之外，復汲山泉供姑飲。一旦，緝籠之下湧泉，清冷可愛。時謂之顏娘泉，至今利物。」〔註34〕李冗的記載雖簡潔，卻生動。出現了顏文姜的籍貫和泉水的名稱，還首次對泉水進行了補充描寫，曰「清冷可愛」。

二、宋元時期孝婦河文化的初步形成

　　孝婦河流域文化的初步形成是在北宋。北宋時，由於儒家思想對孝婦河地區的文化浸染，以及統治者「以孝治天下」的政治訴求，顏文姜受到了統

〔註32〕〔清〕孫廷銓：《顏山雜記》，《清代詩文集彙編》（第42冊），上海古籍出版社，2010年版，第177頁。

〔註33〕〔清〕王謨：《漢唐地理叢鈔》，中華書局，1961年版，第194頁。

〔註34〕王汝濤：《全唐小說》（第一卷），山東文藝出版社，1993年版，第727頁。

治者的高度重視，不僅在顏文姜廟中立過三次碑，宋神宗還曾兩次為顏文姜下過詔書。據康熙《青州府志》卷八「祀典」篇中有關於「顏孝婦廟」的記載，曰：「宋熙寧間封孝婦為『順德夫人』，廟額『靈泉』，河名『孝婦』。」〔註35〕熙寧八年（1075），顏文姜被敕封為「順德夫人」，賜「靈泉」廟額，籠水始名「孝婦」。

顏文姜廟中的三通宋碑分別為：北宋咸平六年（1003）軍事判官周沆所撰的《修孝婦廟記》一文、北宋熙寧六年（1073）淄州州學教授商所撰的《增修孝婦廟記》、北宋宣和七年（1125）前任順安軍州學教授陳琦所撰的《續翁姑因地記》。這幾通碑文均收錄於乾隆十八年（1753）所修的《博山縣志》中。

周沆的《修孝婦廟記》載：「孝為天地之經，神乃陰陽不測，生當異矣，死則廟焉。顏娘之神是其徒也。事姑至孝，汲水為勞，聿有靈泉潛生密室。當籠覆而湛處，外莫知其感通，暨源發而派流，眾方駭其靈異，孝婦之水因茲以名。」〔註36〕周沆引《曾子》「夫孝，天之經，地之義」，強調了「孝」的重要性和意義，讚揚顏文姜「事姑至孝」的美德，顏文姜遂有了「顏娘之神」的稱謂，籠水便有「孝婦之水」之名。

商億《增修孝婦廟記》：「距淄之南五十里，有水發源於山足，趨梁鄒而貫乎清濟，昔人構室於源上以為祠。按地誌：齊有孝婦顏文姜，常踰歷山險，負汲新泉，奉姑之所嗜，一旦，感泉湧室內，派流遠注，故目其地曰『顏神』，水曰『孝水』，祠曰『顏姜之廟』。其碑誌多所剝剟，獨梁乾化中刺史高霸，以歲旱祈禱，即日獲雨，而命顏休續其屬紀始年，僅可詳究。……於是，公以春秋二祀，令申所載皆革去故舊，特命屬官親致餼。」〔註37〕顏文姜由一位孝婦變成了歲旱祈雨的神靈，蔭庇當地的百姓。於是熙寧十年（1077），宋神宗再次下詔書，是為「敕告二道以孝婦顏神《圖經》具載祈雨獲應」。後來逐漸形成了春秋祀典的風俗，可見孝婦對當地的風俗的重要影響。熙寧八年，顏文姜遂受朝廷敕：「敕淄川孝婦顏文姜。朕躬執珪幣郊見，上帝覬為萬民蒙嘉氣，獲美祥。既又詔天下，凡山林川谷之神能出雲雨、殖財用，有功烈於民而爵號未稱者，皆以名聞，將遍加禮命以褒顯之。如此，非特以為報也，蓋聖王

〔註35〕〔清〕崔俊：《青州府志》，清康熙十二年刻本，卷八。
〔註36〕〔清〕富申：《博山縣志》，清乾隆十八年刻本，卷九。
〔註37〕〔清〕富申：《博山縣志》，清乾隆十八年刻本，卷九。

制祀所當然也。惟神聰明正直，庇於一方，供民之求，如應影響，守臣列上，朕甚嘉焉。疏賜寵名，以昭靈德，且俾民奉事不懈。今可特封『順德夫人』，仍賜『靈泉廟』為額。」〔註38〕

陳琦所撰《續翁姑因地記》一文，所述顏文姜的故事與此前記載有所不同：「夫人祠之左有所謂翁婆堂者，夫人之舅姑也。舅姓李氏，家於鄒邑孝顓村，姑郭氏。故居之地，今筋廟是也。舅贅于氏，生夫人之夫壯室。蔭氏，即亞聖之裔頌德夫人也。」〔註39〕增加了新的內容：一、出現了新的家庭成員，顏文姜的公公「李氏」與婆婆「郭氏」，並對他們有了詳細的介紹。二、顏文姜被附會為孔子的弟子亞聖顏回的後裔，且有了稱號「頌德夫人」。

金元兩代，統治者對顏文姜進行加封。顏文姜被敕封為「武安順德夫人」以及「仁孝衛國順德夫人」。金代陳雷所撰《重修靈泉廟記》曰：「按齊地志，淄州以南四十五里有孝婦顏文姜祠。自唐於今代有封爵降及，貞祐年間，兵革遽興，連年大攪，加之以飢饉群盜蜂起，恣意劫掠，水忽自變黃流四十里，人見之無不驚異。因相謂曰：『此水從來清且久矣，今日如是，莫非神明之示異，救我民乎。』因相與避之。頃之，有外寇至，得免其害，水明日復初。」〔註40〕文中記載了金宣宗貞祐年間，兵革遽興群盜蜂起的亂世，孝婦河警預湧黃流示民一事，人謂神明之示，救民於危難之中。可見，孝婦顏文姜除了有祈雨之功，還有警示救恤之勞。

元代于欽《齊乘》中記載：「按水經注，籠水南出長城中。寰宇記云：古名孝水。齊有孝婦顏文姜，事姑孝養，遠道取水不以寒暑易心，感得靈泉生於室內，文姜常以緝籠蓋之。姑怪其須水即得，值姜不在，入室發籠觀之，水即噴湧，壞其居宅，故俗呼為籠水。今孝婦河也。」〔註41〕元代時，孝婦河的稱呼便逐漸代替了籠水之稱。這與元代統治者強調孝道有很大的關係。元代是游牧民族建立的政權，為了維護自己的統治，元代統治者十分注重以漢族的道德倫理綱常來穩定民心。於是，顏文姜又被敕封為「衛國夫人」，並推建舅姑考妣之祠，顏神便由民間信奉的神上升為官方認可的神靈。

〔註38〕〔清〕富申：《博山縣志》，清乾隆十八年刻本，卷九。
〔註39〕〔清〕富申：《博山縣志》，清乾隆十八年刻本，卷九。
〔註40〕〔清〕孫廷銓：《顏山雜記》，《清代詩文集彙編》（第42冊），上海古籍出版社，2010年版，卷三。
〔註41〕〔清〕孫廷銓：《顏山雜記》，《清代詩文集彙編》（第42冊），上海古籍出版社，2010年版，卷三。

三、明清時期孝婦河文化的最終形成

　　一直到明、清兩代，孝婦河流域的文化才最終成型。明代曲阜顏氏《陋巷志》載：「晉烈女文姜，復聖後裔之女也，幼許聘青州李氏，未醮，夫亡，憫翁姑失養，往事焉。嘗遠汲新泉以供姑嗜，誠感神明，泉湧室內，潛以緝籠覆之。家人伺其出而發其籠，泉湧成河，故名籠水。河一名孝女河，事見《述征記》並靈泉廟碑。」〔註42〕此文也將顏文姜附會為顏回的後裔，並冠以「烈女」之稱，可見明代統治者仍十分重視儒家的倫理教化，以孝治天下，以孝婦顏文姜勸勵風俗。明成化十三年（1477），國家將顏神列為正式祀典，青州府通判每年七月要依例致祭。康熙《青州府志》卷八「祀典」記載：「明成化十三年，提學僉事畢瑜奏請載祀典，每歲秋，顏神通判致祭。」〔註43〕到了明弘治八年（1495），朝廷又復建顏神廟中的寢殿廡香亭，其規制愈加宏大。

　　明萬曆四十二年（1614），顏神鎮捕盜通判曲梁人范一儒撰《重修順德祠記》：「夫人顏姓，字文姜，復聖兗公裔也。舅李公、姑郭媼，咸顏李村望族云。李公子惟聘不祿，姜以柏舟自誓。歸，事舅姑唯謹。姑甘泉水，離宅三十里外，姜汲供之，彳亍險峨，無間寒燠。一日，感神授泉，如縷竇閣下，復畀麻筴，戒汲足則塞，慎勿泄為。夫人以籠覆泉，坐是不出戶而水不匱。家人異之，乘歸寧，潛啟扃發籠，見水浸浸從筴出，誤一提而怒浪奔濤，汪洋澎湃矣。亟歸莫挽，投波涯，水即由故道派流三百餘里，合清河注海，蓋古所稱籠水，即今之孝婦河者。近是嗣後鄉人思之構屋，奉祀其時日靡考已。」〔註44〕范一儒此文對顏文姜的敘述更為生動、詳盡，增加了「戒汲足則塞，慎勿泄為」以及「投波涯」的情節。指出顏神保佑國泰民安、趨利避害的作用。

　　清康熙五年（1666），孫廷銓撰寫《修靈泉廟碑記》，並親自撰銘文，勒於石上。碑記曰：「淄長鄒梁之間，有孝婦河。其源南出長城山下，則顏文姜靈泉廟也。志稱文姜事姑至孝，常自負遠山新泉，以供姑。一日，緝籠之下忽湧一泉，清冷可愛，時謂『顏娘泉』。後人則即其居廟祀之。……銘曰：孝水

〔註42〕〔明〕呂兆祥：《陋巷志》，《四庫全書存目叢書》（史部第79冊），齊魯書社，1996年版，第662頁。

〔註43〕〔清〕陶錦：《青州府志》，清康熙六十年刻本，卷八。

〔註44〕〔清〕王蔭桂：《續修博山縣志》，民國二十六年鉛印本，卷十三。

洋洋，東國是疆。介邱封麓，長城巨防。猗猗孝婦，爍爍顏姜。視遠惟邇，執德惟常。史勤竭節，以奉姑嬅。」〔註45〕表達了顏文姜的崇敬，以及對孝文化的推崇。益都趙執信的從弟趙執端對顏文姜祠進行修葺，並請趙執信撰寫碑文。趙執信於康熙四十九年（1710）秋七月所撰《重修順德夫人墳院記》云：「顏孝婦之德，動天地，變山川，享封祀，名鄉社，而不能自庇其墓，耕犁及之浸懼漸滅，是鬼神之力所窮，而待諸人者也。先齋如叔父置莊而得其地，爰捐田以益其域，繚之周垣，樹以拱木，鬱然大觀與廟相望矣。夫鬼神不能無待於人，而人之德不與鬼神相乎，則亦斷不能為其所欲為，所謂為善於無報者。蓋先叔父夙以孝著，故行事類如是也。嗣子執端又從而葺之，余為書諸石以示後人焉。」〔註46〕趙執信認為顏文姜之德，可「動天地，變山川，享封祀，名鄉社」，可見清代許多文人也受到了顏神的影響，注重孝行，而為顏文姜撰文勒石，以期孝婦之德世代流傳。

清代祭拜顏文姜祠、顏文姜墓以及翁姑墓，在民間已經成為一種普遍的習俗。康熙《顏神鎮志》卷三「饗祀」載：「順德夫人墓，在孝水東南，墓前享堂三楹，周垣門坊久廢。歲三月、七月，守土者例備少牢致祭。」〔註47〕孫廷銓《顏山雜記》卷二：「三月十五日、四月十八日、七月三日，集顏文姜靈泉廟，酬香願，四方畢至也。」〔註48〕康熙《顏神鎮志》卷二「風俗」中載：「上巳，……各處同有司致祭顏夫人墓及其公姑墓……七月三日，順德夫人廟香會，如小頂。」〔註49〕上巳日，祭掃顏文姜墓及其翁姑墓。四月十八日，集顏文姜靈泉廟，酬香願。七月三日，顏文姜廟舉行相會，遊人如織。乾隆《博山縣志》卷四「風俗」篇記載：「秋七月，設祭顏娘墳並及翁姑，其祝詞是顏娘語，官為攝事，緣情而設，推孝之至，此禮天下無也。」〔註50〕到乾隆時期，祭拜顏神已經成為益都顏神鎮的孝文化傳統。

由上述可知，孝婦河蘊含的文化內涵有：奉養翁姑，天下至孝；祈雨靈驗，造福百姓；趨利避害，庇佑安民；順德惟常，執勤竭節。

〔註45〕〔清〕孫廷銓：《顏山雜記》，《清代詩文集彙編》（第42冊），上海古籍出版社，2010年版，第190頁。

〔註46〕〔清〕王蔭桂：《續修博山縣志》，民國二十六年鉛印本，卷十三。

〔註47〕〔清〕葉先登：《顏神鎮志》，清康熙九年刻本，卷三。

〔註48〕〔清〕孫廷銓：《顏山雜記》，《清代詩文集彙編》（第42冊），上海古籍出版社，2010年版，第174頁。

〔註49〕〔清〕葉先登：《顏神鎮志》，清康熙九年刻本，卷二。

〔註50〕〔清〕富申：《博山縣志》，清乾隆十八年刻本，卷四。

四、孝婦河文化對文學家族的影響

由於受到地域文化以及孝婦河文化的浸染，孝婦河地區的家族多承忠孝傳統，詩書禮儀傳家。同時，又注重仗義疏財、好善樂施、賑災救民，孝婦河家族之間表現出高度的一致性。

淄川高氏家族曾以「累世積善而受封」。高氏家訓認為救人於危難之中關乎一個人的良心、仁心，教育後代子孫要「救人苦厄」。《高氏家模》提到救人的重要性：「人生苦厄，無過患難、飢寒、疾病。一當其事，逢人望救之心，百倍於平常。若漠不動念，則仁心漸漸漸滅無餘，而人心亦漸滅無餘矣。」〔註51〕

高氏五世祖高傑「慷慨有才」。六世祖高尋，處士也，「嘉靖丙寅，淄邑大祲，斗米銀二錢，道殣相望，處士（高尋）惻然曰：天豈獨令吾邑一人有餘粟乎？爾乃號召鄉閭，日食其家者百餘人，零星全活者無算，不見處士有難色也。故其時生待以哺，殁待以棺，暴露待以瘞埋者，不可枚舉。」〔註52〕七世祖高汝登敦仁好施，「有田四千畝，盡佐施予，而家鮮擔儲，修學宮殿廡，首任其難者。」高汝登為淄川負責修建學宮、修造五里橋靈虹橋欄，「車馬器物，悉以共閭里用，甚至遞相用迷其所，不問也。」〔註53〕鄉人德之，為之立祠。八世祖高舉，以僉都御史撫浙江時，「南湖久湮，捐贖鍰數千金修之」，臨殁時，「出笥金，遍分諸友」，彌留之際仍不忘為善於人。高氏九世高所蘊，則以「濟人」為自己的做人準則。〔註54〕十世高珩曾作《募建義倉序》，以周村義倉為例，鼓勵眾人積少成多的義舉：「仁人各行其德，智者自防其困，可以濟常平之所不及，而且過之則又莫善於義倉，苟非以視人死亡為樂事者……夫濟世人有同心，而率眾何妨……為善最樂，此殊暢然，作善降祥，故當不爽矣。諸名賢或議及現成盛事，或規附紀崖略，以標指南，嗣即輯常平義倉荒政全書，諸公同志也。」〔註55〕清乾隆二十九年（1764），淄川大饑，十一世高之騊「出積穀數百石，減價平糶，又於其中察極貧者若干家，按日給糧，一時全活無算。」高之騊又積極參與淄川城鎮的建設，淄川城「西郭外石樑傾圯，邑侯江南趙公錫仁率眾重修，公首任其

〔註51〕〔清〕高之騊：《高氏家模彙編》，清康熙五十年家刻本，卷下。
〔註52〕〔清〕張鳴鐸：《淄川縣志》，清乾隆四十一年刻本，卷六。
〔註53〕〔清〕張鳴鐸：《淄川縣志》，清乾隆四十一年刻本，卷六。
〔註54〕〔清〕高之騊：《高氏家模彙編》，清康熙五十年家刻本，卷上。
〔註55〕〔清〕高珩：《棲雲閣文集》，清乾隆三年、四十四年刻合印本，卷二。

難者。」〔註56〕淄川於雍正十三年（1735）五月成立普濟堂，公費不足，十二世高肇愯「捐地十八畝增益之，又於東關外置義田二畝，以給窮乏之無葬地者。」高肇愯還監督文廟和般陽書院的修葺，「邑侯薛公重修文廟及般陽書院，以肇愯董其事，尅日竣工。繼又重建聖域、賢關二坊，皆肇愯首倡為之。侯語人曰：非高君之力不及此。」〔註57〕

淄川的唐夢賚還針對自然災害，提出了長遠的救濟之策，設立義倉救恤百姓。唐夢賚針對當時義倉難行，捐粟有人，而食粟之人不知為誰的弊端，提出了積粟自備濟人的建議：「一遇見凶年，凡積粟之家煩主事，先造籌清冊一本，某人原粟若干，幾年得利若干，其積粟之家各有本族及親友之貧者，聽其各人同親友到倉，或圖書親筆帖，至應借給多寡，俱聽積粟各家之願，但不得本分外多支耳。人各急其所急，而凶歲無貧民矣。」〔註58〕從唐夢賚的《志壑堂文集》中可看到許多關於救濟百姓的奏疏和議論，如《義倉積穀二議》、《擬行銅鈔疏》、《錢糧比較說》、《齊東九戶集捐稅小記》、《淄川縣志田賦小引》。

益都趙氏家族九世趙振業，致政歸里後，分俸祿與族人，旁及親屬。「鄉里道路、橋樑、鄉社之學以及祠廟、精舍建置、修葺，唯力是視」，〔註59〕鼎力相助。以至於篋中羞澀，家產無多，仍無怨無悔。十世趙繼美，性孝友，奉母家居，畢恭畢親。不僅天性孝順，而且還慷慨仗義。明崇禎十三年（1640），益都大旱，「近百里皆賴積粟以濟。其耳目所及起溝壑而肉之者不啻百計。」其時又盜賊群其，益都周圍許多鄉鎮被攻陷。趙繼美主動出資招募勇者，嚴密防守，益都城得以保全。「又值群寇狔至，掠野攻城，臨邑皆陷，遂捐資招鄉勇，復出資周鄉里，懸釜露脛，候扉而請者無親疏，應之未嘗示倦色。數日散其蓄殆盡，始歡然如釋負。」〔註60〕趙繼美多次賑災救民，最終積勞成疾。十世趙濟美，為人慷慨爽直，綜理家政，內外肅然。對待族人，「往往周其貧乏，解其患難」。嗜岐黃之術，於痘疹尤得其秘。「遠近繦負來者，踵相接，應

〔註56〕〔清〕張鳴鐸：《淄川縣志》，清乾隆四十一年刻本，卷六。

〔註57〕〔清〕張鳴鐸：《淄川縣志》，清乾隆四十一年刻本，卷六。

〔註58〕〔清〕唐夢賚：《志壑堂文集》，《清代詩文集彙編》（第103冊），上海古籍出版社，2010年版，第226頁。

〔註59〕〔清〕趙進美：《清止閣集》，《山東文獻集成》（第2輯第29冊），山東大學出版社，2007年版，第793頁。

〔註60〕〔清〕王蔭桂：《博山縣志》，民國二十六年鉛印本，卷十二。

之無倦色。其貧者，更予良藥。歲全活，不可勝計。」〔註61〕趙濟美又置備義塚，幫助貧不能葬者。十一世趙作肅，獨自承擔顏文姜墓的修繕；照顧叔父趙進美，衣不解帶達數月；受遺託孤，天性孝友如此。

新城王氏家族的六世王象晉，呼籲新城的鄉紳們對貧苦之人進行救助。《新城縣志》卷十四「藝文志」中收錄了王象晉的《勸施文》，曰：「大德曰生，大寶惟茲，胞與何能異視！有無貴以相推，魚處涸而濡沫，鳥遇寒而依棲。物恤其類，人其忍之。即今目前之事，實動深長之思……蓋思盈虛消息，數之大常。唯天所授，倏圓倏方，胡不設身以處，而甘殖其殃。……勿以善小而不屑，勿以力微而難周。藥窮施方，善量何儔！」〔註62〕

淄川畢氏家族的六世祖畢忠臣，寬仁樂施，以隱德聞於鄉，被邑人推為善人，並列名於旌善亭。第九代畢際殖，「冬治暖屋，宿無衣者。臘日煮粥飯饑人，門設大竹桶，桶著大杓入一杓，嗣後臘日施粥，遂以為家訓傳再世。夢賚即以臘日生鄉閭或以為徵云。」〔註63〕侍奉母親有至孝，五十年如一日。「母有疾晝夜不離，母憐其勞，令之去，夜必數起，於窗外伏聽，少間警咳則入，如是者五十餘年。」〔註64〕

益都孫氏家族六世祖孫延壽，隸籍內廷班匠事，於鄉里而能賑貧周急，排難解紛，老而無倦焉，鄉邑父老皆言孫氏家族敦寵好禮。而對於子孫不贍養雙親、媳婦不孝順翁姑的現象，蒲松齡在俚曲《牆頭記》、《姑婦曲》中，均有涉及孝悌題材。寫婆媳關係時雖充滿了諧謔之語，諧謔的背後確是深深地諷刺：

> 家中諸人好做，惟有婆婆極難，管家三日狗也嫌，惹的人人埋
> 怨。十個媳婦相遇，九個說婆婆罪怨；惟有一個他不言，卻是死了
> 沒見。

淄川張氏家族的第十代張泰瑞，生性慷慨、尚氣節，於順治四年（1647）謝遷起義中因謾罵起義軍而遇害。張泰瑞之妻譚氏、其媳高氏隨之自縊而亡。因譚氏為高珩從妹，高珩便作《一門三義傳》、《丁亥淄邑三烈行》，云張泰瑞與其妻、其媳事，並云其媳之母事。高珩在《丁亥淄邑三烈行》中頌揚其從妹烈行，詩曰：

〔註61〕〔清〕王蔭桂：《博山縣志》，民國二十六年鉛印本，卷十二。
〔註62〕〔清〕崔懋：《新城縣志》，清康熙三十二年刻本，卷十四。
〔註63〕〔清〕張鳴鐸：《淄川縣志》，清乾隆四十一年刻本，卷六。
〔註64〕〔清〕張鳴鐸：《淄川縣志》，清乾隆四十一年刻本，卷六。

收馬急，收兵急，獯鬻夜半縋城入。姑烈死，婦烈死，一門冰
雪寒青史。妖雞甲夜咿唔鳴，海潮澎湃賊登城。吁嗟乎，伏虎不刺
卒吞噬，長衢白骨何縱橫。鸑訛蕙褻明珠碎，烈火精鐐色無改。笑
呼白刃氣橫秋，紉結無為夫子羞。〔註65〕

高珩在詩中把賊寇比作「獯鬻」，把「三烈」比作鸑鳥與明珠，可見其心中的
憤慨。由是知，孝婦河畔的女子亦有剛烈之性、大義之舉，巾幗不輸鬚眉，孝
婦河文化對家族的濡染可以大致窺見。

第三節　孝婦河流域文化的獨特性

一、孝婦河畔的家族園林

　　孝婦河流域獨特的地理環境，十分適宜園林的構造，明清之際文士多建
造園林，類似於江南造園之風氣。可以說，園林的興盛與運河是分不開的。
山東省的西部，本是儒家文化的發祥地，受孔孟思想的影響較深，由於京杭
大運河的暢通，江南的商人不僅帶來了江南的豐富物資，而且帶來了江南的
園林建造藝術。與運河流域多宅第園林、膠東半島多宗教園林的現象相比，
孝婦河流域的園林多為家族園林，且一族多園，園林與宅第是分開的，著名
的園林有淄川張至發的環青園，高珩的候仙園、載酒堂，畢際有的石隱園；
益都孫廷銓的沚園，趙進美的怡園，趙作耳的澗園（詳見第五章第三節），趙
執信的因園以及紅葉山樓等。孝婦河家族園林印刻著家族的文化特徵和精神
品格，不同家族成員之間多作有題園詩、遊園記、園林唱和詩等。

　　高珩的候仙園、載酒堂、樓雲閣在家族雅集中扮演著重要的角色。從弟
高瑾、摯友唐夢賚、同邑張紱、其子高之騊多有關於載酒堂、樓雲閣的題詠
唱和之作。高瑾《載酒堂即事》云：「屋對城闉山對門，林塘靉靆水雲屯。夢
回蜃市思東海，榻借柴桑臥北軒。解語花繁無伯仲，分咐竹蔭有兒孫。多情
最是蕭疏鬢，銷夏於今正愛髡。」〔註66〕載酒堂以水景取勝，有水雲之縹緲
變幻，最宜消夏於此。唐夢賚《候仙園銷夏》詩中有「酒因試藥開封早，棋為
侵邊落子遲。」「風前蟬奏同心調，雨後蛙鳴得意詩。」等句。其詩《載酒堂

〔註65〕〔清〕高珩：《樓雲閣詩》，《四庫全書存目叢書》（集部第 202 冊），齊魯書社，
　　　　1997 年版，第 33 頁。
〔註66〕〔清〕張鳴鐸：《淄川縣志》，民國九年石印本，卷七。

即事》又云：「柳塘經過鳥先知，枕簟頻隨去每遲。嵐氣曉侵巀嶺出，夕陽樹壓女牆低。草堂近郭互呼釀，水國深林待弈棋。常造鹿門無主客，花開更不廢招攜。」〔註67〕主人不招，客亦來勤。張紱《棲雲閣平臺即景和韻》詩云：「樓頭分外築平臺，斗室清幽意快哉。習習秋風吹北牖，陰陰花徑點蒼苔。緡蠻出谷聞鶯語，剝啄敲門有客來。還向溪流同命棹，蘭心白首了無情。」〔註68〕高之騊《載酒堂看小使弄舟》：「慢櫓輕搖去復回，柳風桃雨醉啣杯。坳堂竹葉煙波戲，一對奚奴笑語來。」其二為《載酒堂偶詠》：「一部鼓吹喧綠野，半灣清玉漾紅橋。叢生亂竹蓬蒿徑，越顯桃花柳下嬌。」〔註69〕載酒堂植有紅桃、綠柳、蒼苔、繁花，在此泛舟可以消憂。

因園，最初為趙執信祖父趙雙美於康熙二十四年（1685）所建。此園在益都秋谷山之北，范公泉之南，疏池構亭。後趙執信其父趙作肱又增構亭臺樓榭、遍植草木花卉，名之曰因園。建成後，趙作肱無一日不往，與親輩友朋對弈聽歌，詩酒優游，流連共醉。而趙執信的晚年生活在因園中度過，其於雍正四年（1726）修葺因園，在巨石之上建造茅屋三間，名之曰「礦庵」，其詩集因之名《礦庵集》。孫廷鐸長子孫寶仁有五言古詩《過因園》。其一：「因園何所因，因地罕人力。范水與荊山，都似從園出。」其二：「萬木集春陰，颯然風雨至，盈耳是松濤，吹息在雲際。」其三：「長廊環曲水，高柳拂簷牙。天半浮香氣，蒼藤正作花。」其四：「澗水有清音，野花無色相。偶作因園遊，便發石門唱。」〔註70〕園林巧於「因」「借」，此園因著自然地勢而建，范泉與荊山如同從因園中而出，很巧妙地運用了借景的造園手法，以有限的空間包孕無限的山水之景。王士禛為因園作四時歌四首，《趙氏因園四時歌》其一：「青山煙靄正霏微，取次林園步障圍。幾樹辛夷花似雪，紅襟偏掠雪中飛。」其三：「琴築聲多�珮環，石門秋瀑落潺湲。行行西竺無憂樹，處處南宗著色山。」其四：「逸舫遙開荊麓西，冰稜石骨百重梯。夢回索笑梅花裏，花滿寒山雪漲溪。」〔註71〕描繪出因園獨特的地理環境，群山環繞似翠嶂，

〔註67〕〔清〕唐夢賚：《志壑堂詩集》，《清代詩文集彙編》（第103冊），上海古籍出版社，2010年版，第34、37頁。
〔註68〕〔清〕張鳴鐸：《淄川縣志》，民國九年石印本，卷七。
〔註69〕〔清〕張鳴鐸：《淄川縣志》，民國九年石印本，卷七。
〔註70〕〔清〕富申：《博山縣志》，乾隆十八年刻本，卷十四。
〔註71〕〔清〕王士禛：《古夫于亭稿》，國家圖書館藏清康熙四十六年林佶寫刻本，卷二。

臨閣飛瀑如簾幕；望月池畔築銜月亭，荊山西麓對臥逸舫；春天看辛夷花，冬季賞梅花；四時之景雖殊，而樂趣無窮。

孝婦河流域的家族園林又是子孫讀書的場所。趙執信的叔祖趙進美同樣於康熙二十四年（1685）構造怡園，引范泉之水，鑿池其中，並築有嵐漪亭、清止閣、清音閣，有石舫曰「醉石」，又有張中發闢窠大書「涵碧」閣，知此園是以水景為勝的園林。趙執信的從弟趙執琯曾讀書怡園中，雍正年間怡園已歸他人，趙執琯對此頗為感傷，遂有《怡園感懷》以寄傷懷，詩曰：「習業當年向此中，長吟永嘯答松風。如今反作園亭客，觸目林花別樣紅。」〔註72〕以林花之紅反襯內心之淒涼。其實，家族園林的興廢正反映出了家族的盛衰。趙氏怡園鬻售他人的原因無從詳考，但有一點可以確認的是，雍正年間趙氏家族的衰落已露端倪。

新城王氏家族的西城別墅有石帆亭、小善卷洞、春草池、石丈山、樵唱軒、半偈閣、大椿軒、雙松書塢、小華子岡、綠蘿書屋、鷗波舫、高明樓諸勝景。王士禛之子王啟涑作有《西城別墅十二詠》、《雨後晨起鷗波舫即事》、《同蕭亭舅氏晚坐石帆亭聽瀑》等有關西城別墅之詩篇。其中《雨後晨起鷗波舫即事》云：「陸舫顏鷗波，周遭疊巉石。昨夜風雨來，溪水添一尺。東旭漾深林，竹露侵几席。對之一開襟，搔首向空碧。」西城別墅池邊的石舫，名「鷗波」，謂與鷗鷺相盟，有隱逸之思。《同蕭亭舅氏晚坐石帆亭聽瀑》其一云：「蔥翠滿西城，園林媚光景。女牆斜照明，春空靄雲影。竹嘯與松吟，眾妙獨心領。噴薄匹練飛，洞澈毛髮冷。相對滌煩襟，如遇谷簾境。樂此遂忘機，陶然萬慮屏。」〔註73〕石帆亭的瀑布聲與竹嘯聲、松吟聲相映成趣，對著如白練、似碎玉的瀑布，能夠滌蕩煩襟，陶然忘憂。

王士譽之子王啟大對西城別墅中的諸多景致亦有吟詠。如《石帆亭》詩云：「數峰起巑岏，高亭冠其左。略似掛帆行，安流出輕□。竹樹拂簾櫳，臨風正婀娜。」《樵唱軒》云：「結宇傍岩幽，囂塵靜環堵。樵唱逐林風，悠然入窗戶。因憶孟襄陽，雅調空今古。」《小華子岡》云：「攜琴陟崇岡，桐陰月初轉。輕風來徐徐，懷袖挹余善。□入輞川遊，興會茲不淺。」《小善卷》云：「石洞秘龍巖，探奇夙仰止。靜憩此深幽，林壑亦殊美。□錫沿嘉名，境地將無似。」《三峰》云：「三峰一何高，高高殊莫極。拔地欲千尋，映空惟一色。

〔註72〕〔清〕趙執琯：《鐵峰詩集》，乾隆二十七年趙氏知畏堂刻本，卷三。

〔註73〕〔清〕盧見曾：《國朝山左詩鈔》，乾隆二十三年盧氏雅雨堂刊本，卷三十八。

差異海中山，可望不可即。」〔註74〕石帆亭建在假山的山巔處，體量高大挺拔，如鼓帆而行；撫琴在小華子岡，如同身處輞川別業，風生袖底，明月相照；皓月當空之夜，三座石峰直指天際，月華如水，三峰似海中之蓬萊、方丈、瀛洲，詩中之人飄然欲仙。

明清之際，當時聞人對西城別墅多有題詠，如趙執信、諸城李澄中、商丘宋犖、蒲州吳雯、秀水朱彝尊、慈谿姜宸英、嘉善曹鑒倫、吳縣沈朝初、長洲尤珍、崑山盛符升、溧陽黃夢麟等，可見王氏園林的影響力已輻射到了山西、河南、江蘇、浙江等地。

此外，王士禛的從叔王與試，字壽胥，有私家園林。嘗與從兄王與玫、甥徐夜於園中飲宴烹茶，有名士風度。王與玫賦詩《過壽胥弟園》云：「青蛇凝綠簇雙桐，日照豔生花朵紅。藻礙小鱗偶擲水，枝搖憩鳥群鳴風。畸人把卷此園裏，倦客索茶來舍東。箕踞縱談每薄暮，歸驢趁月穿林叢。」〔註75〕此園是畸人王與試讀書對弈、煮茗劇談、驢背荷月的壺中天地。

這些私家園林成為孝婦河流域文學家族交遊的重要場所，如張篤慶與從姑丈王士禛的過從主要在西城別墅宴飲期間，蒲松齡《聊齋誌異》中的園林描寫則來源於石隱園，高珩與唐夢賚的詩酒唱和得益於載酒園的多次雅集（在後續章節中亦會展開論述）。

二、雅俗交融的文學

由於地理位置的特殊性，孝婦河流域處在東部半島地區和西部運河區域的過渡地段，同時受到東部「海洋文化」以及西部「運河文化」的影響。因此，孝婦河流域的文化呈現出複雜的特點，表現出多元性、混合性的特徵。

山東省的膠東半島地區，由於受到海洋文化的影響，產生了許多神話及傳說。從《山海經》的一些神話及流傳的仙話的內容來看，富有豐富的想像力。孝婦河流域同樣也受齊文化浪漫主義色彩的影響，作品表現出齊諧志怪的特點。蒲松齡的《聊齋誌異》便是這樣一部作品，「集腋為裘，妄續幽冥之錄」，用唐傳奇的筆法來表現志怪的內容。趙進美的雜劇《瑤臺夢》，取自《太平廣記》中所載進士許瀍遇仙女許飛瓊一事，側重於塑造道家清幽意境，體現了海洋文化中多神話和仙話的特點。

〔註74〕〔清〕崔懋：《新城縣志》，康熙三十二年刻本，卷十四。
〔註75〕〔清〕崔懋：《新城縣志》，康熙三十二年刻本，卷十四。

　　明清時期，孝婦河流域的文學雅俗交融，各種文學體裁兼備，呈現出一種集大成的發展態勢。這種文學的特點與受西部「運河文化」的影響不無關係。運河開通後，山東西部地區的交通狀況得到了改善，形成了以運河為中心的縱橫交錯的水路、陸路交通網，南北各地的商人商幫紛紛到山東運河地區從事商業活動，他們不僅帶來了南北各地的物資，還帶來了新的生活習慣、新的經營理念，使山東運河區域在風俗習慣、文化教育、民間信仰等多方面吸收了南北各地文化的精華。因此，重商逐利、注重人慾、開放創新，在山東西部運河區域形成了典型的「運河文化」。這種特點表現在文學上，則是通俗文學的大量出現。如蘭陵笑笑生《金瓶梅》的誕生、孔尚任《桃花扇》的寫作與傳播均與運河息息相關。〔註76〕

　　孝婦河流域的雅文學和俗文學之間相互借鑒、相互轉化、交融互補，呈現出雅中有俗、俗中帶雅、雅俗交融的獨特性。這是孝婦河流域文化多元性在文學作品上的直接體現。趙執信的《海鷗小譜》是一部自傳體筆記小說，其中所寫詩詞，兼有韓偓《香奩集》與王彥泓《疑雨集》之特點，俗中帶雅。趙進美不僅擅詩文，而且能製曲。趙進美的雜劇《瑤臺夢》同樣俗雅交融，如《遊四門》曲牌的唱詞：「閒階月色晃疏欞，嘹嘹新雁起沙汀。驚魂不共孤身靜，幾回按納倚圍屏。驚寒露咽蟬聲。」〔註77〕文辭典雅，意境幽美，景中含情，有詩化傾向。畢氏家族的文學始祖畢木有散曲套數《廣瘡辭嘲友人作》其二《滾繡球》曰：

　　　　（瘡形怎麼樣）嘴角上黃麵糕，眼眶裏楊柳果，渾身爛綻櫻桃顆。（也走的動麼）唉哽哽難動難那。（也睡的著麼）纔合眼，夢魇兒吉叮，天靈碎割。（也翻的身麼）恰翻身，綾被兒血模糊，濃水沾著。（好懊惱人也）當時墮落迷魂陣，今日沉埋鬼病窩。（怎麼救你）則索念幾聲救苦救難觀世音菩薩、南無阿彌陀佛。〔註78〕

〔註76〕具體可參考趙維平：《明清小說與運河文化》（三聯書店，2007年出版）；趙菲菲：《〈金瓶梅〉運河文化探析》（曲阜師範大學2012年碩士論文）；史大豐：《由〈金瓶梅詞話〉看運河在明代戲曲南北交融中的作用和崑山腔的中興》（《時代文學》，2009年8月）；苗菁：《京杭大運河與明清戲曲的傳播》（《中原文化研究》，2015年第2期）。

〔註77〕〔清〕趙進美：《清止閣集》，《山東文獻集成》（第2輯第29冊），山東大學出版社，2007年版，第687頁。

〔註78〕〔明〕畢木：《黃髮翁戲筆》，《山東文獻集成》（第2輯第27冊），山東大學出版社，2011年版，第663頁。

此套散曲為畢木嘲弄友人之作，涉於諧謔謾倡，描摹窮形盡相，極其自然。畢木之子畢自嚴，認為此散曲「描寫逼真，雅俗共賞，終難湮滅，遂乃付梓人，自為一帙，聊以傳子孫耳。」〔註79〕畢木這套名為《廣瘡辭嘲友人作》的散曲，由畢自嚴負責刻印，獨成一卷，希望傳於子孫後代。可知，官至大司農的畢自嚴亦認同俚俗散曲的文學價值，而畢氏家學中逐漸形成雅俗共賞的文學傳統。

張氏家族的家學傳統是崇尚雅正，張篤慶的曾祖張至發，「嘗戒子孫以為文貴簡勁、峭潔，冗濫汎溢甚無味也。故丁丑為主司時，所取士皆槖經酌雅。」〔註80〕張至發為文，典厚敦樸，不事雕鏤，務為簡要清煉，「曉暢事宜，無厄言，無剿說。」張至發的文風及家訓對張篤慶影響深遠，在張篤慶一支中形成尚純雅之風。張篤慶早年與蒲松齡結郢中詩社時，在《與同社諸子論詩》中就表明自己的雅俗傾向：「山中同賦《白雪》篇」「莫將《下里》使人傳。」並認為詩歌中「一切涉纖、涉巧、涉淺、涉俚、涉佻、涉訛、涉淫、涉靡者，戒之如避耽毒可也。」〔註81〕張篤慶認為極力賦雅詩，避難鄙俗之詩的流傳，主張尚雅避俗。並多次以「君自閒人堪說鬼」「聊齋且莫竟談空」「說鬼談空計尚違」等規勸蒲松齡。

張氏純雅的文學觀，到了張永躋、張元一支時發生了變化。張篤慶的族弟、張中發的曾孫張永躋以詞著稱，詞以蘇辛為宗。張永躋與蒲松齡有文字交往，蒲松齡詞集中有關張永躋之詞作有三首，分別為《大江東去・與張式九同飲孫蘊玉齋中，蒙出新詞相示，因和五調》、《又寄〈露華〉一調》、《滿江紅・讀式九悼亡之作》。張永躋曾為蒲松齡《聊齋俚曲》題詞，有《賀新郎・讀聊齋諸曲》詞曰：

> 大雅尊鍾呂，問先生、新聲小調，彈來奚取。道是陽春聽易倦，不若巴音媚嫵。那更耐、引商刻羽。日下江河流不轉，對諸君、自是難莊語。請高坐，說與汝。
>
> 太常雅樂繁如許。看登歌、褒忠勸孝，篇章縷縷。千載明倫庠序校，春誦夏弦並舉。總成了、一堆塵土。盡道老生休聒耳，那簫

〔註79〕〔明〕畢木：《黃髮翁全集》，《山東文獻集成》（第2輯第27冊），山東大學出版社，2011年版，第664頁。

〔註80〕〔清〕張篤慶：《先相國少保公年譜》，清初刻本，第24頁。

〔註81〕〔清〕郎廷槐、王士禛、張篤慶、張實居：《詩問》，清乾隆四十二年姚江洪熙春暉草堂刻本，卷上。

　　　　韶大夏誰還舞。且共賞，翻新譜。〔註82〕

張永躋在詞中稱「陽春聽易倦」，不若蒲松齡俚曲「巴音媚嫵」，可見其不以俚曲粗俗，主張雅俗共賞。雅樂中褒忠勸孝之作、庠序中明倫說教，到頭來竟成了一堆塵土，可見雅文學中宣揚人倫教化並不十分成功。只能「翻新譜」，推陳出新，靠俚曲來彌補雅文學之不足。張永躋屢困於場屋，年將六十始舉於鄉，後絕意仕進。相似的人生經歷，使得張永躋與蒲松齡同病相憐，更能理解蒲松齡搜神談異、翻譜俚曲之本意。

　　張永躋之子張元與蒲松齡亦有交往。清雍正三年（1725），張元受蒲松齡之子蒲箬之請，為蒲松齡作墓表。張元在《柳泉蒲先生墓表》中指出：「其生平之佗傺失志，濩落鬱塞，俯仰時事，悲憤感慨，又有以激發其志氣，故其文章穎發苕豎，恢詭魁壘，用能絕去町畦，自成一家。而蘊結未盡，則又搜抉奇怪，著有《誌異》一書。雖事涉荒幻，而斷制謹嚴，要歸於警發薄俗，而扶樹道教，則猶是其所以為古文者而已，非漫作也。」〔註83〕張元認為由於蒲松齡抑鬱不得志，悲憤時事，又因其雅愛搜神，所以才著《聊齋誌異》一書。此書雖然荒誕不經，而其功效則是「警發薄俗」「扶樹道教」，實與古文殊途同歸。張元從知人論世的角度，正確評價了蒲松齡《聊齋誌異》的旨趣。可以窺見，張氏家族的雅俗觀從張至發到張篤慶、再到張永躋、張元發生了顯著的變化。

三、歷代士人對孝婦河的吟詠

　　歷朝歷代對孝婦河以及顏文姜的吟詠甚多，可見孝婦河在士人們的心中佔有重要的位置。

　　早在宋代，就有歌詠孝婦泉以及拜謁順德祠的詩歌。宋代進士王余的《詠孝婦泉》七絕：「一竇新泉漸漸深，碧河一帶繞芳林。好將此穴無窮水，洗盡人間不孝心。」〔註84〕王公彥的《謁順德祠》詩：「白雲祠枕亂山青，一籠寒泉萬古聲。山若未平泉不竭，夫人長得孝為名。」〔註85〕以上兩首詩歌描述了孝婦河的自然環境，讚頌了顏文姜的孝行，點明「孝」的主題，不脫離孝道的教化意義，這與宋代提倡程朱理學不無關係。上述兩首宋人題詠孝婦河之

〔註82〕袁世碩：《蒲松齡志》，山東人民出版社，2009年版，第43頁。
〔註83〕朱一玄：《〈聊齋誌異〉資料彙編》，南開大學出版社，1985年版，第344頁。
〔註84〕〔清〕葉先登：《顏神鎮志》，清康熙九年刻本，卷五。
〔註85〕〔清〕葉先登：《顏神鎮志》，清康熙九年刻本，卷五。

詩，為《全宋詩》、《全宋詩訂補》以及《全宋詩輯補》所未收之詩，而作者王余、王公彥則為未收之作家。據康熙年間崔俊纂修《青州府志》卷八「祀典」篇記載：北宋熙寧八年（1075）始封孝婦為「順德夫人」，廟額「靈泉」，河名「孝婦」。由知王余與王公彥之詩均作於熙寧八年之後，且王公彥詩很可能作於北宋紹興年間褒錄為官時期。

元代般陽路總管潘繼祖作《詠顏文姜祠》，詩曰：「孝感通天地，休風貫古今。外揚靈炳炳，內蘊德愔愔。順同陰柔道，冥符翁媼心。荒年能作稔，旱月解為霖。」〔註86〕潘繼祖認為顏文姜「荒年能作稔，旱月解為霖」，對顏文姜能夠保佑豐收以及祈雨解旱的靈德進行了歌詠。

明代青州左參軍陳璧《詠孝泉》曰：「一掬清泉飲，泠然動遠颸。孝成天地感，名重古今知。松掛唐時月，苔封宋代碑。臨流言不盡，猶有後人詩。」〔註87〕「一掬清泉飲，泠然動遠颸」，描寫了孝泉的自然美。「松掛唐時月，苔封宋代碑」一句，點明孝泉悠久的歷史以及各代立碑之多。明萬曆淄川知縣陳時萬歌頌「顏山八景」之一的《孝水澄清》，云：「孝婦感山靈，甘泉石竇生。夾崖千里瀉，當檻一池清。協氣蒸雲雨，精光映日星。停車偶延佇，苔碣紀熙寧。」〔註88〕可見，澄清的孝婦河在明代已經成為顏山的著名景色之一。因宋代熙寧年間，對孝婦河進行過兩次封賜，所以有「苔碣紀熙寧」。

明代山東御史熊榮亦有《題孝婦泉》詩云：「孝婦河名自古今，源流一派更泓深。何當吸去為霖雨，洗盡人間不孝心。」〔註89〕山東左布政使司楊維聰的《孝泉》詩曰：「一派流芳潤，千年永孝思。源泉應有本，天地更無私。」〔註90〕顏神鎮舉人趙敬簡《詠孝泉》：「閨門昭順德，純孝格天心。地軸翻龍窟，源泉湧石根。療病起塵痾，祈雨需甘霖。予疾夢飲泉，五內飫香醇。心爽體隨健，形和氣亦欣。仍誨痊吾母，公藥活里人。錫類永無極，神功萬代新。勒石依廟貌，靈氣煦殷殷。」〔註91〕這幾首詩作，分別對顏文姜的「純孝」「祈雨」以及「療病」的「神功」進行頌揚。

明代即墨人周碣齋賦《孝泉十七韻》，詩曰：「重陰融玉液，突地闢泉門。

〔註86〕〔清〕葉先登：《顏神鎮志》，清康熙九年刻本，卷五。
〔註87〕〔清〕葉先登：《顏神鎮志》，清康熙九年刻本，卷五。
〔註88〕〔清〕葉先登：《顏神鎮志》，清康熙九年刻本，卷五。
〔註89〕〔清〕葉先登：《顏神鎮志》，清康熙九年刻本，卷五。
〔註90〕〔清〕葉先登：《顏神鎮志》，清康熙九年刻本，卷五。
〔註91〕〔清〕葉先登：《顏神鎮志》，清康熙九年刻本，卷五。

水自雲根湧，流從石竇噴。雪霜寒肺腑，雷雨急晨昏。蒼使司疏瀉，元冥散鬱屯。感通傳孝婦，沿溯識皇坤。一點心精注，千年地脈奔。赤城開混沌，元竅發崑崙。忠孝英靈遠，蛟龍窟穴尊。有神能應祝，無地不傾盆。巨浪隨滄海，洪濤起大鯤。潺湲鳴澗谷，紆曲抱山村。太液餘波是，銀潢此派存。偶遊逢溽暑，明鏡展朝暾。鬼神擬呵護，風雲自吐吞。清堪濯紫系，醴欲泛金樽。心目遞瀟灑，淵源費討論。乘槎如可得，吾欲叩天閽。」〔註92〕「重陰」，即陰雨；「英靈」，猶英魂，對死者的美稱；「銀潢」，即銀河。在這首詩作中，周礪齋把孝婦泉比作「蛟龍窟穴」，氣勢宏大，孝婦之水如滄海，巨浪洪濤可起鯤鵬。又把孝婦泉比作皇宮裏的「太液池」和天上的銀河。孝婦泉由鬼神共同護佑，因此才有「清堪濯紫系，醴欲泛金樽」的情景。詩人慾乘槎而去，拜叩天宮。想像豐富奇特，語言瑰麗奇峭。

淄川知縣周維翰《謁順德祠》：「大唐遺構倚層山，顏母儼妝照冽泉。緝籠而今非舊事，清流猶是護靈壇。鏡開曉月三千界，瑟奏秋風五十弦。子夜乘潮牛斗墟，始知沿海上泥丸。」〔註93〕順德祠倚靠群山，巍峨聳立，孝婦河則護佑普天下的子民。「三千界」，即佛教中的「大千世界」，指廣闊的天地。「牛斗墟」，即牛宿和斗宿，典出王勃《滕王閣序》中，「物華天寶，龍光射牛斗之墟；人傑地靈，徐孺下陳蕃之榻。」牛、斗間的紫氣照在孝婦河上，此典用來比喻顏神的光彩。「泥丸」，小泥球，典出劉向《說苑·雜言》：「隨侯之珠，國之寶也，然用之彈，曾不如泥丸。」〔註94〕這裡把大海比作泥丸，可知詩人對孝婦河稱頌之至了。

顏神鎮通判劉分桂《喜雨謁謝順德泉祠》：「朱明霖澍遍山阿，曲徑羊腸滑更多。香火當年停車馬，雲煙此日漲藤蘿。穿崖古木隨風號，出籠寒流帶雨過。佇羨兩岐簇瑞麥，續圖昭報沸笙歌。」〔註95〕「朱明」，夏季，典出尸子《卷上》：「春為青陽，夏為朱明，秋為白藏，冬為玄英。」「霖澍」，及時雨，甘霖。典出《舊唐書·五行志》：「大曆四年（769），秋大雨，是歲自四月霖澍，至九月。」〔註96〕「瑞麥」，一株多穗或異株同穗之麥，為吉祥之兆。

〔註92〕〔清〕葉先登：《顏神鎮志》，清康熙九年刻本，卷五。

〔註93〕〔清〕葉先登：《顏神鎮志》，清康熙九年刻本，卷五。

〔註94〕〔漢〕劉向，盧元駿注釋：《說苑今注今譯》，天津古籍出版社，1977年版，第573頁。

〔註95〕〔清〕葉先登：《顏神鎮志》，清康熙九年刻本，卷五。

〔註96〕〔後晉〕劉昫：《舊唐書》，中華書局，1975年版，第942頁。

典出張耒《余瑞麥》詩:「瑞麥生堯日,芃芃雨露偏。兩岐分更合,異畝穎仍連。」〔註97〕這首拜謁順德祠的詩歌,作於某一年的夏季。顏神鎮通判劉分桂拜謁順德祠,感謝天降甘霖,祈求來年五穀豐登,定當報以合笙之歌。

清代福建進士葉先登《謁順德夫人祠》二首。其一曰:「入廟瞻遺範,煌煌肅母儀。馨香垂奕代,菽水奉當時。祗盡天經理,安知地脈滋。往來泉下者,願自鑒鬚眉。」其二曰:「昔聞冤孝婦,東海降奇荒。今見旌純德,靈泉出灶傍。殃祥雖異感,純孝總同行。復聖鍾閨淑,千秋有耿光。」〔註98〕葉先登曾任青州府通判,康熙九年負責編修《顏神鎮志》。在《謁順德夫人祠》其二,把人們對顏文姜「旌純德」與東海孝婦之「冤」作了對比,認為顏神鎮的靈泉和東海的奇荒這一殃一祥雖然有異,但都是孝婦「純孝」的結果。

清代壽光人安致遠《謁靈泉顏文姜祠》:「松陰覆畫榱,浥浥泛爐煙。白打春喧社,紅妝暗卜錢。靈源霏雪乳,水藻潔冰筵。燈火祠堂夜,依然問寢年。」〔註99〕「白打」,徒手相搏之戲,即拳術。典出朱國禎《湧幢小品·兵器》:「白打即手搏之戲……俗謂之打拳。」顏神春社的熱鬧景象。喧社:社火。「紅妝」,指女子的盛妝。卜錢,用錢占卜,以錢的反正代陰陽,看其變化以定吉凶。寢年,兵寢之年,即天下太平。典出《漢書·刑法志》:「三代之盛,至於刑錯兵寢者,其本末有序,帝王之極功也。」〔註100〕春社時,人們紛紛到顏文姜祠堂去祈求平安、希望來年能夠風調雨順。「白打春喧社,紅妝暗卜錢」即對顏神春社盛事的寫照,帶有濃厚的民俗色彩。

清沈廷芳《謁顏文姜祠》:「淨宇安西麓,明璫對碧潭。泉鳴玉座底,香碾石橋南(居民以水輪磨香)。雪後魚仍躍,春來筍足參。一泓淳則在,教孝果何慚。」〔註101〕這首拜謁顏文姜祠的詩作,描寫了顏文姜祠優美的環境,「淨宇」「明璫」,何其潔淨、何其空靈。生活在孝婦河兩岸的居民借助孝婦河的落差,以水輪磨香。這是孝婦河對當地居民的惠贈,面對著這一泓碧波,教人恭孝是理所應當的。

直到清初趙進美的《孝泉》一詩,才脫離了教化主題,詩中未見「孝」的

〔註97〕〔清〕彭定求:《全唐詩》(第3冊),中州古籍出版社,2008年版,第1623頁。

〔註98〕〔清〕葉先登:《顏神鎮志》,清康熙九年刻本,卷五。

〔註99〕〔清〕富申:《博山縣志》,清乾隆十八年刻本,卷九。

〔註100〕〔漢〕班固:《漢書》(卷23),吉林人民出版社,1995年版,第853頁。

〔註101〕〔清〕富申:《博山縣志》,清乾隆十八年刻本,卷九。

字眼，純以詩人的審美歌詠孝泉。順治十一年（1654），主持湖廣鄉試的趙進美，歲暮歸里後回到了久違的孝泉邊，傾訴著自己的仕宦之累與思鄉之情。他在詩中說道：「逶迤近桑梓，觸事皆可悅。矧茲曉山淨，復對寒泉潔。寥寥廣殿虛，蕭蕭涼風發。弱荇搖中池，素濤散成雪。石壁瀉微雲，島聲弄清樾。倚欄蕩塵縲，顧影傷短髮。十年困奔走，望遠意飛越。何當耕溪濱，放歌甘薇蕨。」〔註102〕孝泉的源頭清澈如鑒，可見池中荇搖翩藻。在作者的眼中，潔淨的孝泉，可以滌蕩塵埃，可以顧影自憐。「何當耕溪濱，放歌甘薇蕨」，在最後，抒發了詩人歸隱的情懷。

孫廷銓《顏山雜記》中有《孝泉》一詩，曰：「出大洪泉百步外顏文姜祠下，深源靜閉，匯為清池。深可丈餘，浮泡泛珠，吹沙湧起。澄淨寒徹，不掩針芒，藻翩荇搖，皆可辨數。」〔註103〕與趙進美詩中「弱荇搖中池，素濤散成雪」一句有異曲同工之妙。

清代道光間，博山知縣楊春嚙之妻吳秦妲畫風雨竹，並作《籠泉灑潤》一詩。畫與詩都立碑於顏文姜祠中。詩曰：「者番瞻拜慕前賢，摯孝由來可動天。清節高風誰與比，為栽修竹護靈泉。」此詩句錄與顏文姜祠詩畫碑。楊春嚙為其作跋語曰：「丙戌（1826）春杪，二麥苦旱，嚙同僚友步禱於夫人祠，次日大沛甘霖，歡騰遍野，咸呼為娘娘雨。輯籠余湧百里同沾。因倩內子畫竹，勒石以當匾額。蓋竹以象德，風雨之竹所以志靈也。是為跋。」〔註104〕楊春嚙的跋中，呼丙戌暮春的一場及時雨為「娘娘雨」，視這場甘霖為顏神所降，並畫竹、勒石護佑籠泉。

由於歷代文人的歌詠和頌揚，孝婦河便更多帶上了文學色彩和文化內涵。孝婦河不再單純地被認為是孝的象徵以及庇佑百姓、趨利避害的「顏神」，更是可以滌蕩塵縲、寄託靈魂以及耕種放歌、回歸桑梓之所在。

〔註102〕〔清〕陳食花：《益都縣志》，清康熙十一年刻本，卷十二。
〔註103〕〔清〕孫廷銓：《顏山雜記》，《清代詩文集彙編》（第42冊），上海古籍出版社，2010年版，第150頁。
〔註104〕〔清〕王蔭桂：《博山縣志》，民國二十六年鉛印本，卷十四。

第二章　孝婦河流域文學家族的
　　　仕宦與文學

　　孝婦河流域文學家族的興起、發展、繁盛、衰落，大都集中在明萬曆至清雍正時期。新城王氏起家最早，自四世王重光於明嘉靖年間進士及第起，王氏家族正式崛起。淄川張氏家族到八世張敬、九世張至發，才逐漸成為官宦世家，此時已是萬曆初年。淄川高氏家族經八世高舉、高譽萬曆年間科舉起家後，成為明末淄川望族。淄川畢氏至嘉靖後期七世畢木方始讀書，略晚於王氏、張氏與高氏，而正式崛起則以八世畢自嚴、畢自肅、畢自寅為標誌。益都趙氏家族至九世趙振業時始興盛，此乃萬曆後期。益都孫氏家族崛起最晚，自六世孫延壽始尚讀書，至七世孫霨、孫震逐漸發展，此時已是明季。孝婦河流域的這些家族入仕為宦後，逐漸走上文學之路，而成為飲譽鄉里的文學家族。

第一節　明萬曆至明末文學家族的起興

一、明萬曆前後家族的崛起

　　孝婦河流域家族的興起大都集中於明萬曆朝前後。家族因戰亂或災荒避地孝婦河流域，先祖幾代均好善樂施，後代皆孝友溫恭，以孝聞鄉里。這些家族最初或以農事起家，或以商業起家。據《鄉園憶舊錄》載，明清時期山左家族，「山東惟孔、顏、曾、孟列儒籍，其散居各州縣未入譜者不列也。余為民籍，若商籍、灶籍，考試者亦鮮。明時其制有異，考先人同年齒錄，新城王

氏為軍籍，各省或匠籍、軍籍，名目甚多，不全記。」〔註1〕

其中新城王氏為軍籍，益都孫氏為匠籍，其他家族均為民籍。因此，孝婦河流域的家族必通過科舉步入仕途。在注重德行的同時，開始注重子孫的教育，逐漸走上科舉讀書之路。入仕後，著奇績，有惠政，從此世代簪纓，書香傳家。孝婦河流域商業及手工業的繁榮帶來了教育業的發達和書院的建立，為仕宦家族成為文學家族提供了條件。

（一）以農耕起家

王氏家族崛起最早。始祖王貴，後稱「琅琊公」，居青州諸城古琅琊也，元末明初因白馬軍之亂，乃避地於新城。二世王伍，性純謹，侍奉父母與諸兄，皆得歡心，尤其好善樂施，鄉里稱曰「王菩薩」。王氏自三世王麟起，始以明經起家，仕終潁川王府教授。四世王耿光，則以德行飲譽鄉里。直到明嘉靖朝，王氏家族才正式崛起。崛起的標誌是被譽為「忠勤公」的四世王重光。王重光，字廷宣，號濼川，明嘉靖辛丑（1541）進士，以戶部員外郎榷稅九江，辛亥「條陳上谷機宜十二事」，後「以抗直忤意，調貴州，參藩平蠻督木，屢著奇績。」〔註2〕明萬曆朝，為王氏家族的顯赫時期。五世王之垣、王之猷、王之都，六世王象乾、王象節、王象斗等人相繼步入仕途，王氏家族在新城當地可稱科舉望族。

張氏家族的崛起僅晚於王氏家族。始祖張子中於明永樂年間由河北棗強遷徙到淄川。據《淄川張氏宗譜》記載：「明初被花子軍之變，山東民死者十之七，當路者言之朝，乃遷冀州棗強之民實之。……明弘治以前，淄人淳樸，不事讀書。學碑所記，生員僅六十餘人。」〔註3〕到八世張敬，始以文學傳家，此乃明萬曆初年。張敬，字爾和，號松石；明萬曆五年（1577）進士，授中書舍人；任教習駙馬，繼升禮部儀制司主事。天性澹泊，於世一無所好，「獨稽古嗜學，尤殫精《左傳》、《周禮》。」著有《張儀部文集》。至九世張至發，張氏家族發展為鼎盛時期。張至發，字聖鵠，號憲松，萬曆二十九年（1601）進士，授玉田縣令。明天啟元年（1621），任大理寺丞，明崇禎朝，歷任順天府府丞、光祿寺卿、刑部右侍郎、禮部左侍郎。屢加太子太傅、禮部尚書、文淵

〔註1〕〔清〕王培荀：《鄉園憶舊錄》，齊魯書社，1993 年版，第 55 頁。

〔註2〕〔清〕袁勵傑：《重修新城縣志》，濟南平民日報社民國二十二年鉛刻本，卷十四。

〔註3〕〔清〕張務振、張務瀚：《淄川張氏宗譜》（不分卷），清光緒九年刻本。

閣大學士。

　　高氏家族的崛起稍晚於張氏家族，大約在明萬曆中期。高氏始祖為高全，明初從蒙陰縣遷到淄川城北之月莊。《高氏家模彙編》卷上：「考蒙陰縣先祖諱全者，於明代初年徙家來淄，居城北二十里之月莊，是為藉淄之始祖。……五世祖諱傑起，遊泮宮，補邑博士弟子員，吾家文學實自公興之。」〔註4〕自五世高傑，高氏文學開始興起。六世高尋，字殷宗，號仰賚處士。好善樂施，明嘉靖年間，淄川遇災荒，高尋救濟鄉鄰，日食其家者百餘人。七世高汝登，字自卑，號柳溪。以孝聞鄉里，「贍宗族、親戚惟恐不及」。〔註5〕因子高舉被封為河南道監察御史，贈中憲大夫、都察院右僉都御史。明萬曆朝以後，高氏家族科甲相繼，群英鵲起。八世高舉，字鵬程，號東溟，明萬曆八年（1580）進士，除完縣縣令。調湖廣蒲、圻兩地，皆有惠政。「言事侃直無避忌。瑠張德毆死人於掖門斃，眾莫敢問也。公抗疏抵瑠於法。」〔註6〕後督北畿學政，獎掖寒士。擢大理寺丞，以僉都御史巡撫浙江；撫浙近六年，乞休。八世高譽，字鶴程，號南溟，高舉弟。邑庠生，生而穎慧，長而博學；萬曆年間，中副車。九世高所蘊，字爾施，號宏室，「孝友溫恭」，早年食餼，萬曆壬子考取副榜。

　　畢氏家族的崛起略晚於王氏、張氏與高氏。始祖畢敬賢，約在金元時期，由河北棗強遷徙到益都顏神鎮之石塘塢，畢氏後人稱其始祖為「石塘翁」。明洪武年間，畢氏遷到淄川西鋪村。六世畢忠臣，字廷佐，家業稍裕，勤儉敦厚。〔註7〕至七世畢木起，始拜海內大儒張敬為師，為畢氏文學第一人。畢木仕途不順，屢試不第。提督山東學政的學使惜之，賜畢木冠帶，命為儒官。

　　萬曆年間，以畢氏「八陽」的出現為標誌，畢氏家族發展的輝煌時期才真正到來。畢木有子八人，邑稱「畢氏八陽」，分別是：畢自耕，號華陽；畢自耘，號震陽；畢自慎，號玉陽；畢自嚴，號白陽；畢自裕，號鳳陽；畢自寅，號旭陽；畢自強，號祝陽；畢自肅，號沖陽。其中，「二登甲，一登科，一明經，一食餼，餘青衿。皆莫不痛自砥礪，居為良士，出為名臣，庭訓力

〔註4〕〔清〕高之騄：《高氏家模彙編》，清康熙五十年家刻本，卷上。
〔註5〕〔清〕張鳴鐸：《淄川縣志》，清乾隆四十一年刻本，卷六。
〔註6〕〔清〕張鳴鐸：《淄川縣志》，清乾隆四十一年刻本，卷六。
〔註7〕〔明〕畢木：《畢氏世譜說》，《黃髮翁全集》，山東大學圖書館藏清鈔本，卷三。

也。」〔註8〕成為一代名臣的是畢自嚴、畢自寅、畢自肅。畢自嚴，字景曾，號白陽，明萬曆二十年（1592）進士，授松江推官。歷任刑部主事、淮徐道參議、山西參議、山西副使。引病歸，三年後補任陝西參政，泰昌擢太僕寺卿。明天啟元年（1621），後金努爾哈赤攻陷遼陽，朝廷議設防海巡撫於天津，遂授畢自嚴以僉都御史。畢自嚴招募水陸兵，修繕戰艦，討伐白蓮教有功，遷右都御史兼戶部左侍郎。崇禎元年，升任戶部尚書。後舉為吏部尚書，未就任。畢自嚴一生歷任三朝，在松江、洮岷、靖邊、天津等地設專祠，確為「真司農」。畢自寅，字畏甫，號旭陽，明萬曆四十三年（1615）舉人，官至南京戶部廣東司主事。後因登州孔有德赴遼東作戰，途徑吳橋發生兵變所連累罷官。畢自肅，字范九，號沖陽，「豐質偉幹，性沉毅果決，多大略，以經濟自任。不為洿涊依阿。」〔註9〕明萬曆四十四年（1616）進士，授定興縣令。天啟三年（1623），因參與寧錦之戰，加封太僕寺少卿。崇禎元年（1628），升任都察院右僉督御史。時遼東將士缺餉四個多月，畢自肅多次上書請撥糧餉，朝廷未撥，致使寧遠發生兵變，畢自肅絕食而死。畢自嚴三次上疏理陳兵變因缺餉，乞納職贖罪，求復原官，未果。

趙氏家族崛起相對較晚。趙氏家族源出蒙陰，明永樂中，始祖趙平因避亂，遷於益都之西南孝鄉，世居顏神鎮。趙執信在《先府君行略》中說：「趙氏之先，蓋自宋靖康間，避地居蒙陰，遺裔至今猶守墓木，而譜牒亡矣。先始祖諱平，以明永樂初，自蒙陰來益都之顏神鎮，因家焉。」〔註10〕二世趙彥名，有二子，長子趙廷傑，後人被稱「南趙」；次子趙廷毅，後人被稱為「北趙」。「南趙」自明成化以還，往往以鄉貢仕州縣。而「北趙」一支至九世趙振業，始以進士起家，官御史，趙氏家族才逐漸繁茂起來。趙振業祖輩，以農耕起家，遞世耕讀，族姓漸繁。《趙氏北支先祠碑記》中載「自我始祖來宅茲鄉，九世至先中大夫而始顯，爰始立廟，舉八世以上南北二支而概祠之，至公也。」〔註11〕七世趙克用，字茂才。早歲入黌序，好學嗜古，精通經術，不問生產，「善飲酒，好資給，人無問識與不識，亦不計家之有無。家以是落。」〔註12〕由於趙克用性豁達，不善經營，趙氏一度又趨於衰落。八世趙課，性孝友，亦

〔註8〕〔清〕張鳴鐸：《淄川縣志》，清乾隆四十一年刻本，卷六。

〔註9〕〔清〕張鳴鐸：《淄川縣志》，清乾隆四十一年刻本，卷六。

〔註10〕〔清〕趙執信：《趙執信全集》，齊魯書社，1993年版，第495頁。

〔註11〕〔清〕趙執信：《趙執信全集》，齊魯書社，1993年版，第411頁。

〔註12〕〔清〕趙執信：《趙執信全集》，齊魯書社，1993年版，第624頁。

好施，解紛周急，往往傾囊以助，不足又稱貸。以孫趙進美贈中大夫、陝西布政使司參議。

（二）以商業起家

益都顏神鎮可耕地資源稀少，礦產豐富，當地人多從事陶瓷製造，顏神鎮的手工業發展較早。從宋代開始，益都顏神鎮出現陶瓷業，民窯大量出現。益都顏神之山，盤桓曲折而中裂，有水繞其下，是陶瓷業發展的地理條件。明初時，顏神鎮亦出現了琉璃業和爐料業，到了明嘉靖時期，益都琉璃業空前繁榮，「陶者以千數」。可以說，當時的益都是孝婦河流域經濟及手工業最為發達的地區。

孫氏家族就是靠著琉璃業發展起來的。在資本主義萌芽未出現的明代初期，益都孫氏家族能夠選擇琉璃和爐料為業，得天獨厚的地理環境固然重要，但始祖孫克讓的商業意識也是顏神鎮琉璃業昌盛不可或缺的條件。自始祖孫克讓至五世孫紀，皆從事爐料業，自明洪武三年（1370），孫克讓一支由河北棗強遷到青州府益都縣之顏神鎮。「自洪武時，隸籍內廷班匠事，故世執琉璃青簾業。」〔註13〕孫克讓遷居顏神鎮的同時，也把琉璃的製作工藝也帶到了顏神鎮。明代中晚期，隨著資本主義萌芽的產生，六世孫延壽，順應時代發展趨勢，具有商業頭腦，在顏神鎮建立大型的琉璃作坊，為宮廷生產琉璃製品。同時又積極參與地方事務，於萬曆三十九年（1611）主持創建爐神廟，又於萬曆四十六年（1618）發起建立爐神醮會，對益都風俗產生了影響。據《博山縣志》載：「爐神廟在洪教寺後，業琉璃者所建，祀古女媧氏，取義於煉五色石以補天也。」〔註14〕此後益都三月初三，舉辦爐神廟會，祭祀女媧。琉璃所製燈盞，還為上元節薦佛祈福所用。《顏山雜記·風土歲時》記載：「元夜以琉璃碗燈薦佛，並散門庭。又集峨嶺下作三日醮。」〔註15〕由此可見，益都當地琉璃業興旺、民眾富裕的程度。琉璃亦稱「流離」，最早產於西域的罽賓國。《漢書·西域傳》記載：「罽賓國……其民巧，雕文刻鏤……出珠璣、珊瑚、虎魄，璧、流離。」〔註16〕孫氏家族積極創新，所鑄琉璃，與西域不同。

〔註13〕〔清〕王蔭桂：《續修博山縣志》，民國二十六年鉛印本，卷十二。
〔註14〕〔清〕富申：《博山縣志》，清乾隆十八年刻本，卷二。
〔註15〕〔清〕孫廷銓：《顏山雜記》，《清代詩文集彙編》（第42冊），上海古籍出版社，2010年版，第173頁。
〔註16〕〔漢〕班固：《漢書》（下），嶽麓書社，2008年版，第1446頁。

西域之琉璃粗糙鈍拙，色澤微暗。益都琉璃，晶瑩賜透，色澤光鮮，白者如霜，紫者如英，工藝上亦有吹、拉、雕等多種技法。而上品為青簾，用於皇家郊壇與清廟，「棲神象玄，以合窈冥」，堪稱國工。

孫氏家族至六世孫延壽，始尚讀書。孫延壽，字子容，號柳溪，徵授永康侯府教讀。循禮度，所居惟一堂一寢，餘屋八九間。直至七世「顏山雙鳳」孫霦、孫震，做了縣丞、教諭、州訓導，孫氏家族才躋身士大夫行列。孫霦，字顯東，號曙陽。敏慧夙成，讀書每忘寢食。其文章，秉經酌雅，迥異俗流。「一時，當事爭設榻待之。」終困棘闈，以明經老。晚授湘潭縣丞，升高山衛經歷，遂解綬歸。孫震，字鳴東，號聶陽。以兄為師，無書不窺。晚貢太學，除濮州訓導，繼升灘縣教諭。貢太學，廷對第一。孫氏家族以商業起家，琉璃業興家，最終以讀書傳家。至孫廷銓時，孫氏家族成為仕宦家族與文學家族。

二、明末家族的發展

（一）黨爭中的家族立場

明季政治黑暗、政局動盪，對國家命運的擔憂以及懷有忠君報國願望的文人們，積極參與明末的社團運動。明季結社之風盛行，尤以東林黨、復社規模最為浩大。「明季復社，聲氣遍天下，每會，至二三千人，幾罹清流之禍」。[註17]在明末的黨爭運動中，王氏家族與東林黨、復社等社團關係密切。畢氏家族與高氏家族雖未名列東林黨，但其政治傾向十分明顯。張氏家族的張至發不付麗任何政黨，明哲保身。因趙氏家族起家甚晚，孫氏家族以商業起家，與明末黨爭關係不大，故不論述。

王氏家族在明中葉時期，並未加入冗、楚、浙三黨。正如王士禛所說：「吾家自明嘉靖中，先高祖太僕公以甲科起家，至隆、萬而極盛，代有聞人。當明中葉，門戶紛紛之時，無一人濡足者，亦可見家法之恭謹矣。」[註18]但明季時，王氏家族的發展與東林黨爭、復社運動休戚相關。王氏家族成員多東林黨人，且與東林黨成員交往密切。「漁洋紀其先世多東林黨魁，詡一門盛事，他未及載。」[註19]四世王重光門生王家屏為東林黨人，五世王之猷

〔註17〕〔清〕王培荀：《鄉園憶舊錄》，齊魯書社，1993年版，第60頁。
〔註18〕〔清〕王士禛：《池北偶談》，《王士禛全集》，齊魯書社，2007年版，第2933頁。
〔註19〕〔清〕王培荀：《鄉園憶舊錄》，齊魯書社，1993年版，第47頁。

與鄒元標交往密切。六世王象乾加入東林黨，王象乾與葉向高、沈鯉等交往密切；王象蒙與趙南星有交往，王象春曾從學於鄒元標，又與錢謙益有交遊。七世王之都與顧憲成有交往。王象乾，字子廓，隆慶五年進士，官至兵部尚書，被列入《東林籍貫》、《東林通志錄》。王象蒙，字子正，號善吾，王之輔長子。隆慶庚辰進士，歷官河內、陽城、潞安縣知縣，官至江西監察御史。「為人坦易和粹，不以矯矯立名。至於大節所關，立己守正，屹然如山嶽」。「劾貪將、除悍卒，清鹽法，固邊圉，諸疏尤能切中時弊」。〔註20〕

　　王象春，字季木，小字夢安，號文水、虞求、鵲湖居士，王之猷子。明萬曆三十八年（1610）進士，官至吏部郎中。明萬曆「韓敬科場案」將王象春徹底捲入東林黨爭。王象春生性耿直，因忤逆魏忠賢，被削籍為民。明崇禎二年（1629），奉旨原官起用，未赴，不久抑鬱而終。王象春被列入《東林籍貫》、《東林通志錄》、《東林點將錄》、《東林朋黨錄》、《東林黨人榜》等。王象春進入仕途約二十載，自認為拙於宦，「前催折於逆璫，今永錮於逆豎，動而得忤，不合時宜」。〔註21〕有人奉勸王象春改志以從魏璫，王象春表明自己願守貞空山，永不改志。王象春曾撰《辯明孤貞疏》表明自己的忠心，疏曰：「竊念春生無媚骨，智有忠肝，世受國恩，幼承家訓，矢捐身而報主，歷九死以不移。此春之自信於天日者也。存一身科名屈於贗鼎，仕路塞於媚臣，屢出屢蹶，益窮益堅，此又海內士紳所共知者。」〔註22〕又在五言古詩《言志》中點明自己的志向：「富貴如浮雲，百歲猶頃刻。世途多險巇，反覆無終極。何不早掛冠，戚友相親匿。」〔註23〕據《復社姓氏傳略》卷十可知，王氏家族名列復社者還有：七世王與敕、王與麟、王與朋、王與夔，八世王士瞻、王士熊、王士和、王士鵠等。

　　畢氏家族的畢自嚴一生歷任萬曆、天啟、崇禎三朝，大司馬張坤安稱其為「真司農」。畢自嚴受主知遇之恩最深，一身擔負國家大任，最重亦最久。畢自嚴雖未名列東林黨之列，但從畢自嚴與魏黨的衝突以及畢自嚴與東林黨人的交往中，可見畢自嚴的政治傾向。畢自嚴在朝堂之上，盡職守責，無所

〔註20〕〔清〕袁勵傑：《重修新城縣志》，濟南平民日報社民國二十二年鉛刻本，卷十四。

〔註21〕〔明〕王象春：《問山亭集》，《山東文獻集成》（第 2 輯第 28 冊），山東大出版社，2007 年版，第 655 頁。

〔註22〕李棪：《東林黨籍考》，人民出版社，1957 年版，第 25 頁。

〔註23〕〔明〕王象春：《賜閒堂集》，清順治十年王與敕等刻本，卷一。

附麗，慨然曰：「臣知籌國計，盡職守耳，不知黨為何事。」畢自嚴立朝，「一以公義為可否，嶽立冰凝，無所附麗。諸公皆心知其賢，以不已助，莫為推援也。」〔註24〕畢自嚴與魏忠賢的直接衝突大概有三次。明天啟元年（1621）七月，畢自嚴上疏《金吾遠逮廢弁疏》，忤逆魏忠賢。「魏忠賢令錦衣衛千戶劉僑逮天津衛廢將陳天爵，大父（畢自嚴）以無駕帖上疏，申憲章。」〔註25〕天啟四年（1624），畢自嚴上《地震陳言疏》重忤客、魏忠賢。「條議四款，曰內批宜慎，恩澤宜節，人才宜珍，內操宜罷。」〔註26〕畢自嚴語詞多激烈，把魏忠賢一黨比作「湯灶」，暗示佞倖專權、蒙蔽國君。天啟六年（1626），畢自嚴再一次忤魏璫。「忠賢議鬻南太僕牧馬草場助大工，廷臣無與阻者。令守備太監來喻意，大父堅持不可。朝政益亂，遂有歸意。」〔註27〕遂稱疾乞休，帝不允。畢自嚴認為因客、魏盜竊，使得國庫貯積已空，間接導致遼餉不敷、濟急無奇。於崇禎元年（1628）九月上疏《遼餉不敷濟急無奇疏》，請清衛所屯田、省直倉穀、抽扣工食、優免丁糧、房產稅契、俸新馬夫、典鋪稅銀等，減免一切雜支公費。〔註28〕此外，畢自嚴與東林黨領袖趙南星、鄒元標，以及東林黨成員袁化中交往密切。畢自嚴《石隱園藏稿》卷八中有《與趙儕鶴》書札二封以及《答鄒南皋》、《答袁熙宇》書札各一封。趙南星，字夢白，號儕鶴，別號清都散客；萬曆二年（1574）進士，天啟三年（1623）升吏部尚書，被魏忠賢排擠，削籍戍邊代州。

明萬曆朝以後，高氏家族科甲相繼，群英鵲起。八世高舉，字鵬程，號東溟。幼補邑諸生，萬曆八年（1580）成進士，除完縣縣令。調湖廣蒲、圻兩地，皆有惠正。後督北畿學政，獎掖寒士。擢大理寺丞，以僉都御史巡撫浙江，撫浙近六年，乞休。高舉立朝正色，遇事敢言，「言事侃直無避忌。璫張德毆死人於掖門斃，眾莫敢問也。璫張德毆死人於掖門，眾莫敢問。公抗疏

〔註24〕〔清〕孫廷銓：《故明太子太保戶部尚書白陽畢公墓碑》，《石隱園藏稿》，中國文聯出版社，2010年版，第367頁。

〔註25〕〔清〕畢盛鑒：《畢自嚴年譜》，《石隱園藏稿》，中國文聯出版社，2010年版，第378頁。

〔註26〕〔清〕畢盛鑒：《畢自嚴年譜》，《石隱園藏稿》，中國文聯出版社，2010年版，第380頁。

〔註27〕〔清〕畢盛鑒：《畢自嚴年譜》，《石隱園藏稿》，中國文聯出版社，2010年版，第381頁。

〔註28〕〔清〕畢盛鑒：《畢自嚴年譜》，《石隱園藏稿》，中國文聯出版社，2010年版，第382頁。

言：『法者，人君受之於天，必不可廢。今禁地殺人而欲委罪，是廢法之尤，其何以為天下平。』神皇從公言，抵璫於法。」〔註29〕閹黨張德畷人於掖門，眾莫敢問，高舉毅然抗疏論列詔，萬曆神宗皇帝遂抵璫於法。高舉秉公矢慎，咸懍時論，「同儕為之怖恐，兄怡然樂之」「胥謂力扶綱常、有功國本云。」〔註30〕

　　張氏家族的張至發以縣令起家，成內閣首輔。自張至發起，外僚入閣，後至內閣首輔，為二百年來罕見。張至發拜相三年，授階光祿大夫，賜誥命襃贈三代如其官，家聲遂振。張至發，字聖鵠，號憲松，張中發弟。明萬曆二十九年（1601）進士，歷任玉田、遵化知縣。萬曆四十年（1612），授雲南道監察御史。萬曆四十二（1614）年，奉命巡按河南。萬曆四十八（1620）年，奉命巡按應天，未任，告命，旋歸里。天啟元年（1621），進大理寺丞，辭任。天啟三年（1623），請終養，歸里家居。崇禎五年（1632），起任順天府丞，進光祿寺卿。精覈積弊，多所釐正，遂受帝知。崇禎八年（1635），遷刑部右侍郎，擢禮部左侍郎兼東閣大學士。

　　張至發歷官幾四十年，為縣令者六年，為御史者十年，為列卿者三年，為宰相者三年。其餘皆家居也。張至發在其位時，遇事敢言，神廟嘗有「守正不阿」之特獎。雖萬曆年間，張至發為齊黨成員，上疏陳內降之弊。因言：「陛下惡結黨，而秉揆者先不能超然門戶外。」〔註31〕張至發「周旋諸大璫間，以禮制裁節之。」〔註32〕元、楚、浙三黨與東林黨鬥爭失利後，依附魏忠賢。此時，張至發卻岳岳自立，不為苟同，辭任歸里。天啟三年（1623），張至發乞歸，請終養，魏忠賢舉薦提拔，並未出任。「吾淄聖鵠張公家居，魏黨揚言張至發天下名賢，魏閹矯旨命吏部起用，公養親不出。」〔註33〕天啟朝至崇禎初，張至發辭職里居，並未捲入明末黨爭，不依附於任何黨派，孤騫中立。家居十年，奉養至親，且免於逆璫之禍。天啟五年（1625），張至發以「魏璫煽虐，煬皂（灶）蔽聰，清流被禍，遂堅臥東山，有終焉之志。」〔註34〕

〔註29〕〔清〕高之騊：《中丞公暨鄒趙二恭人墓誌銘》，《高氏家模彙編》，清康熙五十年家刻本，卷下。

〔註30〕〔清〕高之騊：《中丞公暨鄒趙二恭人行實》，《高氏家模彙編》，清康熙五十年家刻本，卷下。

〔註31〕〔清〕張廷玉：《明史》（第五冊），嶽麓書社，1996年版，第3651頁。

〔註32〕〔清〕張篤慶：《先相國少保公年譜》，清初刻本，第7頁。

〔註33〕〔清〕王培荀：《鄉園憶舊錄》，齊魯書社，1993年版，第47頁。

〔註34〕〔清〕張篤慶：《先相國少保公年譜》，清初刻本，第12頁。

直至天啟七年（1627），熹宗再詔，張至發堅臥白雲不出，其守志保節尤可見。張篤慶在曾祖張至發年譜中揭示此等原因時說：「不獨左貂之兇焰不得而相加抑，且黨禍之株連無從而妄及。」〔註35〕天啟年間，武官氣焰囂張，閹黨干政，黨爭日益激烈，波及甚廣。此時，里居不出是謂急流勇退、明哲保身矣。

天啟朝至崇禎初，閹黨干政，佞倖專權、蒙蔽國君，清流被禍，是黨社鬥爭都為激烈之時。孝婦河流域的家族大多能夠立朝正色，以公義為則。

（二）益都趙氏家族與孫氏家族的發展

趙氏家族在明末的發展，以趙振業為標誌，趙氏家族躋身於益都望族之林。趙振業以奉公守法、清正廉潔聞名，曾被舉為「循吏第一」。趙振業，字在新，號暨垣，明天啟五年（1625）進士，釋褐邯鄲令。在邯鄲任上五年，臺使薦疏達四十餘份。崇禎三年（1630），授雲南道監察御史。監督漕運，執法嚴格，宿弊一清。崇禎七年（1634），提督應天學政，提攜後進。崇禎八年（1635），調任四川布政司右參議，分守川北道。四川地處偏遠，吏治稍疏，尚鬼畏巫。到任後，「以法禁諭，數月，其風一變。」〔註36〕崇禎九年（1636），升湖廣按察司副使，分守荊西道。朝廷徵土司兵增援，由四川布政司監護。「時秦寇縱橫，棧道斷絕，人皆畏避」，唯獨趙振業毅然請行，與士兵同甘共苦，無一人敢嘩。同年，升湖廣按察司副使，分守荊西道。荊西，乃楚豫之交，「流寇數十股，盤踞往來」，趙振業親自率領屬下捐俸，「造鳥銃千座，散佈埤堄，寇目為鐵城，不敢犯。」〔註37〕崇禎十五年（1642），因反對兵部尚書熊文燦招撫張獻忠，獲罪，乞歸。政績顯著，是明清兩代的「循吏」。

孫氏家族以孫景昌、孫廷銓叔侄中進士為標誌，孫氏家族入商入仕。孫景昌與孫廷銓在明末僅做到知縣、推官一類的小官，但對於提升孫氏家族的聲望還是功不可沒的。孫景昌，字仰之，號義侶，孫霽長子。明崇禎十三年（1640）與侄孫廷銓同榜進士，授清苑知縣。清苑縣居三鋪要津，夙稱難治，

〔註35〕〔清〕張篤慶：《先相國少保公年譜》，清初刻本，第26頁。
〔註36〕〔清〕趙進美：《清止閣集》，《山東文獻集成》（第2輯第29冊），山東大學出版社，2009年版，第795頁。
〔註37〕〔清〕趙進美：《清止閣集》，《山東文獻集成》（第2輯第29冊），山東大學出版社，2009年版，第795頁。

又有羽檄旁午，徵調不時。未幾，流賊猖獗，城守戒嚴，孫景昌坐鎮指揮，從容不迫，兵民未敢嘩者。畿輔震驚，悉倚孫景昌為左右手。崇禎十六年（1643），孫景昌以內艱解任。孫廷銓，字枚先，號沚亭。崇禎十三年（1640）進士，任大名府魏縣知縣。崇禎十四年（1641），調撫寧知縣，有治績，復改監紀推官。明末，以世亂歸里。

第二節　明末清初文學家族的沉浮

一、明清易代與家族的選擇

明天啟以後，明王朝內部腐朽不堪，社會生產凋敝衰落，農民起義此起彼伏。崇禎朝時，黨爭不斷，官員動輒得咎；加之天災人禍，民不聊生，民怨載道，明王朝逐漸走向滅亡之路。

朝代的更迭，對漢民族士大夫而言，心理震動極其巨大。雖然明王朝以腐敗而終，但與生俱來的民族認同感使漢民族的知識分子不能接受異族的統治。面對改朝換代，官員、士大夫們可選擇的大概有三條道路：積極抗清；退隱山林；出仕新朝。抗清者，是謂忠臣，他們為復明而積極奔走，甚至殉國殉節。退隱者，是謂明遺民，他們既有故國之思，又有亡國之痛，歸隱後，往往著書立說，抒興亡之感。出仕者，是謂貳臣。貳臣的心態更為複雜，他們違背了儒家的「君臣」之綱，和「忠節」的倫理道德，產生了強烈的負罪、羞愧、痛苦之感。另一方面，他們出仕新朝，建功立業以求實現自身的價值，尋求世人的諒解和慰藉。

鼎革之際，山左運河流域家族大多出仕新朝，如德州盧氏家族的盧世㴐、曲阜孔氏家族的孔衍植、濟寧楊氏家族的楊士聰，這種現象與明末王陽明「心學」流行以及運河地區商業發達程度、重利輕義觀念有關。膠東沿海地區家族大多隱居不仕，如即墨黃氏家族堅守氣節，甚至從事反清活動；萊陽宋氏家族多隱居鄉里，成明遺民。〔註38〕相較於運河流域及膠東沿海地區，孝婦河流域家族即有保節遺民，又有隱居不出者，亦有出仕新朝者。

孝婦河流域的文學家族面臨著不同的選擇。或自殺殉國，或退隱山林，或出仕新朝。由於孝婦河「忠孝」文化的濡染，以及儒家君臣綱常的影響，孝

〔註38〕具體可參見韓梅〈明清山左即墨地區望族文化與詩歌研究〉，山東大學 2013年博士論文。

婦河流域的家族成員除殉國外，大都選擇歸隱林下。

（一）殉國殉難，堅守氣節

王士禛《池北偶談》中記載了明末清初起義軍攻陷淄川、新城之難。「嘗於史館見一書曰《弘光大事紀》，內言甲申年山東大姓新城王氏、淄川韓氏起義兵。爾時先伯父御史公與胤全家殉節。先祖布政公年八十餘，家居，祭酒公奉侍避兵山中，無義兵事。」〔註39〕甲申事變中，王與胤與其妻於孺人、其子王士和闔門自經。新城王氏遂有「一門忠烈」「節孝」「節烈」之稱。可見，孝婦河「忠孝」文化以及千古的「君臣」之綱，對生長在孝婦河畔的新城王氏家族的深刻影響。

王與胤，字百斯，明崇禎元年（1628）進士，改翰林院庶吉士。「甲申三月，聞流賊陷京師，泣涕不食。買舟利津之三汊，將浮於海。聞海道梗，夜起投水，為家人所持，不死。買冰片潛服之，又不死。乃舍舟歸里，笑謂家人曰：『吾不死矣。』家人信至，伺少怠。夜半登樓，與孺人于氏，子廩生士和同縊死。」（《世父侍御公逸事狀》）〔註40〕時為四月二十六日，王與胤留書：「京師卒破，聖主以殉社稷，上升。余聞之，雪泣沾衣，即欲攀龍髯而殞命。特以望九老父未有歸著，欲奉之走海濱，父老以祖宗墳墓故人舟復返。余不敢強，相次歸家，遂偕妻于氏、子士和並命於寢室。命也如斯，可奈何。」〔註41〕王與胤清介忠信，《明史》將其列為「忠義」，並有傳。順治初，禮官具《甲申死難諸臣本末》，順治帝臨朝太息。

王士胤之子王士和，字九協，邑廩生，事父母純孝，「甲申三月，侍御公同於孺人將縊死，已闔戶矣。公大呼曰：『父死忠，母死節，忍令兒獨生乎？』」〔註42〕與父母同縊死。留下《絕命辭》曰：「痛予生之不辰兮，天滅我之立王。予父母聞之兮，涕滂沱以彷徨。以身殉國兮，維千古之臣綱。嗟反面而事仇兮，方臣妾之未遑。哀世道之積濁兮，羞四維之不張。大地無容身之際兮，願從吾親兮歸於帝鄉。」〔註43〕

誠如朱彝尊所言：「久而激四方，歷戰爭故壘，訪問耆老，則甲申前後，

〔註39〕〔清〕王士禛：《池北偶談》，齊魯書社，2007年版，第191頁。
〔註40〕〔清〕王士禛：《漁洋文略》，山東巡撫採進本，卷十。
〔註41〕〔清〕崔懋：《新城縣志》，清康熙三十二年刻本，卷十三。
〔註42〕〔清〕王兆弘：《新城王氏世譜》，清乾隆二十五年新城王氏家刻本，卷四。
〔註43〕〔清〕崔懋：《新城縣志》，清康熙三十二年刻本，卷十三。

士大夫殉難者，不下數百人，大都半出科第。而新城王氏，科第最盛，盡死節者亦最多。」〔註44〕

（二）退隱山林，成為明遺民

明亡後，不再出仕新朝者為明遺民，如：王象晉、王與敕、王與美、張中發、張紳、高珠、高瑾、趙雙美、趙凱美、孫元昌。還有一種是徹底地隱逸，可稱為「逸民」。《隋書・隱逸傳》中對「隱逸」的定義為：「古之所謂隱逸者，非伏其身而不見也，非閉其言而不出也，非藏其智而不發也，蓋以恬淡為心，不噭不昧，安時處順，與物無私者也。睦誇輩忘懷纓冕，畢志丘園。或隱不違親，貞不絕俗；或不教而勸，虛往實歸。非有自然純德，其孰能至於此哉？」〔註45〕「逸民」者有：張紳、高瑾、畢際孚、趙凱美。

作為受明代國恩最深的王氏家族，王象晉一支不無例外地避地長白山，絕意仕進，隱居著書。王象晉，字藎臣，又字康宇，明萬曆三十二年（1604）進士，歷官禮部主事、河南按察使、浙江右布政使。入清後隱居不仕，自號「明農隱士」。嘗邀從弟王象咸飲，王象咸工草書，有張旭之風。「酒闌，諸孫競進乞書，方伯公把酒命對句。」〔註46〕王象晉，躬耕稼圃，親自力田。經過長期的農業生產實踐，由從農書中汲取知識，編撰了農業著作《群芳譜》共二十八卷。全書按天、谷、蔬、果、茶竹、桑麻葛棉、藥、木、歲、花、卉、鶴魚共 12 譜類，並詳細論述每一種植物的特徵、栽培、利用、典故、藝文等，可謂農學與藝文相結合的一部著作。此時，王士祿、王士禛隨王象晉依外家鄒平孫氏，避地長白山之魯泉及柳庵。「庵居大谷勝處，與醴泉林麓相接，風氣清美。先生（王士祿）樂之，漱流枕石，或日晏忘返。暇即就佛閣寫書，動盈卷軸，有終焉之意。」〔註47〕王與敕，字欽文，號匡廬，王象晉季子。性孝謹，尤警慧。順治初，拒絕徵召，終身不仕。「甲申，世祖章皇帝定鼎，下詔郡國拔真才貢入太學，提學房公之麒，首以府君（王與敕）應選，時中原初定，判銓者頗懸異格以侍。而府君以方伯公年八十老矣，茂才、明經二公既前歿，侍御公（王與胤）又身殉國難，遂絕意仕進，赴廷對不謁選，人徑歸侍

〔註44〕〔清〕朱彝尊：《曝書亭集》，國學整理社，1937 年版，卷七十二。

〔註45〕〔唐〕魏徵：《隋書》，中華書局出版社，2000 年版，第 1184 頁。

〔註46〕〔清〕王士禛：《王士禛年譜》，中華書局出版社，1992 年版，第 8 頁。

〔註47〕〔清〕王士禛：《王考功年譜》，《王士禛年譜》，中華書局出版社，1992 年版，第 68 頁。

方伯公（王象晉）。」〔註48〕王與美，王象壯子。歲貢生，考授內閣中書。「甲申後，甘老林泉，終身不出。」〔註49〕

　　與王氏家族的王象晉父子等人於明末之際選擇隱逸不同，張氏家族的成員很早便歸隱山林。張中發、張紳早年棄括業，有仙風道骨，可歸為「隱逸」一類。張中發，字智鵠，號仰松，別號伴鶴翁，曾補邑增廣生，棄制科，專心理學。自稱碩隱，陶情詩酒，隱於山林。著《回首窩稿》，藏於家。〔註50〕張紳，字公綏，張至發孫。邑庠生，因幼年多病，淡泊榮祿，棄舉子業，留心岐黃（醫學）及道引（養生）之術。「習靜長白山之醴泉寺，居數日，宿屙若失命矣。」〔註51〕常日往返五六十里，自作遊記。高珩極欣賞之。晚年自號「白火道人」。為人瀟灑淡泊，與物無忤，有道骨仙風。著《白火道人詩》二卷。

　　此外，高氏家族的高珠、高瑾均選擇隱居不仕。高珠，字介如，別字逸叟，又字石君，號振東。清康熙六年（1667）中進士，遂棄舉業不仕。高瑾，字公瑜，性狷介，不嗜仕進，「心安恬退，蕭疏淡遠，值身物外，匿影於窯頭村中，茅屋數椽，聊蔽風雨……布衣蔬食、氣韻閒曠，真有道之士也。」〔註52〕

　　趙氏家族的趙雙美、趙凱美絕意仕途，不願效力於新朝。趙雙美，字嶸仲，又字二宜。趙振業仲子。弱冠補博士弟子員。國朝定鼎，「令郡國貢才俊之士入太學，當事者首以府君（趙雙美）應。是時庶務草創，選人乏少，同舉諸生，或由異格超授，府君意不屑，迄廷對，竟不謁司列而歸。」〔註53〕歸後，致力於學，經史百家，莫不淹通。趙凱美，字峋叔，趙振業第七子。舞象之年，以文高等補郡博士弟子。履試前列，而秋薦未中。清康熙庚戌、辛亥，趙振業及母李淑人相繼離世，趙凱美遂絕意仕進，援例入太學。「廢蓼莪而詠考槃，而卒以少游之志終焉。」〔註54〕晚歲，適意山水，終老林下。

〔註48〕 〔清〕王士禛：《誥封朝議大夫國子祭酒先考匡盧府君行述》，《漁洋文略》，
　　　　 山東巡撫採進本，卷十。

〔註49〕 〔清〕袁勵傑：《重修新城縣志》，濟南平民日報社民國二十二年鉛刻本，卷
　　　　 十五。

〔註50〕 〔清〕張鳴鐸：《淄川縣志》，清乾隆四十一年刻本，卷六。

〔註51〕 〔清〕張鳴鐸：《淄川縣志》，清乾隆四十一年刻本，卷六。

〔註52〕 〔清〕張鳴鐸：《淄川縣志》，清乾隆四十一年刻本，卷六。

〔註53〕 〔清〕趙執信：《趙執信全集》，齊魯書社，1993年版，第625頁。

〔註54〕 〔清〕趙進美：《清止閣集》，《山東文獻集成》（第2輯第29冊），山東大學
　　　　 出版社，2009年版，第813頁。

　　孫廷銓之父孫元昌，剛直果毅，與人交往洞達無隱回。「讀書好深湛之思，刻文切理，不喜滑澤枝葉之言。」〔註55〕屢試不第，乃退而傳經以自給。常召諸弟從遊。值清初定鼎之際，閉門卻掃，漸疏外事，歸隱不出。所居屋前種柳，後刈葵，額其門曰：「辟俗」。

（三）出仕新朝，是謂「貳臣」

　　再度出仕者主要有：高珩、孫廷銓、趙振業、趙進美。其中以益都地區最為集中。明末時期，益都是孝婦河流域經濟最為發達的地區，城鎮規模也位於前列，四方貿易輻輳。與孝婦河其他地區相比，益都受齊文化的浸染最深，儒家傳統君臣觀念影響相對較弱；益都的文學家族為了家族利益的考慮，做出了與清廷合作的選擇。

　　高氏家族也有選擇出仕新朝者，即高珩。明末甲申（1644）之變，崇禎皇帝自縊。五月初五日，高珩與同邑李呈祥訪楊士聰，談及出城事。待到高珩與李呈祥出城數里，便「為零虜所劫，剪其發，奪其資囊。二人因留滯通灣，甚困。」〔註56〕直到七月，高珩才輾轉歸里。經歷了甲申之變，居家數月的高珩，於清順治二年（1645）授檢討，遷國子監祭酒。

　　孫氏家族的孫廷銓亦出仕新朝。孫廷銓，明末因政局混亂而辭官歸里，清順治元年（1644），孫廷銓主動迎降，被舉薦為天津府推官，內擢吏部主事。順治十一年（1654）升兵部尚書，調吏部。孫廷銓為官清廉，勤政為民，文多奏疏，如《請查墾荒疏》、《請興屯政疏》、《請正人心疏》、《條奏委署官員疏》、《代某御史草條陳六事疏》等，關心民瘼，因此得到順治皇帝的信任。正如馮溥在《孫文定公墓誌銘》中所說：「生平忠孝，秉於至性，兩朝殊眷，恩禮兼隆，君臣之際可謂始終無間矣。」〔註57〕

　　明清易代對趙氏家族的影響較小，趙氏家族連續兩代出仕新朝。崇禎年間，趙振業因率眾剿滅張獻忠隊伍數千人不獲賞而稱疾乞歸。歸家三月，益都城陷，生靈塗炭。後甲申之變，趙振業「乃籍鄉里少年捐廩胥糈之，自相守衛，桑梓晏然。鄰邑偽令忌而中之，家幾殆。」〔註58〕清順治元年（1644），

〔註55〕〔清〕孫廷銓：《沚亭刪定文集》，《清代詩文集彙編》（第42冊），上海古籍出版社，2010年版，第349頁。

〔註56〕〔明〕楊士聰：《甲申核真略》，浙江古籍出版社，1985年版，第40頁。

〔註57〕淄博市政協文史資料委員會：《淄博石刻》，博山區政協文史資料委員會編，1998年版，第167頁。

〔註58〕〔清〕張鳴鐸：《淄川縣志》，清乾隆四十一年刻本，卷五。

由山東撫案推薦，趙振業起補山西按察司僉事。趙進美，字韞退，號清止，趙振業第四子。明崇禎十三年（1640）成進士，授行人，奉使江西寧、益二藩府。曾作《桑弘羊論》，以漢武帝時期的財政虧空為背景，論及明末的財政危機，啟發統治者以桑弘羊理財為鑒，積極管理財政。趙進美雖年少，卻以兵略自見，「關西、河北無赫赫之名，而去後皆見思。觀察一職，理繁決滯，少年能吏所不及。」〔註59〕

二、明清鼎革對孝婦河家族的影響

（一）兵變頻仍、民不聊生

從明崇禎四年（1631）至清順治四年（1647），孝婦河流域的新城、淄川等地一直處於戰亂的局面。民不聊生，起義軍所到之處，燒殺搶掠，「前日之舞扇歌裙，化為青磷白骨，銅山金垿，散如雲煙矣。」〔註60〕明崇禎四年（1631），登州游擊孔有德叛亂，攻陷青城、新城，新城受禍最酷。崇禎十五年（1642），清軍南侵，新城城破後，王氏家族遇害者達四十餘人。崇禎十七年（1644），崇禎皇帝自縊，清軍入關，攻陷淄川、新城等地。清順治四年（1647），謝遷起義，清軍炮攻淄川城，淄川居民傷亡無數。為了家族的利益，淄川、益都等地的家族被迫或自願與清廷合作。

清順治四年（1647），謝遷以淄川人丁可澤為內應，攻破淄川城，建立國號，置官屬，以石城堅固，據之以抵禦官兵。後清軍圍城，謝遷等人據城堅守。至七月初十日，清兵由地道置火藥轟城牆，遂敗。當夜，高珩縋城而出，「身入官軍營中，贊畫破賊方略。」在城外的兵營裏與王樛為清兵攻城出謀。「復城後，其賴府君調護得安全者甚眾。」〔註61〕保護了淄川城的眾多居民。

明清鼎革對孝婦河流域的家族影響甚遠，王氏家族所受打擊可謂致命。〔註62〕經歷這幾次劫難，王氏家族僅存王象晉一支。其次對張氏家族的影響巨大，經過明清易代，張氏家門從此一蹶不振。至順治四年謝遷起義，清軍

〔註59〕〔清〕趙執信：《趙執信全集》，齊魯書社，1993年版，第488頁。
〔註60〕〔清〕王培荀：《鄉園憶舊錄》，齊魯書社，1993年版，第187頁。
〔註61〕〔清〕高之騤：《高氏家模彙編》，清康熙五十年家刻本，卷下。
〔註62〕據孔令濤《明末清初王氏家族幾次劫難述考》（《王漁洋研究論集》，山東文藝出版社，1991年版，第32頁）中考證，明末，新城王氏家族共遭遇三次劫難：一是辛未年（明崇禎四年）的遼丁嘩變劫難；二是壬午年（明崇禎十五年）清軍南侵之難；三是甲申（明崇禎十七年）事變的殉國之難。

炮攻淄川城，張泰瑞遇害，後清軍又掠張氏子女數十人入軍營。此次遇害的
還有：張泰來妾王氏、張泰瑞妻譚氏、張譜妻高氏。康熙年間，蒲松齡應張永
躋的要求，為張家撰《請表一門三烈呈》，直言此次事變對張氏家族的而言，
可謂是「互古之慘禍」。自此，張氏家族孫支分析，逐漸衰落。

關於謝遷起義以及清軍攻佔淄川城的事變，高氏家族的高之騊亦有記
載。高之騊的同邑王培荀曾引用其記載曰：「自桃花扇賊破城屠戮，大兵繼
至，毀城而入，良莠難分，死者狼藉，生者家室莫保，前日之舞扇歌裙，化為
青磷白骨，銅山金埒，散如雲煙矣。」〔註63〕這次事變中，高氏家族的高璘
殉難。高璘，字戒之，明崇禎十五年（1642）舉人，「年未三十，謝寇陷城，
竟遭兵燹而歿」。〔註64〕

（二）琉璃業停滯、家族衰落

明崇禎十三年（1640）至崇禎十四年（1641），「江北旱災，琉璃之家死
者什九，非以其無用器耶。若其在時和清宴，亦可以觀人情矣。」〔註65〕明
末，在家族的生存問題無得到保證時，琉璃的製造遂成無用之物。清順治二
年（1645），清廷廢除匠籍制度，隸屬內廷的孫氏家族蒙受重大損失。匠籍，
是朝廷專為手工業者所立的戶籍。明嘉靖八年，按匠籍向匠戶徵收銀兩，
謂之「班匠代役銀」。由於清初匠籍混亂，朝廷已無法徵收銀兩，因此宣布
廢除匠籍，改為雇募的方法來徵調工匠。「除豁直省匠籍，免徵京班匠價。」
〔註66〕益都的琉璃業也曾一度停滯。這也成為孫氏家族的孫廷銓再度出仕新
朝的一個動因。

清順治四年（1647），清軍掠奪張氏家族子女數十人，為此，張氏花費了
千兩黃金，才得以贖回。據王士禎《明經張先生傳》載：「王師既滅賊，有裨
將掠薦紳子女數十人入軍營，先生（張泰瑞）故與監軍相識，挺身往說之，立
脫繫累。」〔註67〕隨著張氏家族經濟狀況的滑落，以及張至發之子僅為縣令

〔註63〕〔清〕王培荀：《鄉園憶舊錄》，齊魯書社，1993年版，第187頁。

〔註64〕〔清〕張鳴鐸：《淄川縣志》，清乾隆四十一年刻本，卷五。

〔註65〕〔清〕孫廷銓：《顏山雜記》，《清代詩文集彙編》（第42冊），上海古籍出版
社，2010年版，第202頁。

〔註66〕〔清〕清高宗敕編：《清朝文獻通考》（卷二一），新興書局，1965年版，第
5004頁。

〔註67〕〔清〕王士禎：《蠶尾續文集》，《帶經堂集》，上海古籍出版社，2002年版，
卷七。

等小官，至清初時張氏家族不可避免地中落了。

（三）文化斷層、文風嬗變

明清易代，王氏家族幾乎遭遇滅門之災，造成了家族內部的文化斷層。士大夫們痛定思痛，反思明亡的歷史，批判王陽明「心學」的空談誤國，逐漸形成經世致用的思潮。與思想領域相對的是文風的嬗變，表現在文學創作上，則一變為悲愴沉鬱。

王氏家族從王象晉、王與敕父子的隱居不出到王士祿、王士禛兄弟的科舉出仕，發生了顯著的變化。這些變化可以從明清易代王氏家族所遭劫難上找到答案。經歷幾次劫難，王氏家族僅存王象晉一支。為了家族的命運與前途，為了家族的文脈傳承，王士祿、王士禛兄弟於順治四年亂定後出仕，希望可以通過科舉提高家族的政治地位，藉此實現家族的中興。作為明遺民的王象晉，坦然於子孫的出仕，也因「『明』確已亡，而『報恩』不妨及身而止。」〔註68〕且「親教諸孫，頗及聲律之學。」

明崇禎十七年（1644）三月，崇禎皇帝自縊於煤山。趙進美作《江上聞國難》四首、《悲歌》四首、《秣陵》六首，抒發自己的亡國之痛。甲申之際，趙進美困於戰亂，寓居金陵，輾轉於吳江的汾湖一帶；次年亂定，方歸里。期間，作《避地吳村》十二首、《吳村偶作》十二首、《蔣灣》六首、《蔣灣秋懷》十首。《避地吳村》其一中「江清悲旅鬢，世亂逐漁竿。」其四「聊自耽幽適，蕭然故國心。」其五「天涯仍旅食，海內未休兵。」《吳村偶作》其五中「不須稱謝客，三徑本無鄰。」其九中「浩歌答漁父，余意指滄浪。」其十一「不異濠梁上，因歌蓬葉東。」《蔣灣》其一中「西郊遊遺叟，獨坐羨垂綸。」〔註69〕通過這幾首詩歌透露的信息，可以得知，當時的趙進美有歸隱林下之意。

易代之際，孫廷銓作《自警詩八章》及《卒歲奉柬同鄉諸子，時鄉國多難》，家國多難之憂、窮途末路之感，溢於言表。《自警詩八章》其四有「甲侯競利，卒逮疵瑕。伯宗剛折，用隕厥家。」其五有「人生實難，靡弗瞻顧。」其六有「永惟恬淡，庶保恒性。」其八有「漢有鹿門，晉惟柴桑。斯人

〔註68〕趙園：《明清之際士大夫研究：作為一種現象的遺民》，北京師範大學出版社，2014年版，第179頁。

〔註69〕〔清〕趙進美：《清止閣集》，《山東文獻集成》（第2輯第29冊），山東大學出版社，2009年版，第576頁。

履道，於今則亡。」之句〔註70〕興亡更替之際，天翻地覆，「虢山崒崩，三川斷潈」，繁華不再。反思明亡的教訓，晚明朝綱混亂，姦佞當道，宦官專權，賢臣已失，不利於國。學道學仙，是為守志。昔日的鹿門與柴桑，於今俱亡，隱居不得。

《卒歲奉束同鄉諸子，時鄉國多難》其一曰：「囊錢久欲斷，空復過書攤。裘馬看年少，豺狼畏道難。鄉陲沉夢卜，官況賴平安。白髮侵愁出，能無惜羽翰。」其二月：「寸心間動止，擾擾更成疏。禮俗安時化，資糧料歲除。無人風幕動，悶坐竹窗虛。故國今如此，何由寄鯉魚。」其三：「不及郎官宰，雙旌出國門。佘田丘壑計，寬賦廟堂恩。冬日趨山急，寒煙帶市昏。乞休如便得，未擬更高論。」〔註71〕明清鼎革，家國多難。其時，錢囊羞澀，糧草將盡，進退兩難，做官不成。過著漂泊無定的生活，哪裏還用寄什麼書信？國家大變，習俗將變，計劃著退休後回鄉耕地，希望朝廷能夠少些賦役。詩中流露出孫廷銓致仕的想法。

作為明遺民的後代，王士禛內心也感慨萬分。「漁洋山人以《秋柳》得名。少時疑其不甚規規於題，說者謂感南京舊宮人作。余細繹其詩，『殘照西風白下門』，作詩在歷下，而以金陵地起，若非意別有在，殊不合體。……若漁洋本朝新進，詠明宮人而唏噓悲涼則無謂矣。古諸物流連，而旨趣自見。」〔註72〕經歷了改朝換代，文人的作品中自然多了悲天憫人之思，往往是家國之思與身世飄零之感交織融合。

三、清初文學家族的仕宦與中興

（一）屢仕屢歸的做官方式

明清易代後，士大夫們不願放棄儒家的使命，「夫新故即移，天地猶吾天地，民猶吾民，物猶吾物，寧有睹其顛沛，漠然無動，復為之喜形於色者耶？」〔註73〕民眾仍是原來的民眾，哪有眼看流離失所而無動於衷者。因此「於鼎革後繼續關心民生利病，以興利除弊為己任，是順理成章的

〔註70〕〔清〕孫廷銓：《沚亭自刪詩》，《清代詩文集彙編》（第42冊），上海古籍出版社，2010年版，第363頁。

〔註71〕〔清〕孫廷銓：《沚亭自刪詩》，《清代詩文集彙編》（第42冊），上海古籍出版社，2010年版，第364頁。

〔註72〕〔清〕王培荀：《鄉園憶舊錄》，齊魯書社，1993年版，第20頁。

〔註73〕〔清〕澹歸和尚：《徧行堂集》（四），廣東旅遊出版社，2008年版，第74頁。

事。」〔註74〕關心民瘼要付出行動，一旦要干涉地方事務時，不可迴避地與當權者交涉，即出仕。清初，屢仕屢歸式的做官方式成為孝婦河流域家族出仕的主要特點。其中以高珩最為代表性，孫廷銓、高瑋等最終也都解組掛冠。

　　高珩，字蔥佩，別字念東，晚號紫霞道人。明崇禎十六年（1643）進士，選庶吉士。清順治二年（1645），授檢討，遷國子監祭酒，充《明史》纂修官，不久請假歸里。順治三年（1646），高珩與孫廷銓一同赴京任職，又再次請告歸里。順治四年（1647）十二月，淄川亂定後，高珩入京，仍補舊職。為了改變地方雲擾的慘狀，為了家族的榮譽，時隔一年，高珩再度為官。屢仕屢歸式的做官方式，確是無奈之舉。順治二年，高珩送趙進美北上，作《送韞退北上》：「時變如棋舉目驚，登朝何計問澄清。艱危節鉞恩仇易，門戶封章反覆爭。未敢深心規社稷，豈因低首羨公卿。欲全吾道良非細，初入蛾眉太豔生。」〔註75〕時局瞬息萬變，做官為的是安定。明清易代，恩仇交替，入朝不為羨封侯，只為深心規社稷，輔佐君主。高珩入朝為官以社稷為重，關心黎民百姓，並不為重新封侯。高珩代表了明清易代肩負儒家使命、又無奈出仕文人的心態。

　　孫廷銓，字枚先，號沚亭。明末，告假歸里。清順治元年（1644），應詔進京，授河間府推官，分司天津衛漕務。順治二年（1645），清廷廢除匠籍制度，孫廷銓出仕新朝。是年，孫廷銓擢吏部主事。順治七年（1650），升左通政；順治十年（1653），遷戶部侍郎。累遷吏部尚書，加少保。康熙二年（1663），升秘書院大學士，入參機務。康熙三年（1664），解職歸里。孫廷銓死後不著清代首揆補服，而是明代的青衣青冠。孫廷銓對明代衣冠的鍾愛，可見其中的政治意味。明亡時，崇禎皇帝著明巾自縊，是謂「主上不冕服，臣子敢具冠帶乎。」〔註76〕祁彪佳的遺命書曰：「遭時大變，死有餘愧，勿立銘旌，勿求立傳，勿受弔賵，勿用冠帶。」〔註77〕

　　高瑋，字握之，號繩東。崇禎己卯解元，清順治三年（1646）進士，授河間府推官。「是秋應河南聘為同考，歸履任未幾而河間失守，封疆大吏以下皆

〔註74〕趙園：《明清之際士大夫研究：作為一種現象的遺民》，北京師範大學出版社，2014 年版，第 179 頁。

〔註75〕〔清〕高珩：《棲雲閣詩》，清乾隆五十六年刻本，卷十四。

〔註76〕〔清〕張廷玉：《明史》，嶽麓出版社，1996 年，第 3877 頁。

〔註77〕趙園：《明清之際士大夫研究：作為一種現象的遺民》，北京師範大學出版社，2014 年版，第 73 頁。

得罪，公理官耳，又初受事，亦牽連罷官。」〔註78〕因河間失守，受牽連罷官。「公夙抱文章經濟入官，數月百未一試，輒罷去，又非其罪，侘傺拂鬱，咄咄無可告語，無聊不平，則寄興山水。」〔註79〕罷官後，回歸田園，每日以詩酒自娛，以寄坎壈牢騷之致。

（二）進退兩難的矛盾心態

經歷了明清兩代的士人們，因種種原因出仕新朝，但心有所愧，作品的矛盾心態顯而易見，更帶有濃厚的故國之思。其中以趙進美、高珩最為顯著。

趙進美，字嶷叔，號清止。明崇禎十三年（1640）進士，清順治二年（1645），授太常寺博士。縱觀趙進美自順治二年冬入京城任太常寺博士期間的唱和之作，可以發現這些詩作或為故國之戀，或寄興亡之歎，或發歸隱之意，或作悲天憫人之思。趙進美的《燕市草》一卷，有濃厚的故國之思，與明遺民詩歌別無二致，確有邯鄲生興亡之歎。同時又有深深的憂慮和無奈，時常流露出歸隱之意。作於順治二年的《十四夜》詩云：「比鄰羯鼓向宵鳴，座上傅柑遠客情。五夜烽煙迷火樹，滿城歌舞入邊聲。……謾說金門能避世，共驚短髮不勝纓。」〔註80〕趙進美把京城當成避世之地，進退從容，以廟堂為林壑。

清順治三年（1646），趙進美充順天同考試官。同年，高珩請告歸里，趙進美作《送高蔥佩歸里》為之送別。其一曰：「帝城春樹帶斜暉，倚欄蕭條送子歸。此去但存新賦草，何妨高臥舊漁磯。津橋細柳搖征斾，山郭餘花落客衣。不是文園獨善病，茂陵愁望雨霏霏。」其二曰：「茅屋溪流野樹疏，故園山色對幽居。不因張翰思歸興，空見江淹論隱書。名嶽自能留杖履，餘生惟幸有樵漁。隨君白社期非遠，南望煙嵐是敝廬。」〔註81〕文園，漢文帝的陵園，因司馬相如曾任文園令，遂指漢司馬相如。「白社」指隱士，典出白居易《長安送柳大東歸》詩「白社羈遊伴，青門遠別離。」西晉的張翰和南朝的江淹都是隱士的代表。從「何妨高臥舊漁磯」「餘生惟幸有樵漁」兩詩句可以看出，趙進美此時已有退隱之思。

〔註78〕〔清〕高之騊：《高氏家模彙編》，清康熙五十年家刻本，卷下。
〔註79〕〔清〕高之騊：《高氏家模彙編》，清康熙五十年家刻本，卷下。
〔註80〕〔清〕趙進美：《清止閣集》，《山東文獻集成》（第 2 輯第 29 冊），山東大學出版社，2009 年版，第 587 頁。
〔註81〕〔清〕趙進美：《清止閣集》，《山東文獻集成》（第 2 輯第 29 冊），山東大學出版社，2009 年版，第 589 頁。

　　清順治五年（1648），在和高珩的詩歌中，可看出趙進美的矛盾心態。趙進美《和蕙佩用前韻（早朝韻）》其一：「漫隨燕市酒人居，作客悲歌氣已除。別後自憐青桂冷，春來莫遣綠樽虛。空傳冀北登高興，但著山中種樹書。近欲杜門成小隱，柴車漸喜往來疏。」其二：「蹤跡年來誦《卜居》，荒煙寒樹此庭除。城邊雁落宮云盡，磧外沙含日氣虛。晚歲獨隨東郭履，故人時枉右軍書。漸看河柳生春色，誰使風塵雨鬢疏。」〔註82〕《卜居》是《楚辭》中的一篇，卜居的意思是占卜自己該怎麼處世。「東郭履」出自《史記·滑稽列傳》：「東郭先生久待詔公車，貧困飢寒，衣敝，履不完。行雪中，履有上無下，足盡踐地，道中人笑之。」後以「東郭履」形容處境窘迫。趙進美的矛盾心理充分展現，既愧對前朝，又不知如何處世。

　　經甲申之變，高珩的詩文中屢次出現「劫灰」一詞。如《新泰道中》的「滄溟莫惜東流水，唯有昆明劫灰存。」〔註83〕《酒器》詩中的「冶鑄精鏐為鑿落，劫灰未燼留人間。」〔註84〕以及《莫論》詩中的「乾坤多故甚，只有劫殘灰。」〔註85〕「劫灰」典出南朝梁慧皎《高僧傳·譯經上·竺法蘭》：「昔漢武穿昆明池底，得黑灰，問東方朔，朔云：『不知，可問西域胡人。』後法蘭既至，眾人追以問之，蘭云：『世界終盡劫火洞燒，此灰是也。』」〔註86〕後以劫灰比喻災難後的遺跡。高珩多次提到劫灰，其沉重的家國之痛和蒼涼的身世之感可窺見一斑。

　　高珩在一首和孫廷銓的詩作中，道出了自己不得已而出仕的隱情。《和同年孫介黃仕不可為行》：「仕不可為隱無所，郡邑憂危輦下苦。高飛莫道是冥鴻，彌天何處逃網罟。漁舟往歲送君行，今日我來君笑迎。問我長林之樂何所至，又向金門來避世。我亦大笑復握手，君勿多言飲我酒。蔭葉誰防螂在旁，登丘且任柳生肘。片帆大海共沉淪，漂泊風中豈我身。昨歲垂亡竟不果，偶得生全復自可。荊棘茫茫閉目行，悶即高眠起復坐。有何不足乃顰眉，逝水流光到眼非。會稽王郎才邁俗，我宗子靜清如玉。昨聞子靜憫凶王，郎死不意驊騮遶。止此又見蹀躞驄馬來，黃金突兀高如臺。扁鵲束手空注目，雙

〔註82〕〔清〕趙進美：《清止閣集》，《山東文獻集成》（第2輯第29冊），山東大學出版社，2009年版，第597頁。

〔註83〕〔清〕高珩：《棲雲閣詩》，清乾隆五十六年刻本，卷十六。

〔註84〕〔清〕高珩：《棲雲閣詩》，清乾隆五十六年刻本，卷三。

〔註85〕〔清〕高珩：《棲雲閣詩》，清乾隆五十六年刻本，拾遺卷一。

〔註86〕〔晉〕釋慧皎：《高僧傳》，中華書局，1992年版，第3頁。

鬟婀娜何為哉。我輩所得無乃多，暇日相尋且放歌。身健囊空何足愁，與君屈指計交遊。」〔註87〕不想出仕又歸隱無所，家鄉郡邑處處都是彌天大網。逃也無處可逃，暫居京城為官避難。「漂泊風中豈我身」道出了文人出仕新朝、身不由己的普通心態。

（三）退而治園林

孝婦河流域家族成員罷官解職後，往往多建造園林，隱居其間，怡養性情，因寄所託，誠可謂有濠濮之趣，苑囿之幽也。這是孝婦河流域有別於山左其他地區的獨特現象。孝水之涘的淄川、益都、新城三地，皆面山背郭，有清流貫之，為園林的營造提供了自然之條件。孝婦河文學家族的多年仕宦，為造園提供不可或缺的經濟基礎。家族成員在文學上的造詣使得園林呈現出獨特的文人氣質。

崇禎八年（1635），曾七次上疏乞休的畢自嚴終於如願致仕。因有煙霞之癖，愛石之萬古不移，歸田後遂築石隱園，園中疊石為小山，「磊落嶙峋，眾石參差散佈，奇態怪狀，象形命名」。〔註88〕園中有丈人石，為濟南龍石之亞。可見，石隱園以石為盛，是典型的假山園林。畢自嚴把石人格化了，希望像石一樣「從不受磨折」。高珩過畢自嚴石隱園，曾賦詩《過載績石隱園》云：「位置閒人須一丘，逍遙乘化是天遊。雨中溪上行看鷺，晴後窗前坐聽鳩。啟戶風櫺驚簌簌，移床霜簟喜休休。老饕不俟新蓮子，摘取荷花當酒籌。」在石隱園中，畢自嚴可以「賦性本清真，秉心矢皓白」，「不羨公與侯」「並忘朝與夕」。〔註89〕

張至發於黨爭最為激烈的明天啟三年（1623），辭任里居。天啟四年（1624），張至發於淄川城西闢低為園，名「近郭園」，匾額曰「近郭山林」，內有長廊，題曰「畫舫」。並引孝婦河之水貫穿其中，「沙石清麗，萍藻交橫」，池臺掩映。張至發與畢自嚴同愛石，園中名石有鳳石、琴石等，列峙其中，不可名狀。張至發又於范陽溪側建環青園。園疊石為山，依山架閣，閣曰「環青閣」。旁有枕流亭、宛在亭、海屋、盟鷗泉。環青園枕流而構，「亭榭池沼，洞壑林木，皆臨池范水之上。勝甲一邑，不啻置身濠濮間。」〔註90〕每日與張

〔註87〕〔清〕高珩：《棲雲閣詩》，清乾隆五十六年刻本，卷二。
〔註88〕〔清〕王培荀：《鄉園憶舊錄》，齊魯書社，1993年版，第198頁。
〔註89〕〔明〕畢自嚴：《石隱園藏稿》，中國文聯出版社，2010年版，第16頁。
〔註90〕〔清〕張篤慶：《先相國少保公年譜》，清初刻本，第11頁。

中發遊宴園中，陶然自樂，有終老之意。

王與胤，字百斯，王象晉次子。明崇禎元年戊辰（1628）進士，授湖廣道監察御史。因上疏彈劾總兵鄧玘縱兵殃民，大忤政府。罷歸，治東園。「疊石為小山，穿渠引水，有若天然。構流雲、仙衣諸亭繚山上下。春秋佳日，輒奉方伯公籃輿出遊。甘為農圃，以沒世。又皈心白業，精舍數椽，左右列竺乾珠藏之文。面壁輒終日。」〔註91〕

孫廷銓於清康熙三年（1664）解組歸里。歸而築泲園，並作《泲園圖自序》，常懷「抽簪理釣」之思，作濠濮間想也。在這篇自序的結尾處，孫廷銓揭示了環境和心態、欲望和快樂的關係，「君子之處世也，休拙安乎所遇，而拘曠存乎用心。彼其欲濃者，其樂微。雖平泉金谷，極宇內綺麗，猶未足以騁其淫志。」〔註92〕認為境遇可隨心轉，要隨遇而安，欲望愈多，快樂愈少。可以說，這是孫廷銓為官幾十載的深刻體驗。泲園可以寄託園主之志，是園主人的精神樂園。居住在泲園的十年間，孫廷銓潛心著述，所著有《南征紀略》、《顏山雜記》、《漢史憶》、《泲亭刪定文集》、《泲亭自刪詩集》等，於康熙十七年刊刻行世。

高珩於清順治十五年（1658）請假歸里，在淄川城東門外菜圃一帶，築載酒園，竹樹蒼翠，荷葉田田，中有棲雲閣五楹，閣上旁出一門為平臺，臺前疊石成山，臺下鑿地為池。「置小舟池中，與客觴詠，溯洄上下，自以為濠濮之趣不減江湖。」棲雲閣懸楹聯曰：「主人雅有滄州意，滄州意在水雲間。」高珩歸田園後，「時行吟於野，或跨驢入市，舍者不避席，煬者不避灶，夷然自適，鄉人化之，亦忘機，如海鷗焉。」〔註93〕顯然一派悠然自適，怡然忘機之趣。

清順治九年（1652），唐夢賚以言事落職，歸而築志壑堂。堆山栽竹，終老其中。高珩有《贈唐濟武太史》詩，詩中描繪了志壑堂之景以及園主人悠然的生活：「主人逸興忽為山，一拳五嶽驚巑岏。縹緲危峰不可上，笙鶴彷彿遊其顛。逸興未已重栽竹，五日未來已百束。長夏蕭條綠玉寒，廣榭毰毸青鳳簇。桐梢有月更森森，蘋末無風已謖謖。譬如高士立重岩，宛若佳人在

〔註91〕〔清〕王士禎：《世父侍御公逸事狀》，《漁洋文略》，山東巡撫採進本，卷十。

〔註92〕〔清〕孫廷銓：《泲亭刪定文集》，《清代詩文集彙編》（第42冊），上海古籍出版社，2010年版，第326頁。

〔註93〕〔清〕王士禎：《誥授通奉大夫刑部左侍郎念東高公神道碑銘》，《高氏家模彙編》，清康熙五十年家刻本，卷下。

空谷。」〔註94〕

　　康熙七年（1668），王士祿家居，侍奉雙親，已無仕進之意。開始營造十笏草堂，並自題詩云：「幾載堂傳十笏名，把茅今日計才成。徐看竹石隨心置，已覺軒窗潑眼明。江海回頭餘汗漫，圖書垂老許縱橫。差應不愧維摩室，妙喜真能一手擎。」〔註95〕笏，乃臣子上朝手上所執的竹板，「十笏」謂草堂規模之小。王士祿讀書草堂中，書聲與風竹聲、寒柝聲相映成趣，丙夜不輟。

　　康熙二十八年（1689），趙執信因觀演《長生殿》罷官甚早，獨擅林泉之樂，歸而建因園。益都其地隨處泉湧，可引以為流觴曲水。趙執信之因園，「門外一溪，隔絕塵囂，橋上復有流水。入園有坊，曰『小蓬萊』。水閣之下，方塘淨綠，紅白魚洋洋碧藻。幽亭曲徑，花木蔚如，園雖不廣，坐臥其中可以忘世。」〔註96〕觀因園之形制，與宋代蘇州城南蘇舜欽所建滄浪亭相似。可見，江南園林文化對孝婦河流域的影響。

（四）家族的中興

　　入清後，家族成員需要進入仕途來維繫家族的繼續發展。特別是新城王氏家族，經歷了明末的三次災難，已僅剩王象晉、王與敕一支。入清後，孝婦河家族成員在仕途上並未像明末時那般顯赫，但由於繼承了家學淵源和文化傳統，家族成員在文化及文學上的成就顯著，甚至超過前代。

　　明末甲申之變，王士祿、王士禛隨王象晉依外家鄒平孫氏，避地長白山。直到清順治二年（1645），新城亂定後，王士祿才自長白山歸里，始出有司試。順治三年（1646）冬，謝遷起義，新城失守，王士祿再次侍奉王象晉避難鄒平；至順治四年（1647），才自鄒平歸里。國朝定鼎，王氏家族的中興以七世王與裳、八世王士祿、王士禛兄弟的出仕為標誌。王士祿，字子底，號西樵山人。順治九年（1652）進士，選萊州府教授，遷國子監助教，後擢吏部考功司主事，遷員外郎。王士禛，字子真，一字貽上，號阮亭，晚號漁洋山人。王士祿弟，順治十五年（1658）進士，選揚州府推官。康熙三年（1652），升為禮部主事。清康熙十七年（1678），由戶部郎中改翰林院侍講。官至刑部尚書。

〔註94〕〔清〕王培荀：《鄉園憶舊錄》，齊魯書社，1993 年版，第 229 頁。

〔註95〕〔清〕王士禛：《王士禛年譜》，《齊庋》，中國戲劇出版社，2010 年版，第 159 頁。

〔註96〕〔清〕王培荀：《鄉園憶舊錄》，齊魯書社，1993 年版，第 192 頁。

王士祜，字叔子，一字子側，號東亭，亦號古缽山人，康熙九年（1670）成進士，候選中行評博，未仕而卒。

高氏家族經歷明清易代，並未受到實質性的影響，因此清初得以繼續發展。高珩，字在衡，以兄高珩蔭為國子監生，清順治三年（1679）中順天府舉人，順治九年（1652）進士。先授廣平府推官，丁酉行取，世祖皇帝親試於南苑，三策之擢臺省者十七人，高珩以高第授貴州道御史。後巡監河東鹽政，「恤商裕課」。戊申，「遂以京畿刷卷，進掌河南道。」〔註97〕其於吏治民生，尤為重也。

張氏家族自明末張至發之後，張氏家族便開始中落。張至發的幾個兒子僅中了舉人，或為廩庠生，僅做到縣令、教諭一類的小官。雖然張至發後代的仕宦前程並未像張至發入閣為相那般顯赫，其後代或有惠政，或以詩文聞名，有著述者甚多，可謂在文學道路上繼續發展。張泰象，字仲開，張至發次子，縣廩生，恩選貢元，未入仕途。張泰孚，字吉宸，張至發第六子。順治十七年（1660）舉人，官山西孝義知縣。有惠政，「士民豎旗通衢歌誦之。每謂人曰：『吾不敢玷我祖父清白家聲。』」〔註98〕卒於任上。張詢，字可續，一字思汝，張泰瑞之子，拔貢，官至寧陽縣教諭。張紱，字孔繡，號似聖，張泰象長子，清順治元年（1644）拔貢。少年時曾侍奉張至發於京師，凡朝章國故，皆有見識。張篤慶，字歷友，號厚齋，張紱子。才高學富，十八歲即與同邑蒲松齡等人結郢中詩社。弱冠時已有樂府二百首。早年受知於施閏章。康熙十八年（1679）己未，徵博學鴻詞，有力薦之者，立辭不應。康熙二十五年（1686）丙寅拔貢，選拔為山左第一人，就廷試皆不遇。遂退居崑崙山下，發奮著書，自號「崑崙山人」。

畢氏家族入清後，隨著畢氏八陽的相繼離世，在朝廷的聲勢已大不如前了，但仍不失為書香門第。畢際有，字載績，號存吾。清順治十三年（1689）乙酉拔貢，歷官山西稷山知縣、江南通州知州。康熙二年（1663），因「通州所千總解運漕糧，積年掛欠，變產賠補不及額，罷歸。」〔註99〕畢際竑，字仲友，貢生。侍母至孝，五十年如一日。以子畢盛青封中書舍人。畢世持，字公權，幼號「聖童」，康熙十七年（1678）鄉試解元。自康熙十八年（1679）

〔註97〕〔清〕高之騄：《高氏家模彙編》，清康熙五十年家刻本，卷下。

〔註98〕〔清〕張鳴鐸：《淄川縣志》，清乾隆四十一年刻本，卷六。

〔註99〕〔清〕畢岱墅：《淄川畢氏世譜》（不分卷），西鋪家祠藏清光緒十四年重修本。

至康熙二十四年（1685），連蹇不第，從此幽憂侘傺，不可告人，憤鬱遂卒，年不滿四十。畢世持好交遊，篤氣誼，日與四方名士贈答酬唱。施閏章稱其文「震衰起靡，不在昌黎之下。」〔註100〕著有《困庸草》一卷。畢世濟，字濟傳。雍正七年（1729）鄉試中第十六名，絕意功名，以教書為業。所著有《項氏齊物論》、《韻學通》。畢盛讚，字芳聞，畢自耘之孫。順治十八年（1661）進士，授山西芮城知縣，充山西同考試官。後因事罷歸。畢盛青，字子山，畢自肅之孫。順治十八年與畢盛讚同榜進士，授中書舍人，越六年始就職。淡泊自甘，而勤於職事，「從親王率大軍入閩七載」「以不取人財，不淫人色為訓」。〔註101〕後為贛州同知，卒於任。畢盛鉅，字韋仲，一字耳豫，號豫園，畢際有子。康熙二十五年（1686）拔貢，選授為黃縣教諭。因母老，辭不就，有孝聞。「嘗因母老攻方書，遂精脈理，求診視者接踵。按診授方，多奏奇效。」〔註102〕

　　孫氏家族在清代繼續發展昌盛，至孫廷銓任兵部、戶部、吏部三部尚書為孫氏家族發展的鼎盛時期。孫廷銓，字道宣，別號煙蘿居士、夢果道人。清順治十二年（1655）成進士；康熙八年（1669），選陽江知縣。康熙十九年（1680），北歸，不再出仕。孫廷錫，字文田，孫廷銓弟。由官生任陝西保安知縣。在任歲餘，以案牘為勞，即解組歸田。闢園於孝水之濱，埘竹藝菊，詩酒自娛，所居為「五柳高風」。孫寶仍，字孝堪，號恕齋，孫廷銓長子。幼與弟孫寶侗並受家學，好交遊。清順治八年，以恩蔭授光祿寺典薄。後遷光祿寺掌醞署，逾十日乞歸。晚年棲心物外，終日閉目兀作，或披尋書傳，以終其年。孫寶侗，字仲愚。十四歲補博士弟子員，十八歲食餼，每試則冠其曹。恩蔭六品京官都察院經歷，久不肯就職。經史子集，無不淹貫。發為詩文，高卓雄健。

第三節　仕宦家族的文學之路

一、藏書豐富、家風優良

　　明清以來，山左文人輩出，文風興盛，這與山左地區藏書的蔚然成風不

〔註100〕〔清〕趙執信：《趙執信全集》，齊魯書社，1993年版，第380頁。
〔註101〕〔清〕張鳴鐸：《淄川縣志》，清乾隆四十一年刻本，卷五。
〔註102〕〔清〕張鳴鐸：《淄川縣志》，清乾隆四十一年刻本，卷六。

無關係的。據王紹曾統計，山東的藏書家明代共有 84 人，清代共有 349 人。
〔註 103〕藏書家分布最廣的地區是孝婦河流域，包括青州、淄川、新城等地。
這固然與孝婦河流域的經濟發展與有關，但也與孝婦河流域家族重視教育、
喜好藏書的優秀傳統是分不開的。

　　孝婦河流域的仕宦家族多注重藏書傳諸子。畢氏家族的畢自嚴堅信詩書
可傳家，建藏書樓，楹聯題曰：「萬卷藏書宜子弟，十年樹木起風雲。」畢自
嚴酷愛典籍，嗜好讀書，官戶部時，「每入署，輿後置書二寸餘。日晡事竣，
僚友倦劇，皆呵；殿出，怡然大小三昧矣。公方危坐火房，一燈煢煢，必讀盡
多挾書，漏下數刻乃歸，以為常」。〔註 104〕畢自嚴自作《石隱園懷古詩》曰：
「階前饒蕙蒨，架上富墳籍。黃鳥鳴林皋，蠹魚侵几席。」〔註 105〕後，畢自
嚴之子畢際有亦改畢自嚴的振衣閣為藏書樓，蒲松齡《哭畢刺史》詩中有
云：「物必求工真似癖，書如欲買不論金。」可見，畢氏家族藏書樓的藏書精
慎之程度，以及藏書之來之不易。王氏家族曾構樓藏書。新城王氏先祖遺書
不少，因兵火戰亂，散佚者大半。王士禛於先人舊屋之西小池之北建「池北
書庫」藏書。入仕後，每借觀輒錄其副。「每以月之朔望，玩慈仁寺日中集，
俸錢所入，悉以購書。」〔註 106〕王士禛在《古夫于亭雜錄》中記載：「昔在京
師，士人有數謁予而不獲一見者，以告崑山徐尚書健庵，徐曰：『此易耳，但
值每月三五，於慈仁寺書攤候之，必相見矣。』如其言，果然。」〔註 107〕王
士禛藏書、讀書、抄書、評書，歷經三十年而池北書庫尚未充滿矣。朱彝尊
為之撰《池北書庫記》。王士禛每讀書，輒為題跋，讎校評點，丹黃滿紙，王
士禛撰藏書目錄《池北書目》一卷。高氏家族的高珩嗜好讀書，建棲雲閣以
藏書。凡海內名山所藏及文人所著，人間未經見者，購求務得之，居恒手不
釋卷。

　　仕宦家族成為文學家族更離不開家風與家學的濡染。錢穆在《略論魏晉
南北朝學術文化與當時門第之關係》中說：「門第傳統共同理想，所希望於門

〔註 103〕王紹曾：《山東藏書家概述》，《明清時期的山左學術》，齊魯書社，2014 年
　　　　版，第 638 頁。
〔註 104〕〔清〕高珩：《畢少保公石隱園藏稿序》，《棲雲閣文集》，清乾隆三年四十四
　　　　年刻合印本，卷三。
〔註 105〕〔明〕畢自嚴：《石隱園藏稿》，中國文聯出版社，2010 年版，第 16 頁。
〔註 106〕〔清〕朱彝尊：《曝書亭集》，商務印書館，1935 年版，卷六十六。
〔註 107〕〔清〕王士禛：《古夫于亭雜錄》，中華書局，1988 年版，第 68 頁。

第中人，上自賢父兄，下至佳子弟，不外兩大要目：一則希望其能有孝友之內行，一則希望其能有經史文史學業之修養。此兩種希望，合併成為當時共同之家教。其前一項表現，則成為家風；後一項表現，則成為家學。」〔註108〕家風是一個家族的精神文化傳統，家族成員的後裔常常創作「述祖德」的詩文，孝婦河的張氏家族的張篤慶曾作《張氏述祖德詩》，歌頌先祖創業的艱辛，希冀家族美德世代不絕。家學是一個家族的文化修養。家學淵源對一個家族的文化發展十分重要。在某種程度上影響著家族後代的藝術修養以及文學創作，「同時也在文學創作上對家族後代的文體選擇、創作取向、作品風格產生某種影響。」〔註109〕

　　家族的家風集中體現在庭訓上。唐夢賚認為高珩家訓、畢木家訓、畢際竑《癡說》及張至發家訓為淄川四寶。

　　高氏家族七世高汝登以德著稱鄉里，敦仁、好施、溫恭，鄉人德之為其立祠。因其子高舉而始封中憲公，高氏家族正式步入仕途。高舉少時受祖母王孺人撫養，高舉幼時，「通句讀，習儀節，皆大母庭訓。」〔註110〕高氏家族的庭訓以高珣、高珩所撰最為全面具體，對後代影響最大，高氏家族逐漸形成良好的門風。高珩所撰家訓有《司寇公世訓記略》、《司寇公族譜宜戒題詞》、《四勉堂說略》、《司寇公庭訓識言》、《司寇公庭訓摘要》。高珣所撰家訓集中在《司理公為善於家》、《司理公三要圖說》中。高珣認為，人一生中最重要的三件事：一為立品，二為修業，三為持家，這也是後代子孫所要竭盡全力的三件要事。高珣在《三要圖說》中進一步指出，「品不立，則身無以自全；業不修，則身無以自耀；家不持，則身無以自安。」〔註111〕這三者相輔相成，缺一不可。高珣在為後代所撰《為善於家》中，認為人要心存善念，「凡一念一事，寧厚勿薄，寧寬勿苛」。行善事，則「勿輟行，勿飾美，勿眩觀，勿冥惰。」〔註112〕要堅持不懈，勿矯飾，勿靜默，勿懶惰，勿以善小而不為。另外，高珣十分注重孝悌之道。孝道，在於遵親命，體親心。悌者，兄弟要以和為主，兄者要以身作則，舉動光明磊落，弟者自然心生敬畏。孝悌之道

〔註108〕 錢穆：《中國學術思想史論叢》，安徽教育出版社，2004年版，第159頁。
〔註109〕 羅時進：《地域·家族·文學——清代江南詩文研究》，上海古籍出版社，2010年版，第61頁。
〔註110〕 〔清〕高之騊：《高氏家模彙編》，清康熙五十年家刻本，卷上。
〔註111〕 〔清〕高之騊：《高氏家模彙編》，清康熙五十年家刻本，卷下。
〔註112〕 〔清〕高之騊：《高氏家模彙編》，清康熙五十年家刻本，卷下。

的具體要求為：尊敬長上、尊師擇友、教誨子孫、勤勉職業、救人苦厄、戒殺放生。

高氏家族因累世積善而受封，六世中丞公高峝、八世南溟公高譽曾有感於時事曰：天可畏乎！希望後世子孫有敬畏之心，「以畏天為學，愛人為道，謙謹樸素為家風。」〔註113〕高珙庭訓其子高之騆亦曰：「吾家自柳溪公發，畏天之學；中丞公敬承之，家始。大汝祖、汝父率由罔歎以有今日。人亦有言從如升堂，違如赴壑，戒之哉！」〔註114〕高珩之子高之騱，嘗憶當年趨庭之事，總結整理了高珩的庭訓箴言，題曰《司寇公庭訓識言》與《司寇公庭訓摘要》。高珩告誡後世子孫要力戒奢靡，要修身讀書自立顯名。「奢者，家之蠹也。相煽不止，遂為風俗，其害有不止蠹於家者。」〔註115〕奢侈之風的危害之大，一旦相煽不止，其害無窮。在《庭訓摘要》中，高珩指出後代趨利避害之法：知有可畏之天，知有可怕之人，知有可聽之言，知有可悔之過，則福之將至也。「待人必當謙下，居心必當寬仁，處事必當詳慎」，〔註116〕便可寡過也。此家訓嘗書於燕臺松筠庵之僧窗下。高氏家族正是做到「克己復禮，濟人利物，清心寡欲」，〔註117〕才得以積累世之學，享累世之福也。

張氏家族自八世張敬，始以文學傳家，張氏家族開始走上文學道路。張敬家族注重孝友，張至發從學於李少崖先生時，「先生贈相國兄弟以四字曰：『孝友承家』。相國榜之於堂，以志韋弦之佩。其後傳家永世，惟以此為家法。」〔註118〕張中發、張至發始終信奉和踐行了孝友傳家，並形成了張氏家訓。張至發訓子孫有法，以忠厚、孝友、勤儉、敦樸為本，次及文藝。認為孝友乃子孫立身之本，科舉而其次。並手授《諭兒箴》一則，張篤慶認為不啻於《顏氏家訓》。

而其弟張至發將其「所置善田宅器具，與兄處士公（張中發）中分之。遇恩蔭輒推以予兄。」建立義倉，有陶侃、霍光之風。其子孫恪守家訓。其子張泰來、張泰孚等彬彬賢科相繼，其孫三十餘人，昆季皆一時琳琅之選也。

〔註113〕〔清〕高之騱：《高氏家模彙編》，清康熙五十年家刻本，卷下。

〔註114〕〔清〕王士禎：《漁洋文集》，《帶經堂集》，清康熙五十年七略書堂刻本，卷九。

〔註115〕〔清〕高之騱：《高氏家模彙編》，清康熙五十年家刻本，卷下。

〔註116〕〔清〕高之騱：《高氏家模彙編》，清康熙五十年家刻本，卷下。

〔註117〕〔清〕高之騱：《高氏家模彙編》，清康熙五十年家刻本，卷下。

〔註118〕〔清〕張篤慶：《先相國少保公年譜》，清初刻本，第22頁。

可見，淄川張氏家族堅守父慈子孝、兄友弟恭。正如錢穆所指出：「一個大門第，決非全賴於外在之權勢與財力，而能保泰持盈達於數百年之久；更非清虛與奢汰，所能使閨門雍睦，子弟循謹，維持此門戶於不衰。」〔註119〕

王氏家族的四世王重光將道義作為家族教育的重要內容。《先忠勤公家訓》曰「所存者必皆道義之心，非道義之心，勿汝存也，制之而已矣。所行者必皆道義之事，非道義之事，勿汝行也，慎之而已矣。」〔註120〕五世王之垣，王重光次子，官至戶部左侍郎。王之垣將一生宦海經歷撰成《歷仕錄》，為後代仕宦之路提供了借鑒。新城王氏家族遂奉此書為圭臬。王之垣崇尚儉樸，言傳身受，對待子女家法極嚴。「孫某製綠紗裙，偶為公見，大怒曰：『此蕩子衣，豈吾家所有？』寸裂之。時孫某之父，方官京師，封置一篋，並書，寄都中，責其教子無法。」〔註121〕六世王象晉總結王氏家族科第極盛的原因時，認為並未時才過人也，而是嚴立課程耳。家族世代有名人，是由家法來維持的。王象晉信奉耕讀傳家，曾撰楹聯於廳堂曰：「紹祖宗一脈真傳，克勤克儉；教子孫兩行正路，惟耕惟讀。」〔註122〕王象晉亦關心農事，撰成農學著作《群芳譜》。明崇禎甲申之變，王象晉以遺老居長白山，自號「明農隱士」。閉門謝客，親自教育王士禎、王士祿等諸孫，以及聲律之學。因此，在清代初期王氏家族才能再度中興，並一度影響清初詩壇的發展。

二、家學淵源、學業修養

（一）重視教育、家學濡染

孝婦河流域文學家族的興盛與家學傳統是分不開的。誠如錢穆指出的，「誇揚門第傳統必兼誇其一家之學業傳統。此種風氣，遠承東漢累世經學而有累世公卿而始有門第成立之淵源，故此後門第中人，亦多能在此方面承續不替。縱使為帝王之家，亦浸染在此風習中，愛好文采，劬勤學業。」〔註123〕

張氏家族的八世張敬，始以文學傳家，張氏家族開始走上文學道路。張敬，字爾和，號松石。明萬曆五年（1577）進士。天性澹泊，於世一無所好，

〔註119〕錢穆：《國史大綱》，商務印書館，1996 年版，第 310 頁。

〔註120〕〔清〕王士禎：《池北偶談》，中華書局，1982 年版，第 108 頁。

〔註121〕〔清〕王培荀：《鄉園憶舊錄》，齊魯書社，1993 年版，第 4 頁。

〔註122〕〔清〕王士禎：《池北偶談》，中華書局，1982 年版，第 113 頁。

〔註123〕錢穆：《中國學術思想史論叢》（三），三聯書店，2009 年版，第 190 頁。

「獨稽古嗜學，尤殫精《左傳》、《周禮》。」〔註124〕著有《張儀部文集》。字學雪蓑，如龍蛇糾結狀。所為古文，學滄溟一派。詩歌不多，獨和易近人。張敬，實乃淄川文學之先導。丁外艱，歸里，授二三生徒，「日夕講習，寒暑不輟，瓠葉匏樽，飯脫粟而已。」〔註125〕同邑王教及畢木都是其門生。

王氏家族為新城當地的名門望族，以科甲蟬聯、世代簪纓而著稱。王氏家族仕途最為顯赫的是王之垣、王象乾父子，詩名最盛的便是王士祿、王士禎兄弟。王氏家族對子女奉行嚴格的家訓，積極為科舉做準備。新城王氏家族自三世王麟始肇文脈。王麟，貢生，曾官永平郡訓導、鹿平教諭。後升潁川王府教授。勸學興所，廣勵功令，頗有建樹。開了新城王氏家族科舉入仕的先河，後代稱其為「潁川公」。王麟對家族嚴格的教育，為後代科甲登第奠定了文化基礎。王麟要求其子孫「每日讀經史畢，作文七篇，缺一不可，曠一日亦不可。」這便是王麟制定的家法。「每夜五鼓即起，終年在書屋；惟元旦拜家祠，與尊長賀禮畢，即入墅肄業。雖至親近族，罕得會面。一文不佳，責有定數。」〔註126〕王士禎亦指出：「蓋自公（王麟）以毛詩起家，接武列卿、御史、尚書郎、秘苑方岳、郡邑長吏，皆名臣臚仕，布列中外。」〔註127〕王之垣致仕後專注於對子女的教育：「延師命友，群萃州處上下，群經競相發難，無敢以諭於先生繩尺。隆寒薪炭菫菫，則燒甌甄遞取煖，雞鳴燈發，各畢所讀，及肄則爇香以當刻燭，迫限者罰，於是人人矜奮，子底數十輩各成名宦。」〔註128〕

趙氏家族的趙振業博覽群書，教育子女，重言傳身教，「不屑屑督戒，唯端居深念而已。」〔註129〕趙振業天性方正，器度恢廓，中心坦然，無城府。接人待物，明白簡易。與人言，徑直條暢，不匿肺腑。吏治嚴明，歷事變，均能化險為夷，即危而安。趙振業對子女的教育持開明的態度。在學習帖括之餘，支持子女全面涉獵詩詞古文。趙進美九歲時學帖括，喜讀古文辭。塾誦之餘，取古人舊作一二篇擬之，偶為趙振業所見，出以示客。趙振業不復專

〔註124〕〔清〕張鳴鐸：《淄川縣志》，清乾隆四十一年刻本，卷六。
〔註125〕〔清〕張鳴鐸：《淄川縣志》，清乾隆四十一年刻本，卷六。
〔註126〕〔清〕王培荀：《鄉園憶舊錄》，齊魯書社，1993 年版，第 4 頁。
〔註127〕〔清〕王士禎：《王士禎年譜》，中華書局，1992 年版，第 2 頁。
〔註128〕〔明〕刑侗：《來禽館集》（卷十），《四庫全書存目叢書》（集部第 161 冊），齊魯書社，2007 年，第 626 頁。
〔註129〕〔清〕趙進美：《清止閣集》，《山東文獻集成》（第 2 輯第 29 冊），山東大學出版社，2009 年版，第 707 頁。

以括帖督促趙進美。至趙進美年十五，「左史、兩漢、八大家，世所常見者，雖粗皆成誦，而心愈歉然，不敢輕言著述矣。」〔註130〕發為文章，老師避席。成進士後，與萊陽宋琬、桐城方密之、華亭陳臥子等輩，以詩名雄視南北。趙進美對待子孫，關愛倍至。趙執信進士及第，入京師，趙進美為其買宅宣武門外，又給其旅食之需者三年。趙執信罷官歸里後，趙進美待之彌厚，宴遊必招，有甘鮮者必使嘗之。

孫氏家族的孫元昌對子女要求嚴格，「諸子總角時，隨父於鄉塾，月一歸省，必叩所學，較有進輒色喜，果餅齧之，否則夏楚隨之。」〔註131〕諸子每月必向孫元昌彙報所學，如無進步，則荊條鞭策。

（二）延請名師、自相師友

畢氏家族的畢木對子孫進行因材施教，延請了兩位風格不同的塾師，可謂教子有方。其中一位要求甚嚴，每日必有課程；另一位逸縱放誕，「每游水邊、林下，為徒講解評文，有紅爐點雪之妙。」〔註132〕此乃淄川人高捷。高捷，字中白，明萬曆三十二年（1604）進士。肄業蒼龍峽，潛心理學，著《四書疏義》、《易學辭象》二集。明萬曆丁酉（1597）舉於鄉，後旋里開講席，名公多出其門。畢自嚴於明萬曆十五年（1587），受《毛詩》於高捷，畢木督課益力。〔註133〕畢際有罷官後鄉後，把主要精力用於對子孫的培養和教育上。請蒲松齡到綽然堂中設帳受徒，畢氏家族的文脈得以延續。

張氏家族的張敬亦為其子張中發、張至發延請名師王載揚。王載揚，字汝賓，號見山，張敬同邑。明嘉靖四十年（1561）舉人，因第二年進士落第，而回鄉設帳授徒。直到明萬曆十九年（1591）成進士，始授海州知州。王載揚為政清廉，為民請命，為師嚴謹，為人耿介，對張至發以後的仕途影響深遠。直到張敬去世後，王載揚一如既往地教育著張氏兄弟。後張中發、張至發又從學於泰山的李汝桂先生，「講明濂洛理學，讀書洗心亭。」〔註134〕李汝桂，字少崖，號還樸，明隆慶貢士，歷任廣德、遷安訓導，獻縣教諭。後辭官在泰

〔註130〕〔清〕趙進美：《清止閣集》，《山東文獻集成》（第2輯第29冊），山東大學出版社，2009年版，第707頁。
〔註131〕《顏山孫氏家乘》，民國二十年鉛印本，第8頁。
〔註132〕〔清〕王培荀：《鄉園憶舊錄》，齊魯書社，1993年版，第14頁。
〔註133〕〔清〕畢盛鑒：《畢自嚴年譜》，《石隱園藏稿》，中國文聯出版社，2010年版，第372頁。
〔註134〕〔清〕張篤慶：《先相國少保公年譜》，清初刻本，第2頁。

山設立育英書院，教授弟子。總角時，即篤志聖賢之學，「聞陽明、東郭良知，慎獨之旨。」〔註135〕李汝桂在育英書院，「講太極、中庸等書，往往發先聖所未發，四方之士來學者，常數十百人。」人稱為海岱儒宗，理學名儒。所著有《還樸心聲》、《教言講餘錄》、《訓民俚言》諸書。張至發為子女的教育，不遠千里，不惜重金，「延致吳越名流，下帷設絳，以為之師表。」〔註136〕並親自指導子孫為文，告誡子孫為文貴簡勁峭潔，忌冗濫汎溢。

王氏家族的王士祿與其弟王士禛共讀書，自相師友。兩人學詩蓋從王維、孟浩然入手，以蕭淡簡遠為宗。又曾共批杜甫詩，王士祿評語系王士禛鈔入。「嘗歲暮大雪夜，集堂中置酒，酒半，出王、裴《輞川集》約共和之。每一詩成，輒互賞激彈射。」〔註137〕王士禛與王士祿為兄弟約四十年矣，王士祿同時擔任其兄長和老師的責任。

孫氏家族敦寵好禮，「楣梁間文軸常卷，然時舉以勸子孫。」〔註138〕孫延壽重視教育，其二子顏山雙鳳，躋身仕途。其曾孫孫廷銓入閣為相，顯赫四方。孫喬、孫震曾「從學於惟青李先生，萬曆戊子以儒士入閣先生，名聲藉甚，一時如曹葆素、馮璞庵、趙岐陽公洲亭皆締交際，與岐陽遊於馮文敏公門，大蒙獎許。」〔註139〕直至七世「顏山雙鳳」孫喬、孫震，兄弟之間相互師友，孫氏家族才躋身士大夫行列。孫喬，字顯東，號曙陽。敏慧夙成，讀書每忘寢食，而發為文章。其文章，秉經酌雅，迥異俗流。「一時，當事爭設榻待之。」終困棘闈，以明經老。著有《南嶽集》。孫氏家族的文學，實以孫喬為鼻祖。孫喬居家孝友，始終不渝，所得俸祿皆獻之高堂，不敢一豪自私。出入必偕弟孫震，日督其課，「不以愛掩教，亦師，事惟謹。」〔註140〕及文譽日隆，時人謂孫氏有二難也。孫喬之子聚少離多，常置諸懷，撫摩無倦色。對於子侄，孫喬也用心栽培，「諸侄稍長，皆以次授經。吾家文學，如薪火相傳，公實為鼻祖。」〔註141〕其子孫景昌成進士。孫喬存心愛物，不以名士襲虛聲，

〔註135〕〔清〕徐宗幹：《泰安縣志》，清光緒八年刻本，卷九。
〔註136〕〔清〕張篤慶：《先相國少保公年譜》，清初刻本，第24頁。
〔註137〕〔清〕王士禛：《帶經堂集》，上海古籍出版社，2002年版，卷七十四。
〔註138〕〔清〕王蔭桂：《續修博山縣志》，博山三元堂書店民國二十六年鉛印本，卷十二。
〔註139〕〔清〕王培荀：《鄉園憶舊錄》，齊魯書社，1993年版，第117頁。
〔註140〕〔清〕王蔭桂：《續修博山縣志》，博山三元堂書店民國二十六年鉛印本，卷十一。
〔註141〕《顏山孫氏家乘》，民國二十年鉛印本，第9頁。

亦不以下僚掩所學。晚授湘潭縣丞，升高山衛經歷，遂解綬歸。

（三）多才多藝、文化氛圍濃厚

仕宦家族多重視文學以外的藝術培養。《顏氏家訓・雜藝》中把藝術分為九類：書法、畫繪、弓矢射藝、卜筮、算術、醫方、音樂琴瑟、博戲與圍棋、投壺與彈棋。其中書法與繪畫在文化傳統中占極其重要的地位。孝婦河流域的家族成員多才藝，普遍精通詩文、書畫等，可謂集文化與藝術於一身。

趙氏家族並未把全部精力集中在子孫的科舉制藝上，對子女的教育也是十分開明的。除科舉帖括外，子女還廣泛涉獵經史百家、金石篆刻、書法繪畫等。趙繼美，居家內則侍奉母親，外則致力田事，著《農訓》三卷，藏於家。趙雙美，字嶸仲，又字二宜，經史百家，莫不淹通。「湛於百家之言，傍及老釋、星曆，皆精究其旨。」〔註142〕晚年，為子孫剖析義理，以身為教，家庭濡染，子孫皆能自立。趙作羹，字子和，號企山，趙元美次子。居家肆力於詩歌、古文，尤精於史學。此外，又工篆書，能治印，耽長笛。著《季漢紀》二十卷、《南北宋紀》二十卷。趙作肅，字齋如。生性恬淡，不求仕進。多才藝，初好篆刻，去而學畫，尤工窠石。趙作謀，字耳臣，趙進美之子。隨其父宦遊四方，見多識廣，「探往跡，觀名山川，雲霞水木，城邑舟車，都麗繁會，靡不搜攬，由是識益高。」〔註143〕多才藝，「彈琴、投壺、六博、蹴鞠之事皆精，尤妙於弈，飲酒終夜不醉。」〔註144〕趙作楫，字載公，一字荃子，趙濟美第三子。「好飲酒，能詩及書。嗜古鼎彝、書畫，賞鑒精審。旁及博弈、雜戲劇、皆入妙品。」〔註145〕趙執谷，字稼民，「通醫術，工書法，尤善畫花卉，以繁葉見長，鉤描處絕無復筆，雖宗惲南田，卻獨出新意也。」〔註146〕晚年益習靜，竟日端坐，未嘗出戶，人謂避俗者矣。

〔註142〕〔清〕趙進美：《清止閣集》，《山東文獻集成》（第2輯第29冊），山東大學出版社，2009年版，第812頁。

〔註143〕〔清〕趙執信：《候選國子監典簿八叔父墓誌》，《趙執信全集》，齊魯書社，1993年版，第469頁。

〔註144〕〔清〕王培荀：《鄉園憶舊錄》，齊魯書社，1993年版，第386頁。

〔註145〕〔清〕趙執信：《儒林郎候選州同知九叔父墓誌並銘》，《趙執信全集》，齊魯書社，1993年版，第472頁。

〔註146〕〔清〕王蔭桂：《續修博山縣志》，博山三元堂書店民國二十六年鉛印本，卷十二。

　　至十一、十二世時，趙氏家族形成了以畫喻詩、以詩題畫、詩畫交融、詩畫相酬的家學風尚。趙作羹長子趙執賁，字孟尚，號橙園，工繪畫，人物、山水及花鳥畫卷有《楊處士移家圖》（與任城吳正子合作）《學堂圖》、《河干濯足圖》、《物外山樓圖》、《紅葉樓禽圖》、《載鶴圖》、《百齡圖》等。這些畫卷，趙執琯均作有題畫詩以鑒賞之。趙執端亦有《題吳正子、孟尚弟合作楊處士移家圖》，圖中的楊處士騎驢擔書，杖掛匏瓠，後跟書童與抱琴的婢女，清風高致形象溢出畫卷。趙作羹有《題賁兒畫》詩云：「密雲結西郊，殷雷起南山。朝出顧癡兒，作畫方閒閒。問渠畫云何，萬境生寸田。綿綿入岫影，危紅墮飛泉。當此春暮時，設想入秋殘。何似繪滂沱，溝洫響潺湲。千峯露蒼翠，萬室蘇顛連。」〔註147〕從趙作羹詩中描繪之景可以推知，趙執賁此畫當為山水自然畫卷。

　　王氏家族除了在文學方面成就顯著，其家族成員在經學、史學、繪畫、書法等方面亦有一定成就。王象咸，號洞庭，書法有懷素之風，走筆如遊龍。王與玟，字文玉，好收藏書畫，其書法入李邕之室。王與璧，字琅嬛，號玄石，工書法。王與斌，字全淑，號亭山，擅長書畫，精於琴理。王與試，字壽胥，善繪畫與書法，解琴弈。王士和，字九協，博綜經史，書法精絕。王士純，字孤絳，書法學李北海。

第四節　文學家族著述略考

　　明清時期，孝婦河流域文風興盛，文學家族著述頗豐，詩文成就頗高，家族成員至少連續五代均有著述作品可考。

一、益都趙氏著述考

　　九世趙振業，是趙氏家族的第一位進士。至趙振業起，趙氏家族始以文學傳家，趙氏後代遂有著述作品流傳。趙振業，字在新，號暨垣。明萬曆四十六年（1618）舉人，明天啟五年（1625）進士。今僅存《革腰差檄》一文，見魏紹源、儲嘉珩等纂修清嘉慶《盧江縣志·藝文志》。

　　十世趙進美，字嶷叔，一字韞退，號清止，自號「鵝岩道人」。趙振業第四子。明崇禎十三年（1640）進士，入清官至福建按察使。崇禎十六年

〔註147〕〔清〕盧見曾：《國朝山左詩鈔》，乾隆二十三年盧氏雅雨堂刊本，卷二十六。

（1643），初刻詩集《清止閣詩》二卷，前有查繼佐、吳子遠、李雯、方以智諸序。有《清止閣集》二十卷，清初鈔本，藏山東省圖書館。其中詩四卷，詞、散曲、雜劇為一卷。

十世趙繼美，字崝伯，趙振業長子。廩生。精通農業生產，著《農訓》三卷，藏於家。

十一世趙作謀，字耳臣，趙進美之子。著有《澹宜草堂詩》，《山東通志·藝文志》著錄，今不存。趙執信評趙作謀詩曰：「所為詩歌，氣體溫厚，律調精嚴，上追唐之作者。餘體亦諳習法度，遠於流俗。」〔註148〕

十一世趙作羹，字子和，號企山，趙元美次子。著有《季漢紀》二十卷、《南北宋紀》二十卷、《尚友集》十六卷、《石刻撝言》、《印譜》、《讀史偶錄》、《家戒》凡數十卷，《國朝山左詩鈔》載。有《希古堂詩》，分別見錄於《山東通志·藝文志》以及《國朝山左詩鈔》「趙作羹」小傳。《希古堂詩》、《讀史偶錄》、《石刻撝言》、《印譜》著作，均為《山東通志·藝文志》著錄。

十一世趙作肅，字齋如，別字子雍，趙繼美之子，王士禎妹婿。有《見山堂遺詩》一冊，《山東通志·藝文志》著錄。清乾隆間刊行於世，有王士禎評點本。閩海李開葉作序云：「原本前輩漁洋先生選定，謂其雅逸高妙，卓爾不群，雖未梓行，已為世所傳誦。真昔人所謂：心空眼豁。妙手天成而又能以一家自成乎，今古者也。」〔註149〕

十一世趙作醴，字子醇，號淡如，趙元美長子。庠生，有《日暮樓詩》，惜不傳。《國朝山左詩續鈔》選錄其詩1首，題為《青邸無題》，詩曰：「消息何憑才目成，彩雲難繫又東行。酒名消悶杯平減，枕號函愁夢屢驚。宛轉歌塵繞梁在，浮沉春信剩潮生。蓬山弱水三千里，惆悵仙蹤喚小名。」〔註150〕

十二世趙執信著有《飴山文集》十二卷、《附錄》一卷、《飴山詩集》二十卷、《談龍錄》一卷、《聲調譜》三卷、《禮俗權衡》二卷、《地學解穢》三卷、《酒令陞官譜》三卷，以及《駁正原真》、《葬經改注》、《毛詩名物疏鈔》若干卷。有《海鷗小譜》一卷，《山東通志·藝文志》著錄。有廣州沈宗疇拜鴛樓本，晨風閣叢書本，葉德輝刻本。又著有《千金歌改注》，有清雍正壬子因園刻本，亦有五種手鈔本，分別為：「兒念、兒慶各寫一卷，門人仲翰村昰保、

〔註148〕趙執信：《趙執信全集》，齊魯書社，1993年版，第470頁。
〔註149〕楊士驤：《山東通志》，民國七年鉛印本，卷一百四十四。
〔註150〕張鵬展：《國朝山左詩續鈔》，嘉慶十八年四照樓刻本，卷三十一。

陳子韶盡美各寫一卷，藏之。」〔註151〕另著有《碧雲仙師筆法錄》一卷，稿本，半頁九行二十字，藏淄博市圖書館。《全史四字鑒略》二卷，鈔本，藏中共山東省委黨校圖書館。

今據安徽省圖書館藏錢塘汪氏《春星堂詩集》卷七《延芬堂集》中所載趙執信與汪鶴孫唱和之詩，可略補趙執信年譜、作品之闕。趙執信因好友洪昇之故得以結交汪鶴孫。汪鶴孫，字雯遠，號梅坡，錢塘人，明末儒商汪汝謙之孫。康熙十二年（1673）進士，改庶吉士，才入詞館便告假南歸。康熙四十九年（1710）庚寅歲杪至次年辛卯元日，汪鶴孫過山東益都，宿顏山客舍，趙執信來晤。汪鶴孫贈詩有《顏山贈趙秋壑太史》其一：「屋樑月落每情傷，憶別金陵迥十霜。歲暮飄零今作客，銜杯豈意坐山莊。」其二：「才名洪趙每相當，詩苑詞壇各擅場。淒涼法曲成千古，焉得吟魂列坐旁。」其三：「脂韋嫵媚人皆羨，歷落嶔奇我獨長。更有山東趙秋壑，顏聞時論說清狂。」其四：「十年心事罄深卮，山水交朋每繫思。無術點金還贈友，須知鮑叔未為奇。」〔註152〕言語之間有對趙執信清狂嶔奇詩風的欣賞。趙執信亦作《次韻呈梅坡前輩》詩見答：「雪柳春風到戶遲，憐他凍雀在卑枝。已慙趙壹懷中刺，莫詫孫郎帳下兒。好客有心空載酒，療貧無術枉裁詩。先生自愛窮途哭，同調何人得問之。」〔註153〕

十二世趙執端，號緩庵，趙作肅之子。有《寶菌堂遺詩》二卷，《山東通志·藝文志》著錄。有清乾隆刻本，王士禛批點、李堯臣評，藏上海圖書館。前有黃叔琳序。

十二世趙執琯，字嶧音，號鐵峰，趙作醴之子。有《鐵峰詩集》五卷，有乾隆二十七年（1688）趙氏知畏堂刻本，藏山東省圖書館，《山東通志·藝文志》著錄。《鐵峰詩集》包括《知畏堂詩》五卷，《知畏堂詩餘》一卷。《知畏堂詩》共分為《累黍集》（98首）《耐辱軒稿》（86首）《歸耕集》（102首）《真足軒稿》（94首）《寓世囈言》（103首）五卷。《知畏堂詩餘》，又名《藻雪軒詩餘》，共收小令12調14首，中調4調8首，長調6調6首。

十二世趙執瑁，字辨玉，號約齋，趙作梅之子。貢生，有《約齋遺詩》，見載《國朝山左詩鈔》，惜不存。《國朝山左詩鈔》選詩一首《秋日》云：「曉

〔註151〕趙執信：《趙執信全集》，齊魯書社，1993年版，第389頁。

〔註152〕〔清〕汪鶴孫：《延芬堂集》，光緒十二年錢唐汪氏刻本，卷下。

〔註153〕〔清〕汪鶴孫：《延芬堂集》，光緒十二年錢唐汪氏刻本，卷下。

日淡蒼茫，秋光動畫梁。遠山無俗態，小閣有新涼。雨霽川原靜，風情草木
香。閒居成老懶，身世已相忘。」〔註154〕

十二世趙執御，字東穆，號閬齋，趙作霖次子。有《正益齋詩》，見載
《國朝山左詩鈔》，惜不存。《國朝山左詩鈔》選詩一首《二十七弟近號檀園
索詩》，云：「成薪三歲理應爾，礙日吟風自笑頑。忽憶蒙莊絕妙處，避人合在
不才間。」〔註155〕

十二世趙執賁，字孟尚，號檀園，趙作羹長子。監生，有《檀園遺詩》，
見載《國朝山左詩鈔》，未傳。《國朝山左詩鈔》選詩一首《絕句》云：「窮愁
暮暮復朝朝，幸有圖書慰寂寥。一枕北窗回午夢，桐花滿地雨蕭蕭。」〔註156〕
結句清幽而有韻味。

十三世趙瑟，字去奢，號西陵，趙執信三子。歲貢生，著有《西陵詩鈔》，
《山東通志‧藝文志》著錄。其弟趙憲為《西陵詩鈔》作序云：「兄長於詩，
豪於酒，而於章句之學多不屑。時一握管，才氣橫溢，格律謹嚴，老宿咸推
之。」〔註157〕

十三世趙念，字壽余，號硯莊，又號近墨學人，趙執信四子。歲貢生，有
《硯莊二十八字詩》，《山東通志‧藝文志》著錄。

十三世趙慶，字萬君，一字幼石，趙執信第六子。舉人，曾揀選知縣。
著有《對酒集》、《酒仙人詩稿》、《山海集》，《山東通志‧藝文志》著錄。
《對酒集》為清鈔本，《續修四庫提要》著錄，錄詩四百七十餘首，皆鄉居時
所作。

十三世趙慈，字雪庭，趙執信季女，大約生活在康熙末年至乾隆年間。
趙慈親承庭訓，有詩學理論著作《詩學源流考》一卷，惜不傳。有詩詞集《灰
心斷腸詩詞集》，繕本惜不完。趙慈的遺稿在當時除有謝問山藏本、范坰刻本
外，又有朱時奄本。詩中多悲憂侘傺之音，字句間別饒秀豔。清代詩人范坰
曾選刻趙慈遺稿中的40多首詩，題曰《趙慈雪庭遺稿》，認為詩作中「往往
有名句似青蓮」。梁乙真的《清代婦女文學史》中錄其詩三首，分別為《夜深》
及《雜興》二首。《夜深》云：「夜深庭院寂無聲，花底微風蟋蟀鳴。側臥玉床

〔註154〕〔清〕盧見曾：《國朝山左詩鈔》，乾隆二十三年盧氏雅雨堂刊本，卷三十七。
〔註155〕〔清〕盧見曾：《國朝山左詩鈔》，乾隆二十三年盧氏雅雨堂刊本，卷三十七。
〔註156〕〔清〕盧見曾：《國朝山左詩鈔》，乾隆二十三年盧氏雅雨堂刊本，卷三十七。
〔註157〕〔清〕盧見曾：《國朝山左詩鈔》，乾隆二十三年盧氏雅雨堂刊本，卷五十。

清夢覺，風吹竹影上簾旌。」《雜興》其一云：「極目銀河漾素暉，滿庭秋影露霏微。西廊月轉無人到，自折荷花帶露歸。」其二云：「露滿香階夜欲分，半床秋月一簾雲。不知何處砧聲起，斷續隨聲枕上聞。」〔註158〕清新刻露，語出天然，如初發芙蓉，自成一家。

十三世趙恮，字余甫，號恪亭，趙執珝之子。監生，敕贈文林郎、懷遠縣知縣。有《綠槐軒詩》，《國朝山左詩續鈔》著錄，被高宴謀輯錄在《艮背閣三世詩選》中，山東省圖書館藏。其中《冬日》詩云：「牛羊返村落，煙靄繞柴扉。雪屋有人語，風林無葉飛。山容寒暗淡，溪影遠依稀。破帽騎驢客，行吟帶月歸。」〔註159〕寫村居的生活，有白居易之閒適。

十四世趙貫，字傳曾，號一庵。趙恮長子。乾隆十九年（1754）進士，官懷遠縣知縣，敕授文林郎。有《鐵硯齋詩》，《國朝山左詩續鈔》著錄。此集由高中謀所輯，前有乾隆四十四年（1779）劉湄所作序文，後有嘉慶十一年（1806）翟濤所為跋文。《鐵硯齋詩》一卷，翟濤、高宴謀《艮背閣三世詩選》所輯，稿本，有王祖昌題跋，《中國叢書綜錄補編》、《清人詩文集總目提要》著錄，山東省圖書館藏。

二、淄川高氏著述考

淄川高氏五世祖高傑，補邑博士弟子員，高氏文學自高傑始興起。八世高舉與高譽伯仲皆有詩名，著述亦頗多。

八世高舉，字鵬程，號東溟。高汝登次子。明萬曆八年（1580）進士。善詩文，有精通音韻，著有《西臺疏草》、《撫浙疏草》、《塤篪編》、《陶世名言》六卷、《名文薈選》、《循良模範》、《夜光集》、《韻撮》九卷，《山東通志·藝文志》著錄。

八世高譽，字鴨程，號南溟。高汝登三子。與高舉同纂《陶世名言》、《名文薈選》，又與高舉有唱和《塤篪詩草》行世，《淄川縣志》著錄。《塤篪編》二卷，清光緒二十年（1894）淄川高氏刻本，藏山東省圖書館、山東省博物館、山東省藝術館。為高譽與高舉唱和之作。

九世高所蘊，字爾施，號宏室。高舉長子。著有《隨得錄》、《隨得續錄》、《長生訣》、《無生詮》等書，《淄川縣志》著錄。《隨得錄》，《淄川縣志》卷

〔註158〕梁乙真：《清代婦女文學史》，中華書局，1927年版，第57頁。
〔註159〕張鵬展：《國朝山左詩續鈔》，嘉慶十八年四照樓刻本，卷五。

五載：「棄家習靜於磨莊，至家百里，日與方外之士參叩玄詮，意有所會，輒筆之有《隨得錄》、《隨得續錄》、《長生訣》、《無生詮》等書，皆深入二氏之室。」

十世高珩，字蔥佩，號念東，高所蘊次子。所著有《棲雲閣詩》、《救荒略》、《仕鑒》、《勸孝彙編》、《室欲編》、《四勉堂說略》行於世，《濟南府志》卷五十四著錄。《畏天等歌》、《存心二十三則》、《勸善等說》、《迂儒話》、《戒殺廣義》、《放生彙編》、《醒夢戲曲》，《高氏家模彙編》著錄。

十世高瑋，高所蘊長子。著有《淄風輯略》、《為善於家》、《三要圖說》、《家塾寶訓》、《規訓隨鈔》、《南遊詩草》、《護生編遺言贅語》、《留耕堂遺詩》行於世，《濟南府志》著錄。其中《為善於家》、《三要圖說》為高之騱《高氏家模彙編》所收錄。

十世高琭，字石君，號振東，高所翔幼子。康熙六年（1667）進士，隱居不仕。著有《放言集》，《濟南府志》著錄。

十世高瑾，字公瑜，高珩從弟。諸生。著有《楚遊草》、《吳越遊草》、《雪林齋詩》，《濟南府志》卷五十四著錄。

十世高瓚，字孝酌。高所蘊季子。諸生，著有《但如園詩》，《濟南府志》著錄。《歸興》詩云：「桃花歷落柳低垂，辜負風光已幾時。小圃應留紅藥待，長溪曾與白鷗期。逸情未改身猶健，世味全嘗鬢欲絲。歸去誰能同此樂，綠蓑青笠一囊詩。」〔註160〕

十一世高之騱，字仲治，號松鶴。高珩次子。有《高氏家模彙編》二卷、《強恕堂詩》八卷，行於世，《淄川縣志》著錄。

十一世高之騊，字聖遊，高珩長子。順治十八年（1661）進士，官平越縣知縣，有《含翠堂詩》，《山東通志》著錄。《旅困值雪》：「凍合遙天暮雪飛，寒肩孤聳擁鶉衣。臣饑欲死當安命，寇亂如麻敢曰歸。兄弟鶺鴒貧共急，兒孫牛馬老相依。北風吹背蕭蕭冷，誰寄梅花到竹扉。」

十一世高之驛，字梓岩，自號槐安客。有《梓岩遺詩》，《山東通志》著錄。《梓岩遺詩》，盧見曾《國朝山左詩鈔》云：「梓岩詩為予亡友膠州高西園所錄，為言梓岩幽憂佗傺，所遇多惡，年不及四十而死。搜其遺稿，屬沂水高君梓之。」〔註161〕

〔註160〕〔清〕張鵬展：《國朝山左詩續鈔》，嘉慶十八年四照樓刻本，卷二。
〔註161〕〔清〕盧見曾：《國朝山左詩鈔》，乾隆二十三年盧氏雅雨堂刊本，卷三十三。

　　十一世高之騄，字宛西，號曠庵。有《曠庵遺詩》，《山東通志》著錄。
《曠庵遺詩》，此集凡古今體詩一百三十餘首，有濰縣丁氏鈔本，《續修四庫
提要》著錄。

　　十一世高之駼，字安貞，號嫩濱老人，高瑋第六子。所著有《嫩濱老人
詩》行於世，《山東通志》著錄。《嫩濱老人詩》，《國朝山左詩續鈔》引高西園
云：「老人晚年閉戶嫩水上，有句云：『黃花節後無秋色，青女霜前有雁聲。』
讀者為之擊節。」〔註162〕

　　十二世高肇勳，字勒卣，高瑋孫。有《東園詩草》，《濟南府志》著錄。
《國朝山左詩鈔》引其子高傳緒曰：「先府君三入棘闈，即棄舉子業。暮年習
靜東園，意之所適，輒於詩發之。家貧屢空宴如也。」〔註163〕

　　十二世高肇翰，字百蕙，號西林，高瑋孫。庠生，有《澹如亭遺詩》，《濟
南府志》著錄。《國朝山左詩鈔》引其子高持緒行述曰：「先府君居家，慎靜寡
言。至啟迪後學，則娓娓不倦。」〔註164〕

　　十二世高肇毅，字近庵，高瑋孫。有《閒情錄》，《濟南府志》著錄。

　　十二世高廷謀，字贊虞，號夢園。著有《夢園詩文稿》、《淄邑金石考》，
《山東通志・人物志》著錄。

　　十二世高中謀，字億堂，號鏡霞。高貽榮之子。道光三年（1823）進士，
官貴州臺拱同知。所纂有《高氏記》、《高氏詩匯》、《高氏家模續編》；所著有
《億堂詩文稿》、《訓俗俚言》、《燕京日記》、《黔遊日記》（又名《黔遊草》），
《山東通志・人物志》著錄。

　　十二世高宴謀，字笽亭，一字杏江，號量齋。高貽榮子。著有《量齋詩
稿》，《濟南府志・人物志》著錄。《立秋前夕聞李紹亭吟詩有作》云：「秋思竟
如何，空庭夜起歌。不嫌林樹少，惟恐月明多。花氣侵衣袂，松風振薜蘿。來
朝雲靄處，應有雁聲過。」〔註165〕詩風類乎其從祖父高珩。

　　十二世高肇昆，字青長，號孝逸。有《孝湄詩草》，《濟南府志》著錄。
《國朝山左詩續鈔》選詩一首《北渡籠水》，詩云：「流水作離聲，潺湲送客
行。村名緣古戌，野色入荒城。新柳參差綠，浮鷗遠近明。板橋回望處，旅思

〔註162〕〔清〕張鵬展：《國朝山左詩續鈔》，嘉慶十八年四照樓刻本，卷二。
〔註163〕〔清〕盧見曾：《國朝山左詩鈔》，乾隆二十三年盧氏雅雨堂刊本，卷四十七。
〔註164〕〔清〕盧見曾：《國朝山左詩鈔》，乾隆二十三年盧氏雅雨堂刊本，卷四十七。
〔註165〕〔清〕余正酉：《國朝山左詩匯鈔後集》，道光二十九年刻本，卷三十九。

逐煙生。」〔註166〕

　　十二世高肇晊，好鳳庵，雍正甲辰科舉人，濰縣教諭。有《衣德堂詩》，《濟南府志》著錄。

　　十二世高肇橘，字雪庵，庠生。《淄川縣志・藝文志》選詩一首，為《移居三里溝》：「洞近青蘿屋數間，清溪一曲聽潺湲。遮門近拂陶潛柳，隔岸遙看謝朓山。隨分亦狗田父飲，忘機真似野鷗閒。川雲罎月無多負，時有幽人來叩關。」〔註167〕《國朝山左詩續鈔》卷四另錄一首《漫興》云：「沉睡何勞酒一巵，終朝兀兀起常遲。囊空示儉家人笑，身賤傳經弟子疑。室小爐煙蒸木葉，窗虛霜日映花枝。有時破悶閒披卷，不是貪看絕妙辭。」

　　十二世高肇篊，字耽仲，號秋岩。《國朝山左詩續鈔》收錄其詩一首，《書懷》，云：「山水幽棲不厭深，人知己是負初心。無須更笑韓康輩，直自巢由錯到今。」〔註168〕

三、淄川張氏著述考

　　明萬曆年間，八世張敬始以文學傳家，而張敬又為淄川文學的先導。九世張中發、張至發昆仲，帶來了張氏家族文學與仕途上的興盛發展。

　　八世張敬，字爾和，號松石。萬曆五年（1577）進士，誥贈文淵閣大學士。有《張儀部集》，《山東通志・藝文志》著錄。《張儀部集》不分卷，明萬曆張至發刻本，山東省藝術館藏。《儀部張先生文集》二卷，明萬曆張至發刻本，山東省博物館藏。

　　九世張中發，字智鵠，號仰松。少時曾從泰山李少崖講學，後棄制科，隱居山林，尤工擘窠大字。所著有《回首窩稿》，藏於家，《山東通志・藝文志》著錄。

　　九世張至發，字聖鵠，號憲松。萬曆二十九年（1601）進士，累官太子太傅、禮部尚書、文淵閣大學士。《明史》有傳。著有《閣匯》三十卷、《巡方約略》、《檄略》等書，《山東通志・藝文志》及《濟南府志》著錄。其中《閣匯》三十卷已散佚。《巡方約略》、《檄略》，為體察民情之著述，「官民情偽，燎如握火，蓋繡斧百世師也。」〔註169〕

〔註166〕〔清〕張鵬展：《國朝山左詩續鈔》，嘉慶十八年四照樓刻本，卷四。
〔註167〕〔清〕張鳴鐸：《淄川縣志》，民國九年石印本，卷七。
〔註168〕〔清〕張鵬展：《國朝山左詩續鈔》，嘉慶十八年四照樓刻本，卷五。
〔註169〕〔清〕張鳴鐸：乾隆《淄川縣志》，民國九年石印本，卷六。

十一世張詢，字可績，一字思汝。張泰瑞三子。康熙壬子（1672）拔貢，官寧陽教諭。曾學詩於高珩，其詩集，皆高珩手評。著有《靜然堂集》，《山東通志‧藝文志》著錄。《國朝山左詩鈔》引鄭蘭谷曰：「先生詩攄情則言外傳神，波摺則風行水面，追琢之至，歸於自然。」〔註170〕

十一世張詮，字寧遠，一字伊蒿，張泰瑞季子。康熙乙卯（1675）武舉。《淄川縣志》載：「讀書聰敏，日誦萬言。……少時以遊戲中武科，終非其志。未嘗上公車也。好吟詠，與三兄相唱和，興酣得句，輒顧盼自如。」〔註171〕著有《譫語草》，《濟南府志‧藝文志》著錄。

十一世張譜，字綠文，一字嗣宋，張泰瑞之子。著有《行素堂集》，《山東通志‧藝文志》著錄。

十一世張綏，字孔繡，號似聖，張泰象之子。貢生，以詩歌古文辭傳世。著有《南遊小詠》、《西征遊記》、《閒閒草詩文全集》、《適吳筆略》、《楚遊日記》，多未刻；自著《栗公年譜》、《諸日錄》、《淄城遇變記》、《蒙難記》皆藏於家，《淄川縣志‧人物志》著錄。《南遊小詠》，順治九年唐豫公為作序文，並刻於獅子林。《山東通志‧藝文志》及《厚齋自著年譜》著錄。

十一世張紳，字恭壽，庠生。著有《向火道人詩集》，藏於家。《淄川縣志‧藝文志》選錄其詩一首《西園斗室初成》，詩云：「不煉還丹不問禪，茅庵小結孝河邊。閒攜詩卷臨流坐，常對清樽抱月眠。客到但烹松下露，興來旋解杖頭錢。更將何事為功課，打掃胸前一片田。」〔註172〕

十一世張繡，字儀先，舉人。張泰孚之子。張泰孚，字吉辰，張至發之子，順治十七年（1660）舉人，山西孝義縣令。《淄川縣志‧藝文志》錄詩一首《夾古山懷古》：「惆悵高峰下，登臨欲望遠。煙嵐連白嶽，雲路接青齊。不見侏儒舞，空聞野鳥啼。於今憑眺處，芳草自萋萋。」

十二世張永躋，字式九，康熙辛卯（1711）舉人，張詢子。著有《四書問難》、《蕉雨齋詩古文集》藏於家。《蕉雨齋詩古文集》包括《蕉雨齋詩》、《蕉雨齋集》。《蕉雨齋詩》，《濟南府志‧藝文志》著錄。

十二世張篤慶，字歷友，號厚齋，晚年自號崑崙山人。張綏之子。著有《班范肪截》、《五代史肪截》、《兩漢高士贊》、《先相國少保公年譜》、《自著

〔註170〕〔清〕盧見曾：《國朝山左詩鈔》，乾隆二十三年盧氏雅雨堂刊本，卷三十三。
〔註171〕〔清〕張鳴鐸：《淄川縣志》，民國九年石印本，卷五。
〔註172〕〔清〕張鳴鐸：《淄川縣志》，民國九年石印本，卷七。

厚齋年譜》、《崑崙山房詩古文集》，俱藏於家。另編有《八代詩選》，《山東通志‧藝文志》著錄。

十二世張履慶，字旋視，號顧齋。張紱次子。有《食蔗堂詩》，《山東通志‧藝文志》著錄。《國朝山左詩鈔》引張雲曰：「先生與兄崑崙、弟緘庵自相砥礪。所為詩文以清真蕭遠為宗。兄弟三人分路揚鑣，不相沿襲。」

十二世張增慶，字川如，號損庵，晚號緘庵。邑諸生，張紱三子。所著有《獨樹庵詩》，《山東通志‧藝文志》著錄。

十三世張元，字殿傳，號榆村，張永躋之子。雍正丙午舉人，官魚臺教諭。有《綠筠軒詩》、《書香堂制藝》、《平山詩草》，《淄川縣志‧人物志》著錄。又助盧見曾撰成《漁洋感舊集小傳》。學詩於張篤慶，聞高珩、王士禎緒論，所為詩汪洋雄肆。沈德潛評張元《綠筠軒詩》，謂「有可參少陵之席者」。

十四世張作哲，字仲明，號濬庵，張元之子。雍正乙卯舉人，任臨朐教諭。著有《聽雨樓詩》，《濟南府志‧藝文志》著錄。《聽雨樓詩》二卷，有清鈔本，前有李果償題跋，藏山東省博物館。

十四世張作賓，字叔尚，號南圃。張元之子，庠生。著有《南圃詩草》五卷，清道光十八年孫如珠刻本，藏山東省博物館、山東省藝術館。

十四世張作礪，字伯相，號竹嶼。張元之子，諸生。《國朝山左詩續鈔》選詩一首《別趙敘之》，詩云：「假館經年便似家，主人為我酒頻賒。對棋常盡三更漏，談藝閒消七椀茶。瞥眼流光如逝電，驚心朔雪遊飛花。歲行暮矣當歸去，離緒茫茫未有涯。」〔註173〕

四、益都孫氏著述考

六世孫延壽始讀書，為孫氏家族的文學傳承奠定基礎。有「顏山雙鳳」之譽的七世孫霡，是孫氏家族最早有著述可考之人。至九世孫廷銓、孫廷鐸、孫廷鍾、孫廷錫等人，著述增多，文風昌盛，孫氏家族遂成為名副其實的仕宦與文學世家。

七世孫霡，字顯東，號曙陽，孫延壽之子。以明經授湘潭縣丞，旋升高山衛經歷。著有《南嶽集》，《博山縣志‧鄉賢傳》著錄。

八世孫鼎昌，字新之，號象九。孫震季子。《續修博山縣志‧藝文志》錄

〔註173〕〔清〕張鵬展：《國朝山左詩續鈔》，嘉慶十八年四照樓刻本，卷六。

其詩一首，為《和葉先登人日雪霽范泉迎春即事呈諸紳友》詩云：「山城雪斂萬家春，六宇晴開不染塵。花向靈辰翕出早，歌從仙杖度來新。霞觴瀲灧盈珠履，畫鼓翩翩簇皂輪。浩蕩恩光通帝德，肯將憂樂遜前人。」〔註174〕

九世孫廷銓，初名廷銈，字介黃、枚先、道相、伯度，號沚亭、灌長氏。孫元昌長子。官拜秘書院大學士。撰《顏山雜記》四卷，《漢史億》二卷，《歸厚錄》十八卷，自訂詩文集各一卷，《琴譜指法》一卷。其《南征紀略》，則奉使祭告時作也。晚著《春秋鳩考》未成書，以屬次子寶侗。

九世孫廷鍾，字道聲，一字談仲，孫元昌次子。《續修博山縣志·藝文志》錄其引一篇、詩一首。引為《開渠小引》。詩為《和葉先登人日雪霽范泉迎春即事呈諸紳友》：「七日逢春一望春，馬蹄踏處雪為塵。風為黍穀先生煖，煙惹楊絲欲放新。池畔魚龍競綵鶯，席前簫鼓引香輪。使君郢調高難和，誰詠康衢效古人。」〔註175〕

九世孫廷錫，字文田，孫元昌三子。貢生，授陝西保安知縣。著有《拙鳴集》，《博山縣志·人物志》載。

九世孫廷鐸，字道宣，號煙蘿居士、夢果道人。孫翊昌長子。崇禎十五年舉人，任廣東陽江知縣。著有《說研堂集》四卷，《山東通志·藝文志》著錄。有民國二十一年顏山孫氏鉛印本，藏上海圖書館、青島圖書館。《說研堂集》四卷，分《嘉樹堂集》一卷、《緒園詩集》一卷、《煙蘿居集》一卷、《緒園新集》一卷，作於順治七年至康熙八年間。《續修四庫提要》著新城王氏傳鈔本，較此多一卷。又有《禮記敘纂》十篇，《山東通志·藝文志》著錄。孫廷鐸晚年嗜傳注之學，讀吳草廬《禮記纂言》，作《敘纂》十篇。

十世孫寶仁，字伯純，一字學淳，孫廷鐸長子。貢生。著有《禹石樓集》，《山東通志·藝文志》著錄。

十世孫寶信，字德有，孫廷鐸次子。監生，著有《西郭藏稿》，《山東通志·藝文志》及《博山縣志·人物志》著錄。

十世孫寶任，字叔重，號石庵。孫廷鐸三子。著有《黃雪舫詩》、《六息齋詞》，《山東通志·藝文志》及《博山縣志·人物志》著錄。

十世孫寶仍，字孝堪，又字孟滋，號恕隱，孫廷銓長子。官至光祿寺掌醢署署正，敕授儒林郎。有《時繹堂集》，《博山縣志·人物志》著錄。又

〔註174〕〔清〕王蔭桂：《續修博山縣志》，民國二十六年鉛印本，卷十四。
〔註175〕〔清〕王蔭桂：《續修博山縣志》，民國二十六年鉛印本，卷十四。

有《恕隱齋詩》,《山東通志·藝文志》著錄,見載於《國朝山左詩鈔》,高
珩跋云:「溫柔和平,得風人微旨,但實分多而英分少,再加警策,吾無間
然。」〔註176〕

　　十世孫寶侗,字仲愚,一字仲孺。孫廷銓次子。廩生。有《惇裕堂集》,
又與其孫孫惟諫合編《賜書堂雜著》一卷。《惇裕堂集》,《山東通志·藝文志》
著錄。有民國二十一年石印本,藏青島圖書館。《惇裕堂集》分為《惇裕堂集
文集》二卷,《惇裕堂詩集》一卷,刊刻行世,《續修博山縣志·藝文志·撰
著》著錄。

　　十一世孫續端,字中郎,孫寶仍長子。廩生,候選翰林院孔目。有《退學
集》,藏於家。馮廷櫆尤為愛賞其詩,風格健舉。

　　十二世孫惟諫,字子犯,又字仰屋,號山外。孫寶侗之孫。有《山外集》,
並輯有《孫氏家乘集略》,有清乾隆七年鈔本,存四卷,藏山東省圖書館。另
輯有《崇禎六年癸酉刻山東鄉試錄》、《崇禎十五年壬午刻山東鄉試錄》各一
卷,均為清乾隆七年鈔本,半頁九字,字數不一,藏淄博市圖書館。〔註177〕
又與孫寶侗合著《賜書堂雜著》一卷,刻行於世,《顏山孫氏家乘》「子犯公」
小傳著錄。

　　十三世孫崇坫,字康甫,號夢樵。孫絡之子。道光舉人,任掖縣教諭。還
鄉後,重修《顏山孫氏族譜》,刊刻《顏山孫氏家乘》。乾隆《博山縣志》收錄
其文《斷腸詩集序》一篇,此為趙執信季女趙慈《斷腸詩集》所作序文。文
曰:「吾邑趙秋谷太史詩名震海內,與漁洋相抗衡,蔚為我朝詩宗,人無異辭。
朱孺人(趙慈)者,太史季女也,亦工詩。余髫齡時初知句讀,即習聞孺人之
詩。蓋里閈相連,又與孺人母家世為中表。柳絮新詞,流播戚畹間,故雖婦人
孺子,亦樂為傳誦也。今年秋,孺人文孫時庵茂才館,余家始得受全集而讀
之。讀竟竊不禁掩卷三太息也。歐陽子有云:詩人少達而多窮,非詩能窮,人
蓋必窮而後工。余初不謂然,迨閱歷既久,每見辭客騷人,名重當時,聲施後
世,而歷落嶔崎,往往令人讀其詩而悲其遇。然不意閨閣中亦有此阨也。孺
人少承家訓,女工外即耽吟詠。親庭色喜,視為掌上奇擎。洎適貴族簪纓之
華,閥閱之盛,鍾郝儀型,為遠近宗式。間弄柔翰,抒寫性情,特其緒餘耳。
乃運值滄桑,家遂中落,悲憂侘傺之音,一一寄之於詩。如空谷幽蘭,無人自

〔註176〕〔清〕盧見曾:《國朝山左詩鈔》,乾隆二十三年盧氏雅雨堂刊本,卷三十八。
〔註177〕淄博市志編纂委員會:《淄博市志》,中華書局,1995年版,第2172頁。

賞；如長松修竹，耐雪凌霜。詩益進而境益窮。歐陽子之言，其信然歟。雖然孺人已歿數十年矣，時庵方以植品勵行，蜚聲黌序，後起有人。方亭亭玉立，行將大其門閭，克振家聲，是安知非孺人當年之相夫教子、歷盡艱辛而葛覃卷耳，遺澤孔長，蔭及後裔者遠也。孺人有知，亦可以無恨矣。時庵謹藏是集，將謀受梓，人囑余為序。余雖生長顏山，希慕太史芳蹤，而素不知詩，即何能知孺人之詩，謹為序其本末如此。」〔註178〕

十三世孫崇基，字樂之，號辰巳山人，孫寶信曾孫。廩貢生，任單縣教諭、莒州學正。有《辰巳山人遺稿》。《顏山孫氏家乘》「莒州公」小傳著錄。

十三世孫崇壇，字仲唫，號氾亭，孫寶信曾孫。附貢生，好為詩，不事雕飾。有《心泉詩集》，《顏山孫氏家乘》「仲唫公」小傳著錄。

十三世孫崇垣，字東掖，號星舫，孫寶信曾孫。以廩貢生選巨野訓導，棄舉業。詩學陸游，著有《種松書屋集》四卷，《顏山孫氏家乘》「泰六公」小傳著錄。

十三世孫崇祚，字幼長，號魯山。孫寶傳曾孫。歲貢生，數入棘闈不售，乃設帳授徒，潛心經史。著有《鄉黨便考》、《槐陰堂詩文稿》，《續修博山縣志・藝文志・撰著》著錄。

五、新城王氏家族著述考

關於新城王氏家族的著述情況，詳見賀琴博士論文《明清時期山左新城王氏家族文學研究》上編第四章「新城王氏家族著述考」。本文僅就王氏成員著述作簡略展示，並對其未收錄成員著述以及其他成員流傳作品作詳實考察。

四世王重光，字廷宣，號濼川。明嘉靖辛丑進士，官貴州參議。著有《畢節閱操和梅翁韻詩》、《史論》、《五行加減律議》、《太僕家訓》。

五世王之都，字爾會，號曙峰，王耿光之子。萬曆二十三年（1595）進士，歷官戶部郎中、平涼府知府。著《彈心錄》十九卷。

五世王之城，字爾守，號會峰。王重光之子。貢生，歷官溫州同知、淮安同知、通州知州。著有《防海要略》。

五世王之垣，字爾式，號見峰，王重光子。明嘉靖四十一（1562）進士，歷官戶部侍郎。著有《歷仕錄》一卷，《柄燭編》一卷，《攝生編》一卷，《百

〔註178〕〔清〕富申：《博山縣志》，乾隆十八年刻本，卷十四。

警編》一卷，《諫議疏稿》四卷，《忠勤圖說》、《念祖約言世記》、《律解附例》八卷、《恩命錄》、《琅琊遊記》等。

五世王之猷，字爾嘉，號柏峰，王之垣弟。官浙江按察使。著有《王柏峰詩稿》。

六世王象晉，字康侯，號康宇。王之垣之子。著有《賜閒堂集》四卷、《郿封里吟》一卷、《秦張兩先生詩餘合璧》二卷、《二如亭群芳譜》二十八卷、《剪桐載筆》一卷、《救荒成法》一卷等。

王象乾，字子廓，號霽宇，王之垣之子。明隆慶五年（1571）進士，官至兵部尚書。有《忠勤錄》二卷、《皇明開天玉律》四卷、《評苑傍訓大全》十五卷等。

王象春，字季木，號文水，王之猷之子。明萬曆三十八年（1610）進士，歷官南京兵部職方司郎中、吏部郎中。有《濟南百詠》一卷、《問山亭詩》十八卷等。

王象明，初名象履，字用晦，號雨蘿。王象艮之弟。貢生，官大寧知縣。著有《鶴隱集》、《雨蘿集》、《山居集》、《聊聊草》一卷等。

王象艮，字伯石，一字思止，號定宇，王之城之子。貢生，官姚安同知、國子監典簿。有《迂園詩》十二卷。

王象蒙，字子正，號養吾，王之輔之子。明萬曆庚辰（1580）進士，官光祿少卿。《山左明詩鈔》載其詩四首。第一首《鳳音曲》云：「鳳兮鳳兮集高岡，七德九苞稱至祥。五音六律鳴朝陽。鳴朝陽應明主，非帝庭寧高舉。」第二首《鶴鳴曲》云：「蒼松挺挺鶴相招，振翮翩翩來九霄。□霜戛戛鳴九皋。鳴九皋聲萬里，明月來清風起。」第三首《瑤琴曲》：「我攜綠綺奏薰風，一曲相思彈未終。淚垂絃絕送歸鴻。送歸鴻坐明月，人不見心如結。」第四首《暮雨曲》：「忽忽白雲羅神霄，霏霏暮雨平河橋。有美一人路迢遙。路迢遙望無極，夢相見醒相憶。」〔註179〕

王象節，字子度，號翼吾，王象蒙弟。明萬曆壬辰（1592）進士，改庶吉士，授檢討。《山左明詩鈔》載其詩《秋雨即事》一首，詩云：「秋爽時雨零，抽毫思不勝。洗兵占曉發，濡稼喜年登。塵淨黃扉敞，波微太液澄。重陰看漸霽，擬賦日方升。」〔註180〕《新城縣志・藝文志》另載其文《新修養心殿成

〔註179〕〔清〕宋弼：《山左明詩鈔》，乾隆三十六年益都李文藻刊本，卷二十四。
〔註180〕〔清〕宋弼：《山左明詩鈔》，乾隆三十六年益都李文藻刊本，卷二十四。

恭紀》一篇，詩六首為《秋雨即事》、《閭里歌德》、《平寧夏凱歌》四首。

王象益，字沖孺，小字夢射，號沖宇。貢生，官博興訓導。著有《景先樓詩集》，《新城王氏世譜》著錄。

王象恒，字微貞，號立宇。王之猷之子。明萬曆二十三年（1595）進士，歷官江西道監察御史、都察院右僉都御史。著有《西臺奏疏》二卷，明末刻本，山東省藝術館藏。

王象雲，號蓼莪，王之都之子。明天啟五年（1577）進士，官至雲南道監察御史。著有《王氏禮經解》，《山東通志·藝文志》著錄。

王象坤，字子厚，號中宇。王之翰之子。明嘉靖四十四年（1565）進士，歷官山西左布政使。著有《火經》一卷，《新城縣志·藝文志》著錄。

王象隨，字季良，王之都季子。明天啟辛酉（1621）舉人，例封文林郎。《新城縣志·藝文志》收錄其詩一首《登吳公山》：「仙源何處是，徑入石林長。鳥語空壇靜，溪聲絕潤涼。香餘丹灶火，煙鎖白雲房。為問飛昇客，寥天忽鶴翔。」〔註 181〕

七世王與玟，字文玉，王象豐之子。著有《籠鵝館集》二卷。

王與胤，又名與孕，字百斯，王象晉之子，王象賁嗣子。明崇禎元年（1628）進士，改庶吉士，授御史巡撫河南。著有《隴首集》一卷、《西來集》、《一可已集》，《新城縣志·藝文志》著錄。

王與端，字方函，一字雪園，王象泰之子。歲貢生，官上林苑署丞。著有《栩齋詞曲》，《新城縣志·藝文志》著錄。《新城縣志·藝文志》載詩《來鶴亭詩》一首，詩云：「王子吹笙乘坐仙，雙飛伏子下青田。能驚烏尾身如雪，不如雞群羽亦玄。聲滿十洲知半夜，丸成五色已千年。迢迢峻嶽經多少，爭似閒庭松上眠。」〔註 182〕

王與襄，字龍師，王象隨之子。清順治十六年（1659）進士，官廣寧府推官、長樂知縣。著有《歷亭詩選》，《國朝山左詩鈔》著錄。《國朝山左詩鈔》卷二十三載其詩二首。其中《客中》詩：「客路逢春暮，蕭條似晚秋。寒風吹曉夢，畫角起邊愁。歲月銷長劍，車塵老敝裘。何當風雨夕，扶病獨登樓。」《別墅》詩：「西郊何所事，小築值春初。插柳圍新圃，編茅緝舊廬。林深雞犬靜，市遠應酬疏。暫作長林主，蓬蒿且莫鋤。」

〔註 181〕〔清〕崔懋：《新城縣志》，康熙三十二年刻本，卷十四。
〔註 182〕〔清〕崔懋：《新城縣志》，康熙三十二年刻本，卷十四。

　　王與階，字陟公，號籙澳。順治二年（1645）拔貢。《新城縣志・藝文志》錄其詩一首《採山堂作》云：「離離南山田，采采遍野綠。雨過涼風發，日暮雲可掬。山林素所親，遠岫在空谷。奇霞亦時見，安步繼高躅。我喜南山田，我愛南山屋。下山栽桑麻。上山友麋鹿。有時過西園，西園果初熟。」〔註183〕

　　王士譽，王與才之子。舉人。《新城縣志・藝文志》錄其詩一首，《一畝石》曰：「東南有石丈，其立如其臥。蛟虯起中窟，趵乳成寶唾。石引乳花長，乳泄石窟破。白雲護以衣，萬壑爭趨和。時枯不苦潤，寒月光翻坐。一沼自泓然，江河配其大。不識秋月骨，突兀奇無那。」〔註184〕

　　八世王士祿，字子底，號西樵。王與敕長子。著有《十笏草堂詩選》十一卷、《十笏草堂辛甲集》七卷、《十笏草堂上浮集》四卷、《司勳五種集》二十卷、《琅琊二子近詩合選》十一卷、《表餘堂詩》一卷、《西樵山人詩集》二十卷、《濤音集》八卷、《炊聞詞》二卷、《燃脂集例》二百三十五卷、《閨閣語林》一卷、《朱鳥逸史》一卷、《圍爐詩話》等。

　　王士禧，字禮吉，一字仲受，王與敕次子。著有《抱山集選》一卷、《函玉集》一卷；《送懷草》一卷、《豫遊草》一卷、《和月泉吟社詩卷》、《表餘落華合選》十一卷，《新城縣志・藝文志》著錄。

　　王士祜，字叔子，號東亭。王與敕三子。著有《古鉢集選》一卷，藏山東省圖書館、山東省博物館、山東省藝術館；另有《京口遊詩》一卷，清康熙間刻本，《販書偶記續編》著錄。《倚聲初集》卷五選小令一首，為《減字木蘭花・留別阮亭家弟》：「去年今月三日嚴寒天欲雪，不憚沖寒。舊約重來白板船。　　今年今月，回首西陵人又別。無限離思車馬風帆各自知。」

　　王士禛，字貽上，號阮亭，別號漁洋山人。王與敕四子。有詩集、文集、詞集共幾十種，另有合集《漁洋山人精華錄》十卷、《漁洋山人文略》十四卷、《蠶尾集》十卷。詩話有《漁洋詩話》三卷、《師友詩傳錄》一卷、《漁洋詩話彙編》十六卷、《帶經堂詩話》三十卷、《花草蒙拾》一卷等。見聞紀略主要有《皇華紀聞》四卷、《池北偶談》二十六卷、《居易錄》三十四卷、《香祖筆記》十二卷、《古夫于亭雜錄》六卷、《分甘餘話》四卷、《古歡錄》八卷等。集評著述主要有《唐賢三昧集》三卷、《阮亭選古詩》三十二卷、《宋人絕句》一

〔註183〕〔清〕崔懋：《新城縣志》，康熙三十二年刻本，卷十四。
〔註184〕〔清〕崔懋：《新城縣志》，康熙三十二年刻本，卷十四。

卷、《唐詩神韻集》六卷、《倚聲初集》二十四卷、《感舊集》十六卷、《琅琊三公集》等。

王士譽，字令子，號筆山，又號鐵岩樵人。王與才之子。順治八年（1651）舉人。著有詩集《筆山集》、《蔥楚集》、《毳褐集》、《採籬集》，《國朝山左詩鈔》著錄。

王士和，字允協，王與胤之子。廩生。《山左明詩鈔》卷三十二載其詩一首，《絕命辭》。

王士純，字元生，號孤絳，王與夔之子。《山左明詩鈔》載其詩一首，《詠新月》云：「乍見一簾水，回頭月抱肩。黃如浮酢酒，瘦比厭琴弦。」〔註185〕

王士驥，字隴西，號杜稱。王與玫之子。清康熙三年（1664）進士，官內閣中書。著有《庚寅漫錄》一卷，《聽雪堂詩集》、《聽雪堂詞集》、《遊大梁詩》，《國朝山左詩續鈔》著錄。

王士騄，字超其，一字宛西。王與慧嗣子。諸生。《國朝山左詩鈔》錄其《怨歌行》、《午夢》詩二首。《怨歌行》詩云：「當時匣中銅，於今翳塵土。當時篋中絲，於今無寸縷。磨鏡休使光，繅絲休使長。鏡光驚貌換，絲長嫌緒亂。對鏡與治絲，兩者皆腸斷。」《午夢》詩云：「閒窗暑退不思眠，野夢無心傍午還。布穀鳥鳴過麥後，採桑人去在花前。茶烹逋客香含雨，酒飲離騷醉問天。燕子復來巢棟宇，新添荷葉小於錢。」〔註186〕

王士驪，字馳西，號幔亭，王與階之子。諸城縣訓導。著有《就園唱和詩》一卷。

九世王啟涑，字清遠，王士禛之子。官荏平教諭。著有《西城別墅詩》、《荏平詩存》、《因繼集》、《聞詩堂小稿》、《讀書堂近草》、《蘇詩補注》，《新城縣志·藝文志》著錄。其中《讀書堂近草》一卷，新城王氏遺稿稿本，藏山東省博物館、山東省藝術館。

九世王啟座，字玉斧，王士驪之子。諸生，著有《金臺雜詠》、《學詩偶存》，《新城縣志·藝文志》著錄；另有《蓮香亭詩草》，《國朝山左詩續鈔》著錄。《國朝山左詩續鈔》卷三載其詩二首，為《過錦秋湖望博興》、《秋日遊柿岩》。前一首詩云：「荷花開遍錦秋湖，疏雨斜風入畫圖。十里長堤行未了，柳條烟重是蒲姑。」後一首詩云：「鱗鱗霜信染丹楓，擘絮寒雲萬木空。九曲溪

〔註185〕〔清〕宋弼：《山左明詩鈔》，乾隆三十六年益都李文藻刊本，卷三十二。
〔註186〕〔清〕盧見曾：《國朝山左詩鈔》，乾隆二十三年盧氏雅雨堂刊本，卷二十五。

流青嶂裏，一聲樵唱亂山中。」〔註187〕

　　九世王啟磊，字石丈，號湘源，別號黃海山人。王與能之孫、王士岳之子。諸生。工書，嘗仿《輞川圖》為古苑二十二景。《國朝山左詩續鈔》卷三載其詩二首。前一首詩《前溪》曰：「採蓮泛前溪，不覺入遙浦。回首望鄰舟，咫尺迷烟雨。」後一首《大癡富春山圖卷摘臨一段題》曰：「七里灘頭放艇過，烟雨變滅鑱岩阿。大癡卷子橫三丈，剪取西峰一點螺。」〔註188〕

　　王啟大，字東觀，號嵩蒼，王士譽之子。康熙四十四年（1705）舉人，授莒州學正。《新城縣志·藝文志》錄其詩七首，分別為《登戲馬臺》、《石帆亭》、《樵唱軒》、《小華子岡》、《小善卷》、《三峰》、《石丈》。

〔註187〕〔清〕張鵬展：《國朝山左詩續鈔》，嘉慶十八年四照樓刻本，卷三。

〔註188〕〔清〕張鵬展：《國朝山左詩續鈔》，嘉慶十八年四照樓刻本，卷三。

第三章　孝婦河流域文學家族多元關係研究

　　明清時期，孝婦河流域的文學家族關係多元化，具體有以下四種：一是聯姻關係。孝婦河流域的文學家族，因地緣較近，加之門當戶對，故姻親關係盤根錯節，家族之間交往密切。二是師生關係。師生之間，有著文學上的傳承關係，師生關係對文學創作的影響不可忽視。三是宦友關係。同朝為官、同年中第，都是宦友關係的表現。這些政治上的聯繫對文學方面的關係亦有影響。四是文學關係。孝婦河流域文人交遊、結社、酬唱現象較多。文學家族之間交遊，促進了孝婦河流域文學的繁榮，使得孝婦河流域的文學創作既表現出共性特徵，又顯示出多元取向。

第一節　文學家族聯姻關係研究

　　聯姻，又謂累世通婚。聯姻的目的是為了家族的「道誼淵源，通家累葉」。正如美國學者艾爾曼在《經學、政治和宗族》中指出的：「（家族）其勢力、聲望不僅是基於宗族本身的凝聚力，士紳家庭還利用聯姻策略來實現自己的社會和政治目的，與其他大族聯姻可以強化宗族的凝聚力。……宗族借助聯姻形式強化自身的組織性，乃是士紳生活的一大特徵。」〔註1〕羅時進則認為聯姻對文化家族的發展意義有四：「一是聲譽相互藉重使共同提升，二是道義上

〔註1〕艾爾曼著，趙剛譯：《經學、政治和宗族：中華帝國晚期常州文學派研究》，江蘇人民出版社，2005年版，第41頁。

相互支持使威勢擴大，三是危難時的相互救助使解除困頓，四是文化和教育資源共享。」〔註 2〕

　　孝婦河流域文學家族之間聯姻現象非常之多，不可忽視。今根據《新城王氏世譜》、《高氏族譜》、《高氏家模彙編》、《籠水趙氏世譜》、《顏山孫氏族譜》、《顏山孫氏家乘》、《淄川張氏族譜》等譜諜，《淄川縣志‧人物志》、《益都縣志‧人物志》、《博山縣志‧人物志》、《新城縣志‧人物志》等地方志，以及各類年譜、墓誌銘、傳記整理出文學家族聯姻關係。其中新城王氏家族與其他家族聯姻次數最多，為 22 次；益都趙氏家族與其他家族聯姻次數居第二位，為 21 次；淄川高氏家族聯姻次數又次之，為 19 次；益都孫氏家族的聯姻次數再次之，共 17 次；淄川張氏家族的聯姻次數共 13 次。

　　新城王氏家族與其他幾個家族聯姻資料共 22 例，因《新城王氏世譜》中並未載錄具體婚娶對象，因此王氏家族的姻親關係只能泛泛而談。其中娶入畢氏家族共 12 例：六世王象乾、王象賁、王象震、王象艮、王象龍、七世王與緯、八世王士捷、王士楚、王士攀、九世王啟宛娶畢氏之女；九世王啟綠娶畢際有孫女、畢盛鏏次女為妻；九世王啟涫娶畢世持之妹為妻。

　　王氏家族娶入高氏家族共 4 例：六世王象恒娶高氏之女；八世王士雅娶高所蘊次女、高珩之妹為妻；九世王啟沆娶高珩之女為妻。

　　王氏家族娶入孫氏家族共 3 例：六世王象孚、王象益、九世王啟磊皆娶孫氏之女為妻。

　　王氏家族娶入趙氏家族共 2 例：七世王與仁、八世王士禧均娶趙氏之女。

　　王氏家族娶入張氏家族共 1 例：八世王士祜娶張至發孫女、張泰孚之女之妻。

　　益都趙氏家族與其他家族婚娶資料共 21 例。與孫氏家族聯姻次數最多，共 8 例，其中十一世娶入 1 例，十二世娶入 2 例，十三世娶入 5 例：十一世趙作目娶孫廷銓之女；十二世趙執信娶孫寶仍次女；十二世趙蔭宣娶孫廷鐸之女；十三世趙澤普孫寶仍之女；十三世趙恬娶孫續廉次女；十三世趙澤益孫寶仁之女；十三世趙澤觀娶孫寶信之女；十三世趙鵬程娶孫續廉長女。

　　趙氏家族與王氏家族聯姻資料共 4 例：十一世趙作肅娶王與敕季女、王

〔註 2〕羅時進：《地域‧家族‧文學——清代江南詩文研究》，上海古籍出版社，2010年版，第 61 頁。

士禛季妹為妻；十二世趙執桓娶王士祜之女為妻；十二世趙執端娶王士祜之女為妻；十三世趙憲娶王啟深長女為妻。

趙氏家族與高氏家族聯姻資料共 3 例：十二世趙執提娶高之騊之女為妻；十三世趙處訥娶高之騃之女為妻；十三世趙惼娶高肇萱之女為妻。

趙氏家族與張氏家族聯姻資料共 3 例：十世趙進美最早與張氏聯姻，其娶張泰象之女為妻；十二世趙晉璽娶張緻長女、張篤慶之妹為妻；十三世趙悅娶張立功之女為妻。

趙氏家族與畢氏家族聯姻資料共 3 例：十二世趙執殳娶畢際有孫女、畢盛鉅之女為妻；十三世趙宓娶畢世汸之女為妻；十三世趙戀娶畢世持之女為妻。

淄川高氏家族娶入資料共 19 例。其中與畢氏家族聯姻次數最多，娶入畢氏家族共 8 例：十一世高之騊娶畢際竑之女為妻；十二世高肇嗣娶畢際竑孫女、畢盛育之女為妻；十三世高懿緒娶畢世潍長女為妻；十三世高作緒與高咸緒兩人皆娶畢際有曾孫女、畢世洎之女為妻；十三世高迪緒娶畢世演之女為妻；十五世高西謀娶畢岱苃之女為妻；十五世高章謀娶畢岱焞之女為妻。

高氏家族娶入王氏家族共 3 例：九世高所蘊娶王象乾之女為妻；九世高所翔娶王象艮之女為妻；十三世高宏緒娶王士禛曾孫女為妻。

高氏家族娶入張氏家族共 3 例：十世高瑋娶張至發孫女、張泰來之女為妻；十二世高肇和娶張氏為妻；十三世高任緒娶張氏為妻。

高氏家族娶入孫氏家族共 3 例：十一世高之驂娶孫廷銓姪女、孫廷鍾之女為妻；十四世高貽壯娶孫氏為妻；十五世高遠遯娶孫崇垣之女為妻。

高氏家族娶入趙氏家族共 2 例：八世高舉娶趙爾衡之女為妻；十一世高瑋之子高之騊娶趙班璽之女為妻。

益都孫氏家族娶入資料共 17 例。因地緣相近，九世孫廷鑛最早與趙氏發生姻親關係，其後裔十一世、十二世與趙氏發生嫁娶關係最為頻繁。孫氏家族娶入趙氏家族共 11 例：九世孫廷鑛娶趙繼美之女；十一世孫續端娶趙作肅長女；十一世孫續慎娶趙作相之女；十一世孫嗣端娶趙作股之女；十一世孫以寬娶趙作耳之女；十二世孫維諲娶趙執琯之女；十二世孫維詳娶趙執瑁之女；十二世孫維諒娶趙執雁之女；十二世孫應中娶趙愨之女；十二世孫慰中娶趙蔭寬之女；十二世孫絡娶趙執琦之女。

孫氏家族娶入畢氏家族共 3 例：十世孫寶修娶畢際有五女為妻；十二世孫維謨、孫維謙分別娶畢世泊之女為妻。

孫氏家族娶入王氏家族共 2 例：十世孫寶仍娶王與階之女、王士禛從妹為妻；十一世孫續厚娶王士禛侄女為妻。

孫氏家族娶入高氏家族共 1 例：十世孫寶侗娶高珵之女為妻。

淄川張氏家族與其他娶入資料共 13 例。其中娶入畢氏家族最多，共 5 例：十一世張綏娶畢際有三女；十二世張毓慶娶畢盛鎡長女；十二世張永祉娶畢木之女；十三世張思祖娶畢世演之女；十四世張甲齡娶畢海槊之女。

張氏家族娶入孫氏家族共 4 例：十二世張篤慶娶孫廷銓侄女為續室；十二世張方慶娶孫廷鑛女為妻；十二世張本惇娶孫祕予孫女為妻；十四世張作賓娶孫以寬女為妻。

張氏家族娶入高氏家族共 3 例：十一世張譜娶高所翔之女；十二世張篤慶娶高珩季女；十二世張淑慶娶高珠次女。

張氏家族娶入趙氏家族共 1 例：十二世張履慶娶趙雙美之女為妻。

孝婦河流域的文學家族婚嫁時注重門第，同時亦注重家風家學。「世第簪纓，曳履敞星辰之府；家學霄漢，分符颺鳧鳥之聲。」〔註3〕孝婦河流域文學家族的聯姻關係，有助於擴大家族的勢力，同時家族之間的文學交往也促進了聯姻關係的建立。

第二節　孝婦河文學家族師生關係

明清時期，隨著科舉制度的日益興盛，師生關係遂成為一種極重要的社會關係。師生之間的關係大致有以下四種：一是生員與主考官；二是受業弟子與業師；三是私淑關係；四是後世門生。

一、生員與座師

生員間以及生員與座師間因科舉而結成的關係，是一種極重要的非官方關係，亦其時士群體得以構成的諸種關係之一。生員與科舉考官、生員之間的稱謂，因具體關係不同，而稱謂各異。「生員之在天下，近或數百千里，遠或萬里，語言不同，姓名不通，而一登科第，則有所謂主考官者，謂之座

〔註3〕〔清〕唐夢賚：《志壑堂文集》，《清代詩文集彙編》（第 103 冊），上海古籍出版社，2010 年版，第 263 頁。

師；有所謂同考官者，謂之房師；同榜之士，謂之同年；同年之子，謂之年
侄；座師、房師之子，謂之世兄；座師、房師之謂我，謂之門生；而門生之所
取中者，謂之門孫；門孫之謂其師之師謂之太老師；朋比膠固，牢不可解。」
〔註4〕由此可見，明清時期由科舉制度而衍生的師生關係之複雜程度。

（一）張至發與趙進美

明崇禎十年（1637）二月，張至發充會試正主考官。是年，趙進美參加
會試，時年十八歲。此次榜發，張至發取吳貞啟、陳子龍、夏允彝、包爾庚、
曹溶等三百餘人，得人最盛。惜是科趙進美會試下第。

二、受業弟子

所謂受業弟子，即執弟子禮、直接受教的學生。受業弟子稱其師為業
師。對於業師，黃宗羲有更細緻的區分：「流俗有句讀之師，有舉業之師，
有主考之師，有分房之師，有舉薦之師，有投拜之師，師道多端，向背攸
分。」〔註5〕

（一）張敬與畢木

畢木垂髫時從學於海內大儒張敬。《石隱園藏稿》卷三《先君黃髮翁傳》：
「髫時，偕王銓部秋澄，從張儀部松石先生遊。」「拜先生墓左，謂為淵源自
也」。〔註6〕畢氏家族的家學淵源形成於此。

張敬，字爾和，教習駙馬，東國碩儒，著有《儀部集》。張敬古文，衍滄
溟一派，詩歌獨平易近人。詩中佳句如：「曡花侵斷壁，木葉響空廊。」「鷺下
啄寒葦，猨垂颭古藤。」「故人滄海隔，歸夢白雲深。」皆可誦。〔註7〕《聞
雁寄王侍史》：「搖落聞征雁，連翩向海隅。行分絕塞闊，影如夕陽出。鼓角寒
城急，關河短鬢疏。那能千里別，不寄一封書？」《寄王汝賓》云：「山房黏石
壁，蒼翠暮煙收。野水亂流合，沙禽幾點浮。人歸栝葉寺，日映蘆花洲。白露
澄江闊，故園何處秋？」〔註8〕畢木，字子近，號舜石，晚年自號黃髮翁。畢

〔註4〕〔明〕顧炎武：《生員論中》，《顧亭林詩文集》，中華書局，1983年版，第23
　　　頁。

〔註5〕〔明〕黃宗羲：《廣師說》，《黃宗羲全集》（第10冊），浙江古籍出版社，1985
　　　年版，第648頁。

〔註6〕〔明〕畢自嚴：《石隱園藏稿》，中國文聯出版社，2010年版，第81頁。

〔註7〕〔清〕王培荀：《鄉園憶舊錄》，齊魯書社，1993年版，第13頁。

〔註8〕〔清〕王培荀：《鄉園憶舊錄》，齊魯書社，1993年版，第39頁。

木好為詩，兼作小令，「雖非專家，要有生趣。如園蔬新摘，勝於肥濃宿貯之品。」〔註9〕選錄畢木詩以示：

《答雲石以詩見寄》：「丘壑容疏士，田園困老儒。荷鋤歸夜月，把酒樂枌榆。介鯉欣傳素，遺詩感賜珠。披襟和白雪，千里存心紆。」〔註10〕詩中「荷鋤歸夜月，把酒樂枌榆」之句，確有近陶淵明之處。《秋江小景二首》其一：「萬頃煙波一色秋，乾坤自在任中流。堤邊楊柳深知我，明月清風待晚舟。」〔註11〕畢木胸襟超曠從詩句中自然流露出來，末句以閒淡寧靜之景作結，顯示出悠然自得的超脫心境。畢木詩多清新自然之句，契合於陶淵明，又有雅俗共賞之詞曲，抒寫性靈。可見，畢木受張敬詩歌影響最深之處，獨在淡雅自然。

（二）張絨與趙作肅

張絨，字孔繡，張至發之孫，張泰象之子，張篤慶之父。王士禛受張篤慶之請為張絨立傳，有《明經張先生傳》。清順治十八年（1661），張篤慶之父張絨受聘到益都顏神鎮坐館，任趙作肅的塾師。「吾父（張絨）授經於籠水表弟趙齋如家，余侍側肄業。」〔註12〕

張絨生而負意氣，氣節慷慨，俶儻自喜。少年時，曾侍奉張至發於京師，頗有見識，「凡朝章國故，前言往行，及一時鉅人長德皆及見聞，而心識之。」〔註13〕張絨性好遊，曾手授《楚遊紀略》，歸里詩酒自娛，「人然與群從晏談，必舉祖宗功德遺事及前言往行，以相勸勉，聞者悚聽。」〔註14〕張絨工書法，尤精於金石篆刻。好為詩，王士禛於揚州為其刻詩數十篇。趙作肅，字齋如，別字子雍。趙繼美之子，王士禛季妹之夫，趙執信從叔。趙作肅少孤，十四歲補博士弟子，方讀書。天性孝友，侍奉叔父趙進美湯藥，衣不解帶者旬月。性好施，益都顏文姜墓毀，趙作肅獨修治。趙作肅天資聰穎，多

〔註9〕〔清〕王培荀：《鄉園憶舊錄》，齊魯書社，1993年版，第14頁。

〔註10〕〔明〕畢木：《黃髮翁集》，《山東文獻集成》（第2輯第27冊），山東大學出版社，2011年版，第637頁。

〔註11〕〔明〕畢木：《黃髮翁集》，《山東文獻集成》（第2輯第27冊），山東大學出版社，2011年版，第643頁。

〔註12〕〔清〕張篤慶：《厚齋自著年譜》，《馮惟敏、馮溥、李之芳、田雯、張篤慶、郝懿行、王懿榮年譜》，山東大學出版社，2002年版，第154頁。

〔註13〕〔清〕王士禛：《帶經堂集・蠶尾續文》，清康熙五十年七略書堂刻本，卷七。

〔註14〕〔清〕王士禛：《帶經堂集・蠶尾續文》，清康熙五十年七略書堂刻本，卷七。

才藝。「初好篆刻，去而學畫。尤工窠石，間作小詩，亦不省錄，存者不及百篇。」〔註15〕有《見山堂遺詩》刊行於世，王士禎為其選定。此集由王士禎選定，前有閩海李開業序，乾隆間刻，民國《山東通志》著錄。王士禎稱其「雅逸高妙，卓爾不群」，自成一家。

（三）高珩與張詢

張詢，字可續，一字思汝，拔貢，張中發之孫，張泰瑞之子。幼穎悟有至性，年十二即以神童入泮，十四時父母遭謝遷之變殉節，居常飲泣，更奮志向學，與兩兄一弟自相師友。清康熙十一年（1672）鄉試僅中副榜，後以病不復入場屋。晚年任寧陽縣教諭，「教諸生惟以立德、勤學相勸勉。」〔註16〕極為黃叔琳所推重，七年，病歸。兩舉鄉飲大賓，力辭不赴。善書工詩，其德行、文學為鄉里仰重。常力行袁了凡功過格，逐日登記，「其訓教子孫督課嚴切，尤以孝友承家為諄諄。」〔註17〕

張詢與高珩有姻親關係，張詢之兄張譜娶高珩從妹、高所翔之女為妻。因此，張詢從遊於高珩，學詩於高珩。清康熙十六年（1677），高珩還曾與張詢同遊吳越。張詢詩集皆高珩手評。著有《靜然堂詩古文集》，藏於家。鄭蘭谷評張詢詩曰：「攄情則言外傳神，波摺則風行水回，追逐之至，歸於自然。」〔註18〕受到高珩詩風的影響。高珩為詩率意而為，出手即成，簡易超曠，骨清神佚。

（四）王士禎與趙執信

趙執信與王士禎為甥婿姻親，趙執信的岳母為王士禎從妹。雖然趙執信在《談龍錄》序中說不以弟子事師之禮敬奉王士禎：「新城王阮亭司寇，余妻黨舅氏也，方以詩震動天下，天下士莫不趨風，余獨不執弟子之禮。」〔註19〕但趙執信少年時，曾學詩於王士禎，「又計當世之文，無逾新城王先生……況執信學於先生者，雖荒略，敢以為請。」〔註20〕

〔註15〕〔清〕王士禎：《帶經堂集·蠶尾續文集》，清康熙五十年七略書堂刻本，卷十六。
〔註16〕〔清〕張鳴鐸：《淄川縣志》，清乾隆四十一年刻本，卷五。
〔註17〕〔清〕張鳴鐸：《淄川縣志》，清乾隆四十一年刻本，卷六。
〔註18〕〔清〕張鳴鐸：《淄川縣志》，清乾隆四十一年刻本，卷六。
〔註19〕〔清〕趙執信：《趙執信全集》，齊魯書社，1993年版，第532頁。
〔註20〕〔清〕趙執信：《趙執信全集》，齊魯書社，1993年版，第483頁。

趙執信幼年時請教詩歌於王士禛。事見王應奎《柳南續筆》卷三:「益都趙宮贊秋谷,自少負異才,以工詩名山左,視一時輩流罕有當其意者。迨識新城先生,乃斂衽懾服,於是噤不作詩者四五年。新城知之,特肆筵設席,醉之以酒,請馳其禁。宮贊乃稍稍復作,作則就正新城,以定是非。」〔註21〕嚴迪昌認為趙執信初識王士禛時,應為清康熙十三年前後,時王士禛丁母憂居家,趙執信十三四歲矣。另,趙執信與王士禛的信札曰:「信始學為詩,即蒙稱許過當。追隨十載,深知鄙性好為狂迂之論。……其自稱受聲格於新城先生,播在交遊,著之文筆,天下其誰不知之?」〔註22〕可見,趙執信確向王士禛請教過詩歌的聲律、格調。

(五)王士禛與趙執端

趙執端,字好問,號綏庵,趙作肅之子,趙執信從弟。年十八入異庠,久困科場,循例得汶上教諭,因母年邁不就,晚年遊於林泉。事蹟可見《博山縣志·文苑傳》。趙執端與王士禛本為甥舅,趙執端以王士禛為師順理成章,「趙君綏庵為先生甥,有自出之親,其於詩也亦然。剪截浮華,擺落庸近;思清而不寒,語質而不滯。……良由平時浸灌,久而薰蒸。徹非外間私炷瓣香、希風託響者可同日而論也。」〔註23〕

趙執端所作詩輯為《寶菌堂遺詩》二卷,由王士禛親自批點,其中評點詩作共31題、37首。其中《歸宿湛汪莊感懷次仲韜韻》被王士禛評為「感慨在筆墨之外」;寄贈之作《久雨新晴簡方公準》,被王士禛稱「筆底絕無塵垢」;《陽邱感懷和光仲韜》被王士禛評為「結有情思」。《雨中登清音閣》一詩,王士禛點評為「源出二謝」。五言絕句《聽雨》得王士禛評「似蘇州語」、「得唐人三昧」;王士禛評七言絕句《簡弁山五兄時將之池上》曰「似元、白風味」。可見,趙執端之詩承王士禛神韻一脈,有清空跌宕之氣。評《過郡城友人繡佛軒》曰:「字字清綺。」

(六)王士禛與張篤慶

張篤慶,字歷友,號厚齋。早歲曾受知於山東學政施閏章。數奇運蹇,

〔註21〕〔清〕王應奎撰,以榮校點:《歷代筆記小說大觀 柳南隨筆續筆》,上海古籍出版社,2012年版,第121頁。
〔註22〕〔清〕趙執信:《談龍錄注釋》,中國文化出版社,2010年,第169頁。
〔註23〕〔清〕趙執端:《寶菌堂遺詩》,《四庫全書存目叢書》(集部第252冊),齊魯書社,1997年版,第73頁。

僅以選拔終其身。既試不利，歸而發憤著書，自稱「崑崙山人」。清順治十六年（1659），張篤慶因姑丈王士祜之故，得以納交於王士禛。時張篤慶年十八，王士禛弱冠矣。「先生須次節推，薄遊柏陵，載酒旗亭，風塵遊戲，綺裘珠履，錦帶翩翩，靈和殿中，甫弱冠之年耳。余雖不敢抗節稱詩，然攜所業以請益，亦數見欣賞。」〔註24〕張篤慶正式拜師學詩。

清康熙四十四年（1705），張篤慶秋試罷歸，後絕意進取，遂棄帖括，唯遊心詩文歌辭。自後，張篤慶與王士禛交往愈加密切，歲時佳節，每見招宴遊，遊必有詩，倍極贈答之樂。而是歲後，張篤慶詩文創作數量極增。「且漁洋先生，凡諸大刻新編，莫不傾篋倒笥，疊迭見頒。清遠（王啟涑）亦不惜奇書，飽我囊橐，可謂窺琅嬛之秘籍，發二酉之鴻編矣。」〔註25〕王士禛藏書頗豐，且不吝外觀。期間，張篤慶與王士禛父子詩文交流甚頻，張篤慶為王士禛所藏名畫題跋：「十旬休暇猶嫌遠，浹日來看書畫船。」王士禛最賞此二句。〔註26〕可見，王士禛亦批點品評張篤慶之詩文。清康熙四十五年，張篤慶客新城，與王士禛唱和，不下數十首。郎廷槐曾以學詩之疑分別請教於張篤慶、王士禛、張實居，合三人之解答為《師友詩傳錄》，以王士禛為主而亦兼質於張篤慶、張實居，每一問而三答，張篤慶之詩學觀集中於此錄。張篤慶早年崇尚七子，在與王士禛的交遊過程中，詩作逐漸沾染「神韻」之含蓄蘊藉，後期詩作中出現大量的山水田園詩。

（七）趙執信與畢海珖

畢海珖，字昆朓，號澗堂，畢世持三子，趙執信之高足。性豁達，善書工詩，嘗遊吳越，所歷名勝，每多注解。有《澗堂詩草》與《解元詩》並為一編。《鄉園憶舊錄》載：「子海珖，號澗堂，受業趙秋谷之門，以詩文世其家。」〔註27〕

趙執信與其父畢世持於清康熙十七年（1678）相識於濟南，且趙執信仲子趙戀娶畢海珖之妹為妻，因此趙執信既為畢海珖之年伯，又有姻親之關

〔註24〕〔清〕張篤慶：《厚齋自著年譜》，《馮惟敏、馮溥、李之芳、田雯、張篤慶、郝懿行、王懿榮年譜》，山東大學出版社，2002年版，第154頁。

〔註25〕〔清〕張篤慶：《厚齋自著年譜》，《馮惟敏、馮溥、李之芳、田雯、張篤慶、郝懿行、王懿榮年譜》，山東大學出版社，2002年版，第170頁。

〔註26〕〔清〕張篤慶：《厚齋自著年譜》，《馮惟敏、馮溥、李之芳、田雯、張篤慶、郝懿行、王懿榮年譜》，山東大學出版社，2002年版，第170頁。

〔註27〕〔清〕王培荀：《鄉園憶舊錄》，齊魯書社，1993年版，第29頁。

係。畢海珖仰慕趙執信之文才,「直希世之奇才,乃先人之畏友。同遊藝苑,曾與頡頏;併入桂林,遂如昆季。」〔註28〕遂歸為其門下。劉世南在《清詩流派史》中把畢海珖歸為飴山詩派。畢海珖參加趙執信因園雅集,與趙執信門人仲是保等人均為交往。如《因園雅集和王慈莪先生韻》、《趙秋谷宮贊因園雅集兼送王慈莪歸廣陵二首》、《晚過因園訪仲翰村二首》等,還曾代楊慎思作《祝趙秋谷先生八十壽》等。

畢海珖遺詩多經趙執信手評。據趙執信曾孫趙文泉為畢海珖《澗堂詩草一卷》所作跋可知:「所著之詩,多經秋谷公修正。此本為先生原稿,皆秋谷公親筆改訂,故珍藏之。趙文泉謹志。」〔註29〕《澗堂詩草》付梓於趙執信八十歲之後,其時趙執信已目盲,可知此集為趙執信口授其子孫而完成評點的。《澗堂詩草一卷》是趙執信為畢海珖刪定後的詩作。如雜言詩《田婦吟》,全詩刪;《即景》一詩,全詩刪;《題陳耀華新室落成》三首,刪第二首。《晚與寅曦和尚坐談楊慎思齋中見簾外夾竹桃花盛開滿成一絕》,原詩為二首,趙執信刪其二,留其一。《與臧方仲史伊人高龍文訪宋萼輝看菊不遇》二首,刪其二;《衢州道上》二首,刪其二;《及人南來詢嘉興煙雨樓》全詩刪。

(八)王士禛與孫嗣端

孫嗣端,字真伯,號毅齋,孫寶仞長子。「賦性敦厚,胸無城府,居官為政,一遵成憲,所至不擾。」〔註30〕其父孫寶仞早世,孫寶仞推恩蔭於孫嗣端,且力為之區畫。以蔭歷刑部郎中,誥授奉政大夫,升江西臨江府知府,降湖南布政司理問。

因孫寶仞與王士禛交往密切,遂成為王士禛門人。清順治十四年(1657)春,王士禛將遊柿岩,寄懷高瑋、孫寶仞、徐夜,題曰《將遊柿岩寄繩東、仲孺、東癡諸君》。另作《寄懷孫仲孺》。清順治十五年秋,王士禛有《明湖北渚亭眺望有懷海石、公釐、君房、聖企、聖美、仲儒諸君》,寄懷孫寶仞諸君。孫嗣端善畫,曾作《松石間圖》,王士禛為此圖題詩,有《題門人孫貞伯嗣端松石間圖》。

〔註28〕〔清〕蒲松齡著,盛偉編:《代畢器先覆顏山太史趙伸符啟》,《蒲松齡全集·聊齋文集》,學林出版社,1998年版,第1267頁。

〔註29〕〔清〕畢海珖:《澗堂詩草》,《山東文獻集成》(第2輯第32冊),山東大學出版社,2009年版,第84頁。

〔註30〕〔清〕富申:《博山縣志》,清乾隆十八年刻本,卷五。

（九）蒲松齡與畢氏八弟子

蒲松齡到畢氏家族設帳坐館，教授畢盛鉅的八個兒子：畢世泊、畢世演、畢世渡、畢世浣、畢世澂、畢世涵、畢世淮、畢世汸。畢世泊，字公遠，清雍正甲寅首貢。畢世演，字公范，號仲堪，邑增生。畢世渡，字公筏，增生。畢世浣，字公衣，號季懿，附監生。畢世澂，字公見，附監生，考授州同知，褆是嚴嚴，御事井井。畢世涵，字公納，號仲熊，例贈武略佐騎尉，鄉黨以為榮，與季弟推為二秀。畢世淮，字公雨，監生；畢世汸，字公舟，附生。

畢氏家族的綽然堂即為蒲松齡受業處，蒲松齡曾撰《綽然堂會食賦》，序曰：「有兩師六弟，共一幾餐。弟之長者方能御，少者僅數齡。每食情狀可哂，戲而賦之。」〔註31〕序中「兩師」指蒲松齡與王憲侯，因畢世淮、畢世汸尚幼，故曰「六弟」。蒲松齡有《傷門人浣》、《又代門人畢世泊》、《門人畢子與沈惠庵昆仲泛舟大明湖，驟雨沾衣，踐潯而歸，戲成二絕》。蒲松齡的八位弟子中，畢世涵最有才華。畢世涵學文於蒲松齡，出語輒如夙構，「時世家子弟多援例入貢，公雅不喜此，與季弟篤志歷翼，試則名相先後。」〔註32〕惜早卒。

三、私淑弟子

「私淑」一詞最早見於《孟子·離婁下》中「予未得為孔子徒也，予私淑諸人也」〔註33〕之語。淑，善也。孟子認為未親身受業於孔子，不得學於聖人而引以為憾。私淑弟子為崇拜其人，未得親受其教，而引為自己的師長。

（一）孫廷鐸私淑趙進美

孫廷鐸，字道宣，別號煙蘿居士，晚號夢果道人。入清後，官廣東陽江縣知縣、廣東鄉試同考試官，敕授文林郎。著有《禮記續纂》十篇，《說研堂詩集》五卷。

孫廷鐸因其兄孫廷銓的緣故，與趙氏家族的趙進美、趙濟美兄弟交往密切。清順治十一年（1654）九月，孫廷鐸飲於趙濟美之園，作《重九前二日飲岐叔先生園》。順治十二年（1655），孫廷鐸讀趙進美近集，作《雨中讀韞退先

〔註31〕盛偉編：《蒲松齡全集·聊齋文集》，學林出版社，1998年版，第2052頁。
〔註32〕〔清〕畢盛鑒：《畢氏南村家譜》，清鈔本。
〔註33〕〔宋〕趙岐注：《孟子注疏》，廣東書局重刊乾隆四年武英殿刻本，卷八。

生近集》。詩曰:「積雨空齋雲不遊,對君佳什迴忘愁。玄暉字字溫如玉,靖節
篇篇淡似秋。冰雪聰明裁尺素,中原風雅結綢繆。典型自足高今古,我願皈
依第一流。」〔註34〕詩中以謝朓與陶淵明比附趙進美,對其詩作評價甚高,
最後表明了願追隨趙進美的決心。可確定,孫廷鐸私淑趙進美的時間不晚於
清順治十二年。趙進美「近集」或指作於清順治九年秋冬頒詔山西的《西徵
集》,或指始作於清順治十一年八月典試湖廣的《楚役草》。《西徵集》與《楚
役草》中,多王、孟之趣,二謝之辭,確為趙進美入清後仕宦佳作。這也是孫
廷鐸願意「皈依」與私淑的最重要的原因。

(二)高之騵與唐夢賚

高之騵,字仲治,號思庵,一號松鶴,高珩仲子。性純孝,晨昏色養,每
事善禮。立言仁厚,處事謙和,而治家嚴謹有法。甲申淄邑大饑,高之騵出積
穀數百石,減價平糶。善為人排解紛難,暇則以詩酒自娛。嘗舉先人嘉言懿
行以垂訓後人,編有《高氏家模彙編》二卷,有詩集《強恕堂詩》八卷行於
世。事蹟可見《淄川縣志·續義厚》。

高之騵因其父高珩與唐夢賚志同道合、切磋文藝,而每引唐夢賚為師
長。高之騵所作《哭唐豹岩先生》其三曰:「新詩刻燭醉花茵,每向先生步後
塵。」其七曰:「後學殷勤獎借成,詩壇文社盡宗盟。」〔註35〕高之騵私淑唐
夢賚非一日,追隨仰慕唐夢賚已久。高之騵與唐夢賚亦有文字交往。高之
騵有《豹山石閣上步唐太史先生韻》、《秋夜飲豹山之清夢樓》,題唐夢賚志壑
堂《畫余亭》,《坐唐太史重辟新軒》、《元夜酬唐太史賜和之作,仍用前韻》、
《久雨懷濟武先生村居》、《濟武唐先生自北村別業移齋志壑堂中》、《唐太史
招飲偶成》等有關贈答酬和之作。唐夢賚有送別詩《送高仲治北上省觀》、
《送高仲治廷試》,以及招飲詩《高仲治每海棠花盛時招客奉觴,紫霞先生
喜和斯作》。

高之騵早年詩學西崑、香奩體,姿致有餘,但終傷婉約。隨著年歲增長
亦有老健之詩,如《早蝗行》、《鷗鴉》、《埋老牛》、《流離行短歌》、《豺虎行》、
《季春旱》、《狂奴》、《讀古》一類,運思深摯,雄渾流暢,此類風格便是唐夢
賚所推重的。

〔註34〕〔清〕孫廷鐸:《說研堂集》,民國二十一年濟南經綸印刷局排印本,卷一。
〔註35〕〔清〕高之騵:《強恕堂詩集》,《四庫全書存目叢書》(集部第 238 冊),齊魯
　　　書社,1997 年版,第 232、233 頁。

四、後世門生

由老師宿儒親自授受者稱為弟子，相傳受業者稱為門生。江藩《漢學師承記‧惠松崖》中記載：「古人親受業稱弟子，轉相授者稱門生；則穀梁於子夏，猶孟子之於子思。」〔註36〕後世門生與弟子無別，有些依附名勢者，也自稱門生。

（一）高珩與唐夢賚

唐夢賚因其父唐曰俞私淑高珩，故唐夢賚為高珩之後世門生。唐夢賚曾請高珩為其父作傳，在《高念東先生書》中道：「惟先生為斗南之喬嶽，惟先君子托牆東之芳鄰。……先君子之私淑於先生非一日矣。」〔註37〕文中「牆東」典出《後漢書‧逸民傳》：「君公遭亂獨不去儈牛自隱。時人謂之論曰：『避世牆東王君公。』」〔註38〕後以「牆東」指隱居之地，意謂其父唐曰俞仰慕高珩已久。

唐曰俞，字彥開，晚年自號黌山老人，庠生，讀書取大意，務規於倫教，唐氏家學以止至善為宗。性沉摯，言不妄發，口不為燕褻之談。「教人以忠恕為本，即蒼頭豎牧，不厭諄復一語狙詐。」〔註39〕實乃獨行君子也。因子夢賚得封翰林院檢討，事蹟可見《淄川縣志‧續文學》。唐夢賚，字濟武，別號豹岩，蓋世居豹山之麓。幼能為古文辭，從其父學古文。清順治五年（1648）舉人，順治六年（1649）成進士，順治八年授翰林院檢討。因上疏言張煊事，忤帝意，遂罷歸。歸田後，寄情山水，棲心禪悅。唐夢賚與高珩同邑，仕同官，講業又同志，因此二人晨夕過從。唐夢賚與高珩皆好遊，近則淄川百里內外山水，嘗杖履及之；遠則南遊吳越，長達一年之久；還曾一同訪道問禪於夏敬孚。二人出世入世，皆自適其適，如雲之行於太空，風之行於江海。

高珩與唐夢賚之詩均源出陸游。王士禎謂唐夢賚詩源出蘇軾、陸游；楊鍾義亦認為高珩詩瓣香在白居易、陸游。「如：『譬如馬失寧非福，便作牛呼亦甚平』『哀樂都來惟月影。古今何物入秋聲』『峰為王維添畫本，鳥如宋玉

〔註36〕〔清〕江藩：《漢學師承記》，商務印書館，1939年版，第130頁。
〔註37〕〔清〕唐夢賚：《志壑堂文集》，《清代詩文集彙編》（第103冊），上海古籍出版社，2010年版，第272頁。
〔註38〕〔南朝宋〕范曄：《後漢書》，嶽麓書社，2008年版，第1007頁。
〔註39〕〔清〕張鳴鐸：《淄川縣志》，清乾隆四十一年刻本，卷六。

有微詞』『客何方至分嘗酒，鷗汝來前共聽歌』『錯錯欲同批頰鳥，羞羞應笑
叩頭蟲』，皆宋調也。」〔註40〕二人之詩又往往以悲憫為懷，關心國計民生。
此兩點是二人詩歌相同之處，是二人朝夕過從互相影響之結果，亦或是唐夢
賚私炷瓣香高珩之所在。高珩曾評點過唐夢賚之詩文。清康熙十九年
（1680），唐夢賚讀高珩所評詩文，作《夏日細閱念東先生向所點定拙詩文，
欣然有作》曰：「掩關長夏悵離居，稍理前年未了書。一字九回思煩悟，數行
重訂氣方舒。何曾夢見花生筆，聊免人言獺祭魚。不信金門真萬里，依然几
杖奉吾廬。」〔註41〕詩中稱高珩改定處為「花生筆」。此外，唐夢賚為高珩俚
曲《醒夢戲曲》作序，唐夢賚在《醒夢戲曲題辭》中曰：「於熱鬧世情中，作
此清涼之曲，若嬉笑怒罵而出之，一以為子夜鐘，一以為塗毒鼓。」〔註42〕

（二）王士禛與畢海珖

　　畢海珖詩風多變，其率性直露一面，學於其師趙執信；其清映溫潤一面，
學於王士禛神韻詩。王士禛與畢氏家族淵源很深，畢海珖家族與王士禛家族
有多重聯姻關係。且王士禛為畢海珖之父畢世持、從曾祖畢際孚均撰寫過墓
誌銘和傳記；王王士祿評點過畢際有的《存吾草》；可見，王士禛與畢海珖家
族亦有文字之交。再者，畢海珖之師趙執信曾學詩於王士禛，因此畢海珖歸
入王士禛後世門生為順理成章之事。

　　畢海珖《澗堂詩草》中《渡揚子江遇風》、《同子婿趙靜山遊二郎山古寺》、
《宿錦秋湖南岸》、《泊瓜州》、《揚州》、《嚴州》、《秋日漫興》、《棲霞道中早
行》、《泰安道中》、《蒙陰道中》、《重陽後二日濟陽道上》、《過韓家峪西望汶
陽》等山水之作，與王士禛神韻詩風十分接近。此類作品在畢海珖詩集中比
比皆是，可見，畢海珖的確受到王士禛的影響。

（三）王士禛與張元

　　張元，字長四，一字殿傳，號榆村。張永躋之子，張篤慶從侄。少時，從
同邑畢世持、譚再生兩先生遊。清雍正四年（1726）舉於鄉，博聞強記，力學
過人。盧見曾延請張元為其子塾師，善誘進後學，及門多所造就。

〔註40〕錢仲聯：《清詩紀事》（順治卷），江蘇古籍出版社，1988 年版，第 1630 頁。

〔註41〕〔清〕唐夢賚：《志壑堂詩集》，《清代詩文集彙編》（第 103 冊），上海古籍出
　　　　版社，2010 年版，第 145 頁。

〔註42〕〔清〕唐夢賚：《志壑堂文後集》，《清代詩文集彙編》（第 103 冊），上海古籍
　　　　出版社，2010 年版，第 529 頁。

張元，詩學於其族父張篤慶，因張篤慶拜王士禛為師，故張元為王士禛後世門生。鄧汝功在為張元《綠筠軒詩》序中曰：「蓋其從父崑崙山人親炙漁洋，得其一體。先生由崑崙而得漁洋之傳，性之所近，自稱一家。」〔註43〕詩本王士禛之論，以神韻為宗，晚乃漸歸樸老。

孝婦河流域師生關係的形成，大多是由聯姻關係而形成的。由姻親關係而形成的師生關係，是孝婦河流域文學家族的一個重要特點。這種師生關係，影響著家族成員的文學道路的選擇，乃至詩文風格的取向。反之，師生關係進一步加固家族的聯姻關係，可以說，重才學亦成為家族之間聯姻的主要條件。師生關係與姻親關係相互促進。

第三節　孝婦河文學家族宦友關係

同科進士及第、同官署做官、同朝為官者均可稱為宦友。同朝為官，共侍一主，同為朝廷效力，如相互提攜，則兩受其利；若同僚不和，相互攻訐，則兩累其害。

（一）畢自嚴與王象恒為萬曆十六年鄉試同年

王象恒，字微貞，號立宇，王之猷長子。明萬曆二十三年（1595）進士，先後任過祥符、曲周、盧龍三縣的知縣，皆有惠政。遷監察御史，巡按順天，後官至都御史兼應天巡撫，死於兵部侍郎任上。畢自嚴，字景曾，號白陽，明萬曆二十年（1592）進士，授松江推官。歷任刑部主事、淮徐道參議、山西參議、山西副使。明崇禎元年，升任戶部尚書；後舉為吏部尚書，未就任。

畢自嚴與王象恒同於明萬曆十六年（1588）鄉試中式。畢自嚴曾為王象恒作祭文《祭王立宇中丞文》，評價王象恒曰：「公之威重，如司馬公；公之清操，有伯起風；公之經濟，實大聲宏；公之譽望，高朗令終。」〔註44〕畢自嚴又為王象恒之父王之猷撰祭文《祭王伯峰廉憲年伯文》。在祭文中，畢自嚴認為王之猷之才華如「筆磨崆峒，氣吐電虹」；王之猷政績有：「匯瀉疏淪，川瀆咸若，媲功河洛。平糴賑荒，規制孔良，雖菑不傷。」〔註45〕是為善政。明末時期，畢自嚴與王氏家族多有交往，王氏家族成員多東林黨人，王象恒

〔註43〕〔清〕張元：《綠筠軒詩》，《山東文獻集成》（第2輯第33冊），山東大學出版社，2011年版，第258頁。
〔註44〕〔明〕畢自嚴：《石隱園藏稿》，中國文聯出版社，2010年版，卷四，第222頁。
〔註45〕〔明〕畢自嚴：《石隱園藏稿》，中國文聯出版社，2010年版，卷四，第201頁。

之弟王象春名列東林名錄。畢自嚴雖未加入東林黨，但其與東林黨領袖交往密切。可見，在政治立場上，畢自嚴受到王氏家族的影響。

（二）趙進美、高珩、孫廷銓三人同朝為官

趙進美、高珩、孫廷銓，自清順治二年（1645）出仕新朝，同朝為官，交往過從，酬酢頻繁。趙進美與高珩最早相識在明崇禎八年，三人最早相識是在明崇禎九年（1636），同赴鄉試期間，是科，趙進美中舉，高珩僅中副榜。明崇禎十二年（1639），高珩與孫廷銓同時舉於鄉。明崇禎十三年（1640），三人一同赴京會試，趙進美與孫廷銓成進士，高珩落第。明崇禎十六年（1643），高珩會試，與趙進美比鄰而居，朝夕過從。順治二年（1645），趙進美被授太常寺博士，高珩授內翰林院秘書院檢討，孫廷銓擢吏部主事。直至順治四年（1648），高珩入京補舊職，寓居趙進美處，三人才得聚首。此後，三人於京師結文社，邀宴友朋，酬酢往來，唱和頻仍。至順治八年高珩典試江南，順治十一年（1654）趙進美典試湖廣，三人才暫且分別，但寄懷詩作未曾間斷。

（三）趙進美與王士禛同在京城做官

趙進美於順治二年赴京任太常寺博士。順治八年（1651），王士禛與王士祿同赴京師應會試，次年才歸里。王士禛寓居京師期間，很可能與趙進美會晤。順治十一年，趙進美典湖廣鄉試，王士禛作《寄贈趙韞退先生典試三楚》寄懷趙進美。

趙進美與王士禛二人的交往集中在清順治十五年至康熙元年期間。清順治十五年（1658），王士禛赴京師殿試。同年秋，王士禛作《鄒能弘還廬陵寄訊韞退》寄趙進美。順治十八年（1661），趙進美有書信《寄王貽上》：「少年治郡出名家，橋畔簫聲對放衙。」同年，趙進美為王士禛詩集作序，題曰《題阮亭近集》。歲杪，王士禛作《歲暮懷人絕句三十三首》，第十三首懷趙進美。康熙元年六月，王士禛在揚州有紅橋唱和詩。秋，趙進美遙和王士禛紅橋詩，作《秋日王貽上節推拈遊紅橋八首》。其八有「石墈藤蘿照水濱，寺門古樹靜無鄰。東南勝地重回首，我亦當年泛宅人。」〔註46〕之句。詩中流露出自己漂泊不定的羈旅生涯。此後，直至康熙二十四年，王士禛祭告南海北歸期間

〔註46〕〔清〕趙進美：《清止閣集》，《山東文獻集成》（第2輯第29冊），山東大學出版社，2009年版，第776頁。

才得與趙進美相聚。

（四）孫廷鐸與王士禛同赴會試

孫廷鐸詩禮名家，政聲遠播，為國初一時之冠。孫廷鐸與王士禛二人曾一同赴京會試，「予與道宣孫君，順治中偕上公車。逆旅解鞍，篝燈談藝，往往至乙夜不休。」〔註47〕於逆旅中談藝，至深夜不休。順治十四年（1657），王士禛成進士，孫廷鐸卻屢上公車不第。順治十八年（1661），孫廷鐸就選；康熙七年，得官廣東陽江知縣。此後，二人宦遊南北，不相聞者竟達四十年之久。可見，孫廷鐸與王士禛交往集中在屢上公車之時及就選期間。

（五）王士禛與孫寶仍同朝為官

孫寶仍，字孝堪，又字孟滋，號恕齋，孫廷銓長子。官光祿寺署正。孫寶仍沉默自處，入都後不隨波逐流，奉庭訓不變。其立場鮮明，不立異，不營利，篤於自守。晚節山居，棲心物外，披尋書傳，間以吟詠，以終其年。有《時繹堂集》、《恕隱齋詩》，詩風古雅醇厚。事蹟可見《博山縣志·人物志》。

孫寶仍、孫寶侗兄弟與王士禛交往密切。清順治十四年（1657），孫寶侗與王士禛於大明湖畔結秋柳詩社。王士禛曾作《贈孫仲孺兼呈令兄孝堪》贈孫寶侗與孫寶仍：「昨來寄我陽春篇，王後盧前誰並肩。」〔註48〕詩中「陽春篇」似是指孫寶侗《惇裕堂集》中《陽春公子行》一篇，這首七言歌行，大約作於順治十一年（1654）至順治十五年（1658）間。那麼，王士禛這首贈詩亦作於順治十一年至順治十五年間。孫寶仍與王士禛的交往集中在康熙二十七年（1688）至康熙三十九年（1700）間。順治八年，孫寶仍以恩蔭授光祿寺署正；康熙二十七年，太皇太后駕崩，王士禛應詔入京，正月十七日，孫寶仍宴請王士禛。同年，孫寶仍請王士禛為其弟孫寶侗《惇裕堂集》作序。孫寶仍娶王士禛從妹為妻，則孫寶仍為王士禛之妹婿。趙執信在為孫寶仍所撰墓誌銘中曰：「公夫人新城王氏，今刑部尚書阮亭先生之從妹。先生方與公同朝，有大名，官亦日尊，公以舊意，時復謔侮，媚子在側咸咋舌，公殊不屑，先生亦不以為忤，人兩賢焉。」〔註49〕從文中可以看出孫寶仍遇事坦然如長者的風

〔註47〕〔清〕王士禛：《蠶尾續文》，《帶經堂集》，清康熙五十年七略書堂刻本，卷十五。
〔註48〕〔清〕王士禛：《漁洋山人集外詩》，《叢書集成續編》（集部第125冊），上海書店出版社，1994年版，第620頁。
〔註49〕〔清〕趙執信：《趙執信全集》，齊魯書社，1993年版，第445頁。

度及高遠的胸懷，而孫寶仍與王士禎的情誼之深可見一斑。

康熙二十九年（1690），王士禎任詹事府少詹事，兼翰林院侍講學士；十一月，招孫寶仍、孔尚任飲。孔尚任有《王阮亭先生招飲同顧梁汾、孫孝堪》，詩中有「列坐書帷中，居然見董、賈。」「況復同坐人，顧、孫皆大雅。」〔註50〕孔尚任把同飲的顧貞觀、孫寶仍比作董仲舒和賈誼，雖有讚譽過剩之嫌，但孫寶仍之才華可見一斑。康熙三十九年（1700），王士禎任刑部尚書；同年四月初十日，王士禎有書《寄孫孟滋》與孫寶仍，寄近刻《二家詩選》，請其弟孫寶侗為王士禎門人許遇所寄三石篆書，囑咐道：「石上有名手刻畫山水極工，不可付之庸俗之手。」〔註51〕

（六）趙執信與高珩同朝為官

趙執信自弱冠，「登先生（高珩）棲雲閣，既而隨朝，又侍先生於家。」〔註52〕趙執信與高珩同朝為官幾近二載。清康熙十八年（1679），趙執信成進士；十月，高珩詔起任刑部右侍郎，疏辭不允。康熙二十八年（1689），趙執信削職，歲杪回鄉，之後侍奉高珩於家。「己巳，執信被斥返里，親族姍笑，或以時勢相加，公待之彌厚，事必與議，宴遊必招。」康熙二十八年至康熙三十一年（1692）期間，趙進美與高珩宴會上，必招趙執信遊。

高珩詩歌中近似白居易之處，影響了趙執信。高珩《即景》、《即目》、《即事》等簡易閒適之作，率意而為。趙執信《海鷗小譜》中的所贈詩詞，旖旎纏綿，有白居易浮靡豔麗之風。趙執信的詩風與「白香山的欽慕與親近，還另有因緣，並非完全源於要逆漁洋之道而行。其中同鄉前輩高珩的薰陶和影響，是一個重要的原因。」《棲雲閣詩集》中的樂天一派詩風，無疑對秋谷詩風有著潛移默化的薰陶和影響。」〔註53〕雍正六年，趙執信為高珩選編《棲雲閣詩》，經閱三寒暑，至雍正九年，是集乃竣。

（七）趙執信與孫寶仍同官京師十年

趙執信家族與孫寶仍家族皆聯絡有親：趙執信娶孫寶仍次女為妻，孫寶仍為趙執信外舅；趙作肅長女、趙執信的再從妹適孫寶仍長子孫續端。趙執

〔註50〕〔清〕孔尚任：《孔尚任詩文集》，中華書局，1962年版，第168頁。
〔註51〕〔清〕王士禎：《蠶尾集剩稿》（不分卷），國家圖書館藏清鈔本。
〔註52〕〔清〕高珩：《棲雲閣詩》，清乾隆五十六年刻本，序。
〔註53〕陳才智：《趙秋谷之白傳論平議》，《中文學術前沿》（第3輯），浙江大學出版社，2012年版，第112頁。

信與孫寶仍同在京師為官達十年之久，解歸後又同里居達二十年。「執信孺子時，往來文定公許，學為文章，公奇愛之。既而同官京師者十年。先後解組歸同里居者幾二十年。」〔註54〕

清康熙二十三年（1684）秋，趙執信充山西鄉試正考官，便道歸里。孫寶仍有《送婿伸符典試晉中便道歸里》，詩曰：「駟馬歸鄉曲，宗祊喜氣生。里門車可下，野老席休爭。退讓前賢法，綢繆故國情。敦倫兼善俗，乃不負盛名。」〔註55〕康熙四十年九（1710）月，趙執信為孫寶仍撰《承德郎內府光祿寺掌醢署正恕齋孫府君墓誌銘》。孫寶仍長子孫續端幼時隨從其父官京師，與趙執信有過從。二人託肺腑戚，少相狎也，皆能飲酒，醉後相謔侮。趙執信為孫續端作《孫中郎家傳》，記述其與孫續端之情誼，「平時意見不協，或誚讓至，則真能受盡言者。」〔註56〕孫續端，字中郎，「於書稍窺大義，多所好而不專。凡天文、地志、醫藥、卜筮、算數之學，有不知以為恥，既知之旋即棄去。」著有《退學集》，藏於家。詩學德州馮廷櫆，高抗健舉，詩如其人。而趙執信有馮廷櫆交往密切，詩歌多有倡和，因此孫續端之詩或多或少受到趙執信的影響。

第四節　孝婦河家族文學交遊關係

在本節中，為能夠明晰展示這些家族的交遊事蹟，故採取簡要的文字描述與表格相結合的方式。而家族在文學創作上的關係則在後續的章節中詳細論述。

明末清初，孝婦河流域文學家族（包括畢氏家族、蒲松齡、唐夢賚）的交遊有明顯的時段性。明萬曆二十八年（1600）至明天啟四年（1624），以畢氏家族為主，高氏家族、王氏家族為輔，形成一個小型的交遊圈，這段時期，主要是這三大家族參與交往，其他如趙氏家族、張氏家族、孫氏家族尚未發現參與交往的資料。趙氏家族與孫氏家族崛起尚晚，未參與交往；張氏家族雖崛起較早，但其代表人物張至發在萬曆朝、崇禎朝時任知縣等較低官職，與畢自嚴、王象恒、高舉等人鮮少交往，顯然，在這一時期，張氏家族與其他家族亦均無姻親關係。明萬曆朝、天啟朝，這三大家族的交往關係，主要是

〔註54〕〔清〕趙執信：《趙執信全集》，齊魯書社，1993年版，第446頁。
〔註55〕〔清〕王蔭桂：《續修博山縣志》，民國二十六年鉛印本，卷十四。
〔註56〕〔清〕趙執信：《趙執信全集》，齊魯書社，1993年版，第424頁。

畢自嚴與王之猷、王象恒、高汝登、高舉的交往。如下表所示：

表 3.1　王氏家族、畢氏家族、高氏家族三大家族交遊表

時間 ＼ 家族	新城王氏	淄川高氏	淄川畢氏
明萬曆二十八年庚子（1600）	見畢氏欄		王之猷卒，畢自嚴為王之猷撰《祭王伯峰廉憲年伯文》悼之。
明萬曆三十三年乙巳（1605）		見畢氏欄	高汝登卒，畢自嚴為其撰《祭高柳溪封公文》祭之。
明萬曆四十年乙卯（1612）		見畢氏欄	夏，畢自嚴與高舉同遊蒼龍峽。
明天啟二年壬戌（1622）	見畢氏欄		王象恒卒，畢自嚴為其作祭文《祭王立字中丞文》。
明天啟四年甲子（1624）		見畢氏欄	高舉卒，畢自嚴為高舉撰《祭高東溟中丞文》悼之。
明崇禎元年戊辰（1628）	王象春遊畢自寅拱玉園，並作《遊旭陽拱玉園歸適於凫先寄園至》。		見王氏欄
清順治年間	見高氏欄	高瑋在逆旅中有和王士禛題壁詩一首，曰《和貽上壁間韻》。	
清康熙五年丙午（1666）	五月，畢盛肩妻卒，乃王士祿第三妹也。王士祿作《哭畢氏妹五首》。	高珩為畢自嚴《石隱園藏稿》初作序。	見王氏、高氏欄

　　明崇禎八年至清順治、康熙年間，趙氏家族、高氏家族、孫氏家族之間交往密切。其中，趙進美、高珩、孫廷銓三人時相過從。入清後，三人均出仕新朝，同朝為官，朝夕聚首。順治四年，三人偕同里諸君子結社。結社期間，三人曾同遊韋公寺、崇教寺、東壇、先農壇、後湖、城南池亭等地，並於歲暮、穀日等節氣和韻、次韻、分韻、步韻、聯句賦詩。

表 3.2　趙氏家族、高氏家族、孫氏家族交遊表

時間 ＼ 家族	益都趙氏	淄川高氏	益都孫氏
明崇禎八年乙亥（1635）	見高氏欄	高珩過晤趙進美於句曲署中。 高珩北歸，與趙進美扁舟同榻、觴詠共之。	
明崇禎九年丙子（1636）	見高氏欄	秋，高珩赴與孫廷銓、趙進美同赴鄉試。	見高氏欄
崇禎十二年己卯（1639）		高珩隨孫廷銓計偕來京師。	見高氏欄
崇禎十三年庚辰（1640）	趙進美作《寄懷孫枚先》、《孫介黃將謁選北上書以問之》、《周其章、孫枚先見過》寄孫廷銓。	高珩、孫廷銓、趙進美一同赴京師會試。	趙進美過訪孫景昌、孫廷銓，作《數過孫義侶、枚先叔姪》。
崇禎十四年辛巳（1641）	歲末大雪，孫廷銓與趙進美登敵樓夜坐小飲賦詩，趙進美作《敵樓同孫介黃夜坐小引作》。 趙進美作《寄孫義侶》寄孫景昌。 趙進美《寄懷高蔥佩》寄懷高珩。	見趙氏欄、孫氏欄	崇禎十四年，孫廷銓將北上謁選，趙進美作《孫介黃將謁選北上書以問之》問候孫廷銓。
崇禎十五年壬午（1642）	趙進美與孫景昌在旅舍夜談，作《旅邸與孫義侶夜談》。 歲末大雪，趙進美與孫廷銓登敵樓夜坐小飲賦詩，作《敵樓同孫介黃夜坐小引作》四首。	王與玟殉國，高珩為其遺稿《籠鵝館集》作序。	趙進美送孫廷銓赴撫寧，趙進美作《送孫介黃赴撫寧》。
崇禎十六年癸未（1643）	趙進美答高珩書信，作《得高蔥佩書，雲將買小舟北上，可飽看天津紫蟹矣，戲答之》。 八月，趙進美入京，寓居青州公館，與高珩比鄰而居。趙進美作《飲高蔥佩邸中》、《答高蔥	正月十五，趙進美賦詩答高珩，《上元答高蔥佩見寄之作》。 高珩兄弟將北上謁選，趙進美作《送高鎮青蔥佩兄弟計偕北上，時予亦將赴闕》。	正月初七，孫廷銓與趙進美同飲於敵樓，趙進美作《人日飲孫介黃敵樓》。 寒食節過後，孫廷銓將赴撫寧，趙進美《送孫介黃赴撫寧》為其送別。

	佩戲贈之作》、《寄高蕙佩庶常，時予有豫章之役》。		秋，趙進美作《寄孫介黃撫寧》懷孫廷銓。
清順治二年乙酉（1645）	趙進美被授太常寺博士，高珩有《送韞退北上》為之送別。	高珩始授內翰林院秘書院檢討，張篤慶作《送外舅高司寇應召還朝》。	
順治三年丙戌（1646）	趙進美作《蕙佩、介黃、玉叔約遊韋公寺觀海棠，余以事不果赴》。清明，趙進美過訪孫廷銓。冬日，趙進美感興，寄懷高珩，題曰《冬日感興兼寄蕙佩二首》。	高珩、孫廷銓、宋琬約趙進美遊韋公寺觀海棠，趙進美有事未赴約。高珩作《韋公寺看海棠二首》。高珩請告歸里，趙進美作《送高蕙佩歸里》送別。	十月，孫廷銓典秦試歸里，北上過訪高珩，為蕩舟之遊。雪夜，趙進美集於孫廷銓齋中，聞琴，作《雪夜集介黃齋中，聽絃索》。
順治四年丁亥（1647）	夏，趙進美同孫廷銓、宋琬遊崇教寺，作《夏日，同介黃、玉叔陪王覺斯先生遊崇教寺》。年末，高珩、趙進美、孫廷銓偕同里諸君子結社。	十二月，高珩入京，仍補舊職，寓居趙進美處，作《飲韞退園亭》。謝遷起義，淄川亂定後，趙進美有詩寄慰高珩，題曰《寄慰高蕙佩，時淄川亂定》。除夕，高珩有次韻詩《除夕次韞退早朝韻》、《答孔博並解嘲和韞退早朝韻》。	初秋雨後，孫廷銓與趙進美遊東壇。趙進美作《初秋雨後同孫介黃過東壇》三首。
順治五年戊子（1648）	正月，趙進美和高珩詩，題曰《和蕙佩用前韻》。正月初七，趙進美同高珩過後湖，暫憩僧寺，作《人日同蕙佩過後湖暫憩僧寺，晚集周寧章宅》。正月，趙進美作《快雪行酬介黃》。	上元節，高珩有次韻詩《次韞退元宵韻》。夏，高珩同趙進美、馮廷櫆、王樛一起遊玩城南池亭。趙進美有《夏同蕙佩、大木、子下游城南池亭》。	正月初八，孫廷銓、高珩、趙進美集於馮溥宅中，分韻賦詩，趙進美作《穀日集孔博宅分韻》。正月十三日，孫廷銓、高珩、趙進美諸社盟相見，趙進美作《十三夜雪中諸君見過》。
順治五年戊子（1648）至順治七年庚寅（1650）	夏，趙進美同高珩、馮廷櫆、王樛一起遊玩城南池亭。趙進美作《夏同蕙佩、大木、子下游城南池亭》。	趙進美招高瑋飲於先農壇，對弈賦詩。高瑋作《韞退招飲先農壇次原韻》。	孫廷銓作《夏杪集先農壇分賦》紀先農壇招飲一事。

	夏日，趙進美招諸子飲於先農壇，作《夏日同諸子游先農壇》。	
順治八年辛卯（1651）	見高氏欄	高珩典試江南，趙進美作《送高蔥佩學士典江南試》為其送行。	
順治十年癸巳（1653）	王象晉卒，趙進美為其撰《故中奉大夫浙江布政使司右布政司康宇王公墓誌銘》。		
順治十一年甲午（1654）	趙進美遷禮部左給事中，孫廷銓有《趙韞退初擢禮垣給事中賦贈》贈之。		九月，孫廷銓飲於趙濟美之園，作《重九前二日飲岐叔先生園》。
順治十二年乙未（1655）	見孫氏欄	蒲松齡以丈量地畝造冊一事書《上高司寇念東先生》。	孫廷銓讀趙進美近集，作《雨中讀韞退先生近集》。
順治十三年丙申（1656）		上元日，高珩為王士祿、王士禛詩集《落箋堂集》作序。	春，孫廷銓作和詩《丙申春日和貽上香奩體韻》。
順治十四年丁酉（1657）	高珩遷大理寺少卿，趙進美作《暮秋吉水舟中有懷高蔥佩奉常，予去國未幾，蔥佩亦以少宰學士左遷》。	高珩作《次韻寄韞退》答趙進美。	見王氏欄
順治十六年己亥（1659）	趙進美遇馮溥於冶源，寄懷高珩與孫廷銓，作《冶源喜逢馮孔博，談舊因憶高蔥佩、孫介黃》。	見趙氏欄	二月三日，孫廷銓和趙進美韻，詩曰《二月三日過泉活頭用韞退先生偶過別墅韻》。
順治十七年庚子（1660）	見孫氏欄		趙進美轉廣東布政使司參政，分守左江道。孫寶侗作《送趙韞退年伯入覲事竣卻赴嶺南》為其送行。
康熙元年壬寅（1662）	趙進美自嶺南回京面聖，途中回鄉看望孫廷銓，孫廷銓作《趙韞退大參自嶺南入覲道過里門一宿而別送之》二首為之送別。		見趙氏欄

康熙七年 戊申（1668）		見孫氏欄	高珩奉命祭告神農、虞帝二陵，孫廷銓有《高蕙佩宗丞奉使湖南寄贈》。
康熙九年 庚戌（1670）	見孫氏欄		趙振業卒，孫廷銓為其撰墓誌銘。
康熙十一年 壬子（1672）		高珩辭官，孫廷銓致仕，二人在城南佛院暢飲而別。	見高氏欄
雍正二年 甲辰（1724）	見孫氏欄		六月，孫寶仁為趙作羹《季漢紀》作序。
雍正六年 戊申（1728）	趙執信為高珩選編《樓雲閣詩》。	見趙氏欄	

清順治十五年至康熙年間，趙氏家族的趙進美與王氏家族的王士禎詩文往來不斷。清康熙二十九年至康熙三十一年間，此三年間，正值趙執信罷官之際，其與王士禎等人的酬和篇什及往來書札恰集中在這段時期。

表3.3　趙氏家族與王氏家族交遊表

時間 ＼ 家族	益都趙氏	新城王氏
順治十五年 戊戌（1658）	王士禎寓居慈仁寺，得《宣和御墨枇杷圖》，趙進美有《為王貽上題畫二首》。	秋，王士禎作《鄒能弘還廬陵寄訊韞退》寄趙進美。
順治十七年 庚子（1660）	見王氏欄	王士禎選趙進美小令十四首，入《倚聲初集》。
順治十八年 辛丑（1661）	趙進美有詩《寄王貽上》。 趙進美為王士禎詩集作序，題曰《題阮亭近集》。	王士禎作《歲暮懷人絕句》，第十三首寄懷趙進美。
康熙元年 壬寅（1662）	秋，趙進美遙和王士禎紅橋詩，題為《秋日王貽上節推拈遊紅橋八首》。	三月，王士禎《漁洋山人詩集》竣刻，前列趙進美、王士祿等序。
康熙二十七年 戊辰（1688）	二月初十日，趙執信宴請王士禎。二月二十六日，王士禎歸里，趙執信送別。	正月初二，王士禎聞太皇太后崩，赴京叩謁梓宮；十五日夜宿趙執信府邸。
康熙二十九年 庚午（1690）	秋，趙執信有書信寄王士禎，告知山東秋雨霑足及隱居之事。 趙執信有《酬王阮亭先生見寄三	王士禎作《趙伸符宮贊書來雲秋雨霑足、山泉四溢，臨流坐石日誦莊騷賦寄三首》紀其事。

	首》答王士禛。 王士禛作《寄題念東先生松巢》寄高珩。 王士禛招孫寶仍、孔尚任飲。	冬，王士禛作《十一月二十八日雪，懷天章、伸符》、《雪中再寄伸符宮贊二絕句》寄懷趙執信。
康熙三十年 辛未（1691）	王士禛遷少司馬，張篤慶作《寄阮亭先生，時晉少司馬典辛未試》寄之。	夏，趙執信為王士禛作新城王氏西城別墅組詩，題為《西城別墅十三詠為阮亭侍郎作》。
康熙三十一年 壬申（1692）	趙執信有詩《寄友人洪昉思》，王士禛和詩題曰《和趙伸符宮贊寄門人洪昉思絕句》。 趙執信作《寄唐豹岩先輩村居》寄唐夢賚。	十二月，趙進美卒，王士禛為趙進美撰《清止趙公墓誌銘》。
康熙三十六年 丁丑（1697）	閻若璩致書趙執信，言及王士禛《唐賢三昧集》中地理之誤，趙執信寓書於王士禛。	見趙氏欄
康熙四十一年 壬午（1702）	見王氏欄	王士禛過趙作耳潤園，作詩《趙氏潤園二首》。

　　清康熙十年至康熙二十五年，淄川士紳唐夢賚與王氏家族、高氏家族及畢氏家族交往頻繁，其與高珩關係尤為密切，二人曾於康熙十六年同遊江浙。

表 3.4　唐夢賚與王氏家族、高氏家族、畢氏家族交遊表

家族 時間	新城王氏	淄川高氏	淄川畢氏、唐夢賚
康熙十年 辛亥（1671）	王士祿參與秋水軒唱和，唐夢賚遙和《賀新郎·疊秋水軒唱和韻》十餘闋。	見畢氏欄	唐夢賚與高珩、張泰孚集於載酒堂，唐夢賚作詞《賀新郎·送張吉宸孝廉北上》。
康熙十二年 癸丑（1673）	見畢氏欄	夏，高珩與唐夢賚等集於候仙園議修縣志。	畢際有《淄乘征》書成，王士禛、高珩、唐夢賚為序文。
康熙十四年 乙卯（1675）	王士禛服闋，唐夢賚弔唁，並有詩《王阮亭北上》贈之。	高珩與唐夢賚夜宿村墅，唐夢賚作《與念東先生宿村墅》。	見王氏、高氏欄
康熙十五年 丙辰（1676）	夏，王士祜、唐夢賚至高珩池上賞荷，唐夢賚作《同東亭至念東先生荷池上再用前韻》紀其事。	夏，高珩與唐夢賚於東池觀荷花，唐夢賚作《過念東先生東池，荷花開有百枝，視小齋盆沼鮮如矣有賦》	唐夢賚與高珩閒居，並有和詩《和念東先生閒居》。 夏，唐夢賚有詩贈王士祜《贈王東亭》。

		《念東先生東池見招有作》。 高珩為唐夢賚新築題額，唐夢賚作《小臺築屋，念東先生額曰洞閣，飲次和張歷友》紀其事。	秋，唐夢賚作《山王莊道中和念東先生，時重陽前一日》、《岩下山莊和念東先生》和高珩。
康熙十六年 丁巳（1677）		高珩邀唐夢賚遊愚公穀不值，唐夢賚作《念東先生遊愚公穀，余以事不過行有寄》。 十二月初一日，高珩同唐夢賚登瑞石山；初八日，淨慈寺拜佛。	夏，唐夢賚與高珩至百脈泉賞荷，有詩作《百脈泉看荷花同念東先生》。 秋，唐夢賚與高珩、張詢同遊吳越。 中秋，唐夢賚和詩高珩，題曰《丁巳中秋十七夜方有月，夜起小飲和念東先生韻》。
康熙十七年 戊午（1678）		正月初二，高珩同唐夢賚過烏回寺看竹；初八日，高珩同唐夢賚入蘇州閶門買書；十二日，早發過滸墅關；十八日，登京口金山，與鐵舟禪師茶話。十九日，至維揚寓居法雲寺；二十日遊紅橋下小園，賞紅梅。直到二月十三日，才歸里。	唐夢賚作《長安道上和念東先生贈詩》、《孫樹百給諫吳越歸來，營萬仞芙蓉齋成，和高念東先生贈詩三章，共成十首招飲索和率步原韻》等詩。
康熙十八年 己未（1679）	王士禎有《寄念東先生》寄高珩。 唐夢賚有詩寄贈王士禎，題曰《贈王貽上侍講》、《寄王阮亭侍讀》。	高珩架木為巢而居，唐夢賚作《念東先生架木為巢復移之近郊》。 春，高珩為蒲松齡《聊齋誌異》作序。 十月，高珩詔起任刑部右侍郎，唐夢賚作《莫忘篇贈行十首》贈之。	正月初八日，時逢荒年，唐夢賚《穀日和念東先生詩，時歲大儉》。 春，唐夢賚至高珩別墅看桃花，高珩欲捨宅為書院。唐夢賚有感作《念東先生別墅看桃花，言及捨宅為書院事，歸來有感夜作六首效堯夫體，若云長慶渭南則不倫矣》。

康熙十九年 庚申（1680）	王士禛有《東丹王射鹿圖念東先生席上作》。 王士禛與高珩等人集飲於施閏章之邸。 十月，王士禛與高珩夜集聯句，王士禛賦詩《十月七日雪過念東先生》。 王士禛有詩《寄唐濟武太史》寄唐夢賚。 王士禛和高珩詩，題曰《和念東先生寄子二首》。 王士禛又作《題念東先生瓊花觀詩後》與高珩。	唐夢賚重遊吳越，高珩贈詩二十首，唐夢賚作《念東先生聞余出遊，寄詩二十章，報以十章》、《蒙陰道上憶念東先生》等。 十一月，高珩歸里，王士禛有詩《送念東先生予告還山八首》、《再送念東先生八首》、《即席賦送念東還山聯句》。 高珌卒，唐夢賚為高珌作祭文，題《祭高在衡侍御文》。	高之騄北上省觀，唐夢賚作《送高仲治北上省觀》送之。 春，唐夢賚作《東蘿洞寄念東先生》寄高珩。 夏，唐夢賚讀高珩所評詩文，作《夏日細閱念東先生向所點定拙詩文，欣然有作》。 七夕，唐夢賚與蒲松齡同宿畢氏綽然堂，唐夢賚有有詩《七夕宿綽然堂，同蘇貞下、蒲留仙》。
康熙二十年 辛酉（1681）	王士禛有《和高念東、馮易齋兩先生松雲庵唱和詩》和高珩。	見王氏欄	
康熙二十一年 壬戌（1682）		高珩招唐夢賚集於載酒堂，飲酒、泛舟、賦詩，唐夢賚作《念東先生招飲載酒堂，泛舟題壁二首》。 高珩、高珌、唐夢賚過山齋看花、會棋，唐夢賚作《高念東先生昆季過山齋看花》。 六月，高珩應唐夢賚之請，為之撰《唐太史夢賚生壙誌》。	唐夢賚與高珩聚於洞閣，賦詩《洞閣小集，和念東先生》。 七月七日至八日，唐夢賚與高珩、高珌泛舟傅家灣。唐夢賚作《七日泛舟傅家灣，同念東先生昆季、張可績》、《初八日同吳海木、念東先生、公瑜再過傅家灣，避雨道院聽童子絲竹，晚乘念東先生所製新舟而渡》等詩篇。
康熙二十二年 癸亥（1683）		秋，高之騄赴京殿試，唐夢賚作《送高仲治廷試》為其送別。 秋，高珩招唐夢賚小飲東池上，唐夢賚作《念東先生招同房子明小飲東池上》紀其事。 秋，高珩、唐夢賚、韓	畢際有贈唐夢賚大橘樹，已結果累累。唐夢賚賦詩《載績刺史以大橘樹見贈，結子累累數十顆，遣八役輦致之，附以小詩向時孟議、仲績兩公皆有贈樹，故句中並及之》紀其事。

		沖（號麗宇）等飲酒賦詩。唐夢賚《秋，弦道兄弟招飲，同念東先生、海木、麗宇、晦修、協恭，用海木韻》。元宵前二日，唐夢賚作《元宵前二日，朱逸庵中翰座上和念東先生韻》。	唐夢賚寄典籍於畢盛青，作《寄畢子山典籍》。
康熙二十三年甲子（1684）	高珩從弟高璥卒，王士禛為其撰《進士振東公錄、墓誌銘》，唐夢賚為撰《高振東進士祭文》。	上巳，高珩與唐夢賚、王雪音賞牡丹。唐夢賚《王雪音招看牡丹，同念東先生、孔繡公瑜、乃服、如水》。重陽，高珩、唐夢賚午夜過訪蒲松齡。	唐夢賚與高珩飲於翠瀨園，作詩《翠瀨園王乃服如水兄弟招飲，同念東先生、孔繡》紀事。八月二十九，高珩壽辰，唐夢賚作《壽高念東先生為八月二十九日，是日乃寒露節，亦一重九也》為祝壽。
康熙二十四年乙丑（1685）	夏，唐夢賚與高珩訪王士禛於西城別墅，夜涼坐石帆亭，劇談山水，丙夜不休。七月，王士禛赴京，唐夢賚有詩《送阮亭宮詹北上》贈之。	高珩、唐夢賚見招於孫蕙，唐夢賚作《樹百招飲，座間和念東先生》。高珩、唐夢賚、袁藩等人雅集載酒堂，唐夢賚作《雅集載酒堂》、《集載酒堂同念東先生、松籬孝廉賦》。高珩為張至發《張相國醫驗編》作序。	畢盛青出任贛州，唐夢賚作《送畢子山郡丞之任贛州》為其送行。秋，畢世持西行，唐夢賚作《送畢公權解元之晉》贈之。
康熙二十五年丙寅（1686）	王士禛由唐夢賚家移竹，唐夢賚有詩《阮亭來移竹作二絕句送之行》。康熙二十三年十一月，高璥卒，王士禛為撰墓誌銘《賜進士出身高君暨韓孺人合葬墓誌銘》。	春，高珩、高之騄招飲唐夢賚賞海棠，唐夢賚作《高仲治每海棠花盛時招客奉觴，紫霞先生喜和斯作》。高珩、唐夢賚為畢際有《淄乘征》作序。	正月，畢際有刊刻畢自嚴《石隱園藏稿》八卷，王士禛作序，高珩又序之。冬，唐夢賚作《看阿石泉贈畢州倅信涉》贈畢際孚。
康熙二十六年丁卯（1687）	王士禛為畢盛育、畢世持父子作《文學畢君子萬、解元公權家傳》。		王士禛宿唐夢賚家，有《宿唐濟武太史志甃堂即事》。

康熙三十二年癸酉（1693）	唐夢賚寄新刻文集於王士禛，王士禛有書《答唐濟武檢討》二首答之。		見王氏欄
康熙三十五年丙子（1696）	王士禛為唐夢賚《五畝園雜詠》詩作序，題曰《五畝園雜詠序》。		秋，王士禛祭告秦蜀歸，唐夢賚訪王士禛於御書堂，流連投轄三日。
康熙三十七年戊寅（1698）	六月，唐夢賚卒，王士禛為唐夢賚撰墓誌銘，趙執信書之。		見王氏欄

清康熙四十一年至康熙四十三年，王士禛、王啟座等子姪與蒲松齡書信頻繁。王士禛與蒲松齡之間在文學上亦有相互影響之關係，詳見第五章。

表 3.5 王氏家族與蒲松齡交遊表

時間＼家族	新城王氏	淄川畢氏、蒲松齡
康熙四十一年壬午（1702）	蒲松齡有《別王玉斧》詩。王士禛遙寄《古歡錄》贈蒲松齡。	畢際彥長子畢際統病逝，蒲松齡作詩悼之。畢韋仲之母王孺人八十壽誕，蒲松齡代王士禛作《徵詩啟》。
康熙四十二年癸未（1703）	王啟座看望蒲松齡，蒲作《王玉斧忽至，夜出壺酒，對酌傾談》。	見王氏欄
康熙四十三年甲申（1704）	王士禛罷歸，蒲松齡作《阮亭先生歸田二十四韻》。	蒲松齡的門人畢世浣卒，蒲松齡作《傷門人浣》六首悼之。

清康熙四十四年至康熙五十年，王士禛與張篤慶酬唱最多。其時，王士禛歸田里居，張篤慶絕意帖括。王士禛與王啟座、王啟涑屢次舉辦雅集，或在石帆亭，或在華子崗。一時「尊宿良朋，蘭亭群從」。〔註57〕

表 3.6 王氏家族與張氏家族交遊表

時間＼家族	新城王氏	淄川張氏
順治十六年己亥（1659）	張篤慶因王士祜之故，得以結交王士禛。張篤慶攜所業以請益，王士禛數見欣賞。	見王氏欄

〔註57〕〔清〕張篤慶：《厚齋自著年譜》，《馮惟敏、馮溥、李之芳、田雯、張篤慶、郝懿行、王懿榮年譜》，山東大學出版社，2002 年版，第 170 頁。

康熙二十七年 戊辰（1688）	見張氏欄	冬，張篤慶晤王士禛於章丘，日夜談宴。
康熙三十二年 癸酉（1693）	見張氏欄	張篤慶作《同邑八哀詩》，感懷王啟睿。
康熙三十三年 甲戌（1694）	見張氏欄	張篤慶作《歲暮懷人詩》六十首，其中有懷王士禛、孫寶仍、孫寶仁、蒲松齡、趙征璽、趙澤臨等。
康熙三十九年 庚辰（1700）	見張氏欄	六月二十八日，王士禛蒙恩賜御書「帶經堂」匾額，張篤慶作《御書「帶經堂」八月念八日即席呈漁洋先生》紀之。
康熙四十四年 乙酉（1705）	夏，王士禛避暑西城別墅中，撰年譜，作小詩，張篤慶作《西城別墅詩》和之。	冬，張篤慶接王士禛書，言《香祖筆記》已刻於吳門，張篤慶有感遂作《接漁洋先生冬日書，見遺〈蠶尾續集〉〈夫于亭匯〉〈詩問〉三種，並道徐章仲先生已刻〈香祖筆記〉賦此誌感》詩。
康熙四十五年 丙戌（1706）	七夕、重陽至年暮，王士禛招飲張篤慶於石帆亭。 王士禛作《九日聞雁與張歷友、司允、幰亭弟諸子侄集石帆亭作》、《九月二十七日同歷友、仔臣、司允石帆亭即事》、《十一月二十九夜大雪，曉起柬歷友、司允》、《雪後歷友、司允諸同人小集西堂》、《雪中寄歷友、司允，時二子將歸里》等。 蒲松齡為王啟座之子王漢叟作《見王漢叟翩翩有父風，乃歎林下必有清風，誠然也，作寄玉斧》。 秋，張篤慶有《上漁洋先生求為先君立傳書》，請王士禛為張紱立傳。 冬，王士禛為張紱立傳，題為《明經張先生傳》。是年，王士祿、王士禛、王士驤、王啟座、王啟磊與張篤慶詩畫相酬，張篤慶作《觀吳遠度所畫王大司寇公漁洋山莊》、《和漁洋先生題趙承旨畫戴安道破琴圖》、《王幰亭長松宴坐圖贊》、《題	正月二十日，張篤慶初度王士禛見招雅集。 七夕及重陽，張篤慶飲於王士禛石帆亭，作《七月七日漁洋先生招飲談詩謹賦長歌以志良會》、《丙戌重陽漁洋先生招飲於石帆亭，登高命賦》、《重陽後十餘日漁洋先生招同劉仔臣家弟司允及先生諸群從雅集石帆亭看紅葉》、《和漁洋先生九日寄懷蕭亭山中》、《和漁洋先生石帆亭菊》、《和漁洋先生石丈開直遊西山看紅葉，歸以訪問之》、《和漁洋先生愛妾換馬效玉臺體》、《漁洋先生見示墨楊涪溪碑長歌為志》、《觀吳遠度所畫王大司寇公漁洋山莊》、《和漁洋先生題趙承旨畫戴安道破琴圖》等詩。 張篤慶有和詩《和漁洋先生青溪張麗華小祠》、《和漁洋先生劍州郭鄧艾廟》。 張篤慶題王啟磊圖，曰《題王石丈所畫王秋遠菜花居圖》、《題王石丈摹古畫冊八副》、《題石丈畫秋山林木圖》、《石丈殘山剩水圖》、《右題石丈效米襄陽秋山煙雨圖》、《右題

	王考功西樵先生長松宴坐》、《東亭先生洗桐圖》、《漁洋先生灞橋詩思圖》、《漁洋先生雪溪詩思圖》、《題王玉斧見貽峋嶙碑》等題畫詩。 王士禛有《和張歷友錦秋湖二絕句》。	石丈效巨師秋山林屋圖》、《右題石丈摹趙承旨採菱圖》、《右題石丈摹史癡筆意》,《丹青引用少陵丹青引元韻贈王石丈》贈王啟磊。
康熙四十六年 丁亥（1707）	見張氏欄	歲暮,張篤慶作《丁亥歲暮雪中,憶去年客桓臺,承漁洋先生屢招共賞松雪,賦此奉寄》詩,寄王士禛。
康熙四十七年 戊子（1708）	王士禛贈近刻《唐人萬首絕句選》於蒲松齡。 王士禛作《高侍郎載酒堂》、《唐太史畫余亭》、《趙氏潤園》。	張篤慶作《聞大司寇漁洋先生蒙優詔賜環恭賦長歌紀盛》,寄贈王士禛。
康熙四十八年 己丑（1709）	王士禛為張至發《醫驗編》題跋。	見王氏欄
康熙四十九年 庚寅（1710）		蒲松齡與張篤慶舉為淄川鄉飲賓介。
康熙五十年辛 卯（1711）	五月,王士禛卒,張篤慶作《哭大司寇漁洋先生一百五十韻》挽之。	張篤慶賀王士禛復職,有《聞大司寇漁洋先生蒙憂召賜環,恭賦長歌紀盛》。 張篤慶為王啟磊畫題詩,題為《右題石丈效倪雲林煙林風雨圖》。
康熙年間（未 確定時間）	張篤慶和王士禛贈王士驪登蓬萊閣詩,題曰《和漁洋先生贈幪亭登蓬萊閣》。	張篤慶有詩《憶王清遠》懷王啟涑。 張篤慶乞王啟磊為作崑崙山房圖,有詩《乞王石丈為畫崑崙山房圖》。 張篤慶和王啟座詩《和王玉斧石橋村墅》。 張篤慶贈詩王啟涑《石帆亭歌贈王清遠》。

　　張氏家族首次與高氏家族聯姻,始於高瑋娶張泰來之女為妻,第一次與畢氏家族發生姻親關係則是張綏娶畢際有三女為妻。張氏家族的張篤慶娶高珩之女為妻,因此張篤慶與高珩、高之騄的關係十分親篤,且過從甚久。

表 3.7　張氏家族與高氏家族、畢氏家族交遊表

時間 ＼ 家族	淄川高氏	淄川畢氏	淄川張氏
康熙二年 癸卯（1663）	高珩與張篤慶以及蔣大鴻父子劇談風雅。		見高氏欄

康熙三年 甲辰（1664）		張篤慶作《送外舅高少宰還朝候補宗人府丞》。 張篤慶作《與同社諸子論詩》。
康熙六年 丁未（1667）		張篤慶為高珩藏畫題詩，曰《為外舅高少宰題文衡山雪景圖》。
康熙七年 戊申（1668）	高珩奉命祭告神農、虞帝二陵，張篤慶有詩《送外舅高少宰公奉使楚中告陵》送之。		見高氏欄
康熙八年 己酉（1669）	高珩為張篤慶五言《述祖德詩》作序。		見高氏欄
康熙十二年 癸丑（1673）	七月，高珩與張篤慶、張元、唐夢賚、蒲松齡登泰山。		
康熙十六年 丁巳（1677）	見張氏欄		秋，張詢與高珩、唐夢賚同遊吳越。
康熙二十四年 乙丑（1685）	高珩為張至發《張相國醫驗編》作序。		見高氏欄
康熙二十八年 己巳（1689）		張篤慶至畢際有石隱園觀石歌，並為畢際有作《石隱園觀石歌呈載績年伯》。	見畢氏欄
康熙三十年 辛未（1691）	見張氏欄		張篤慶為高珩所藏文徵明山水畫題詩，曰《題文衡山山水幅》。
康熙三十二年 癸酉（1693）		畢際有卒，張篤慶有《癸酉秋日哭畢年伯載績先生》悼畢際有。	張篤慶歎舊懷賢，作《同邑八哀詩》，懷高瑋、畢際有、畢世持、高珩、唐夢賚。
康熙三十三年 甲戌（1694）	秋，高珩招張篤慶飲於四勉堂，張篤慶作《甲戌秋日外父高司寇賜飲於四勉堂》。		見高氏欄
康熙三十四年 乙亥（1695）	秋日，高之騄與張篤慶遊濟南古歷亭，晚眺賦詩。		張篤慶為高之騄《強恕堂詩集》作序。

康熙三十六年丁丑（1697）			十一月，高珩卒，張篤慶作《西州吟　哭外父高司寇公》二十首悼之。
康熙四十年辛巳（1701）	見張氏欄		張篤慶作詩《鄆州寄懷高仲治士季昆第》寄懷高之騱。
康熙六十一年壬寅（1722）	九月十五日，張篤慶於高之騱強恕堂宴飲賞菊，有詩紀事。		
康熙年間（未確定時間）	某年秋暮，高珩與張篤慶飲於孫寶仍山莊，張篤慶作《秋杪陪少宰公及諸客飲孫孟滋山莊和袁松籬韻》。	張篤慶題畢世持遺詩，曰《題畢公權遺詩後》。 張篤慶有詩贈畢器先，曰《贈畢公權令嗣器先昆郎》。	張篤慶和高珩詩，題曰《奉和大司寇仲冬廿九夜大雪，曉起柬蕭亭歷友司允珂來原韻》。 張篤慶聞高之騱談庵子溝盛景，作《聞伯良、仲治談庵子溝之勝，未得同遊，悵然書此》紀之。
雍正年間	見張氏欄	雍正十二年春日後，張元有詩和畢海珖，作《和畢昆朖韻》。	雍正八年除夕後，張元讀高之驛遺詩，作《讀高梓岩遺詩有感二首》。

根據上述交遊表可知，孝婦河流域文學家族的交遊具有以下特點：

（一）園林雅集

明清時期，孝婦河流域造園風氣極為興盛，淄川、益都等地為園林密集之地。著名的有高氏家族的候仙園、載酒園，畢氏家族的石隱園，趙氏家族的因園，孫氏家族的沚園，王氏家族的西城別墅、就園等。園林既有山水之盛，又得園主人的精神積澱，為文學家族的交遊提供了優越的環境。園林，不僅是文會雅集的場所，也是唱和歌詠的對象。士大夫集於園林中，分韻賦詩，聯吟酬酢，評古說今，商榷文史，園林與文學，與家族幾可共生。

康熙十年（1671）重陽，高珩、王士禛、王士祿等人集於梁家園，分韻賦詩。

康熙十二年（1673），高珩、唐夢賚、畢際有等人避暑於高珩候仙園。唐夢賚有《候仙園消夏，同畢公載積、袁兄宣四》一詩。後，高珩把候仙園轉鬻於淄川韓庭芑。

康熙十五年（1676），高珩東池賞荷。王士祜、唐夢賚至高珩池上賞荷，

唐夢賚作《同東亭至念東先生荷池上再用前韻》紀其事。

康熙二十一年（1682）至康熙二十五年（1686），高珩載酒堂雅集頻繁，招飲者有唐夢賚、高之騄、孫蕙等人。唐夢賚有《念東先生招飲載酒堂，泛舟題壁二首》、《題載酒堂》、《清明前二日，題載酒堂，和海木韻》、《雅集載酒堂》、《集載酒堂同念東先生、松籬孝廉賦》。

康熙二十二年（1683），高珩、唐夢賚、韓沖（號麗宇）等飲酒賦詩，是為耆英會。唐夢賚作《秋，弦道兄弟招飲，同念東先生、海木、麗宇、晦修、協恭，用海木韻》：「東亭別後雨紛紛，幾度懷君欲訪君。見說危樓堪下榻，不知樽酒更論文。秋堂破例耆英會，野水多情鷗鷺群。兩越三齊吾道在，天心特喜放晴曛。」

康熙四十五年，王士禛石帆亭雅集，張篤慶見招。期間，張篤慶與王士祿、王士禛、王士驪、王啟座等詩畫相酬。

（二）結社賦詩

順治四年（1647）末至順治五年（1648）初，趙進美、高珩、高瑋、孫廷銓，偕同里諸君子於京師結文社，分韻賦詩。

順治十四年（1657），王士禛與孫寶侗等人於歷下大明湖畔結秋柳詩社。王士禛賦《秋柳》四章，後刻為《秋柳社詩》。

順治十六年（1659），張篤慶與張履慶、蒲松齡、李堯臣等，結郢中詩社。張篤慶為《郢中集》撰《崑崙山房郢中集序》：「因念余自束髮受書，學為有韻之文，與同學諸子結為『郢中社』，雖未敢妄擬《陽春》、《白雪》，亦不至甘為《下里》、《巴人》。乃天假以年，於垂老之歲月竟踏郢中片土，得以婆娑靈均之故地，謳吟宋玉之遺墟，尚可與唐勒、景差諸賢尚友於千載之下，豈非幸與！則數十年前之以『郢中』名其社，蓋天牖其衷矣。」

張篤慶關於郢中詩社的酬唱之作，有《希梅、留仙自明湖歸，與顧當如社集同賦》、《龍興寺同蔣左箴、王鹿瞻、蒲留仙限韻》、《同留仙、希梅及錫、履兩弟月夜泛舟西溪，分韻得洲字》、《與同社諸子論詩》等詩作。

康熙元年（1662），王士禛在揚州有紅橋唱和詩。趙進美有遙和紅橋詩，題為《秋日王貽上節推拈遊紅橋八首》。

康熙十年（1671），王士祿參與秋水軒唱和，唐夢賚遙和《賀新郎・疊秋水軒唱和韻》十餘闋。

（三）遠遊紀事

順治十六年（1659），張緩作晉中之遊，畢際有同遊至八月乃返。清康熙三年（1664）五月，高珩與唐夢賚、王樛等同議遊嶗山。清康熙十一年（1672）四月，蒲松齡與唐夢賚、高珩、張緩等人東遊嶗山；過諸城，遊蘇軾所建超然臺舊跡。唐夢賚《志壑堂文集》卷十二《雜記》中記載：「壬子之夏，遊勞山，見海市。時同行八人。」蒲松齡作《嶗山觀海市作歌》，高珩作《遊嶗山》詩三首及《青蘿洞行》，張緩作《煥山山市記》。

康熙十二年（1673），蒲松齡與唐夢賚、高珩、張篤慶、張元等人登泰山。蒲松齡有《登岱行》七古一首，唐夢賚作《雜記》一文紀之。

康熙十六年（1674），高珩與唐夢賚、張詢同遊吳越。唐夢賚有詩《新泰道中》，高珩有《贈濟武太史》。康熙十七年（1675），正月初二，高珩同唐夢賚過烏回寺看竹；初八日，高珩同唐夢賚入蘇州閶門買書；十二日，早發過滸墅關；十八日，登京口金山，與鐵舟禪師茶話；十九日，至維揚寓居法雲寺；二十日遊紅橋下小園，賞紅梅；直到二月十三日，才歸里。

（四）佳節唱和

佳節唱和最早可追溯到東晉永和九年暮春三月上巳的會稽山之蘭亭修禊會，結集紀事。上巳重陽、消夏消寒，初度祝壽，遂成為集會酬唱的重要節日。

上巳，高珩與唐夢賚、王雪音賞牡丹，唐夢賚賦詩《王雪音招看牡丹，同念東先生、孔繡公瑜、乃服、如水》。

暮春，王士禛邀請趙執信、顏光敏、吳雯、曹貞吉、謝重輝等人到聖果寺賞桃花。王士禛有《甲子暮春，邀修來、幼華、升六、千仞、伸符、天章、悔人，過聖果寺看桃花二絕句》紀其事。

重陽，高珩、唐夢賚午夜過訪蒲松齡。蒲松齡有《重陽王次公從高少宰、唐太史游北山歸，夜中見訪，得讀兩先生佳製，次韻呈寄》。

（五）文集題跋（包括立傳、墓誌銘、墓表等）

趙進美為王士禛詩集作序，曰《題阮亭近集》。高珩為孫廷銓文集作序，《孫文定公文集序》。高珩為蒲松齡《聊齋誌異》作序。唐夢賚為蒲松齡《聊齋誌異》作序。王士禛為孫寶侗《惇裕堂文集》作序。畢際有刊刻畢自嚴《石隱園藏稿》八卷，王士禛、高珩為之作序。

王士禛為畢盛育、畢世持父子作傳。《漁洋文集》卷五《文學畢君子萬、解元公權家傳》。張篤慶為高之騱《強恕堂詩集》作序。

高之騱來京師請王士禛為高珩撰神道碑，王士禛《誥授通奉大夫刑部左侍郎念東高公神道碑銘》。高珩應唐夢賚之請，為之撰《唐太史夢賚生壙誌》。

（六）信札寄懷

如：康熙七年（1668），高珩奉命祭告神農、虞帝二陵，孫廷銓有《高蔥佩宗丞奉使湖南寄贈》。唐夢賚寄新刻文集於王士禛，王士禛有書《答唐濟武檢討》二首答之。王士禛曾作《歲暮懷人絕句》，張篤慶有《歲暮懷人詩》六十首。

第四章　孝婦河文學家族詩歌創作之間的多樣影響

　　明末清初，孝婦河流域的家族成員因社會關係的多元化，故在文學創作上存在著多樣性的影響。趙氏家族與王氏家族在文學創作上存在著交叉影響。高氏、王氏、張氏家族的文學創作具有一脈相承的特點，均追求清遠超逸的詩風。

第一節　趙氏家族與王氏家族世系間的交叉影響

　　趙氏家族與王氏家族的聯姻始於王與仁娶趙氏為妻，此後，趙作肅娶王士禛季妹為妻，趙執端、趙執桓均娶王士祜之女為妻，趙憲娶王啟深長女為妻，王士禧亦娶趙氏為妻。在趙氏家族與王氏家族的交往過程中，趙進美清真絕俗的詩歌風格以及創新求變的詩歌理論，對王士禛、王士祿詩風的影響是顯而易見的。王士祿與趙執信在詞作中寄託身世之感；二人又均關注女性，一編女性總集，一賦贈妓詞。王士禛又影響了趙執信與趙執端。王士禛對趙執信的影響既有正向，又有反向。趙執信不僅受到王士禛清遠詩風的影響，還與王士禛在聲調論上有共通之處。趙執信詩中有人、詩中有事的詩論是對詩壇神韻流弊的修正。趙執端幼年時嘗在舅父王士禛家學詩，耳濡目染，得王士禛親傳身授，繼承王士禛清空一脈，可歸為神韻詩派。

一、王象春、王象艮、王象明與趙進美

（一）王象春與趙進美對七子派的繼承與反思

　　王象春，初名象巽，字季木，小字夢奇，號文水、虞求、鵲湖居士，王之

猷之子。明萬曆三十八年（1610）進士，有《問山亭詩》、《齊音》等。王象春在詩歌創作上，深受明末前後七子的影響。萬曆四十三年（1615），王象春於歷下購得李攀龍故居「白雪樓」，建「問山亭」，專心著述。推崇七子派中的李攀龍、何景明、邊貢、徐禎卿，曾曰：「我朝風雅，盛於七子，而七子則李、何、邊、序四家也。濟上之詩，以邊庭實（邊貢）為鼻祖，其後李于鱗（李攀龍）、許殿卿（許邦才）、谷少岱（谷繼宗）、劉函山（劉天民）不可勝數。」〔註1〕同時，王象春又對七子派的摹擬復古、取徑狹窄等弊端進行反思：「自七子起，明遂無詩，何也……貌哭不痛，強笑不歡，萬口一語，語語積喉間者幾瘖，嗚呼！我明遂無詩乎！……使七子當日錯鑄百代，取大曆以下，及宋、元、國初諸君子，盡為表章，各悉其才所至，情所之，勿徒以一手愚天下耳目，則詩之取道尚寬。」〔註2〕而王象春本人則兼收並蓄，取徑大曆以下，從而形成別具一格的詩風。

錢謙益認為王象春「以詩自負，才氣奔軼，時有齊氣，抑揚墜抗，未中聲律」。〔註3〕「齊氣」一詞最早在曹丕的《典論·論文》中出現，曹丕評徐幹之文：「時有齊氣」，又在《又與吳質書》中稱徐幹「懷文抱質，恬淡寡欲……著《中論》二十餘篇，成一家之言。辭義典雅，足傳於後，此子為不朽矣。」〔註4〕徐幹為漢魏時期齊地北海郡劇縣人（今山東壽光縣），作品受到當地舒緩風俗的影響，〔註5〕文質兼備，辭義典雅。在漢魏時，李善認為「齊氣」指一種舒緩之風，到了明末，錢謙益依然用「齊氣」來評王象春其詩其文，但此「齊氣」之義並非舒緩之風氣了。聯繫錢謙益評價王象春其人，「傲睨輩流，無所推遜，獨心折於文天瑞」，「雅負性氣，剛腸疾惡，扼腕抵掌，抗論士大夫邪正」，〔註6〕可知，這裡的「齊氣」一變疏狂不羈，嫉惡如仇，敢於仗義執言，因此其詩深受其人影響，便帶有這種抑揚頓挫、奇崛驚警之風，而於音律未嘗諧也。可略舉兩例：《謁岳武穆廟》詩云：「衰草寒煙日暮時，傷心瞻拜岳王祠。君王自得偷安計，臣子應班痛哭師。東海未填精衛死，南風不競杜

〔註1〕〔明〕王象春：《齊音》，濟南出版社，1993年版，第149頁。

〔註2〕〔明〕李本緯：《昭代選屑》，日本文政三年刻本。

〔註3〕〔清〕錢謙益：《列朝詩集小傳》，上海古籍出版社，1983年版，第654頁。

〔註4〕〔南朝梁〕蕭統選，李善注：《文選》，商務印書館，1936年版，第920頁。

〔註5〕關於「齊氣」與齊俗，李善注《文選》曰：「言齊俗文體舒緩，而徐幹亦有斯累。」

〔註6〕〔清〕錢謙益：《列朝詩集小傳》，上海古籍出版社，1983年版，第653頁。

鵑知。由來和議非長策，千古英雄恨莫追。」〔註7〕此詠古詩有感而發，抒情沉鬱悲涼。《題畫》詩云：「雪壓燕支山，朔風吹骨裂。岩樹半無枝，雁鴻久飛絕。草盡羝猥眠，空山驚鷺篥。南向者蘇卿，敝裘抱漢節。傍有李將軍，亦灑沙漠血。」〔註8〕此五言律詩，頗有晚唐李賀奇峭孤詣之風。

趙進美論詩，認同於明代的徐禎卿和王世貞，「予嘗取古今論詩之合者，於宋得嚴滄浪（嚴羽），明得徐昌谷（徐禎卿）、王元美（王世貞），嚴不具論，昌穀最稱深造」。這是趙進美於順治十五年（1658）整理舊刻詩集所作序文。其中徐禎卿為前七子的成員，王世貞為後七子的成員。徐禎卿的既強調復古，又主張「因情立格」；王世貞則主張才氣與格調的統一，對趙進美後來反思七子派的流弊是有所啟發的。其後，趙進美對前後七子派的盲目復古模擬之風進行了批評：「夫格律嚴而境地狹，擬論盛而性情薄，雖作者亦病之。」〔註9〕「彼門戶相角，議論相勝，徒自苦耳。」趙進美認為七子派只講格律、空發議論，而忽略了詩歌的意境與性情；門戶相爭之風日勝，實在是自討苦吃。因此趙進美認為對既要有對傳統的繼承，又要創新，這是對七子復古理論的反思與調整。

從總體上看，趙進美對七子派的繼承是偏重於對徐禎卿「因情立格」詩學的接受。徐禎卿的「主情」論強調「情無定位，觸感而興，既動於中，必形於聲。」其詩作佳者為五言詩，大體以抒寫性情為主。如《在武昌作》詩曰：「洞庭葉未下，瀟湘秋欲生。高齋今夜雨，獨臥武昌城。重以桑梓念，悽其江漢情。不知天外雁，何事樂南征。」〔註10〕王士禎亦稱徐禎卿此詩為「千古絕調也」。

趙進美的詩作是格調與情感並重的。如《聞笛》一詩：「星河氣靜大江深，長笛飄搖度夕吟。風滿山城初入破，月明楚客欲沾襟。不堪春至惟高枕，忽作秋思散遠林。到處金戈連畫角，此聲清怨恐難尋。」〔註11〕又如《行路

〔註7〕〔明〕王象春：《問山亭詩》，《山東文獻集成》（第2輯第28冊），山東大學出版社，2009年版，第678頁。

〔註8〕〔明〕王象春：《問山亭詩》，《山東文獻集成》（第2輯第28冊），山東大學出版社，2009年版，第718頁。

〔註9〕〔清〕趙進美：《清止閣集》，《山東文獻集成》（第2輯第29冊），山東大學出版社，2009年版，第1頁。

〔註10〕〔清〕沈德潛：《明詩別裁集》，上海古籍出版社，2013年，第134頁。

〔註11〕〔清〕趙進美：《清止閣集》，《山東文獻集成》（第2輯第29冊），山東大學出版社，2009年版，第500頁。

難》一詩：「溪上有寒石，門前多衰柳。蕩子歸非遲，感物覺已久。貧賤慕遠
遊，意氣難獨守。海內事漸非，安能依隴畝。盛年努力詎足云，莫使窮愁成老
醜。殷勤贈我平生親，君但日飲美酒近婦人。古之英雄失志多自污，悲歌淋
漓何足陳。」〔註12〕確為雄渾與風調並存之作。

王象春詩雖有「齊氣」，但又倡導「禪詩」，並認為「禪為上，俠次之，
道又此之，儒反居最下。」王象春的創作與其詩學理論是一致的。如《山行》
其一云：「不為生計即閒身，矮帽無風驢背馴。雪樹千尋時度鳥，山行終日
不逢人。」〔註13〕《秋涼》詩：「一雨豐林好，秋涼加布袍。平受千里色，
坐對一園蒿。」《送陳生歸楚》詩曰：「南鴻過盡江天遠，北地花殘杏子肥。
五老峰高孤客夢，三湘風急片帆歸。芳春藥裹愁仍佩，皓首青囊願莫違。綠
綺初彈聲便切，岐子日望楚山微。」〔註14〕《小園》詩云：「窘門細徑近城
開，不速諸昆好自來。花未擅名俱有態，亭當問月總無情。競將險韻臨池
詠，忍負新篁冒雨栽。偶檢禽經知鳥語，閒中日月不相催。」〔註15〕《晚
歸》詩云：「河流秋浩浩，禾氣暮鬱蒸。農憩隔林呼，屋隙瞻心星。春苗苦無
雨，秋復祈新晴。欲知歲時移，但聽草蟲聲。我從西山歸，惻惻抱餘情。」
〔註16〕王象春此類詩作清閒淡遠，接近白居易、孟浩然，頗有明代古澹一派
的風氣。

趙進美在對七子派繼承與反思的基礎上，逐漸形成清真絕塵的詩風。如
《數至溪上》一詩：「短砌虛窗引夕涼，離離林木繞溪長。風中歷亂孤蟬響，
石上逍遙眾草香。舊日衣冠長者教，今年禾黍下農忙。獨過山麓思飛鳥，猶
帶輕煙在小堂。」《籠泉》詩：「惆悵石橋古樹涼，天涯行李豈能忘。已知山意
多秋雨，自聽泉聲到夕陽。」〔註17〕《溪上晚歸》詩：「雨後泉聲急，雲開落

〔註12〕〔清〕趙進美：《清止閣集》，《山東文獻集成》（第2輯第29冊），山東大學
　　　　出版社，2009年版，第509頁。
〔註13〕〔明〕王象春：《問山亭詩拾遺》，《山東文獻集成》（第2輯第28冊），山東
　　　　大學出版社，2009年版，第792頁。
〔註14〕〔明〕王象春：《問山亭詩拾遺》，《山東文獻集成》（第2輯第28冊），山東
　　　　大學出版社，2009年版，第789頁。
〔註15〕〔明〕王象春：《問山亭詩拾遺》，《山東文獻集成》（第2輯第28冊），山東
　　　　大學出版社，2009年版，第790頁。
〔註16〕〔明〕王象春：《問山亭詩拾遺》，《山東文獻集成》（第2輯第28冊），山東
　　　　大學出版社，2009年版，第792頁。
〔註17〕〔清〕趙進美：《清止閣集》，《山東文獻集成》（第2輯第29冊），山東大學
　　　　出版社，2009年版，第494頁。

炤微。遊魚方獨出，棲鳥後爭飛。水氣秋扶徑，林煙晚動衣。郊原有遠睡，閒逐片雲歸。」〔註18〕《園中小飲》詩：「微雨荒園動薜蘿，酒明苔暗影婆娑。三井以後言猶放，十畝之間秋未多。幽樹近知青嶂失，短簫高入碧雲過。藥欄螢火飛相照，門外泉聲欲作波。」〔註19〕《月中過彭蠡》其二：「棹唱遙相和，時聞畫鼓聲。雲涵一水闊，舟略萬山輕。夜靜魚龍喜，波回星月驚。前洲猶百里，漁火已微生。」〔註20〕王象春的閒適禪意詩與趙進美的清真澹泊之詩代表著明末山左詩壇詩風的轉變。這種轉變是對明末七子復古一派的調整與發展，從中又可看出明末孝婦河流域詩風的多樣性。

（二）王象艮、王象明與趙進美相近的詩歌取徑

王象艮，字伯石，一字思止，王之城之子。貢生，官姚安同知。有《迂園集》二十四卷。《山左明詩鈔》選詩十三首。王象艮詩宗法王、孟、韋、柳，「風華秀絕，骨力沉雄，錯出於大曆、長慶之間。」〔註21〕（董其昌《王思止迂園詩序》）《山左明詩鈔》載公鼐言：「思止春容淹雅，白真韋澹，自然神合。」王士禎《居易錄》曰：「郡丞（王象艮）詩名出考功（王象春）下，然謹守唐人矩矱，不失尺寸。」〔註22〕。

如《九日前雨中齋居》詩：「白髮無情照古銅，新秋哀雁叫西風。一窗野色開黃菊，半榻清陰老碧桐。字腳添肥驚眼暗，案頭減料識囊空。應知九日年年似，風雨孤城黯澹中。」《暮秋》：「滿院秋光帶晚霜，人同寒雁立斜陽。年華老大無風味，世事喧爭總劇場。庭葉掃除旋自落，籬花開盡尚餘香。迂園三徑蕭條後，柯柏亭亭色轉蒼。」〔註23〕《迂園》詩曰：「負郭穿雲取徑長，閒門流水集幽香。因聽竹奏常停展，每愛禽鳴自舉觴。屋外山容青不斷，城頭樹影綠生涼。同遊幾輩皆心契，率意忘機任我狂。」《魯陂水居》：「疏竹成

〔註18〕〔清〕趙進美：《清止閣集》，《山東文獻集成》（第2輯第29冊），山東大學出版社，2009年版，第526頁。

〔註19〕〔清〕趙進美：《清止閣集》，《山東文獻集成》（第2輯第29冊），山東大學出版社，2009年版，第286頁。

〔註20〕〔清〕趙進美：《清止閣集》，《山東文獻集成》（第2輯第29冊），山東大學出版社，2009年版，第637頁。

〔註21〕〔清〕宋弼：《山左明詩鈔》，《四庫全書存目叢書》（集部第412冊），齊魯書社，1997年版，第313頁。

〔註22〕陳田輯：《明詩紀事》，上海古籍出版社，1993年版，第2380頁。

〔註23〕〔清〕宋弼：《山左明詩鈔》，《四庫全書存目叢書》（集部第412冊），齊魯書社，1997年版，第314頁。

籬水滿渠,長河高柳帶幽居。稻畦南北如雲委,荷蕩參差望月舒。好句時從閒裏得,俗情應自淡中除。一湖漁艇歌聲晚,樓上新晴翠染衣裾。」《春日園居》其三:「小橋同曲徑,郭外遠塵囂。花落添詩料,鶯啼哭布酒條。雨餘耕正急,日永睡能消。分竹明朝事,泉聲隔岸遙。」《輞川橋》:「四野陰陰樹幾圍,水田時有鷺交飛。小溪數曲雙節返,恰似裴王帶雨歸。」〔註24〕從以上詩作可看出,王象巽與從弟王象春皆嗣響李攀龍,宗法唐詩,有王維、孟浩然、韋應物、柳宗元之風。

王象明,初名象覆,字用晦,又字合甫,號雨蘿,王象巽之弟。明萬曆四十三年(1615)貢生,官大寧知縣。有《鶴隱集》、《雨蘿集》、《山居集》等,皆不存。王士禎在《居易錄》中云:「十八叔祖晦甫著《鶴隱》、《雨蘿》諸集,才不逮考功,而欲馳驟從之,故時有衛躓之患,未能成家,今刻版僅有存者。予有《三公詩選》,頗有可傳。」〔註25〕今存詩集《聊聊草》一卷,為明崇禎五年(1632),王象明避地鄒平長白山時所作。王士禎在《漁洋詩話》中收錄其十八叔祖(王象明)詩足傳者:「日日輕雷送雨聲,小窗歷亂竹枝橫。水痕時落還時漲,枕上看山秋欲生。」「細雨新晴百草菲,含桃初染杏初肥。奚童競撲柳花落,嬌鳥時衡榆莢飛。水淨欲浮蝌蚪字,苔深爭迸篆龍衣。闌珊春色歸何遽,簾外輕寒蠟屐稀。」又有「老松帶露滴巾角,亂石欹風迎馬前。」〔註26〕王士禎所錄王象明詩作可傳誦者皆為明麗閒適之作。

王象明《聊聊草》集中多清麗閒澹之詩。如《秋雨》云:「秋來冉冉野雲生,蕉葉桐枝滴水晶。菡萏欲殘黃雀淚,芙蓉催老鯉魚生。山迷不度瀟湘雁,雷動驚飛漢武鯨。怪爾志和招不得,青蓑綠笠一舟輕。」〔註27〕《夏山》云:「歷落山花不識名,新雛初試羽流聲。千岩萬岩日澹宕,東峰西峰雲亂生。水傳濺珠拂怪石,風來戛玉鳴枯㾪。扯攀百丈雞臍蔓,直躡崚嶒削壁砑。」《來鶴亭詩》云:「天風澹宕鶴翩飛,華表千年今日歸。定有江妃搖玉佩,還驚洛浦弄珠衣。聲餘焦尾雲裳冷,孤並蟾蜍月魄稀。我有忘機誰具眼,知君不為稻糧肥。」〔註28〕王象明因有鶴飛至其居,古名其居曰「來鶴亭」。辭官

〔註24〕〔清〕宋弼:《山左明詩鈔》,《四庫全書存目叢書》(集部第412冊),齊魯書社,1997年版,第314頁。

〔註25〕〔清〕王士禎:《居易錄》,《王士禎全集》,齊魯書社,2007年版,第3946頁。

〔註26〕〔清〕王士禎:《帶經堂詩話》,人民文學出版社,1998年版,第165頁。

〔註27〕〔明〕王象明:《聊聊草》,北京大學圖書館藏明崇禎間刻本。

〔註28〕〔清〕崔懋:《新城縣志》,清康熙三十二年刻本,卷十四。

歸里後，王象明嘗於王象春、王象晉等遊錦秋湖，其詩中自有一種超俗空靈的意境。

王氏家族第六代核心人物王象春、王象晉、王象明在明萬曆後期至崇禎年間，活躍在山左詩壇，三人在繼承七子派復古主張的同時，又積極拓寬詩歌取徑，並對七子派的詩學流弊進行反思與調整，詩風接近古澹閒雅。趙氏家族第十代趙進美的創作主要集中在明崇禎後期至清順治年間，清真絕塵。總體上看，從王象春、王象晉、王象明到趙進美的詩歌創作，能清晰看出山左詩壇的發展趨勢，同時貫穿著對明末復古派的反思與創新，並對王士禎神韻詩風的形成有深遠影響。

二、趙進美對王士祿、王士禎的影響

趙進美與王士禎的交往集中在清順治十一年（1654）至清康熙元年（1662）期間。順治十一年，趙進美主持湖廣鄉試，王士禎有書寄之，有詩《寄贈趙韞退先生典試三楚》。順治十五年（1658），王士禎赴京師殿試，寓居慈仁寺，得「宣和御墨枇杷圖」，趙進美為此圖題詩，有《為王貽上題畫二首》。是年秋，王士禎作《鄒能弘還廬陵寄訊韞退》一詩寄與趙進美。順治十八年（1661），趙進美有書信《寄王貽上》並為王士禎詩集作序，題曰《題阮亭近集》。

（一）趙進美的詩歌理論對王士禎的啟發

順治十五年，趙進美整理舊刻詩集《清止閣詩》二卷，並於江西玉峽舟中撰序。序曰：「予嘗取古今論詩之合者，於宋得嚴滄浪（嚴羽），明得徐昌谷（徐禎卿）、王元美（王世貞），嚴不具論，昌穀最稱深造，然所自為不過愧其言者十可五六，元美十可三四止矣。夫格律嚴而境地狹，擬論盛而性情薄，雖作者亦病之。至於放意背馳，侏儒嘈濫，以棘晦為超逸，以疏佻為亮節，又下不足道矣。或者雌黃異調，訕訐先哲，足未履門閾而歷數麴室之藏，甚非修士所樂聞也。夫眾樂殊音，而竹不掩絲，宮不病徵，八方殊語，而閩越粵燕秦未嘗不通舟車，而洽友朋之宴笑也。陶謝不必為潘陸，李杜不必為王駱，君子泯其同而慎其異，斯可矣。」〔註29〕此後康熙十七年（1678），趙進美與田雯相識於京師鐵鸛巷，與田雯論詩時，仍持此論。

〔註29〕〔清〕趙進美：《清止閣集》，《山東文獻集成》（第 2 輯第 29 冊），山東大學出版社，2009 年版，第 1 頁。

　　趙進美比較認同宋代的嚴羽、明代的徐禎卿和王世貞。王士祿對徐禎卿的《迪功集》甚是推重，曾對客云：「但使有詩數百首，得稱《迪功集》，比於徐昌谷足矣。」〔註30〕王士禛晚年論詩時也表現出了相似的觀點：「余於古人論詩，最喜鍾嶸《詩品》、嚴羽《詩話》、徐禎卿《談藝錄》。」〔註31〕「進美論詩不主一家，主張多種風格並存，但特別推崇嚴羽的論詩主張，故得到王士禛贈詩歡賞。」〔註32〕趙進美意識到了七子派詩歌創作的弊端，即「夫格律嚴而境地狹，擬論盛而性情薄，雖作者亦病之」，換言之，趙進美所推崇的詩歌，定是格調與境界並存，文辭與情感要統一。這種論調對王士禛也是有影響的。王士禛亦推重雄渾與風調並存、神韻與豪健兼備的詩歌：「自昔稱詩者，尚雄渾則鮮風調，擅神韻則乏豪健，二者交譏；唯今太宰說嚴先生之詩，能去其二短，而兼其兩長。吾推先生詩三十餘年，世之談士者皆以為定論而無異辭者以此。」〔註33〕

　　趙進美主張詩歌創作中的情境結合，情與境相生相勝。趙進美在為華亭張宸詩集所撰序《張青雕詩序》中曰：「竊謂人之詩文，情與境相生者也，而每相勝。陸士衡古重興雅，然境不勝情；謝康樂風華要渺，然情不勝境。唐少陵之詩，子厚之文，情境並至。」又，「迨降而後，取境者或貌襲而不靈，述情者或質易而不典；於是二者之畸勝言始受病矣。」〔註34〕趙進美認為陸機過於重視興雅，忽略了意境的營造；謝靈運極貌以寫物，卻忽略了真情實感，都不是情境相合的典範。唯有杜甫的詩歌與柳宗元之文，情與境完美統一。

　　王士禛的詩歌創作重視妙悟之境與清遠之情的結合，「情之根於中者，不變者也；境之觸於外者，至變者也。境與情會，油然勃然而不可止，而不變者遂極乎至變。」〔註35〕通過王士禛門人程哲的序，可以看出王士禛的詩歌具備了情境相勝的特點。王士禛認為寫詩須「興會神到」，主張「根柢」與「興會」二者相兼：「夫詩之道，有根柢焉，有興會焉，二者率不可得兼。鏡中之

〔註30〕〔清〕汪琬：《說鈴》，清乾隆年間嘯園刻本，第 25 頁。
〔註31〕〔清〕王士禛：《帶經堂詩話》，人民文學出版社，1998 年版，第 58 頁。
〔註32〕王琳：《山東分體文學史》（散文卷），齊魯書社，2005 年版，第 494 頁。
〔註33〕〔清〕王士禛：《帶經堂詩話》，人民文學出版社，1998 年版，第 161 頁。
〔註34〕〔清〕趙進美：《清止閣集》，《山東文獻集成》（第 2 輯第 29 冊），山東大學出版社，2009 年版，第 768 頁。
〔註35〕〔清〕程哲：《漁洋續詩集序》，《清代詩文集彙編》（第 134 冊），上海古籍出版社，2010 年版，第 152 頁。

象，水中之月，相中之色，羚羊掛角，無跡可求，此興會也。本之《風》、《雅》以導其源，沠之《楚》、《騷》、漢魏樂府詩以達其流，博之《九經》、《三史》、諸子以窮其變，此根柢也。根柢原於學問，興會發於性情。於斯二者兼之，又幹以風骨，潤以丹青，諧以金石，故能銜華佩實，大放厥詞，自名一家。」〔註36〕根柢緣於學問，興會發於性情，唯有二者兼之，才能銜華佩實，成為一代大家。這是對趙進美情境論的進一步發展。

清順治十八年（1661），趙進美為王士禎詩集作序，題曰《題阮亭近集》。趙進美在文中論詩之得失，云：「詩文千秋之事，彼門戶相角，議論相勝，徒自苦耳。黠者矜獨運，庸者逐餘波，其失一也。」認為當時詩、文壇門戶相爭，顯然是自討苦吃；不應隨波逐流，而是獨具匠心。日後王士禎論詩時，亦持相同態度：「近人言詩，好立門戶，某者為唐，某者為宋，李、杜、蘇、黃強分畛域，如蠻觸氏之鬥於蝸角，而不自知其陋也。」〔註37〕趙進美又云：「近世公安、竟陵，排擊歷下、琅琊不遺餘力；虞山指謫，並及何、李，幾於棘手罵座。」〔註38〕歷下、琅琊、虞山、何、李分別指李攀龍、王世貞、錢謙益、何景明、李夢陽。趙進美批評了明末的公安派、竟陵派的「顛倒五官、四肢之位置，自為新奇」的狹隘詩風；以及前後七子派的盲目復古模擬之風氣。這些觀點都被王士禎不同程度地認同和接受了。後來王士禎論明末復古派擬古時，曾舉王籍《入若邪溪》一詩為例，「顏之推標舉王籍『蟬噪林逾靜，鳥鳴山更幽』，以為自小雅『蕭蕭馬鳴，悠悠旆旌』得來。此神契語也。學古人勿襲形橅，正當尋其文外獨絕處。」〔註39〕關於擬古之觀點，王士禎與趙進美相近。

同年歲杪，王士禎賦詩《歲暮懷人絕句三十三首》，第十三首懷趙進美云：「風塵憔悴趙黃門（進美），嶺表遷移役夢魂。昨見端州書一紙，說詩真欲到河源。」〔註40〕詩中所言「端州書一紙」，當指趙進美所作《題阮亭近集》。「說詩真欲到河源」，知王士禎十分贊同趙進美的詩學觀。直至清康熙元

〔註36〕〔清〕王士禎：《帶經堂詩話》，人民文學出版社，1998年版，第78頁。
〔註37〕〔清〕王士禎：《帶經堂詩話》，人民文學出版社，1998年版，第754頁。
〔註38〕〔清〕趙進美：《清止閣集》，《山東文獻集成》（第2輯第29冊），山東大學出版社，2009年版，第769頁。
〔註39〕〔清〕王士禎：《古夫于亭雜錄》，中華書局，1988年版，第126頁。
〔註40〕〔清〕王士禎：《漁洋山人詩集》，《四庫全書存目叢書》（集部第226冊），齊魯書社，1997年版，卷十二。

年（1662）三月，王士禛的《漁洋山人詩集》竣刻，趙進美序列於是集前，此序確實在一定程度上影響了王士禛。

（二）趙進美的詩風對王士祿、王士禛的影響

觀趙進美的《清止閣集》，知其詩歌風格多樣，既有刻意二謝之清真絕俗之作，又有描繪社會現實，以詩存史之作。而王士禛所歡賞的風格正是前者。《清止閣集》中的《西征草》、《楚役草》、《白鷺草》詩集中，多王、孟之趣。

王士禛後來在《漁洋詩話》中論趙進美的詩歌，獨取其《南康登樓》、《賦得楓葉微紅近有霜》、《窗下梨花》三首，可知這三首詩歌是對其有深遠影響的。《賦得楓葉微紅近有霜》與《窗下梨花》為趙進美《燕市草》中的作品，作於清順治三年（1646）任太常博士期間。趙進美在《燕市草》自序中說，入京後，「或迫於贈答，或觸於遊眺，或良辰入懷，或深居永念，楮墨在前，復不能自己。」〔註41〕羈身簿祿，欲盡棄筆硯事。大多為酬唱、奉答之作，「然《梨花》、《楓葉》諸篇，風致不減青邱、海叟。」青邱，即明初詩人高啟，字季迪，號槎軒，又號青邱子，長洲人，其詩清新秀逸，不事藻繪。海叟，指明初詩人袁凱，字景文，號海叟，華亭人，其詩情濃意切、含蓄有致。王士禛曾認為「七言律詩神韻天然，古人亦不多見。如高季迪：『白下有山皆繞郭，清明無客不思家。』……皆神到不可湊泊。」〔註42〕推重高啟神韻天然之風格。以明初高啟、袁凱之風致來比趙進美此類詩歌，可見王士禛激賞的正是此類風格之作。《南康登樓》等出使江西之作，為《白鷺草》卷中詩。順治十五年（1658）歲暮，趙進美觀雪於江西新淦、吉州，獨坐整理三年內近作詩歌，得詩一百三十餘首，錄為一卷，題曰「白鷺草」。可見，王士禛於順治三年（1646）至順治十五年（1658）前後是讀過趙進美這些詩歌的。

對比趙進美的詠梨花詩《窗下梨花》與王士禛的詠柳詩《秋柳四章》，可見二者有異曲同工之處。趙進美的《窗下梨花》詩其一云：「縈窗映徹春爭發，弄蕊攀條晚未歸。應為孤吟成熳爛，不令涼雨阻芳菲。坐宜微月娟娟入，更傍青樽細細飛。回首故園寒食過，野亭白幘願休違。」其二云：「暮煙無語更依依，清影含春望欲稀。疏近鎖窗留月照，寒垂網戶見鶯飛。共停闕外青絲

〔註41〕〔清〕趙進美：《清止閣集》，《山東文獻集成》（第2輯第29冊），山東大學出版社，2009年版，第586頁。
〔註42〕〔清〕王士禛：《帶經堂詩話》，人民文學出版社，1998年版，第71頁。

騎，細舞燈前白紵衣。莫向後庭歌玉樹，故宮風雨已全非。」〔註43〕明末時，趙進美有與宋琬避地吳閶、嘉禾間的經歷，曾墜水得免，又遭暴客之警。清順治二年（1645），亂定後歸里，會世祖章皇帝下詔，直省撫按薦舉地方人才，趙進美遂被舉薦於朝，任太常寺博士，時博士冷曹，無所短長。此詩為清順治三年趙進美任太常博士時所作。身為貳臣的趙進美，寄情於窗下梨花，託物比興，詩中有濃厚的故國之思，讀來淒清有韻致。

　　清順治十四年（1657），王士禎集孫寶侗諸名士於濟南大明湖畔，結秋柳詩社，並賦詩《秋柳四章》。詩中有云：「他日差池春燕影，秖今憔悴晚煙痕。」「空憐板渚隋堤水，不見琅琊大道王。若過洛陽風景地，含情重問永豐坊。」「東風作絮糝春衣，太息蕭條景物非。扶荔宮中花事盡，靈和殿裏昔人稀。」「新愁帝子悲今日，舊事公孫憶往年。」〔註44〕亦是借秋柳詠歎故國之事，詩中有物是人非之感慨，「風調淒清，如朔鴻關笛，易引羈愁。」王士禎雖於清順治四年（1647）出仕，但卻有明亡之痛。其伯父王與胤全家殉難，其祖父王象晉、父王與敕、叔父王與美避地鄒平長白山，絕意仕進，成為明遺民，其時王士禎已值舞勺之年。明清鼎革對王氏家族可謂致命的打擊，王氏僅存王象晉一支，朝代的更迭與家族的傷痛對王士禎而言，是不能忘卻的。王士禎與趙進美當時賦詩的心情是何等相似，二首皆為寄託深遠之作，可以窺見趙進美的《窗下梨花》對王士禎《秋柳四章》的影響。

　　趙進美《清止閣集》卷一中《數至溪上》、《籠泉》、《清漣亭雨》、《溪上晚歸》、《遊黃紅峪》、《夏日范泉》、《獨臥》、《溪上雨歸》、《園中小飲》、《山中路》、《歷下》、《陽丘道中》、《濟水》，卷二中《瓜州》，卷三中《入舟》、《舟行》，卷四中《新樂渡河水急舟駛從者相失漏下投石佛寺同徐莘叟夜坐三首》、《七夕某秀才別墅》、《雨》、《中秋夜久見月》、《江行十二首》、《孝泉》、《春日過園亭》，卷五中《風便晚行》、《舟行即事》、《月中過彭蠡》、《白鷺洲晚眺》、《閒居》、《歸宗寺》、《峽江道中》、《登閱江樓》諸詩，皆為清新淡遠之作、不可湊泊之佳作。這些詩作，對王士禎的詩歌創作乃至風格選擇上不無影響。王小舒先生認為，「趙進美和王士禎，從創做到理論，就存在著一種前後交接的關係，這

〔註43〕〔清〕趙進美：《清止閣集》，《山東文獻集成》（第 2 輯第 29 冊），山東大學出版社，2009 年版，第 589 頁。

〔註44〕〔清〕王士禎：《帶經堂集》，《清代詩文集彙編》（第 134 冊），上海古籍出版社，2010 年版，第 31、32 頁。

種交接是在順治後至康熙初完成的，正代表了山左詩歌風氣的轉移。」〔註45〕

三、王士禛與趙執信的和而不同、「談龍」公案

（一）趙執信少年學詩於王士禛

趙執信與王士禛本為甥婿，雖然趙執信在《談龍錄》序中說不以弟子事師之禮敬奉王士禛，但趙執信少年時，曾學詩於王士禛，「又計當世之文，無逾新城王先生……況執信學於先生者，雖荒略，敢以為請。」〔註46〕清康熙二十九年（1690）至康熙三十一年（1692），在趙執信罷官的三年間，與王士禛詩文往來，從未間斷。趙執信有《酬王阮亭先生見寄三首》、《西城別墅十三詠為阮亭侍郎作》等詩，王士禛作《趙伸符宮贊書來雲秋雨霑足、山泉四溢，臨流坐石日誦莊騷賦寄三首》、《十一月二十八日雪，懷天章、伸符》、《雪中再寄伸符宮贊二絕句》。

康熙三十年（1691）夏，趙執信為王士禛作西城別墅組詩十三首，題為《西城別墅十三詠為阮亭侍郎作》。第八首《春草池》曰：「岸草衣裙色，萋萋媚煙景。池水古鏡明，照盡青春影。懸知佳句成，不待清夢醒。」〔註47〕此詩頗有南朝謝靈運之風，這種詩風符合王士禛對神韻詩「清」的追求。由此亦可見，二人的詩歌審美趣味存在一定程度的相似性。

趙執信的山水詩、田園詩，亦多清麗佳句。如《登州海市》、《山行雜詩四首》、《即目》、《昭陽湖行書所見四首》、《暮秋吟望》、《望匡廬不可見》、《雪晴過海上，適海市見之罘下，自亭午至晡，快睹有述，時十月十日》等詩。如《即事》詩云：「繞屋千章樹，連村二頃田。溪聲翻麥浪，山雨淨林煙。地僻聊充隱，樓居不學仙。只應似彭澤，種秫遍門前。」〔註48〕《霽日》：「曉霽霧欲收，青山自吞吐。朱曦蕩積陰，郎然當我戶。俯視見疏豁，聚落粲可數。淄水抱日來，浮光動禾黍。農夫擊柝集，鄰舍繅絲語。飽食出溪橋，微風坐亭午。」〔註49〕《秋光》：「解道淵明日夕佳，秋光次第到山家。薄寒漵漵浮雲葉，細雨濛濛養豆花。螺髻千峰爭渲黛，蟬聲萬樹半拖霞。桔中不羨商山樂，

〔註45〕王小舒：《趙進美的詩歌創作與理論主張》，《廈門廣播電視大學學報》，2012年第 1 期。
〔註46〕〔清〕趙執信：《趙執信全集》，齊魯書社，1993 年版，第 483 頁。
〔註47〕〔清〕趙執信：《趙執信全集》，齊魯書社，1993 年版，第 79 頁。
〔註48〕〔清〕趙執信：《趙執信全集》，齊魯書社，1993 年版，第 212 頁。
〔註49〕〔清〕趙執信：《趙執信全集》，齊魯書社，1993 年版，第 212 頁。

況乃飄搖上海槎。」《曉起即目》：「睡足愛秋曉，迎涼獨啟關。初陽微寫水，餘霧散棲山。樹與禾麻競，人將雞犬閒。遙憐五侯宅，春夢未闌珊。」〔註50〕

　　康熙四十四年（1705），趙執信南遊吳門，所作有《蔚溪集》，其中大多為山水紀遊之詩，可以想見其「遍遊名山大川之學識」。康熙四十五年（1706）至康熙四十八年（1709），趙執信居別墅紅葉山樓，期間多清澄淡遠之作。如《夏日移居山莊四首》其一云：

　　　　長日生清興，幽棲向遠山。去人惟恐近，無事更圖閒。白石知心素，黃鸝約往還。悠然顧城市，便覺不相關。〔註51〕

《宿因園》詩云：

　　　　獨臥境倍寂，心清恒有聞。終夜風雨聲，水與竹平分。經時棲窮山，自謂遠垢氛。卻返鳳麟洲，顧笑麋鹿群。〔註52〕

《題因園聽泉樹》詩云：

　　　　池光回映曲欄平，澗水遙穿洞戶行。竟日深林響寒雨，四時空谷送秋聲。主客談向鏗訇息，魚鳥心從寂歷生。憶訪仙山閣亭館，水精簾檻坐分明。〔註53〕

《三徑》詩云：

　　　　柳絮晴方落，山花雨更香。苔痕雙木屐，池影一繩床。待月觀魚靜，因風聽鳥長。春來陶處士，三徑未全荒。〔註54〕

《西湖》詩云：

　　　　輕舟晴夷猶，湖水秋潊淨。客心與物態，曲折入明鏡。東南結秀異，江海呈清瑩。空含天地姿，細寫煙月性。……〔註55〕

流露出詩人幽然自得的心境。

《微山湖舟中作》詩云：

　　　　舟前湖泱漭，湖上山橫斜。湖中何所有，千頃秋荷花。山雨颯然來，風香浩無涯。移舟青紅端，飄若凌綺霞。林光村遠近，樓影帆交加。疑是桃花源，參差出人家。流覽情所喜，避地想更佳。何

〔註50〕〔清〕趙執信：《趙執信全集》，齊魯書社，1993年版，第214頁。
〔註51〕〔清〕趙執信：《趙執信全集》，齊魯書社，1993年版，第209頁。
〔註52〕〔清〕趙執信：《趙執信全集》，齊魯書社，1993年版，第222頁。
〔註53〕〔清〕趙執信：《趙執信全集》，齊魯書社，1993年版，第228頁。
〔註54〕〔清〕趙執信：《趙執信全集》，齊魯書社，1993年版，第94頁。
〔註55〕〔清〕趙執信：《趙執信全集》，齊魯書社，1993年版，第132頁。

必博望侯，虛無乘海槎。〔註56〕

由上述可知，趙執信與王士禛的詩觀、詩風在某些方面確有相似之處，足可證明王士禛對趙執信早年詩歌創作的影響。雖然趙執信曾越軼山左門庭，服膺馮班，詩風趨向儁刻，創作面向現實，但不可否認的是，趙執信詩歌風格的另一面卻深受王士禛的影響。

（二）趙執信與王士禛聲調論的同與異

趙執信向王士禛問聲律，不得，而作《聲調譜》。學詩於王士禛，因詩論不合，作《談龍錄》。「嘗問聲調於王士禛，士禛靳不肯言」，可見，聲調之學在當時是秘而不傳的，「都門友朋見語及古詩以漁洋之所論音韻為秘笈。」〔註57〕關於趙執信與王士禛失和原因，《四庫全書總目提要》說趙執信向王士禛求作《觀海集》序不得，遂至相失；梁章鉅《退庵隨筆》說趙執信問古詩聲調於王士禛，王士禛秘不以告。

聲調之論，由馮班發微，和之者有錢謙益及程嘉燧，後學者有吳偉業，後世解人有王士禛，「惟新城王阮亭司寇及見梅村，心領其說，方欲登斯世於風雅，執以律人，人咸自失，然卒無有得其說者。」趙執信宗師馮班，「已窺其微，乃宛轉竊得之，司寇知，戒勿泄，先生顧否。」〔註58〕知趙執信已窺得聲調之法，與王士禛有共通之處。

王士禛的詩論，「散見於《池北偶談》、《香祖筆記》者什之七，見於古詩音韻者什之三。」〔註59〕王士禛對古詩聲調音韻的研究占其詩論研究的十分之三，散見於《詩問》、《然燈記聞》中，由其門人所錄。

王士禛與趙執信均認為古詩不可雜入律句。王士禛認為：「古詩要辨音節，音節須響，萬不可入律句，且不可說盡，像書札語。」〔註60〕趙執信舉岑參五古《與高適薛據同登慈恩寺塔》，為了說明：「無一聯是律者，平韻古

〔註56〕〔清〕趙執信：《趙執信全集》，齊魯書社，1993 年版，第 191 頁。

〔註57〕〔清〕郎廷槐、王士禛、張篤慶、張實居：《詩問》，清乾隆四十二年姚江洪熙春暉草堂刻本，序。

〔註58〕〔清〕仲呈保：《〈聲調譜〉序》，《趙執信全集》，齊魯書社，1993 年版，第 542 頁。

〔註59〕〔清〕郎廷槐、王士禛、張篤慶、張實居：《詩問》，清乾隆四十二年姚江洪熙春暉草堂刻本，序。

〔註60〕〔清〕何世璂：《然燈記聞》，《清詩話》，上海古籍出版社，1978 年版，第 119 頁。

體，以為為式。」

在七古平仄韻句法上，趙執信與王士禎觀點相同。蔣寅認為，趙執信所強調的「七古平韻上句第七字必仄，下句以第五字為關鍵，與第六字相配合，形成異於律調的三字尾，是本王漁洋之說。」〔註61〕趙執信在蘇軾七古《和蔣夔寄茶》「三年飲食窮芳鮮」一句末提示：「此三字平，第四字必仄，如第四字平，則第六字必仄以救之，此法人多不知。」而王士禎則強調平韻七古對句「第五字平，第四字又必仄。」在回答長山劉大勤所問「七古平韻仄韻句法」時，王士禎答曰：「七言古平仄相間換韻者多用對仗，間似律句無妨。若平韻到底者，斷不可雜以律句。大抵通篇平韻，貴飛揚；通篇仄韻，貴矯健。皆貴頓挫，切忌平衍。」〔註62〕

在七古換韻規則上，趙執信與王士禎觀點不同。王士禎認為：「大約首尾腰腹，須銖兩勻稱，勿頭重腳輕，腳重頭輕，乃善。」〔註63〕即四句一換韻，或六句一換韻，要勻稱方善。趙執信在李白《夢遊天姥吟留別》中「越人語天姥，雲霓明滅或可睹。」一句末注「睹此可知轉韻元無定格也。」〔註64〕以李商隱《韓碑》為例，說明「七言古不轉韻，平聲格已盡矣，仄韻可推。」以杜甫《寄韓諫議注》說明，「平韻不轉格，妙不板排。」趙執信則認為古詩轉韻不拘泥於定格，亦有平韻不轉格的情況。趙執信的聲調論在王士禎的基礎上，更加深化，不僅有七古的聲調，還有五古、樂詞、五律、七律、五絕、七絕、齊梁體、半格詩、樂府、雜言、柏粱體等的聲調論。

（三）趙執信與王士禎的「談龍」公案

清康熙四十八年（1709），趙執信《談龍錄》的撰成，緣起於趙執信與王士禎、洪昇的一次詩辯。三人以龍喻詩，展開討論。洪昇嫉時俗無章，認為詩如全龍，要面面俱到；王士禎認為詩如神龍，見首不見尾；趙執信認為詩歌應當「屈伸變化」，在「一鱗一爪」後要讓人感覺到「龍之首尾完好」，以此折衷洪昇、王士禎兩家之說。趙執信曾在《懷舊詩十首》懷洪昇小序中云：

〔註61〕蔣寅：《王士禎、趙執信的〈聲調譜〉及其古詩聲調論》，《古典文學知識》，1997 年第 3 期。

〔註62〕〔清〕郎廷槐、王士禎、張篤慶、張實居：《詩問》，清乾隆四十二年姚江洪熙春暉草堂刻本，卷上。

〔註63〕〔清〕郎廷槐、王士禎、張篤慶、張實居：《詩問》，清乾隆四十二年姚江洪熙春暉草堂刻本，卷上。

〔註64〕〔清〕趙執信：《聲調譜》，《趙執信全集》，齊魯書社，1993 年版，第 556 頁。

「其詩引繩切墨，不順時趨。雖及阮翁之門，而意見多不合。朝貴亦輕之，鮮與還往。才力本弱，篇幅窘狹，斤斤自喜而已。見余詩，大驚服，遂求為友。」〔註65〕從小序中，我們得知，洪昇本為王士禛門人，因論詩意見不合，後見趙執信詩作始折服，遂與趙執信為友。

趙執信《談龍錄》一書，大旨謂「詩之中須有人在」「詩外尚有事在」。強調「必使後世因其詩以知其人，而兼可以論其世，是又與於禮義之大者也。若言與心違，而又與其時與地不相蒙也，將安所得知之而論之？」〔註66〕同時又強調「詩人貴知學，尤貴知道。東坡論少陵詩外尚有事在，是也。」〔註67〕趙執信越軼山左門庭，棄其家學，服膺虞山馮班，嘗南遊拜其墓，為馮班《鈍吟雜錄》作序，又歎服崑山吳喬論詩甚精，於是提出上述論詩觀點。此乃王士禛神韻說對趙執信的反向影響。

從趙執信對高足畢海珖詩集的評點中可以看出，趙執信與王士禛並未如後世所強調的針鋒相對，二人之矛盾亦未嘗不可調和。

畢海珖，字昆脤，號澗堂，畢世持三子。因其父畢世持與趙執信是清康熙十七年（1678）的鄉試同年，趙執信則為畢海珖之父執。畢海珖仰慕趙執信之文才，遂歸其門下。畢海珖遺詩多經趙執信評定，趙執信所批校對的畢海珖《澗堂詩草》中，與王士禛神韻詩風十分接近的作品比比皆是。如《渡揚子江遇風》、《同子婿趙靜山遊二郎山古寺》、《宿錦秋湖南岸》、《泊瓜州》、《揚州》、《嚴州》、《秋日漫興》、《棲霞道中早行》、《泰安道中》、《蒙陰道中》、《重陽後二日濟陽道上》、《過韓家峪西望汶陽》、《遊西山四首》等山水之作，清簡古澹而又含蓄雋永。

趙執信著重圈注和批點的詩句有：《山行迷途忽入杏花深處》中「眼明不借青山色，十里沿流看杏花。」《淄河道上》中「雨蝕蒼苔備篆古，風吹蘆岸釣人閒。數行楊柳東西路，幾縷雲霞遠近山。」《穆陵關》中「紅葉有聲秋漸老，白雲無恙客應還。」《訪沈佐臣即墨東村》中「梅開春市酒，雨冷草堂煙。」《宿上岸村》中「馬首紅來霜葉重，林間青出酒簾垂。」《板橋驛》中「征車有路穿雲入，冷雁無聲帶雪飛。」〔註68〕《露筋祠》中「月印寒溪水，蟲鳴

〔註65〕〔清〕趙執信：《趙執信全集》，齊魯書社，1993 年版，第 323 頁。
〔註66〕〔清〕趙執信：《趙執信全集》，齊魯書社，1993 年版，第 538 頁。
〔註67〕〔清〕趙執信：《趙執信全集》，齊魯書社，1993 年版，第 536 頁。
〔註68〕〔清〕畢海珖：《澗堂草》，《山東文獻集成》（第 2 輯第 32 冊），山東大學出版社，2011 年版，第 91、95、96 頁。

野寺秋。」《雨中周泊三衢》中「山從天目蟬聯下，水入桐廬曲折多。負郭有田皆種橘，女牆無處不垂蘿。」《別揚州》中「萬點漁燈好，一帆秋水清。回看雲樹裏，殘月下蕪城。」《秋日西湖肇慶寺倩友人寄家書》中「微雲流殿角，薄冷下松風。」《即景》中「白鷗依綠浦，青草臥黃牛。伏枕蛩盈砌，懷人月滿樓。」〔註69〕

又有《遊長白西山三首》中「僧廚燒落葉，石磬響寒宵。」「人來千澗雪，月上一聲鐘。」〔註70〕《青州道中期遊冶園不果》中「溪寒山翠斂，霜重葉生繁。」《題友人新築園亭二首》其一中「柳色無窮處，鶯聲盡日來。」其二中「塵淨苔生屐，林疏月到床。」〔註71〕《汶陽憶家》中「參差留雁影，遠近送歸人。」《泰安道中》中「一灣紅葉渡，兩岸夕陽山。」《山遊》中「寒露桑顛重，月明隴首多。」〔註72〕《即墨訪黃元直不遇》中「庭荒餘綠竹，蝶冷戀黃花。雨濕寒蘆岸，香生賣酒家。」《宿獲鹿西郭外禪院》中「雨冷前朝寺，煙深古驛樓。溪聲清入樹，野色暮連秋。」〔註73〕《清明山遊》中「暖風細雨催寒食，開遍青山鬱李花。」〔註74〕《宿槲山僧舍》中「連天衰草斜通徑，半夜月明方到山。」《宿漁村》：「斷續蟬聲依岸柳，橫斜峰影落魚塘。過江鴻雁雲中度，繞屋荷花水上香。身世不留塵土面，好將幽夢聞漁郎。」〔註75〕

上述所選錄的經趙執信圈點的畢海珖詩作，從一個側面反映出，趙執信與王士禛的詩歌審美取向上的契合。

無論是王士禛神韻縹緲之詩，還是趙執信的劖刻現實詩風，都是兩種不同的審美風格。「王之規模閣於趙，而流弊傷於膚廓；趙之才力銳於王，而末

〔註69〕〔清〕畢海珖：《澗堂草》，《山東文獻集成》（第2輯第32冊），山東大學出版社，2011年版，第100～107頁。

〔註70〕〔清〕畢海珖：《澗堂草》，《山東文獻集成》（第2輯第32冊），山東大學出版社，2011年版，第108頁。

〔註71〕〔清〕畢海珖：《澗堂草》，《山東文獻集成》（第2輯第32冊），山東大學出版社，2011年版，第117頁。

〔註72〕〔清〕畢海珖：《澗堂草》，《山東文獻集成》（第2輯第32冊），山東大學出版社，2011年版，第130頁。

〔註73〕〔清〕畢海珖：《澗堂草》，《山東文獻集成》（第2輯第32冊），山東大學出版社，2011年版，第141頁。

〔註74〕〔清〕畢海珖：《澗堂草》，《山東文獻集成》（第2輯第32冊），山東大學出版社，2011年版，第154頁。

〔註75〕〔清〕畢海珖：《澗堂草》，《山東文獻集成》（第2輯第32冊），山東大學出版社，2011年版，第225頁。

派病於纖小。使兩家互救其短，乃可以各見所長，正不必論甘而忌辛，好丹而非素也。」〔註76〕

對於初學詩者，趙執信認為「達意」為先，「始學為詩。期於達意，久而簡淡高遠，興寄微妙，乃可貴尚。所謂言見於此而起意在彼。長言之不足而詠歌之者也。」〔註77〕趙執信認為始學詩者，應追求「達意」，而後才能達到「簡淡高遠，興寄微妙」的境界，即王士禛神韻詩所追求的境界。可見，趙執信並未排斥神韻詩，只是有感於不善學者易流於浮淺虛無，才提出詩中有人、詩外有事之論，以補救流弊。《四庫全書總目提要》以為趙執信之實，可補王士禛之虛，持論較為中肯：「然神韻之說，不善學者往往易流於浮響。施閏章『華嚴樓閣』之喻，汪琬『西川錦匠』之戒，士禛亦嘗自記之。則執信此書，亦未始非預防流弊之切論也。」〔註78〕

清雍正九年（1731），趙執信在為德州馮廷櫆《馮舍人遺詩》所作序中云：「先生為州里後進，以清才健筆，絕塵而奔，一旦爭長，且抗行焉。……其詩標新領異，與時消息，而神韻泠然，去俗遠矣。」〔註79〕序中讚賞馮廷櫆的詩歌清泠絕俗，有神韻之妙。距《談龍錄》撰成已去二十二年，趙執信亦直言自己對神韻詩風的欣賞。陳恭尹在為趙執信《觀海集》作序時云：「片言隻字，不苟下筆，其要歸於自寫性真，力去浮靡。」〔註80〕趙執信的詩歌創作始終貫穿著「詩之中須有人在」的詩歌理論。當時詩壇追隨王士禛神韻者，易流於浮響，因此趙執信強調「詩外尚有事在」「文章以意為主，以言語為役使」，大抵為了力去浮靡、力戒矯飾。趙執信「率然自好，無所緣飾」的性格及詩風在某種程度上為袁枚力倡的「性靈說」所張目。從此種意義上來說，王士禛、趙執信、袁枚，反映出康熙、雍正、乾隆三朝詩風的前後交接，而趙執信無疑是詩風轉移過程的重要助力。

王士禛歿後不及二十年，「阮亭之詩，聲華漸不如昔」〔註81〕，可知詩歌理論始盛終衰的規律，趙執信對王士禛某些觀點的批判詩合理的，袁枚也曾

〔註76〕〔清〕永瑢、紀昀：《欽定四庫全書總目・〈因園集〉提要》》，《趙執信全集》，齊魯書社，1993年版，第661頁。

〔註77〕〔清〕趙執信：《趙執信全集》，齊魯書社，1993年版，第538頁。

〔註78〕〔清〕趙執信：《趙執信全集》，齊魯書社，1993年版，第662頁。

〔註79〕〔清〕趙執信：《趙執信全集》，齊魯書社，1993年版，第380頁。

〔註80〕〔清〕陳恭尹：《觀海集序》，《趙執信全集》，齊魯書社，1993年版，第86頁。

〔註81〕〔清〕趙執信：《趙執信全集》，齊魯書社，1993年版，第591頁。

指出：「嚴滄浪借禪喻詩，所謂羚羊掛角，香象渡河，有神韻可味，無跡象可尋。此說甚是。然不過詩中一格耳。阮亭奉為至論，馮鈍吟笑為謬談，皆非知詩者。詩不必首首如此，亦不可不知此種境界。」〔註82〕可見，到了乾隆朝，多元的詩歌理論儼然已成詩壇風尚。

四、王士禛對趙執端的正向影響

趙執端，字好問，號綏庵，趙作肅之子，趙執信從弟。久困科場，循例得汶上教諭，因母年邁不就，優游於林下。曾勸其子趙憲勿耽溺功名：「徒勞奔走難餬口，不廢詩書亦近名。決志歸來偕隱好，莫教南畝負春耕。」〔註83〕趙執端其母為王士禛季妹，趙執端娶王士祜之女為妻，趙執端為王氏家族可謂有通家之誼。趙執端與舅氏王士祿、王士禛、王士驤、王士駒，表兄王啟涑、王啟座、王啟汧等均有贈答酬唱之作。趙執端與王氏家族的交往通過其詩作可見一斑：《西城別墅十三詠為阮亭舅氏作》、《經先舅漁洋公舊邸》、《宿先舅西樵公東堂》、《和十一舅贈幔亭舅登蓬萊閣韻》、《夏日效六舅詠物六首》、《長白道中卻寄王清遠》、《題王清遠清淨退》、《月夜同王清遠登西城小飲即事》、《即席留別清遠表兄即用其見懷元韻》、《贈清遠表兄》、《訪王清遠表兄不遇》、《寄王清遠表兄兼示海重》、《留別王玉斧》、《題王歧遠表兄〈洗煙圖〉》等。

趙執端與王士祿、王士禛為甥舅，並與王士禛之子王啟涑、王啟汧過從甚密。據趙執端回憶，其幼年時嘗在王士禛家學詩，「童穉情親憶昔時，外家犛栗常追隨。每於淨几明牕裏，我學摘句君（王啟汧）臨池。」〔註84〕耳濡目染，得王士禛親傳身授，自然比外間瓣香所學精深。

王士祿為詩幽閒澹肆，多性情之作，王士禛神韻詩學從其出，趙執端定讀過王士祿的詩集：「上浮（王士祿的《上浮集》）留甲乙，庭樹記庚辰。彷彿東萊夢（王士祿曾作《萊州記夢》詩），清吟不可聞。」〔註85〕可見，王士祿對趙執端亦是有一定影響的。王士祿詩宗法王、孟，嘗「取劉頎陽所編《唐詩宿》

〔註82〕〔清〕袁枚：《隨園詩話》，人民文學出版社，1960年版，第273頁。
〔註83〕〔清〕趙執端：《寶菌堂遺詩》，《四庫全書存目叢書》（集部第252冊），齊魯書社，1997年版，第109頁。
〔註84〕〔清〕趙執端：《寶菌堂遺詩》，《四庫全書存目叢書》（集部第252冊），齊魯書社，1997年版，第81頁。
〔註85〕〔清〕趙執端：《寶菌堂遺詩》，《四庫全書存目叢書》（集部第252冊），齊魯書社，1997年版，第93頁。

中王、孟、常建、劉眘虛、韋應物、柳宗元數家詩」〔註86〕，使王士禛手抄之，而趙執端早年在王家學詩時，亦從「摘句」開始。王士祿其詩多沖和閒遠，有孟浩然之風，題材上多山水之作。《八月十五夜》云：「把酒邀明月，清光遍薜蘿。芙蓉秋水寂，叢桂小山多。一雁歸湘楚，繁星點絳河。虛堂絃索靜，獨和越人歌。」《晚晴》云：「鳴雨作還止，蕭然開晚晴。雄風涼大壑，雌霓貫秋城。臺送遙山碧，窗添夕照明。長空聞雁語，怊悵故園聲。」《西湖竹枝詞二十首》其六云：「渡頭向曉聚蘭橈，勝日春風粉黛饒。相喚茅家埠邊去，紛紛搖過第三橋。」〔註87〕彭端淑《白鶴堂詩話》評曰：「此數詞雖劉夢得輩未能過也。」

趙執端《初歸山中卻寄郡中諸子二首》其一云：「睡覺忽聞雨，蕭然枕簟涼。披帷來少女，掛樹走群羊。堦竹窗中綠，池荷午正香。關門無客到，盡日不冠裳。」〔註88〕一派閒適蕭散之風。《題東皋褋詩二絕句》其一云：「十畝閒閒桑柘陰，一編掛角短長吟。堪憐批月評風手，贗有占晴望雨心。」其二云：「吾儕識字耕夫耳，不向南山歌飯牛。」〔註89〕《棗村讀書圖》：「茆屋蕭條隱澗阿，讀書高韻出松蘿。疎林秋日行吟處，應有新成纂纂歌。」〔註90〕《奉寄秋谷兄山居》：「聞說幽棲處，全家住翠微。偶同流水出，閒伴倦雲歸。既喜清心跡，還堪遠是非。相從空夙約，心事嘆多違。」〔註91〕李堯臣評曰：「有摩詰之韻。」

趙執端拜王士禛為師，趙執端可歸為神韻詩派的成員。趙執端所作詩輯為《寶菌堂遺詩》二卷，由王士禛親自批點，淄川李堯臣參校。趙執端其詩，「剪截浮華，擺落庸近；思清而不寒，語質而不滯。」〔註92〕可見其受王士禛薰浸深遠。趙執端之詩承王士禛神韻一脈，有清空跌宕之氣。王士禛評點

〔註86〕〔清〕王士禛：《漁洋山人自撰年譜》，中華書局，1992 年版，第 7 頁。
〔註87〕〔清〕王士祿：《辛甲集》，《四庫全書存目叢書補編》（第 79 冊），齊魯書社，1997 年版，第 146 頁。
〔註88〕〔清〕趙執端：《寶菌堂遺詩》，《四庫全書存目叢書》（集部第 252 冊），齊魯書社，1997 年版，第 87 頁。
〔註89〕〔清〕趙執端：《寶菌堂遺詩》，《四庫全書存目叢書》（集部第 252 冊），齊魯書社，1997 年版，第 120 頁。
〔註90〕〔清〕趙執端：《寶菌堂遺詩》，《四庫全書存目叢書》（集部第 252 冊），齊魯書社，1997 年版，第 124 頁。
〔註91〕〔清〕趙執端：《寶菌堂遺詩》，《四庫全書存目叢書》（集部第 252 冊），齊魯書社，1997 年版，第 93 頁。
〔註92〕〔清〕趙執端：《寶菌堂遺詩》，《四庫全書存目叢書》（集部第 252 冊），齊魯書社，1997 年版，第 73 頁。

其詩作共計 37 首，現選錄趙執端詩作與王士禎評點如下：

五律《歸宿湛汪莊感懷次仲韜韻》詩云：

> 猶記同來夜，秋涼露滿衣。今朝重到處，春雪正霏微。不但殊
> 風景，還憐人事非。傷心雲外雁，嘹嚦一行歸。

王士禎評此詩曰：「感慨在筆墨之外。」〔註93〕五言古詩《雨中登清音閣》云：

> 抱病久杜門，偃蹇過三伏。朝來中酒臥，松窗風謖謖。颯然魂
> 夢清，風雨灑修竹。頓覺失炎氛，秋光已盈掬。振衣池上樓，聊以
> 爽心目。斜陽間夕霏，白雲半山腹。遙見簑笠人，煙中鞭觳觫。峰
> 嵐忽明滅，草樹如新沐。憑闌思浩然，清吟慰幽獨。

「清音閣」為趙進美怡園中的建築。〔註94〕王士禎認為此詩「源出二謝」，有南朝謝朓、謝靈運之韻味。王士禎評七言絕句《雨中自對松山至水簾四首》謂：「都有勝情。」

> 萬壑千峰黯不分，莽蒼造物結氤氳。茫茫入望渾無際，是處青
> 松骨白雲。

> 筍輿直入雨雲中，俯聽轟雷布鼓同。却看峰巒縹緲處，松梢高
> 掛夕陽紅。

> 歷亂千林急雨聲，松陰轉處數峰晴。扶筇下看經行處，直是雲
> 煙腳底生。

> 雪浪跳珠下樹梢，紅泉掩映綠蘿交。不須五岳行皆遍，此地雲
> 松可結巢。〔註95〕

七言律詩《久雨新晴簡方公準》云：

> 三伏曾無一日晴，空堦是處綠苔生。喜看朝日臨窗影，猶聽修
> 篁滴雨聲。洗腳關門厭高臥，青鞋竹杖好閒行。荊岑谷口新泉溢，
> 活活溪流徹底清。〔註96〕

〔註93〕〔清〕趙執端：《寶菌堂遺詩》，《四庫全書存目叢書》（集部第 252 冊），齊魯書社，1997 年版，第 88 頁。

〔註94〕〔清〕趙執端：《寶菌堂遺詩》，《四庫全書存目叢書》（集部第 252 冊），齊魯書社，1997 年版，第 75 頁。

〔註95〕〔清〕趙執端：《寶菌堂遺詩》，《四庫全書存目叢書》（集部第 252 冊），齊魯書社，1997 年版，第 119 頁。

〔註96〕〔清〕趙執端：《寶菌堂遺詩》，《四庫全書存目叢書》（集部第 252 冊），齊魯書社，1997 年版，第 100 頁。

這首寄贈之作超凡脫俗，無人間煙火之語，被王士禎稱為「筆底絕無塵垢。」

　　五言絕句《聽雨》：

　　　　　　敧枕聽簷溜，燈前話遠思。却愁孤館裏，酒醒獨聞時。〔註97〕

王士禎謂詩中似韋應物語，「得唐人三昧。」五言古詩《過郡城友人繡佛軒》云：

　　　　　　高軒竹樹陰，景物殊幽絕。戶對奇園松，窻掛雲門月。虛堂午

　　　磬清，小沼荷香發。坐來豁煩襟，幽懷若冰雪。〔註98〕

王士禎評曰：「字字清綺。」七言律詩奉和之作《陽邱感懷和光仲韜》云：

　　　　　　幾年海嶽約同遊，此日陽邱忽久留。客裏綿綿逢積雨，病重兀

　　　兀又殘秋。莊荒綠野雲仍合，亭廢寒江水自流。青眼何人肯相顧，

　　　女郎眉黛拂城頭。〔註99〕

王士禎評為「結有情思」，十分契合神韻詩對結句的要求。七言絕句《夏日因
園作》：

　　　　　　不掃蒼苔臥暖沙，修篁漏日上衣斜。蜂聲無賴林香遠，曉露午

　　　風開棗花。〔註100〕

王士禎謂：「佳絕之作。」七言律詩《題湛汪莊別墅》：

　　　　　　十里煙波翠萬重，數椽茅屋水雲中。菰蒲雨後連天碧，菡萏風

　　　前照眼紅。除有刺船人偶到，更無騎馬路能通。窗前坐對滄浪色，

　　　便與浮家泛宅同。〔註101〕

王士禎評點曰：「瀟灑絕塵。」

　　趙執端其他由王士禎圈點詩作選錄如下：

　　七絕《澇山浦即目》其一：「波面峰嵐擲玉環，緣湖一帶槿籬彎。刺船黃
帽沖煙去，飲犢青蓑冒雨還。」五古《雨後過田間作》：「雨歇見斜陽，斷虹猶
飲澗。蠟屐過石磴，遙天明遠電。樹杪亂泉鳴，噴薄飛匹練。風激老松枝，飛

〔註97〕〔清〕趙執端：《寶菌堂遺詩》，《四庫全書存目叢書》（集部第252冊），齊魯
　　　　書社，1997年版，第115頁。

〔註98〕〔清〕趙執端：《寶菌堂遺詩》，《四庫全書存目叢書》（集部第252冊），齊魯
　　　　書社，1997年版，第78頁。

〔註99〕〔清〕趙執端：《寶菌堂遺詩》，《四庫全書存目叢書》（集部第252冊），齊魯
　　　　書社，1997年版，第100頁。

〔註100〕〔清〕趙執端：《寶菌堂遺詩》，《四庫全書存目叢書》（集部第252冊），齊
　　　　魯書社，1997年版，第121頁。

〔註101〕〔清〕趙執端：《寶菌堂遺詩》，《四庫全書存目叢書》（集部第252冊），齊
　　　　魯書社，1997年版，第103頁。

雨灑人面。桑麻已可望，荷鉏詎辭倦。」王士禛謂起句頗佳。五律《聽家文鶴孝廉彈琴》：「藉草復橫膝，披襟松下風。悠然山水趣，聊以寄絲桐。老樹墮霜葉，寒空鳴斷鴻。待將弦外意，領取月明中。」王士禛謂「的是清才。」

第二節　高氏、王氏、張氏家族的傳承關係

　　高氏家族與王氏家族有累世通婚之關係：高珩父高所蘊娶王象乾之女為妻，王士禛從弟王士雅娶高珩妹為妻，王士禛侄王啟沆娶高珩女為妻。高瑋在與王士禛兄弟交往過程中，其前期明麗的詩風與王士禛的清麗詩風深相契合。高珩啟發了王士禛的詩歌創作，其詩多清遠超逸、禪理妙悟之作，與王士禛興象超逸、妙悟自得的詩風是有傳承關係的。

　　張篤慶因姑丈王士祜之故，從王士禛學詩。張篤慶從詩歌理論到詩歌創作，無一不受到王士禛的直接影響。張元因叔父張篤慶而瓣香王士禛，可謂受到王士禛的間接影響。

一、高瑋、高珩對王士禛的啟發

　　高珩父高所蘊娶王士禛從姑母為妻，生有三子：高瑋、高珩、高坪，因此高瑋、高珩與王士祿、王士禛為表兄弟之關係。高瑋年長王士禛二十五歲，高珩年長王士禛二十二歲。

　　高瑋、高珩幼時曾隨母歸寧，受外祖父王象乾的啟蒙與教誨。二人與王氏家族成員交往密切，多為文字之交。明崇禎十五年（1642），高珩為從舅王與玟的遺稿《籠鵝館集》作序，稱其詩「清麗芊綿」、「綺語尚多」。清順治十四年（1657），王士禛將遊柿岩，作詩寄懷高瑋，題曰《將遊柿岩寄繩東、仲孺、東癡諸君》。順治十六年（1659），高珩為王士祿、王士禛《琅邪二子近詩合選》作序。順治十七年（1660），王士禛賦詩《送念東侍郎》送高珩告假，中有「歸來遠人境，應是作棲居。」之句。是年十一月，王士禛因公赴江南，於高郵逢高瑋，作《高郵逢繩東表兄歸淄川》紀事。康熙十年，高珩與王士禛、王士祿集於梁家園，分韻賦詩。康熙十一年（1672），高珩辭官，王士禛有詩《寄高念東先生二首》寄贈，詩中有云「十年宰相如彈指」、「歸來吾亦愛吾廬」、「飄然一杖悟浮休」。康熙十二年（1673），王士祿卒，高珩請蒲松齡代寫祭文，並自作《聞西樵歿二首》悼之。康熙二十三年（1684），高珩從弟高琭卒，王士禛為其撰《進士振東公錄、墓誌銘》。

　　康熙十九年（1680），王士禎與高珩夜集聯句，王士禎賦詩《十月七日雪過念東先生》。是年，王士禎和高珩詩，題曰《和念東先生寄子二首》。王士禎又作《題念東先生瓊花觀詩後》與高珩。是年十一月，高珩乞休，王士禎有詩《再送念東先生八首》、《即席賦送念東還山聯句》以及《送念東先生予告還山八首》，感慨「今日宰官何所似，朝衣新換七條衣。」康熙二十八年（1689）冬，王士禎服闋還京師，作《寄題念東侍郎載酒堂》寄高珩，中有「悔不從君學灌園」，羨慕高珩隱逸的生活。

（一）高瑋與王士禎清麗詩風的契合

　　高瑋為詩，興至揮毫，不復存省，久輒散佚。高瑋詩嘗由其外舅王啟睿手錄，凡四卷，集曰《留耕堂遺詩》，此集非高瑋詩歌全貌，但可窺其一斑。其早年詩風明麗幽靜，罷官後，佗傺不得志，窮而後工，一變為沉鬱幽思。現選錄高瑋詩如下：

　　《過村居和五弟韻》詩曰：「平橋斜繞小亭西，久不來遊路欲迷。泛水落花隨石轉，沖人燕子到簾低。酒嫌市釀開鄰甕，壁拂塵封覓舊題。暝色催歸留不得，莫嗔枝外子規啼。」〔註102〕《擬題瞻明壁》云：「曲曲溪流處處花，綠楊影裏有人家。誰能載酒聽春雨，共踏石橋一道斜。」〔註103〕《賦得香水溪》云：「藕花瀉露水痕香，溪水無人趁晚涼。偷解羅襦扶淺棹，西村曾慣拍銀塘。」〔註104〕《江上竹枝》其二：「半江楓葉半江雲，蕩槳朝來濕練裙。額角輕黃新貼桂，暗香滿頰過船聞。」〔註105〕《初秋》其一：「微涼宿陰林，頓覺煩暑退。登臺對清池，流螢停鶴背。靜夜發嘯歌，迥然無人對。」〔註106〕《韞退招飲先農壇次原韻》其一：「院曠疑無暑，耽延足野情。遠峰攢岫小，斜照到林明。徑曲花香細，松涼簟氣清。披襟時一嘯，不獨為逃名。」〔註107〕《新亭》云：「深林得月偏多影，小水經風也作濤。擲下萬緣書癖在，強如秫鍛與劉豪。」〔註108〕高瑋幼年時嘗隨母歸寧，在與王士禎兄弟交往過程中，高瑋前期詩歌無疑與王士禎所提倡的清麗詩風深相契合。

〔註102〕〔清〕高瑋：《留耕堂遺詩》，山東省圖書館藏稿本，卷三。
〔註103〕〔清〕高瑋：《留耕堂遺詩》，山東省圖書館藏稿本，卷四。
〔註104〕〔清〕高瑋：《留耕堂遺詩》，山東省圖書館藏稿本，卷四。
〔註105〕〔清〕高瑋：《留耕堂遺詩》，山東省圖書館藏稿本，卷四。
〔註106〕〔清〕高瑋：《留耕堂遺詩》，山東省圖書館藏稿本，卷一。
〔註107〕〔清〕高瑋：《留耕堂遺詩》，山東省圖書館藏稿本，卷二。
〔註108〕〔清〕高瑋：《留耕堂遺詩》，山東省圖書館藏稿本，卷三。

（二）高珩與王士祿、王士禛詩論的不謀而合

王士祿、王士禛兄弟早年時曾編詩集《落箋堂集》示高珩，高珩沉思良久，為之序，作於清順治十三年（1656）上元日。《落箋堂集》中有王士禛《香奩體》詩歌二十五首，高珩肯定了二人詩歌合乎雅頌，敦厚和平，序曰：「二子生風雅衰熄之後，顧能發明古詩之遺，以求合於四始六義之大旨。今觀諸制，義兼正變，體被文質，樂而不淫，怨而不激，極發越震盪之氣，而一歸於敦厚和平，即弦而歌之，以合雅頌，而儷韶武，是亦孔氏之所與也。」〔註109〕高珩認為王氏二人的詩歌力追《詩經》遺音，溫柔敦厚。《詩經》中詩歌自然起興，緣事而發，文質彬彬，而王氏兄弟的詩作正具備這一特徵。

在為館陶耿願魯詩所作《耿又樓詩序》中，可見高珩的詩學觀：「夫天下固有玄音，如天符所歸，不屑與群雄競力，但自修其德，而正統自歸。……予居常持論如此。……有山空水靜，步屐安舒，天際真人，笙鶴翱翔之致。蓋翛然自得，容與埃壒之表矣。」〔註110〕「玄」字，原刻本作「元」，為避康熙帝諱所改。合乎自然、出於天成、清空澹遠、閒適超逸的詩學觀，是高珩一向所持詩論。後來王士禛亦稱讚耿願魯其詩如「初日芙蓉，自然可愛」，因此高珩的這篇詩序，王士禛顯然是讀過的。

同時，高珩又認為詩歌緣情：「而歌詠性情，排陳景物，即比之優俳乎，然猶可以悅心娛耳。」〔註111〕此點與王士祿、王士禛的詩論觀不謀而合。王士禛肯定以詩寫情語，「僕讀《毛詩》，最喜『甘與子同夢』之句，以為古人作情語，非後人刻畫可及。」〔註112〕王士禛又認為香奩詩最善作至情之語，因此早年多作香奩詩。王士祿在為王士禛《香奩詩三十首》作序時，肯定了香奩詩重情的觀點：「雖情至之語，風雅掃地，然一往而深，輒欲令伯興喚奈何，雅不屑使大雅扶輪，小山承蓋也，夫桃葉、桃根，不過於宣尼片廡俎豆無分耳。迂哉才伯，何至以『笑擁如花』之好句，自遁於欲盡理還，得勿令義山、致光揶揄地下乎？」〔註113〕由此推知，王士祿、王士禛與高珩的詩歌理

〔註109〕〔清〕高珩：《樓雲閣文集》，清乾隆三年、四十四年刻合印本，拾遺卷一。

〔註110〕〔清〕高珩：《樓雲閣文集》，清乾隆三年、四十四年刻合印本，卷四。

〔註111〕〔清〕高珩：《樓雲閣文集》，清乾隆三年、四十四年刻合印本，卷一。

〔註112〕〔清〕鄒祗謨、王士禛：《倚聲初集》，《續修四庫全書》（第1729冊），上海古籍出版社，2002年版，第422頁。

〔註113〕〔清〕王士祿：《十笏草堂詩選》，《清代詩文集彙編》（第98冊），上海古籍出版社，2010年版，第564頁。

論在一定程度上也是一致的。

（三）王士禛選錄高珩清遠之作

高珩作詩出手即成，平生詩不下萬首，不甚愛惜，隨手棄置，或勸以刻集，輒笑謝之。趙執信為其選刻《棲雲閣集》，蓋不及十之一。高珩其詩瓣香白居易，簡易超曠，襟懷蕭逸。康熙十九年，高珩請假告歸，王士禛有《送念東先生予告還山八首》送別之。其一云：「著箇香山老居士，任人圖畫作屏風。」其二云：「前身憶是陶通明，山中白雲無限情。」〔註114〕王士禛在送別詩中把高珩比作白居易與陶弘景，蓋高珩為詩似白居易之簡易超曠，高珩為人似陶弘景之樂道歸隱。

清康熙七年（1668），高珩奉命祭告神農、虞帝二陵，往來瀟湘、洞庭、衡嶽、九嶷間，翻山越嶺三個多月，抵達酃縣。有詩歌數百篇。王士禛喜其絕句，在《池北偶談》卷十四「湖湘詩」中錄高珩絕句共十首。其中《湖湘雜詠十三首》選錄四首，《武昌道中五首》錄其四首，另錄《仲續將歸》一首。王士禛所錄高珩絕句如下：「『行人到武昌，已作半途喜。那識武昌南，煙水五千里。』『未入衡州郭，先見衡州城。城門垂薜荔，大抵似巴陵。』『綠淨不可唾，此語足千古。天水澹相涵，中有數聲櫓。』『花放不知名，稻秀猶能長。芳草隱清流，但聽清流響。』『兩岸層層嶂，孤城面面山。橫襟憑一葉，睥睨洞庭間。』『幾月舟行久，今朝倦眼開。千峰翔舞處，一片大江來。』『南岳雲中盡，東流海上忙。他年圖畫裏，著我在瀟湘。』『芋火夜經聲，悲喜寒岩寺。宰相世間人，何與山僧事。』『磨磚竟不成，磨銅何不可。寄語馬大師，努力庵前坐。』高又有送人詩云：『故園小圃又東風，杏子櫻桃次第紅。明日春明門外路，清明消遣馬蹄中。』」〔註115〕王士禛所錄這數十首絕句，皆為清麗超逸之作。高珩這些絕句對康熙朝初期王士禛神韻詩風的形成產生過或深或淺的影響。

而王士禛未選錄的高珩《湖湘雜詠十三首》的其他九首，如其五：「菰米梟鷗圃，蒲帆江渚秋。不知湘漢水，辛苦為誰流。」其六：「初意黃州郭，重追和仲遊。那知客路緩，才得發衡州。」其七：「彰汴襄陽路，武昌衡嶽中。滄桑君見否，處處故王宮。」其八：「回雁匆匆過，重尋石鼓岩。萬家城郭底，一一度江帆。」其九：「回雁峰邊過，秋初雁未來。渡江驕語雁，我自永

〔註114〕〔清〕王士禛：《漁洋續詩集》，《清代詩文集彙編》（第134冊），上海古籍出版社，2010年版，第270頁。

〔註115〕〔清〕王士禛：《帶經堂詩話》，人民文學出版社，1998年版，第245頁。

南回。」其十：「小泊愁江口，鳴鉦意爽然。微陰不作雨，大好放舟天。」其
十一：「西郭溪山好，長松午蔭濃。飛頭雲起處，已識祝融峰。」其十二：「江
闊眼光大，舟空意思清。漁歌風外好，更借兩三聲。」其十三：「未得長沙住，
東歸趁素秋。瀟湘千古意，輸與釣魚舟。」或詠史，或懷古，或為抒懷之作。
與上述所選四首之清逸風格迥乎其異。

　　高珩《棲雲閣詩》集中，有大量清麗、清雅、清幽、清遠風格的詩作。王
士禎在《漁洋詩話》中再次品評高珩詩歌：「高念東少宰《都門清明送客》
云：『故園小圃又東風，杏子櫻桃次第紅。明日春明門外路，清明消遣馬蹄
中。』」〔註116〕確為清新淡遠之佳作。其他的清麗之作，如《初秋庭中積雨縱
目》詩：

　　　　葡萄今年枝葉短，龍蛇上架青偃蹇。紅玉青霞相映明，海榴纍
　　　　纍垂鵠卵。芭蕉昨暮書初卷，森森綠影橫窗展。平明缸面走金鱗，
　　　　碧甕一夜秋濤滿。〔註117〕

　　具有清幽之韻的詩作，如《秋夕》詩云：

　　　　西風半夜銀瓶秋，魚鱗雲散星西流。蟋蟀草根啼不止，來我牀
　　　　下能相求。飛飛螢火映枝頭，乍飛旋落如深愁。羅幕涼生露未休，
　　　　小院疎砧清且幽。小院幽輕風舉，薗薗香芭蕉雨。〔註118〕

清空之詩篇，如《晴雪》詩：

　　　　雪晴宜向山頭望，玉峰萬仞白雲上。瓊枝琪樹高插天，斷續高
　　　　低千百狀。萬井炊煙青不度，毫芒指點漁樵路。人在冰壺羨玉京，
　　　　翩然跨鶴三清去。〔註119〕

清遠有致之詩，如《湖上》所云：

　　　　藕花銜日淡煙流，斷柳平將遠翠收。十里聞歌香近遠，四天涵
　　　　碧影沉浮。何人命笑仍攜燕，有客相呼卻道鷗。彈罷銀箏終闋後，
　　　　隨他花畔看停舟。〔註120〕

再如《己亥元日二兄園中》詩曰：

　　　　茶煙苔影罷將迎，遠眺微吟稱野情。此地閒人宜痛飲，何年芳

〔註116〕〔清〕王士禎：《帶經堂詩話》，人民文學出版社，1998年版，第245頁。
〔註117〕〔清〕高珩：《棲雲閣詩》，清乾隆五十六年刻本，卷二。
〔註118〕〔清〕高珩：《棲雲閣詩》，清乾隆五十六年刻本，卷四。
〔註119〕〔清〕高珩：《棲雲閣詩》，清乾隆五十六年刻本，卷三。
〔註120〕〔清〕高珩：《棲雲閣詩》，清乾隆五十六年刻本，卷十六。

草不叢生。橫塘半畝添春雨，斜照千家傍古城。直待芙蕖香繞屋，
移床來聽水禽鳴。〔註121〕

詩句清新自然，寄至味於澹泊，不減韋應物、柳宗元之韻。

（四）高珩禪悟之作對王士禛的啟發

高珩自幼便能探究佛經主旨，「從先祠中得釋典殘板，即反覆究繹，得其大旨。」〔註122〕早年留意二氏之學，耽禪樂道，賦性簡遠，不屑馳逐名場，其為詩自然而帶有禪道之趣。正如王士禛所評云：「先生詩超逸妙悟，不可以耳目町畦限之。」高珩詩作的清雅超逸、哲思妙悟，與王士禛對興象超逸、妙悟自得的推崇與追求的境界是一致的。高珩多交往之人多為禪師道人。清康熙十六年（1677）至康熙十七年（1678），高珩嘗與唐夢賚南遊吳越，過金陵遇卞居士；過報恩寺，晤雲居禪師；往雲棲拜蓮池大師；泊無錫遊惠山寺，與寺僧遊秦園；登京口金山，與鐵舟禪師茶話。王士禛喜讀禪語，亦喜與名僧禪師交往，如錢塘正岩禪師、昆明詩僧讀徹、新城靈巖寺的釋成楚、揚州詩僧鐵帆、法慶靈巒禪師、京師楊水心居士、盤山釋智僕、山陰元璟等。與詩僧論詩，以詩贈答，評點詩集，並選錄詩僧之作。

高珩歸田後，坐臥小閣中，不接賓客，嘗翻《內景》、覓《登真訣》、展《蕊珠經》。几上唯《金剛》、《淨名》數卷外，不復觀他書；常和寒山子詩以見意，有《和寒山詩文稿》。高珩和寒山子詩有云：「詆佛耽空處，空於世何益。此言影響耳，元未究實際。空者空情想，空者空欲嗜。空者空煩惱，空者空榮利。未發之謂中，試想歸何處。真空乃妙有，此中生天地。空有即中和，豈得妄同異。鷗鼠笑鴻鵠，下士多苛議。學術本上乘，反訾無利濟。試看王陽明，勳業名當世。吹毛詆良知，又謂學乖刺。旨哉古人言，蚍蜉撼大樹。」〔註123〕又，「世儒詆仙佛，此亦不足怪。弟子不如師，門風坐頹敗。兩家之兒孫，其行同乞丐。都是師子蟲，反把師子壞。即如所謂儒，科第事冠蓋。豈徒周孔羞，那是程朱派。所以秦始皇，辣手亦痛快。」〔註124〕前一首破卻頑空，後一首說盡三教末流之弊。

〔註121〕〔清〕高珩：《棲雲閣詩》，清乾隆五十六年刻本，卷十五。

〔註122〕〔清〕唐夢賚：《志壑堂文集》，《清代詩文集彙編》（第103冊），上海古籍出版社，2010年版，第295頁。

〔註123〕〔清〕王士禛：《帶經堂詩話》，人民文學出版社，1998年版，第688頁。

〔註124〕〔清〕王士禛：《帶經堂詩話》，人民文學出版社，1998年版，第688頁。

王士禎愛「高念東侍郎遊山陰道上，有句云：『笻杖古松流水外，蒲團修竹緒風間。』予愛之，命畫師禹鴻臚寫為二圖。」〔註125〕詩句逸興遄飛，有神到而不可湊泊之妙。高珩《即目》詩云：「矮屋水邊村，斜陽山下路。垂柳綠遮門，中有幽人住。」〔註126〕對比王士禎的《即目》詩：「蕭條秋雨夕，蒼茫楚江晦。時見一舟行，濛濛水雲外。」從二人詩中表現出的清新典雅的意境，可見承繼關係。

高珩詩集中不乏超逸、禪悟之作。如《樓雲閣聽鄰寺樹聲》、《歸舟雜興》、《憶華東先生語》、《感悟》、《舟中》、《窗下》、《題子下壁》、《即目》、《山村》、《過李淦秋山居》諸詩。略舉幾例：

意象超逸之詩，如《晴雪》詩：「雪晴宜向山頭望，玉峰萬仞白雲上。瓊枝琪樹高插天，斷續高低千百狀。萬井炊煙青不度，毫芒指點漁樵路。人在冰壺羨玉京，翩然跨鶴三清去。」〔註127〕

以禪境入詩，如《題子下壁》詩：「庭花寂更妍，主人不知處。開卻東西窗，清風自來去。」

以禪語入詩，如《過李淦秋山居》詩：「閒行入翠微，蠟屐淡忘歸。谷靜溪聲滿，山深日影稀。鳥醒樵客夢，雲起定僧衣。便結宗雷社，長林話息機。」〔註128〕「息機」謂息滅機心，語出《楞嚴經》卷六：「息機歸寂然，諸幻成無性。」《窗下》詩云：「幾坐覺微風，篆煙飄縷縷。何處乍心空，點點芭蕉雨。」「心空」一詞，本為佛教語，謂心性廣大，包容萬象，亦指本心澄澈空寂。讀來空靈而有妙悟。《途次》云：「憚人睡思早騰騰，薄被寒因夜氣增。燈影高低風頓挫，柝聲斷續夢侵凌。思隨驅馬歸田客，慵羨聞雞持課僧。火宅尋門君自解，禪心一片玉壺冰。」〔註129〕詩中已點明「禪心」，這與高珩學佛是分不開的，詩中盡是禪語。

詩句中多有禪意，如《候仙園二絕句》其二：「蜻蜓風定抱花癡，茅屋無人燕子知。兩月不來花滿徑，新篁爭送隔牆枝。」《古寺》云：「白楊凋盡尚多風，古寺無垣暮境空。廊下僧雛燒落葉，茶煙一縷破窗中。」

詩中有哲思妙悟，如《憩山寺》詩：「到此忻然笑，寒居上古天。溪聲低

〔註125〕〔清〕王士禎：《帶經堂詩話》，人民文學出版社，1998年版，第733頁。
〔註126〕〔清〕高珩：《樓雲閣詩》，清乾隆五十六年刻本，卷五。
〔註127〕〔清〕高珩：《樓雲閣詩》，清乾隆五十六年刻本，卷三。
〔註128〕〔清〕高珩：《樓雲閣詩》，清乾隆五十六年刻本，卷八。
〔註129〕〔清〕高珩：《樓雲閣詩》，清乾隆五十六年刻本，卷十四。

作雨，柳色遠為煙。時有鶯雙過，何妨琴一弦。蕭蕭人世隔，長日抱雲眠。」
〔註130〕《揚州城外》詩云：「輕車不過市橋頭，蓬轉江郊到遠丘。過眼繁華元
是夢，寒煙一抹失揚州。」〔註131〕此詩即有禪意，又有弦外之音，結句更有
無限情思。

此外，高珩與王士禛都善於寫秋景，因秋景宜於表現清逸淡遠之境與韻
外之致，可見二人的審美情趣亦是相合的。王士禛諸詩中描寫秋景如：《江上》
「煙雨秋深暗白波」，《江上望青山憶舊二首》其一中的「揚子秋殘暮雨時」，
《灞橋寄內二首》其二的「秋雨秋風過灞橋」，《西陵竹枝四首》其四中的「荷
燈百尺接秋河」，《送家兄禮吉歸濟南二首》其二的「垂虹秋色一千里，秋到
吳淞思故鄉」，《秦淮雜詩》其一中「濃春煙景似殘秋」。《夕陽樓》中「野塘菡
萏正新秋」，《樊忻畫》「蘆荻無花秋水長」。

高珩詩中以「秋」為題的有《秋夜》、《初秋庭中積雨縱目》、《秋途》、《梧
宮秋》、《秋夕》、《秋意》、《秋望》、《立秋日汪園小集，次韻三首》、《秋夜》、
《早秋》、《京邸秋日雜詠四首》、《秋夜》、《季秋獨登報國寺閣》、《過李淦秋
山居》、《秋》、《秋日》、《秋日漫興》、《秋日》、《秋月》、《秋夜庭中望月》、《秋
日湖南》、《秋夜》、《出郭見秋蝶》、《秋海棠》、《秋日邀友遊東池》、《秋日感
懷》、《秋池荷花》、《秋蝶》、《秋》、《秋夜》、《秋夜雨二首》、《秋無釀料》、《六
十七中秋》、《中秋作客》、《新秋》、《新秋閒居》、《秋夜同友人作二首》、《秋
日》、《秋日漫興》、《秋日感懷》、《秋日四首》、《秋思》、《秋懷》、《次王敬哉秋
懷韻四首》、《秋夜》、《秋思四首》、《初秋》、《秋夜月下》、《秋夜》、《中秋東園
次韻》、《秋雨》、《秋柳》、《秋》、《立秋日汪園小集次韻三首》、《秋風》、《初
秋》、《秋興》、《次王敬哉秋懷韻二首》、《新秋》、《初秋憶家》、《秋蟲》、《秋夜
二首》、《都門秋日》。共計85首，其中以「秋夜」為詩題的共有15首，以「秋
日」為題的詩作共有14首。高珩偏好寫「秋」，以秋日、秋夜、秋雨、秋月、
秋柳、秋風、秋蟲為描繪對象，表現出清幽、清空、清逸的意境。

由上述可知，高珩的詩風啟發了王士禛的創作，「高珩與王士禛在詩風上
的精神聯繫乃至傳承，不言而喻。」〔註132〕

〔註130〕〔清〕高珩：《棲雲閣詩》，清乾隆五十六年刻本，拾遺卷一。
〔註131〕〔清〕高珩：《棲雲閣詩》，清乾隆五十六年刻本，卷十二。
〔註132〕白一瑾：《從黍離變雅到廟堂正雅──論清初貳臣詩人的詩風演化》，北京大
　　　　學學報，2011年第1期。

二、王士禛對張篤慶的直接影響

王士禛兄王士祜娶張泰孚之女、張篤慶從姑為妻。清順治十六年（1659），張篤慶因姑丈王士祜之故，得以結識王士禛，是年，張篤慶年十八。「攜所業以請益，亦數見欣賞。」〔註133〕張篤慶正式從王士禛學詩。

（一）張篤慶詩歌風骨與神韻並存

清康熙三年（1664），王士禛自揚州以《漁洋山人集》贈張篤慶，張篤慶作七言歌行《阮亭先生自廣陵以〈漁洋山人集〉見惠，賦此寄酬》酬贈。詩云：「我讀漁洋山人，萬卷之縹緲浩氣。奕奕神飛揚峻骨，矻立崧岳峙天孫。機上雲錦悵元聲，千載今復見。黃門鼓吹登明堂，雅歌可以被琴瑟。」〔註134〕張篤慶認為王士禛的詩歌具有思致縹緲、神采奕奕的特徵，即風調與文采兼備。王士禛評張篤慶歌行體曰：「歷友淹博華贍，千言可立就。詩尤以歌行擅場。如《刑太保賜劍行》、《趙千里海天落照圖歌》等篇，不失空同、大復家法。《郢中》諸律詩，《正德嘉靖宮詞》，率多傑作。」〔註135〕王士禛認為張篤慶歌行體詩秉承李夢陽、何景明之風格，李夢陽、何景明均為明代「前七子」派的領袖人物，詩歌取法漢唐。張篤慶歌行諸詩，橫逸奇宕，風發泉湧，亦為王士禛所賞識。

王士禛對何景明的風雅及妙悟的特徵是推許的，其《論詩絕句》稱「藐姑神人何大復，致兼《南》、《雅》更《王風》。」「接跡風人《明月篇》，何郎妙悟本從天。」在理論淵源上，可以說王士禛神韻詩論的形成，與明代七子的主張確有內在聯繫。王士禛詩歌中的縹緲風神正是對何景明等復古派的矯正，而張篤慶歌行古體諸詩中的橫逸奇宕與縹緲空靈在審美上是有共通之處的。這一共通之處正是王士禛推重張篤慶之原因所在，又是張篤慶學詩於王士禛既而受其詩風浸染的基礎。

且看張篤慶《趙千里海天落照圖歌》詩云：

> 今茲之圖何處得，海天落照臨蓬瀛。蒼茫島嶼在雪際，居然
> 蜃市紛縱橫。貝闕瓊樓互隱現，溟渤浩蕩朝玉京。金芝瑤草安可

〔註133〕〔清〕張篤慶：《厚齋自著年譜》，《馮惟敏、馮溥、李之芳、田雯、張篤慶、郝懿行、王懿榮年譜》，山東大學出版社，2002 年版，第 154 頁。

〔註134〕〔清〕張篤慶：《崑崙山房詩集》，《山東文獻集成》（第 2 輯第 31 冊），山東大學出版社，2009 年版，第 311 頁。

〔註135〕〔清〕王士禛：《帶經堂詩話》，人民文學出版社，1998 年版，第 255 頁。

數，時有仙侶飄華纓。方壺員嶠生筆底，又如霞起連赤城。鯨濤
鼉屭走寸腕，依稀噴沫蛟龍腥。手招徐福呼不起，三山縹緲開金
庭。〔註136〕

這首題畫詩想像新奇，中有蓬萊、瀛洲、方壺三仙境，又有金芝、瑤草、鼉
屭、蛟龍等仙草海獸，跌宕起伏，洋洋灑灑，頗具浪漫華贍的情調。隨興寫
來，似有神到之筆，又有言盡意餘之妙，這種雄渾豪健的風骨與縹緲惝恍的
風韻正是王士禛的神韻詩所標舉的。

又如七律《碧城》一詩云：

王母西來曉露濃，碧城隱隱月溶溶。雲中懸圃三千里，天畔瓊
樓十二重。手種桃樹多歲月，自尋瑤草飼鸞龍。雙成已到人間否，
海水枯時定一逢。〔註137〕

這首詩描繪了一個縹緲的仙境，意象幽冷，有濃厚的浪漫氣息。這種飄逸清
冷的意境，與王士禛所追求的清空渺遠是相契合的。

復如《遊三台山》詩：

蠟屐丁丁思欲飛，青巒千仞靄霏霏。蒼茫大野流嵐度，歷落長
天遠樹稀。一上丹梯凌石壁，平臨海色漾晴暉。天風吹我蓬瀛去，
十二樓中駕鶴歸。〔註138〕

《悼亡》詩（十首錄四首）：

金閨不見綠蛾顰，愁對當時織錦茵。秦女鳳凰猶在眼，隴山鸚
鵡亦憐人。蘭堂無復瓊枝影，寶篋空餘玉鏡塵。惆悵風前啼鳥處，
落花不似去年春。

珠簾不捲小堂虛，雲冷衣裳暗綺疏。春色柳條縈畫閣，夕陽芳
草上墻除。十年此日愁鸞鏡，百里誰同挽鹿車。恨逐東風不相見，
可憐病渴有相如。

一水盈盈望女牛，風廻河漢正西流。蠶絲有恨春將老，藕葉無
情露易收。不斷怨聲來楚調，何年仙佩上秦樓。綠楊芳草傷心處，

〔註136〕〔清〕張篤慶：《般陽詩鈔・崑崙山房詩》，《山東文獻集成》（第 3 輯第 39
　　　　冊），山東大學出版社，2011 年版，第 456 頁。
〔註137〕〔清〕沈德潛：《清詩別裁集》（上），上海古籍出版社，2013 年版，第 572
　　　　頁。
〔註138〕〔清〕張篤慶：《般陽詩鈔・崑崙山房詩》，《山東文獻集成》（第 3 輯第 39
　　　　冊），山東大學出版社，2011 年版，第 438 頁。

那得令人不白頭。

　　一望青山似望夫，閒亭寂寂聽啼鳥。朱顏命薄應憔悴，碧石魂
歸竟有無。死別驚看留佩玦，相思何處覓蘅蕪。伯通橋下俱寥落，
不得相攜共入吳。〔註139〕

　　詩中多用典故，如「挽鹿車」「病渴有相如」；化用前人詩句，如「落花不
似去年春」「蠶絲有恨春將老」。張篤慶的悼亡詩整體上寫得典雅、深情、韻
味無窮、含蓄蘊藉，合乎王士禛對詩歌須要「典、遠、諧、則」的標準。

　　王士禛為張篤慶選詩、評詩，可見《漁洋山人評點崑崙山房詩稿》，藏山
東省圖書館。張篤慶《朱孝子萬里負櫬行》詩，王士禛評曰：「頓挫唱歎，首
尾呼應，章法井井。」評《定窯常壽王佛小像歌》曰：「極似吳淵穎，諸長句
禪喜中有此奇偉之作，亦足以追坡翁鳳翔八觀矣。」評《刑太保征倭所賜上
方劍歌》曰：「起二句，屹然斷案，通篇敘致，感慨淋漓，純是太史公列傳筆
意。余嘗云：『海內長句近在吾鄉』，信然矣。」評《漁洋先生見示墨榻浯溪碑
長歌為志》云：「此篇略敘元頌，以下皆發揮顏書，奇偉魁梧與題相副。結句
復振起，全篇又云此題，諸家多爭蕭宗功罪，辟之爰書，此獨能擺脫，所謂不
向如來行處行也。」〔註140〕

（二）張篤慶與王士禛詩學觀一致

　　清康熙四十五年（1706），張篤慶應新城郎廷槐之聘，為其子授經，其間
因地緣之故與王士禛唱和，不下數十首。郎廷槐曾以學詩之疑分別請教於張
篤慶、王士禛、張實居，合三人之解答為《詩問》（又曰《師友詩傳錄》），每
一問而三答。張篤慶之詩學觀集中於此錄。

　　張篤慶早年受知於施閏章。「北宋南施大將旗，愚山夫子本吾師。」留意
詩道，致力於聲光格調，「頗能作壯語，蓋亦雅慕王、李而未持其平。」張篤
慶推重「七子派」中的王世貞、李攀龍，論詩以盛唐為宗。此外，張篤慶亦欣
賞邊貢，曾曰「雄才雕琢氣沉酣，邊、李流風出濟南。」王士禛亦宗法前七子
派中的邊貢，康熙二年（1663），王士禛在《戲仿元遺山論詩絕句》第二十五
首中表明自己宗法邊貢：「濟南文獻百年稀，白雪樓前宿草菲。未及尚書有邊

〔註139〕〔清〕張篤慶：《般陽詩鈔·崑崙山房詩》，《山東文獻集成》（第3輯第39
　　　　冊），山東大學出版社，2011年版，第440、441頁。

〔註140〕〔清〕盧見曾：《國朝山左詩鈔》，《山東文獻集成》（第1輯第41冊），山東
　　　　大學出版社，2011年版，卷四十三。

習，猶傳林雨忽沾衣。」〔註 141〕

　　而對於詩學「七子派」何景明的晚明詩人陳子龍，王士禎與張篤慶皆是肯定與推崇的。王士禎在《漁洋詩話》云：「明末七言律詩有兩派：一為陳大樽，一為程松圓。大樽遠宗李東川、王右丞，近學大復。」王士禎認為陳子龍詩歌不僅宗法唐代李頎、王維，還近學何景明。到康熙三十二年（1693），時年五十二歲的張篤慶在《論詩絕句》中對陳子龍更是高度推崇，其論詩云：「啟、禎末造亦嘈嘈，白雪遺音久未操。辛苦雲間陳給事，獨將赤手障狂濤。」〔註 142〕明末竟陵派出，大雅遺音久未承繼，唯有雲間陳子龍詩歌「正大和平，折衷風雅」。

　　張篤慶與王士禎二人皆宗尚盛唐，推重唐音。張篤慶曾道：「初唐七言古轉韻流麗，動合風雅；工部以下，一氣奔放，宏肆絕塵，乃變體也。至如昌穀、溫李、唐全、馬異則純乎鬼魅世界矣。」「若中、晚而下，氣體漸薄漸削，則又不及六朝之濃且厚矣。六朝尚不及，何況兩漢。」〔註 143〕又認為七言近體以盛唐十四家為正宗，「再羽翼之以錢、劉足矣。西崑吾無取為，宋元而下姑舍是。」〔註 144〕而晚唐，宋元以下，皆不足取。沈德潛在《國朝詩別裁集》中亦曰張篤慶詩：「古今體兼善，宋元習氣不能染其筆端。」

　　王士禎一生的詩學思想是不斷變化的，但貫穿其中的都是對唐音的崇尚。「入吾室者，俱操唐音；韻勝於才，推為祭酒。」〔註 145〕王士禎在《戲仿元遺山論詩絕句》第四首中云：「高情合受維摩詰，浣筆為圖寫孟公。」表明自己詩學王維與孟浩然。第七首云：「風懷澄澹推韋柳，佳處多從五字求。解識無聲弦指妙，柳州那得並蘇州。」〔註 146〕可見王士禎欣賞澄澹的詩歌，而與王維詩風相承的韋應物，自然為王士禎所賞識。除此之外，對錢起、郎士元、劉長卿、杜甫、李白、白居易、元稹、張籍等唐代詩人，王士禎都加以肯定和推崇。

〔註 141〕趙伯陶選注：《王士禎詩選》，人民文學出版社，2009 年版，第 133 頁。

〔註 142〕〔清〕張篤慶：《般陽詩鈔·崑崙山房詩》，《山東文獻集成》（第 3 輯第 39 冊），山東大學出版社，2011 年版，第 548 頁。

〔註 143〕〔清〕郎廷槐、王士禎、張篤慶、張實居：《詩問》，清乾隆四十二年姚江洪熙春暉草堂刻本，卷上。

〔註 144〕〔清〕郎廷槐、王士禎、張篤慶、張實居：《詩問》，清乾隆四十二年姚江洪熙春暉草堂刻本，卷上。

〔註 145〕〔清〕俞兆晟：《漁洋詩話序》，《漁洋詩話》，民國元年掃葉山房石印本，序。

〔註 146〕趙伯陶選注：《王士禎詩選》，人民文學出版社，2009 年版，第 96、98 頁。

康熙三十二年（1693），張篤慶棄舉業，專理詩古文，有《論詩絕句》百首。其中論詩句有：「蘭亭一序勝於詩，摩詰詩中畫亦奇。」「太白神仙長吉鬼，隴西家世盡奇才。玉樓作記乘龍去，採石騎鯨捉月來。」「韋柳當年絕妙辭，蘇州雅淡柳州奇。東坡海外長吟處，心折愚溪數卷詩。」〔註147〕張篤慶驚歎王維詩中有畫，欣賞李白李賀浪漫詩風，推重韋應物之淡雅與柳宗元之奇泠。

在詩歌雅俗論上，張篤慶與王士禛的觀點是一致的。張篤慶的雅俗觀見於康熙四年（1665）的《與同社諸子論詩》中。其一云：「山中同賦《白雪》篇，寂寂書床問《太玄》。故國交遊留海內，生平意氣向樽前。論文慷慨當中夜，說劍飄零已十年。惆悵乾坤吾輩在，莫將《下里》使人傳。」〔註148〕詩中的「《白雪》」與「《下里》」指詩文的高雅與通俗之別，可見，張篤慶崇尚雅正、排斥通俗的詩歌傾向。主張賦詩要尚雅避俗。「詩，雅道也。擇其言，尤雅者為之可耳。而一切涉纖、涉巧、涉淺、涉俚、涉佻、涉訛、涉淫、涉靡者，戒之如避耽毒可也。」〔註149〕王士禛也以「流為里諺」為惡詩，因其力倡含蓄，忌諱直露，不喜俚語、俗語入詩，故曰「惡詩相傳，流為里諺，此真風雅之厄也。」

張篤慶關於詩歌格律的主張亦來源於王士禛之論。在回答長山劉大勤所問「七古平韻仄韻句法」時，王士禛答曰：「七言古平仄相間換韻者多用對仗，間似律句無妨。若平韻到底者，斷不可雜以律句。大抵通篇平韻，貴飛揚；通篇仄韻，貴矯健。皆貴頓挫，切忌平衍。」〔註150〕張篤慶答曰：「七古平韻，上句第五字宜用仄字，以抑之也；下句第五字宜用平字，以揚之也。仄韻，上句第五字宜用平字，以揚之也；下句第五字宜用仄字，以抑之也。七言古，大約以第五字為關捩。」〔註151〕張篤慶曾從學於王士禛，因此

〔註147〕〔清〕張篤慶：《般陽詩鈔‧崑崙山房詩》，《山東文獻集成》（第 3 輯第 39 冊），山東大學出版社，2011 年版，第 548 頁。

〔註148〕鄒宗良：《蒲松齡與王鹿瞻交遊補考》，《山東理工大學學報（社會科學版）》，2010 年第 1 期。

〔註149〕〔清〕郎廷槐、王士禛、張篤慶、張實居：《詩問》，清乾隆四十二年姚江洪熙春暉草堂刻本，卷上。

〔註150〕〔清〕郎廷槐、王士禛、張篤慶、張實居：《詩問》，清乾隆四十二年姚江洪熙春暉草堂刻本，卷上。

〔註151〕〔清〕郎廷槐、王士禛、張篤慶、張實居：《詩問》，清乾隆四十二年姚江洪熙春暉草堂刻本，卷上。

張篤慶之說原本於王士禛。

（三）張篤慶受王士禛神韻詩風的影響

清康熙四十五年（1706），王士禛為張篤慶新賦詩題詞，《題歷友新詩卷後》詩曰：「時世新妝舞七盤，菱歌一曲萬人看。誰知絕代嬋娟子，翠袖牽蘿倚暮寒。」〔註152〕「新妝」謂張篤慶詩歌的轉變，不同於前期詩作的高雅醇厚。「舞七盤」，又稱「七盤舞」，漢代興起的一種舞蹈，常見於漢畫像磚石。舞者在盤、鼓上高縱輕蹋，浮騰累跪，輕盈優美。謂張篤慶詩歌如七盤舞般清健綿長。「菱歌」一句，即謂張篤慶詩歌清新自然如菱歌清唱，又如鮑照《採菱歌》般俊逸悠遠。「翠袖牽蘿倚暮寒」，一幅美人倚寒圖，形象地概括出張篤慶詩中的清奇、高古、飄逸、蘊藉的意境。王士禛把張篤慶比作為「絕代嬋娟子」，可見其推許如此，亦可見王士禛是極欣賞這種詩風的。

張篤慶在與王士祿、王士祜、王士禛交往的過程中，受到王氏家族神韻詩風的浸染。康熙三十二年（1693），張篤慶論詩曰：「博大真人絕代姿，琅琊神韻見雄辭。西樵冷落東亭逝，惟見漁洋萬卷詩。」〔註153〕張篤慶創作於康熙三十三年（1694）的《憶歷下舊遊》十五首，康熙三十九年（1700）《鄆中集》的大部分，康熙四十七年（1710）的《田園雜興》二十首，康熙四十九年（1712）的《山居雜詩》二百首等諸詩，均為風骨與神韻兼備的山水田園詩歌。

張篤慶受王士禛神韻詩影響而創作大量的詩歌。擇錄張篤慶詩以示下：

《清溪》：「幾載倦遊歸，清溪有釣磯。蘋花浮水面，柳絮上人衣。野色分蒼靄，樵聲出翠微。海鷗吾羨爾，安穩莫驚飛。」〔註154〕

《餘生》：「餘生三畝宅，容膝更何求。世法非吾願，煙波可自由。群峰環石谷，疏柳抱山樓。為謝巢由輩，予今亦枕流。」

《幽人》：「不淺幽人興，群峰擁碧巒。雲露餘短褐，薇蕨托長鑱。弱柳風前漾，叢花雨後芟。此間唐述窟，津逮問層岩。」

《空谷》：「鳥聲空谷裏，野客最先聞。臨砌芟朝槿，登樓望夏雲。幽花新霽豔，仄徑夕陽分。暢好謀裁竹，吾將對此君。」

〔註152〕〔清〕王士禛：《古夫于亭稿》，國家圖書館藏清康熙四十六年林佶寫刻本，卷二。
〔註153〕〔清〕張篤慶：《般陽詩鈔·崑崙山房詩》，《山東文獻集成》（第 3 輯第 39 冊），山東大學出版社，2011 年版，第 548 頁。
〔註154〕〔清〕張篤慶：《崑崙山房詩集》，《山東文獻集成》（第 2 輯第 31 冊），山東大學出版社，2011 年版，第 274 頁。

《城南》:「韋杜城南地,孤村尺五天。鳥鳴深谷樹,人語隔溪煙。西墅焚菜野,東菑治蔓田。長歌漁父在,濯足此晴川。」

《碧山》:「長揖碧山去,清溪蔭綠蘿。垂綸伴漁父,閒臥病維摩。獨往清吟苦,有時逸興多。生平不諧偽,無計奈余何。」〔註155〕

《磐石》:「愛此盤磐石,登臨幾日回。樵歸山更寐,鳥宿月初來。夜色昏青嶂,春時少綠苔。中宵戀清景,無語自徘徊。」〔註156〕

《青山》:「矯首青山自息机,清谿猶有釣魚磯。幾行煙樹圍平野,十里晴霞映翠微。鷺向漁梁銜藻立,人從樵徑荷鋤歸。野夫對此空塵慮,不向人間問是非。」〔註157〕

《笠山》:「笠山茆屋枕溪濱,靜裏名香只自焚。隱几居然我無喪,狎鷗真與鳥為群。堦前愛植數竿竹,嶺上閒隨一片雲。賴有牧園三徑在,幽人常得佩蘭薰。」〔註158〕

《寄題黃鶴樓》其二:「黃鶴仙翁天一涯,高城樓閣俯紅霞。鳳凰山下舟橫渡,鸚鵡洲邊雁弄沙。漢口煙波三澨水,武昌楊柳萬人家。何當載酒磯頭石,極目晴川落日斜。」〔註159〕

《和漁洋先生清溪張麗華小祠》其一云:「淒涼三閣鳳臺空,誰向長城問舊公。千古青溪溪上月,人間無復景陽鍾。」其二云:「不及夷光泛五湖,千尋月殿已模糊。惟餘無恙秦淮水,猶照臨春玉樹枯。」〔註160〕

　　以上所選11題12首詩篇,其中「清溪」、「溪聲」、「煙波」、「枕流」、「津逮」、「溪毛」、「澗水」、「溪煙」、「澗外」、「溪濱」等水之景色,透明潔淨、遠離塵囂,是世外桃源之所在,皆有助於渲染迷離、清幽、縹緲之境。其中的「幽人」、「野客」、「漁父」、「野夫」、「仙翁」應是詩人所向往的獨標、傲世、

〔註155〕〔清〕張篤慶:《崑崙山房詩集》,《山東文獻集成》(第2輯第31冊),山東大學出版社,2011年版,第279頁。

〔註156〕〔清〕張篤慶:《崑崙山房詩集》,《山東文獻集成》(第2輯第31冊),山東大學出版社,2011年版,第289頁。

〔註157〕〔清〕張篤慶:《崑崙山房詩集》,《山東文獻集成》(第2輯第31冊),山東大學出版社,2011年版,第456頁。

〔註158〕〔清〕張篤慶:《崑崙山房詩集》,《山東文獻集成》(第2輯第31冊),山東大學出版社,2011年版,第463頁。

〔註159〕〔清〕張篤慶:《般陽詩鈔‧崑崙山房詩》,《山東文獻集成》(第3輯第39冊),山東大學出版社,2011年版,第575頁。

〔註160〕〔清〕張篤慶:《般陽詩鈔‧崑崙山房詩》,《山東文獻集成》(第3輯第39冊),山東大學出版社,2011年版,第601頁。

隱逸、淡泊的生活，而「海鷗」、「鷺鳥」、「狎鷗」等禽鳥意象，則象徵無拘無束、了無心機、活波自然的生命狀態。這些意象共同構成中張篤慶詩中獨特的高古澹遠、清空蘊藉的境界，此類風格正是神韻詩風所標舉的。

三、張元受王士禛的間接影響

張元，字長四，一字殿傳，號榆村。張永躋之子，張篤慶從侄。因張篤慶學於王士禛之故，張元詩得王士禛之真味。「蓋其從父崑崙山人親炙漁洋，得其一體。先生由崑崙而得漁洋之傳，性之所近，自稱一家。」〔註161〕張元詩本王士禛之論，以神韻為宗，晚乃漸歸樸老。張元詩風可分為前後兩期，前期高閒古澹，陶然自得；後期其遇窮，其詩益工，多豪蕩激越之風。

張元的詩學觀點，可見於《次韻小山薑論詩四絕句》以及《題小山薑詩說二首》中。小山薑，即田同之，號小山薑，德州人，王士禛門生。王士禛即世及其門者，或「轉汩時趨，入室操戈，惟小山薑篤守宗法。」〔註162〕正是因為此，張元與田同之交往密切，並多次談詩論藝，其中可見張元的詩歌傾向。

《次韻小山薑論詩四絕句》其一曰：

　　瑤琴朱絃本自清，無端箏笛亂縱橫。菱歌一曲人傾聽，誰向咸英問正聲。

其二曰：

　　正始迷茫悵路歧，柘枝迓鼓競新詞。何人掃盡俳優句，直向鈞天覓本師。

其三曰：

　　悟到忘言色相空，野狐何處著迷憎。由來大意無多子，只在拈花微笑中。

其四曰：

　　多君妙悟透針關，已證華嚴法界班。但恐觀場人未信，眼前猶隔萬重山。〔註163〕

〔註161〕〔清〕張元：《綠筠軒詩》，《山東文獻集成》（第2輯第33冊），山東大學出版社，2011年版，第258頁。

〔註162〕〔清〕張元：《綠筠軒詩》，《山東文獻集成》（第2輯第33冊），山東大學出版社，2011年版，第259頁。

〔註163〕〔清〕張元：《綠筠軒詩》，《山東文獻集成》（第2輯第33冊），山東大學出版社，2011年版，第295頁。

從第一首絕句知，張元尚瑤琴清音，琴為雅樂，尊尚大雅純正之詩風。「菱歌」一句，原出王士禛題張篤慶詩：「時世新妝舞七盤，菱歌一曲萬人看。」之句。菱歌，指清新自然的詩歌。「咸英」指堯樂《咸池》與帝嚳樂《六英》，典出劉勰《文心雕龍·樂府》：「自《咸》、《英》以降，亦無得而論矣。」泛指古樂，指具有風雅傳統的詩作。第二首絕句，寫出了清雍正朝逐漸多元化的詩歌取向，所謂「柘枝迓鼓競新詞」，張元稱此為「路歧」。面對雍正年間詩壇風氣的轉變，張元仍堅持王士禛神韻詩學，「不涉歧途，不屑規撫，獨得溫柔敦厚之旨」。「俳優」原指演滑稽戲雜耍的藝人，這裡比作刻露淺顯的作詩風氣，但張元仍然堅持原則，篤守雅正。第三首、第四首絕句，以禪語論詩，其中的「色相」「妙悟」「拈花微笑」均為禪宗語。「忘言」，典出《莊子》：「言者所以在意，得意而忘言。」後世論詩者將忘言作為詩歌達到的一種審美境界，即神韻詩所追求的「不著一字，盡得風流」的含蓄意境。「色相」，指萬物的形貌的表相，張元在此處涉及到了詩歌創作的過程，從創作角度闡述「忘言」的重要性，把表面轉變成詩歌本質。「拈花微笑」，即徹悟禪理，這裡顯然是受到其師王士禛的影響，認為詩歌應以含蓄蘊藉為主。第四首詩中的「妙悟」，即禪悟，語出嚴羽《滄浪詩話·詩辯》中：「大抵禪道惟在妙悟，詩道亦在妙悟。」王士禛深契嚴羽的妙悟說，其所倡神韻說，正源於嚴羽的妙悟說。王士禛認為詩歌要達到清和遠的神韻境界，要通過妙悟。「透針關」，典出《五燈會元》卷三十八中「鴛鴦繡出從君看，不把金針度與人」之句，指授人以某種訣竅稱為金針度人，代指已領悟到神韻詩歌的關竅。

張元《題小山薑詩說二首》其一又云：

風雅論今日，沉迷亦可憐。誰將正法眼，一悟大乘禪。

其二云：

憐君存正始，雅意掃群魔。不借指南力，其如歧路何。〔註164〕

「風雅」指《詩經》中的風雅精神，即《詩經》中表現出的關注現實的熱情、真誠積極的人生態度。批判了當時過分沉迷風雅的詩壇風氣。推崇詩歌與禪意的交融，意欲融禪意入詩歌。「正始」，即《詩經》中開篇《周南》、《召南》為正始之道，是《詩經》精神的代表。「風雅」、「雅意」，這與王士禛推崇「清真雅正」的詩歌深相契合。

〔註164〕〔清〕張元：《綠筠軒詩》，《山東文獻集成》（第2輯第33冊），山東大學出版社，2011年版，第301頁。

　　張元詩學於王士禛者有:《渡汶河》、《寄題歷友世父崑崙山房十首》、《趵突泉》、《春日擢廷叔東園小飲》、《喜雨》、《朱帶存招偕王公舒成若眉及餘門人朱佐臣朱佑存月下明湖泛舟同賦》、《秋夜同友人明湖泛舟遇雨六首》、《秋夜小飲漫成》、《夏日過謝松泉》、《趙北口》、《秋日過朱次公同賦》、《再題冶源》、《題觀瀾亭二首》、《北渚園雜詠十三首》等。主要集中在《綠筠軒詩》的前兩卷中,觀後兩卷,可知後期詩風的轉變。鄭銘《楷書綠筠軒詩集刻成恭題五絕句》:「就裏酸鹹未易陳,瓣香蠶尾挹傳薪。百年大雅淪夷後,猶見香山社里人。」〔註165〕明確指出張元瓣香王士禛,承繼神韻詩風。「及聞漁洋緒論,端凝開拓,風格自高。」〔註166〕

　　如《古詩四首贈李約庵》其一:「般水有佳人,結屋般水曲。當門蔭長松,隔牖羅修竹。邈焉絕世塵,幽蘭翳空谷。空谷亦何有,寒石媚幽獨。皎皎山月白,泠泠澗泉綠。紛紛桃李容,妖冶何能淑。所以冷淡姿,無寧甘林藪。悵望轉徘徊,白雪擁山麓。」其三:「古人亦已遠,大雅久不作。詎知千載下,於茲復有託。渺渺太古心,矯矯雲中鶴。霏霏翰墨香,灑然脫塵縛。會心不在遠,解衣恣盤礴。清風振疏林,寒泉迸幽壑。焚香試微吟,冰雪沁齦齶。始知天地間,至味寓淡泊。」〔註167〕觀此二首詩,皆有陶然自得之趣,高閒古澹為其詩之本色。

　　《帶存以湖上名堂屬余作書賦贈》:「茆堂卜築枕湖濱,雲水蒼茫迥絕塵。三徑莓苔遲過客,一庭煙月稱閒身。崋華秋色原相識,李杜遊蹤是比鄰。試捲疏簾縱遐眺,碧天無際露華新。」〔註168〕

　　《晚抵汶河同李梅溪、朱佑存月下小酌》:「明月下長川,移尊斷岸邊。遠村微見火,極浦淡浮煙。何處疏鐘起,悠然到客前。臨風取薄醉,惆悵未能還。」〔註169〕

　　《晚行》:「清霜侵客鬢,四顧寂寥中。溪漱寒沙白,林垂晚柿紅。遠山

〔註165〕〔清〕張元:《綠筠軒詩》,《山東文獻集成》(第2輯第33冊),山東大學出版社,2011年版,第264頁。

〔註166〕〔清〕徐世昌:《晚晴簃詩匯》,中華書局,1990年版,第2726頁。

〔註167〕〔清〕張元:《綠筠軒詩》,《山東文獻集成》(第2輯第33冊),山東大學出版社,2011年版,第266頁。

〔註168〕〔清〕張元:《綠筠軒詩》,《山東文獻集成》(第2輯第33冊),山東大學出版社,2011年版,第270頁。

〔註169〕〔清〕張元:《綠筠軒詩》,《山東文獻集成》(第2輯第33冊),山東大學出版社,2011年版,第275頁。

銜夕照，平野起秋風。前路增惆悵，蕭條古驛空。」〔註170〕

《新秋夜坐同帶存分賦》：「牆角露微月，涼雲斂夕陰。清光下庭際，一半在疏林。人與秋俱冷，愁將夜共深。新詩如應候，不辨是蟲吟。」〔註171〕

《朱彝存招同諸子游大明湖二首》其一：「幾年不到嶠湖頭，又共攜尊上小舟。海右此亭新物色，濟南名士舊風流。琅玕翠蔭芙蓉沼，楊柳絲垂杜若洲。十里波光催進酒，果然人在境中游。」其二：「移棹晚分菱荇香，波澄鴨綠月如霜。平湖倒影沉星漢，列嶂臨城壓女牆。斷續漁歌廻浦漵，蒼涼雲水落瀟湘。清光是處留人住，拂曉遲歸亦不妨。」〔註172〕

張元後期詩風驟變，主要與其境遇有關。科考不力，直到雍正丙午年才中舉人，時年已逾五十，八十餘歲始任魚臺教諭。張元後期主要學杜詩，轉變為豪蕩激越，曾作《讀杜詩十六絕句》。因王士禛亦曾受杜甫詩歌影響，張元推重杜詩，可能受到王士禛的影響。

王士禛推崇「清真雅正」的詩歌，強調溫柔敦厚之詩旨。王士禛受杜甫詩歌的影響，長洲人何焯評王士禛《漁洋精華錄》時，認為王士禛詩歌受杜甫詩影響頗多。其評《述舊贈劉公勇吏部》一詩末評曰「仿杜」；評《武關寄家書》曰「有少陵勝處」。評《攸鎮雨泊》云：「氣格清老，極類少陵夔州以後詩。」評《漢中府》云：「漁洋入蜀，詩彌雄健，似少陵，而情味蕭散，仍有沖和爾雅之致。」評《和徐健庵宮贊喜吳漢槎入關之作》曰：「是老杜氣脈，句烹字煉，一氣渾成，非老杜不能。」評《黃子久王叔明合作山上圖》曰：「參差錯落，深得少陵三昧，元虞諸家對此應目眙矣，頓挫絕佳。」又評《行經鵲華二山間即目》曰：「構法最為變化，今人入其中，迷離不測，視少陵《渼陂行》，異曲同工。」〔註173〕

歙縣人程哲在《漁洋續集序》中曰：「予讀《漁洋續集》而歎先生之詩每變而彌上，且每變而彌得其正也……至撫時感事間，不免謝公哀樂，傷於中

〔註170〕〔清〕張元：《綠筠軒詩》，《山東文獻集成》（第2輯第33冊），山東大學出版社，2011年版，第276頁。

〔註171〕〔清〕張元：《綠筠軒詩》，《山東文獻集成》（第2輯第33冊），山東大學出版社，2011年版，第283頁。

〔註172〕〔清〕張元：《綠筠軒詩》，《山東文獻集成》（第2輯第33冊），山東大學出版社，2011年版，第301頁。

〔註173〕何焯所評王士禛詩，批語可見周興陸編《漁洋精華錄匯評》，齊魯書社，2007年版。

年。綜其梗概，則激昂慨慷之中，恒寓溫柔敦厚之意，而雍容揄揚之際，仍不失諷喻之遺焉。」〔註174〕溫柔敦厚，是王士禛與張元詩歌的共同特點。

沈德潛評張元《綠筠軒詩》，謂「有可參少陵之席者」。張元瓣香王士禛的同時，又瓣香杜甫，張元曾作《讀杜詩十六絕句》。其一曰：「上宗兩漢接風騷，下括黃初逮六朝。」其三曰：「玉溪學杜人爭羨，一勺才分大海流。」其四：「前惟山谷後錢盧，虞趙諸賢盡守株。」（首二句本漁洋先生）其七曰：「至竟千秋嚴判斷，大家終屬少陵公。」其九曰：「杜陵老子氣堂堂，奕葉流傳奉瓣香。」其十五云：「別裁偽體親風雅，各自名家冠一軍。」其十六云：「欲溯淵源接三百，只今惟有草堂詩。」〔註175〕張元對杜甫推崇備至，認為杜甫詩別裁偽體，善於取捨，淵源直承《詩經》的風雅精神。

第三節　孫廷鐸與趙進美、王士禛詩學趣味的一致性

孫廷鐸，字道宣，別號煙蘿居士，晚號夢果道人。孫翊昌之子，孫廷銓從弟。著有《說研堂集》。清順治十二年（1655），孫廷鐸讀趙進美近集，作《雨中讀輞退先生近集》。詩中有「玄暉字字溫如玉，靖節篇篇淡似秋。」「典型自足高今古，我願皈依第一流。」之句〔註176〕，孫廷鐸認為趙進美《楚役草》一卷，似謝朓詩之清婉，又似陶淵明詩之淡泊，表明了私淑趙進美的決心。

孫廷鐸《說研堂集》中多山水田園詩，其詩清空一氣，古雅絕塵，與趙進美「清真絕俗」之風一脈相承。下面選錄孫廷鐸詩《季夏閉關十首》其一云：

> 性拙畏城市，孤意耽山居。裹糧常苦乏，遂令此願虛。不耕復不讀，悠悠已夏餘。念之懷百憂，中夜步階除。會心豈在遠，奚必厭吾廬。晨起謝親友，杜門境已舒。入室書盈篋，可以慰饑劬。忻然遂息肩，俯仰皆自如。竹樹拂清暑，蟬聲亦蕭疏。隔俗即丘壑，何須慕樵漁。

其三云：

〔註174〕〔清〕王士禛：《漁洋續集》，康熙二十二年刊本，序。

〔註175〕〔清〕張元：《綠筠軒詩》，《山東文獻集成》（第2輯第33冊），山東大學出版社，2011年版，第318頁。

〔註176〕〔清〕孫廷鐸：《說研堂集》，民國二十一年濟南經緯印刷局排印本，卷一。

萬慮俱已息，惟余望歲心。旱久得微雨，好風吹我襟。晨夕占雲氣，傾耳聽鳴禽。入夜轉生涼，亭午如流金。不知造物意，空悲貧士吟。春種數畝穀，苗稀不可尋。近種一頃豆，數地尚未黔。兀坐一室中，濁醪空自斟。顏曾有遺躅，夙昔心所欽。非枯亦非腴，其樂在道深。恭承古人教，饑渴胥能禁。日夕聞雷聲，密雲冠遠岑。驟雨東南來，須臾過北林。欲慰區區望，尚願三日陰。

其五云：

避暑來柿岩，晨出大峪道。入谷已陰森，數折氣愈好。岩壑自湛深，水聲發幽奧。十里悉溪中，白石淨如掃。臨水開柴門，小亭歸新造。竹床清依依，一笑即去帽。風雨忽然來，南山飛懸瀑。暝色淡如秋，炊煙起晚灶。我意方悠然，同伴呼酒到。數杯歡相持，真足寄嘯傲。

其六云：

孤桐倚明月，清光共此時。微風生竹末，疏枝相參差。階前地數尺，萍藻影逶迤。自煮一杯茗，芳潔頗足持。片石支病軀，悠然何所思。〔註177〕

王士禎評孫廷鐸《季夏閉關十首》曰：「觀漢魏詩，不必指其何句何字為佳。唐人五言古非不妙，惟妙在字句，故終不及漢魏。如此十篇，坦懷高寄，衣履蕭散，殆所謂古鐘磬不諧里耳者。《詠懷》、《飲酒》而下，僅見此矣。」〔註178〕王士禎認為孫廷鐸的《季夏閉關十首》可與阮籍《詠懷詩》以及陶淵明《飲酒》詩並比肩。此十篇佳作，襟懷高遠，蕭散疏淡，確有漢魏古詩之風貌。又如《仲秋晦日同呂仲英王協一張鬥文飲西皋薄暮口占》詩云：

涉溪寒策衛，日入遠山空。樽酒秋香裏，班荊落葉中。星雲平野黑，燈火暗煙紅。攜手新橋上，蕭然向晚風。

王士禎評曰：「淡雋至此，所謂不著一字，盡得風流。」〔註179〕五律《聞雁·歸來小詠》云：

〔註177〕〔清〕孫廷鐸：《嘉樹堂集》，《說研堂集》，民國二十一年濟南經綸印刷局排印本，卷一。

〔註178〕〔清〕盧見曾：《國朝山左詩鈔》，《山東文獻集成》（第1輯第41冊），山東大學出版社，2011年版，第76頁。

〔註179〕〔清〕盧見曾：《國朝山左詩鈔》，《山東文獻集成》（第1輯第41冊），山東大學出版社，2011年版，第76頁。

孤帆露下冷，江月影薖薖。南浦聽更晚，西風來雁初。聲隨寒
浪繞，秋入夜船虛。歸夢方蕭瑟，翻愁有寄書。

趙進美評曰：「翻用妙。」〔註180〕詩中常用「歸鴻無信」來寫離愁，孫廷鐸此
詩中翻陳出新，聞雁聲，得知「有寄書」，襯托歸思。韋應物曾作《聞雁》詩
云：「故園眇何處，歸思方悠哉。淮南秋雨夜，高齋聞雁來。」孫廷鐸能翻出
新意，更入妙境。

康熙十八年（1679）歲末，孫廷鐸於趙執信京邸守歲，賦得《伸符庶常
宅守歲分韻得十五咸》詩：

升沉何處問巫咸，客裏光陰似過帆。晚景惟堪隨野老，夢魂那
復著朝衫。歲除回首家千里，周甲齋心偶一函。冷暖自知還自問，
近來荊棘已全芟。

此詩清逸古雅，確如趙執信評曰：「清空一氣，不雕飾，不作意，舉止大家，
在諸詩之上。」〔註181〕順治十一年（1654）仲秋，孫廷鐸有詩《中秋前二日
歸自西河獨行秋谷山上作》曰：

盡得西山勢，逶迤似赤城。夕陽猶返照，初月已生明。人靜嵐
煙合，林空蜻蜺鳴。獨遊思素侶，安得一班荊。

此詩摹寫秋谷山勝景，澹泊古雅。楊際昌認為此詩有白居易詩之佳處，其在
《國朝詩話》中評：「近體如『夕陽猶反照，初月已生明』，極類香山勝處。」
〔註182〕而趙進美詩往往有類香山處，可見孫廷鐸確實承繼趙進美詩風特點。
《贈別淄川張明府》：「敢因口腹累安邑，聊擇一枝閒日居。猿鶴不驚堪閉戶，
桑麻無恙好繙書。君同漫叟徵求緩，我比虞卿著作疏。聞道萬民爭臥轍，欲
為歌頌反欷歔。」唐夢賚曰：「此五十六字，《舂陵行》也。三四但寫襟懷，而
賢令氣宇已見。脫盡琴床、花署惡套，非深於此道者不能。」〔註183〕唐代詩
人元結曾作《舂陵行》，曾博得杜甫的激賞。今孫廷鐸此詩，亦得唐夢賚之贊
許。孫廷鐸此詩中為民解難的正義之氣溢於言表。趙進美其詩亦多反映民生

〔註180〕〔清〕盧見曾：《國朝山左詩鈔》，《山東文獻集成》（第1輯第41冊），山東
　　　　　大學出版社，2011年版，第77頁。
〔註181〕〔清〕盧見曾：《國朝山左詩鈔》，《山東文獻集成》（第1輯第41冊），山東
　　　　　大學出版社，2011年版，第77頁。
〔註182〕錢仲聯：《清詩紀事（順治卷）》，江蘇古籍出版社，1989年版，第1608頁。
〔註183〕〔清〕盧見曾：《國朝山左詩鈔》，《山東文獻集成》（第1輯第41冊），山東
　　　　　大學出版社，2011年版，第77頁。

社會之作，如《對雨作》、《過濟南見蝗災》、《窊豆行》、《武昌頻災歌以弔之》等詩作。可見，二人襟懷相類如此。

孫廷鐸其他詩作類乎趙進美者如下：

《九日遊二戴故里》：「野菊西風雁幾行，疏林紅葉自蒼蒼。非因對酒偏垂淚，連歲登高是異鄉。」〔註184〕

《南安劉仲宿彭渭石採石招飲東山精舍》其一：「橋接江邊路，相攜上翠微。連宵秋苦熱，數折冷侵衣。松靜泉聲落，竹搖野色飛。病中逢凤好，拚到夜深歸。」其二：「竹樹阻清眺，還登最上臺。人煙雙郭繞，秋色半江來。旅病依朋好，天涯托酒杯。可憐重九過，未見菊花開。」〔註185〕

《甲午仲春題受介趙侍御園亭》其一：「種魚沼已好，況復闢荷塘。遠斂眾山色，近收菡萏香。石城喜夕雨，古寺宜朝陽。更是主人妙，頻過醉不妨。」其二：「亭臺雖郭外，丘壑自雍容。採藥驚朝鳥，圍棋到晚鐘。閒階風卻掃，香稻水能舂。最愛西窗下，悠然見禹峰。」〔註186〕

孫廷鐸除受趙進美影響外，亦與王士禛互為影響。順治年間，孫廷鐸與王士禛二人曾一同赴京會試，「予與道宣孫君，順治中偕上公車。逆旅解鞍，篝燈談藝，往往至乙夜不休。」〔註187〕於逆旅中劇談，至深夜不休。順治十三年（1656）春，孫廷鐸作《丙申春日和貽上香奩體韻》和王士禛香奩體韻。同年，王士禛作《懷孫道宣二首》寄懷孫廷鐸。其一中有「若憶蘇門子，新詩誰與論。」之句，可見二人常常論詩談藝。孫廷鐸嗜陶淵明之詩，所居曰「陶庵」，王士禛尤喜其五言《閒曠》之詩，有陶淵明之風。孫廷鐸與趙進美之詩均清真絕塵，一脈相承；而王士禛尤認同趙進美的詩學觀。可見，趙進美、孫廷鐸與王士禛三人在詩學觀念和審美趣味上的一致性。

清康熙元年（1661），王士禛任揚州推官。孫廷鐸上公車於旅邸次王士禛壁上韻，題曰《河陽旅邸次貽上壁間韻》：「娓娓清流兩岸山，秋來倦鳥亦飛

〔註184〕〔清〕盧見曾：《國朝山左詩鈔》，《山東文獻集成》（第1輯第41冊），山東大學出版社，2011年版，第76頁。

〔註185〕〔清〕孫廷鐸：《煙蘿居集》，《說研堂集》，民國二十一年濟南經綸印刷局排印本，卷二。

〔註186〕〔清〕孫廷鐸：《嘉樹堂集》，《說研堂集》，民國二十一年濟南經綸印刷局排印本，卷一。

〔註187〕〔清〕王士禛：《蠶尾續文》，《帶經堂集》，清康熙五十年七略書堂刻本，卷十五。

還。懷人空對鵝群貼，細雨孤村早閉關。」〔註 188〕

康熙四十年（1701），王士禛歸田，得知孫廷鐸歿於康熙三十八年（1699）。應孫廷鐸之子孫寶仁之請，為孫廷鐸撰《文林郎陽江縣知縣孫公墓誌銘》。康熙四十二年（1703），王士禛為孫廷鐸《說研堂詩》作序。稱孫廷鐸諸詩「清逸古雅，迥無浮奢豔麗之習。字句如精金百鍊，擲地有聲。筆法遒勁，力追秦漢而上之，殆有合於風人之旨也。」〔註 189〕王士禛又為孫廷鐸《緒園詩集》作跋，曰：「觀漢魏詩不必指其何句何字為佳。唐人五言古非不妙，惟妙在字句，故終不及漢魏。今觀道宣先生《緒園》之作，坦懷高寄，衣履蕭散，殆所謂古鐘磬不諧里耳者。詠懷飲酒而下僅見此矣。」〔註 190〕孫廷鐸私淑趙進美，二人詩均清真絕塵，一脈相承；而王士禛尤認同趙進美的詩學觀。可見，趙進美、孫廷鐸與王士禛三人在詩學觀念和審美趣味上的一致性。

孫氏家族其他成員如孫廷銓、孫寶侗、孫寶仍等人詩歌平和爾雅，典貴宏麗，以漢魏盛唐為宗；獨孫廷鐸之詩，清空絕塵，使孫氏家族的詩歌創作帶有多樣的色彩。

明末清初，孝婦河流域的文學家族在文學創作上的影響呈現多樣性的特點。多樣影響表現在：既有家族世系之間的交叉影響，亦有不同家族之間的繼承關係，且家族之間的影響既有正向影響，又有反向影響，構成了孝婦河流域文學的多元性。

王象春、高珩、趙進美、王士禛、趙執信等人作為孝婦河流域文學家族創作的核心成員，在一定程度上也引領著山左詩壇的風氣。王象春的詩風從奇崛孤峭的「齊氣」詩到清閒澹遠的禪意詩，代表了萬曆朝至崇禎朝詩壇風氣的多樣化。趙進美的詩風從悲天憫人到清真絕俗，以及高珩清雅超逸的詩作，代表了順治朝向康熙朝交接的詩風。王士禛的神韻妙悟詩風代表了康熙朝初期的主要風尚，而趙執信則代表了康熙朝後期向雍正朝逐漸轉變的現實主義詩風。從王象春、趙進美、高珩、王士禛、趙執信等人的詩歌理論與創作實踐，可見山左詩壇風氣的嬗變，亦可見明末至清前期詩壇風尚的轉移。

〔註 188〕〔清〕孫廷鐸：《說研堂集》，民國二十一年濟南經綸印刷局排印本，卷二。
〔註 189〕〔清〕孫廷鐸：《說研堂集》，民國二十一年濟南經綸印刷局排印本，序。
〔註 190〕〔清〕王士禛：《緒園詩集》，《說研堂集》，民國二十一年濟南經綸印刷局排印本，序。

第五章　孝婦河家族在多種文體
　　　　創作上的相互影響

　　明末清初，孝婦河家族創作了除詩歌之外的大量的曲、雜劇、小說等一般意義上的通俗文學作品〔註1〕，其中以趙進美、王士禛、高珩為代表，可見王氏家族與趙氏家族的創作傾向是雅俗共賞的。孝婦河家族的文學創作亦有文體之間相互融合影響的特徵，從趙進美、王士禛、孫廷銓等人的紀遊文中可窺見詩歌文體對散文文體的滲透。

第一節　趙氏家族與王氏家族的詞作

一、王士禛評點趙進美的小令

　　清順治十七年（1660），任揚州推官的王士禛與鄒祇謨合編詞集《倚聲初

〔註1〕關於雅俗文體的概念以及雅俗之辨，學界一直未有明確定論。劉勰《文心雕龍》把文學風格為分八種，其中有「典雅」者，文辭雅正，謂之雅文學；另外兩種如「新奇」者，「輕靡」者，這兩種風格的特點有「危側趣詭」「辭淺會俗」「縹緲附俗」，文辭通俗易懂、詼諧娛眾，謂之俗文學。這裡是從語言文詞方面來劃分雅文學與俗文學的。需要注意的是：有些雅文學作品產生自民間歌謠，如《詩經》中的「國風」；雅俗文體之間是可以轉化的，最初誕生於民間的曲子詞，到了宋代，經過文人的改造與潤飾，在一定程度上已經雅化了。因此，嚴格意義上的雅俗文學很難區分與界定，而這種雅俗之辨在更多程度上只能根據作品的具體內容來定。鄭振鐸《中國俗文學史》解釋「俗文學」時，指出：凡通俗的文學，就是民間的文學，也就是大眾的文學。因此我們可以認為一般意義上的「俗文學」是指來源於民間大眾的通俗、平易、諧趣的文學作品；而那些雖然最初也是源於民間，卻經過文人加工的典雅、嚴謹、莊重、蘊藉的文學內容稱為「雅文學」。大體而言，詩、詞、賦，屬於雅文學的文體；曲、雜劇、小說屬於俗文學的文體。

集》，輯選明天啟、崇禎至清順治十七年間的詞人四百六十餘家，詞作一千九百餘首。是集初次刊行於清順治十七年。王士禎在自序中說選編此集是為「以續《花間》、《草堂》之後」。《倚聲初集》所選趙進美詞共十四首，均為小令，數量上遠超《今詞初集》、《國朝詞綜》所選趙進美詞。〔註2〕其中有圈點與王士禎與鄒祗謨二人批語。

順治十五年（1658），六月季夏，趙進美時任江西按察使司副使，簿書之暇，戲作小令，每日作一首，風雨稍涼，即輟不作，共得二十首，自署「鵝岩道人」。《倚聲初集》所選趙進美詞共十四首，分別為《山查子·吹簫》、《浣溪沙·學書》、《謁金門·澆花》、《訴衷情·採蓮》、《浣溪沙·秋閨》、《菩薩蠻·閨情》〔註3〕《甘草子·春遊》、《山花子·曉妝》、《憶漢月·調羹》、《少年遊·美人剖菱》、《少年遊·翻書》、《青門引·烹茗》、《雨中花·詠美人剖蓮》、《醉落魄·望月》，大概為趙進美所作小令總數的三分之二了。足可見王士禎對趙進美詞作的推崇與欣賞。

王士禎所選趙進美小令中，除《訴衷情·採蓮》、《甘草子·春遊》兩首無批語外，其他十二首均有批語，並以末評的方式出現。下面擇選幾首小令：

《浣溪沙·學書》云：

　　　　冷蕊含香覆畫幮，硯冰初解紫蟾蜍，薄寒偏著藕絲裙。　　　繡
縷戲拈班女賦，銀鉤嬌試衛娘書，羞將難字問狂夫。

末有鄒祗謨評語曰：「清止諸詠多係題畫之作，荊豔燕佳，倚聲選夢之致，盡在筆端矣。」〔註4〕《謁金門·澆花》云：

　　　　風漠漠，欲雨輕雲還閣。睡損曉眉山一角，倚闌春袖薄。　　　喚
起小鬟梳掠，百尺銅瓶雙索。為洗窗前紅玉顆，稍頭珠亂落。

末批曰：「阮亭云字字雋。」〔註5〕其中「睡損曉眉山一角」與「稍頭珠亂落」之句被圈點，可見趙進美小令用字錘鍊，因此才能意味雋永。《浣溪沙·秋閨》云：

―――――――――――

〔註2〕顧貞觀、納蘭性德所編《今詞初集》選趙進美詞六首；王昶所輯《國朝詞綜》選趙進美詞四首。

〔註3〕王士禎所選《菩薩蠻·閨情》，趙進美《清止閣詩餘》中原題作《菩薩蠻·縫裳》。

〔註4〕〔清〕王士禎、鄒祗謨：《倚聲初集》，《續修四庫全書》（第1729冊），上海古籍出版社，2002年版，第239頁。

〔註5〕〔清〕王士禎、鄒祗謨：《倚聲初集》，《續修四庫全書》（第1729冊），上海古籍出版社，2002年版，第262頁。

屈膝雲屏護晚涼，階前青女欲驚霜，西風吹砌墜桐筐。　　繡

榻龍鬚帷蒜靜，玉盤佛手枕函香，夜長囑夢到伊行。

小令中「繡榻龍鬚帷蒜靜，玉盤佛手枕函香」一句被著重評點，此句對仗工

整，頗協音律。鄒祗謨評曰：「工冶是金，荃得手處。」〔註6〕

《菩薩蠻‧閨情》云：

獸香不斷紅茵煖，繡筐彩線香中展。銀尺隔窗聲，鶯啼小院

晴。　　吳紈輕似雪，玉手還同潔。何處最宜時，沉吟落剪遲。

詞中「銀尺隔窗聲」與「沉吟落剪遲」之句被圈點，詞末有評：「阮亭云韓冬

郎分明窗下，裁剪生出如許思致。」〔註7〕王士禛把詞人比作韓偓，從中可見

詞人情思細緻，詞作亦如香奩之體。

趙進美詞作依然沿襲花間、香奩一派，表現閨閣生活，描摹情狀、心

態，細緻入微，難怪王士禛評《少年遊‧翻書》一詞曰：「瑣細香倩，似南

部煙花錄。」不僅如此，趙進美詞中詠物亦工麗，如《少年遊‧美人剖菱》一

詞云：

紅衣初褪小銀尖，玉甲笑輕拈。翡翠盤寒，水晶聲脆，一捻粉

香添。　　背郎愛倚微風立，冰屑繡裙霑。酒暈旋消，蔗漿重進，

花外透涼蟾。

此詞中下闋整闋被著重評點，末尾評語曰：「剖菱得如許佳句，致堯『手香江

橘嫩，齒軟越梅酸。』於湖『羅帕分柑霜落齒，冰盤剝芡珠盈掬』，俱當避

席。」〔註8〕詠菱佳句如許，可與韓偓《幽窗》詩、張孝祥《滿江紅‧思歸寄

柳州》詞中的詠物佳句相媲美。由此知趙進美吟詠時之匠心獨運。

又如《青門引‧烹茗》詠茶一詞云：

繡帶柔風揭，試碾碧旗春屑。芭蕉陰碎月微明，松脂聲細，玉

蕊浮香雪。　　銀床夜冷銅壺咽，露濕雙鬟怯。一枝釵影斜動，愁

峰暗被金甌洩。

《青門引‧烹茗》尾評曰：「鳳洲暗送春風意，麟洲早碾破愁腸萬縷。詠茶已

〔註6〕〔清〕王士禛、鄒祗謨：《倚聲初集》，《續修四庫全書》（第1729冊），上海
　　　古籍出版社，2002年版，第239頁。

〔註7〕〔清〕王士禛、鄒祗謨：《倚聲初集》，《續修四庫全書》（第1729冊），上海
　　　古籍出版社，2002年版，第247頁。

〔註8〕〔清〕王士禛、鄒祗謨：《倚聲初集》，《續修四庫全書》（第1729冊），上海
　　　古籍出版社，2002年版，第289頁。

極清麗，黃門又從釵影欲動時看出，何等閒細。前人亦便寫不到也。」〔註9〕
趙進美這首小令中，「試碾碧旗春屑」「松脂聲細，玉蕊浮香雪」化用了王世
貞《解語花·題美人捧茶》中「斗把碧旗碾試」「寶鼎松聲細」「蘭芽玉蕊」等
句。「愁峰暗被金甌洩」則是出自王世貞之弟王世懋《解語花·題美人捧茶》
中的「早碾破愁腸萬縷，傾玉甌徐上閒階」的意境。「一枝釵影斜動」是從徐
陵《玉臺新詠》「羅帷雀釵影，寶瑟鳳雛聲」一句中化出。

　　趙進美善於化用前人詩句，正如鄒祗謨所言：「善作詞者，多從詩句中脫
出。或正用，或反用，或借用，或影用。」〔註10〕趙進美《憶漢月·調羹》
一詞便是翻自王建《新嫁娘詞》，足可見其「慧心巧舌」。《憶漢月·調羹》
詞云：

　　　　　入眼繁花如繡，池院綠陰清晝。松聲寶鼎試湯初，色亂銀匙纖
　　手。　　火融香漸透，便錦帶、蓴絲如否。倩郎權作小姑嘗，欲語
　　又仍低首。

「倩郎權作小姑嘗，欲語又仍低首。」一句化用了《新嫁娘詞》詩中「未諳姑
食性，先遣小姑嘗。」

　　又有《雨中花·詠美人剖蓮》云：

　　　　　百尺寒泉清午暑，喜色映銀盤堪數。看細蒂猶存，碧房初破，
　　紅甲擘冰乳。　　微動金釧嬌不語，剩嫩薏猶存青縷。試戲取郎嗅，
　　回眸一笑，應識中心苦。

王士禎評點此詞曰：「檃括《樂府》，極是天然。」〔註11〕檃括是一種修辭手
法，即翻用前人詩句，渾化無跡，渾然天成。既以前人詩詞入詞，又兼採前人
意境入詞。此首小令之意境化用樂府《西洲曲》，把採蓮與愛情聯繫在一起，
並翻用其意。《詠美人剖蓮》以詩入詞，融鑄意境，獨具匠心。

　　王士禎詞作中也有以詩為詞，化詩入詞的特點。如《浣溪沙·紅橋懷古》
詞：「北郭清流一帶溪，紅橋風物眼中秋。綠楊城郭是揚州。　　西望雷塘何
處是，香魂零落使人愁。淡煙芳草舊迷樓。」這首詞延續了其《秦淮雜詩》、

〔註9〕〔清〕王士禎、鄒祗謨：《倚聲初集》，《續修四庫全書》（第1729冊），上海
　　　古籍出版社，2002年版，第296頁。
〔註10〕〔清〕王士禎、鄒祗謨：《倚聲初集》，《續修四庫全書》（第1729冊），上海
　　　古籍出版社，2002年版，第284頁。
〔註11〕〔清〕王士禎、鄒祗謨：《倚聲初集》，《續修四庫全書》（第1729冊），上海
　　　古籍出版社，2002年版，第289頁。

《秋柳四章》的風格，詩化傾向十分明顯。

又如《減字木蘭花·楊花步弇州韻》詞：

　　　　紗窗夢起，極目玉關人萬里。斜綰千條，自古銷魂是灞橋。　　春

　陰不盡，除卻殘鶯誰借問。陌上樓前，消得香閨幾日憐。〔註12〕

此詞化用唐無名氏《春詞》意境，其中「紗窗夢起，極目玉關人萬里」出自「西樓美人春夢中」，「斜綰千條，自古銷魂是灞橋」出自「楊柳嫋嫋隨風急」「翠簾斜卷千條入」。

《減字木蘭花·為長沙女子王素音作，用稼軒過長沙道中見婦人題字用其意作韻》詞：

　　　　離愁滿眼，日落長沙秋色遠。湘竹湘花，腸斷南云是妾家。　　掩

　啼空驛，魂化杜鵑無氣力。鄉思難裁，楚女樓空楚雁來。〔註13〕

長沙女子王素音，為亂兵所得，題詩於古驛云：「可憐魂魄無歸處，應向枝頭化杜鵑。」溫庭筠《酒泉子·楚女不歸》詞有：「楚女不歸，樓枕小河春水。」「八行書，千里夢，雁南飛。」之句。王士禎詞中櫽括王素音原詩及溫庭筠詞，「魂化杜鵑無氣力」與「楚女樓空楚雁來」兩句的翻新，使詞意更為哀婉動人。

由上述分析得知，王士禎推崇趙進美詞作，主要在以下幾點：清麗天然、情思細緻、翻新出奇、巧於鍊字、含蓄雋永。以詩入詞，詞作具有典雅化的傾向，這些特徵亦是王士禎詞作中所追求的。

二、王氏家族的詞學淵源

王士禎十餘歲時便學填詞，是有家學淵源的。其祖父王象晉在《重刻詩餘圖譜序》中把詞與詩提到同等的地位：「填詞非詩也，然不可謂無當於詩也。《詩》三百篇，郊高之所登聞，明良之所賡和，學士大夫之所宜播，窮岩邃谷、田畯紅女之所詠吟，採之輶軒，被之旋管，靡不洋洋纚纚，可諷可詠。」「詩餘一脈，肇自趙宋，列為規格，填以詞藻。一時文人才士，交相矜尚。或發紓獨得，或酬應鴻篇，或感慨今昔，或欣厭榮落。或柔態膩理，宣密諦而寄幽情；或比物託興，圖節敘而繪花鳥。」「總之，以李青蓮《憶秦娥》、《菩薩蠻》為開山鼻祖，裔是而降，遞相祖述，靡不換羽移商，務為豔冶靡麗

―――――――――

〔註12〕〔清〕王士禎：《衍波詞》（卷上），中華書局，1985 年版，第 13 頁。

〔註13〕〔清〕王士禎：《衍波詞》（卷上），中華書局，1985 年版，第 12 頁。

之談。」「總之，元聲本之天地，至情發之人心，音韻合之宮商，格調協之風會。風會一流，音響隨易，何余非詩，何唐宋非周。謂宋之填詞即宋之詩可也，即李唐成周之詩亦可也。」〔註14〕王象晉認為詞與詩同樣是發自人心之至情，合乎宮商之音韻，協於風尚之格調；因此，在這種意義上，宋詞即可等同於宋詩也。

王士禛兄長王士祿自垂髫時便頗耽詞調，並於清康熙三年（1664）獄中作《炊聞詞》三卷。王士祿詞作秀情麗致，含溫吐和，如《浣溪沙·閨情》曰：「金井風微響轆轤，桐陰漏日曉妝初。薄寒猶怯玉肌膚。　簾幕絮縈雙紫燕，溢池花襯小紅魚，晝長耽閣繡工夫。」王士禛曾評此詞曰：「髫時每喜吟紫燕、紅魚二語，時時成誦。今細讀之，瑤翻碧瀲，真不減元美《江南詞》也。」〔註15〕王士禛認為此詞不減王世貞《望江南》風致。〔註16〕而趙進美亦喜化用王世貞詞句，足見王士祿、趙進美詞作審美上的相近。

王士祿與王士禛都喜陳子龍詞。王士祿《炊聞詞》中有《南歌子·次湘真春月韻》、《天仙子·和湘真春夜韻》。《南歌子·次湘真春月韻》詞云：

瓊樹濛濛映，紅窗漫漫流。雪兒好為唱無愁，休負一規親切照藏鉤。　珠露從教濕，金樽莫遣妝。餘光瀲灩小眉頭，不似清秋楚楚咽簫樓。〔註17〕

《天仙子·和湘真春夜韻》詞云：

淡淡雙眉縈遠岫，草草涼襟還小袖。曲廊深處為儂來，隨夜漏，鳥棲後。枕臂啼痕紅欲透。　撫抱纖腰春更瘦，凝怨橫波嬌不溜。如思如懊轉宜人，看巾繡，嗔相扣。痛憎肯教衾浪皺。〔註18〕

王士禛推重陳子龍詞，曾道其詞：「神韻天然，風味不盡，如瑤臺仙子獨立卻扇時。而《湘真》一刻，晚年所作，寄意更綿邈淒惻。」〔註19〕謝章鋌

〔註14〕〔明〕王象晉：《賜閒堂集》，《山東文獻集成》（第3輯第24冊），山東大學出版社，2009年版，第740頁。

〔註15〕〔清〕王士禛、鄒祗謨：《倚聲初集》，《續修四庫全書》（第1729冊），上海古籍出版社，2002年版，第240頁。

〔註16〕王世貞《望江南》詞云：「歌起處，斜日半江紅。柔綠篙添梅子雨，淡黃衫耐藕絲風。家住五湖東。」

〔註17〕〔清〕王士祿：《炊聞詞》，國家圖書館藏清光緒二十七年刻本，卷上。

〔註18〕〔清〕王士祿：《炊聞詞》，國家圖書館藏清光緒二十七年刻本，卷下。

〔註19〕〔清〕王昶輯、王兆鵬校點：《明詞綜》，遼寧教育出版社，1997年版，第93頁。

則認為王士禎沿王世貞、陳子龍之緒論，詞作體骨俱秀。王士禎《衍波詞》集中有追和陳子龍之作，如《小重山·和湘真詞》。同時，王士禎還有和周邦彥之作，如《蕙蘭芳引·春思用清真秋懷韻》、《塞翁吟·和清真韻》。而趙進美詞作中兼有周邦彥與陳子龍之韻味。趙進美《山花子·曉妝》詞云：「銀燭初銷寶鴨濃，起來珠襪褪酥胸。細數枕痕殘夢遠，剩輕紅。　　雙啟螺奩交翠影，半欹蟬鬢卸金蟲。戶掩蝦須寒未減，杏花風。」〔註20〕王士禎評曰：「在清真、湘真之間。」清真，即周邦彥；湘真，即陳子龍。意謂趙進美之詞兼有周邦彥詞與陳子龍詞之妙，即深微婉轉，又清麗天然。王士禎亦有出入清真、湘真間之作，如《菩薩蠻·詠青溪遺事畫冊同羨門程邨其年（迷藏）》詞云：

　　　　玉蘭花發明清近，花間小蝶黏香鬢。邀伴捉迷藏，露微花氣
涼。　　花深防暗邏，潛向花陰躲。蟬翼惹花枝，背人扶鬢絲。〔註21〕

又如《菩薩蠻·和飛卿》詞云：

　　　　夢殘鬢棗垂香枕，芙蓉髻墜蒲桃錦。翠幄碧如煙，小星將曙
天。　　起來雙黛淺，繡閣拋金剪。憔悴鼠姑紅，玉階三月風。〔註22〕

再如《菩薩蠻·有贈》：

　　　　斷紅雙臉眉如黛，清晨小立欄杆外。映柱送橫波，教人無奈
何。　　漫言嘗見面，似隔蓬山遠。撩鬢道匆匆，春愁知為儂。〔註23〕

真可謂哀豔深情，清雅至極，又富於深微幽隱的言外意蘊。

　　王士禎詞作沿襲王世貞、陳子龍緒論，追慕《花間》，其敷辭選字，皆推敲錘鍊，運化無痕，故押韻自然，神韻天成；翻用前人詩詞，並能復出新意。其和李清照詞《蝶戀花·和漱玉詞》詞云：「涼夜沉沉花漏凍，欹枕無眠，漸聽荒雞動。此際閒愁郎不共，月移窗罅春寒重。　　憶共錦裯無半縫，郎似桐花，妾似桐花鳳。往事迢迢徒入夢，銀箏斷絕連珠弄。」〔註24〕難怪沈初道：「卻唱桐花新樂府，揚州司理最風流。」

　　王士禎《浣溪沙·春閨》其二云：

〔註20〕〔清〕趙進美：《清止閣集》，《山東文獻集成》（第2輯第29冊），山東大學出版社，2009年版，第673頁。
〔註21〕〔清〕王士禎：《衍波詞》（卷上），中華書局，1985年版，第10頁。
〔註22〕〔清〕王士禎：《衍波詞》（卷上），中華書局，1985年版，第9頁。
〔註23〕〔清〕王士禎：《衍波詞》（卷上），中華書局，1985年版，第10頁。
〔註24〕〔清〕王士禎：《衍波詞》（卷下），中華書局，1985年版，第1頁。

小院蘿蒸欲作叢，秋鞿池畔畫堂東，日斜鶯囀謝娘慵。　　情

思記人何處去，碧桐陰裏下簾櫳，玉釵微墮髻鬟松。〔註25〕

詞中的「鶯囀謝娘慵」語本李賀《惱公》詩中「春遲王子態，鶯囀謝娘慵」之句，前加「日斜」二字，何等雋永，意境全出。整首詞境朦朧旖旎，有意在言外之妙。由此可見，王士禎詞作詩化傾向十分明顯，與趙進美詞作具有相近的審美追求。

三、王士祿與趙執信詞作中的身世之感

（一）寄身世之感於頑豔之詞

王士祿自垂髫時便頗耽詞調，有詞集《炊聞詞》二卷，原名《炊聞卮語》，前有王士禎自序及尤侗序文。此集有康熙年間孫默留松閣刊《國朝名家詩餘》本、光緒二十七年金陵刊吳重熹刻《吳氏石蓮庵刻山左人詞》本。

王士祿的詞作受花間詞的影響，詞風以婉約為主。鄒祇謨稱王士祿善作豔詞，「每以瑰琢語稱勝，故是《花間》遺法。」如《荷葉杯·夢回》曰：「紅暈倦眸如縷，春歇，夢回時。被香無賴曉魂膩，還睡掩簾幃。」〔註26〕寫女子春睡夢醒之態。又如《生查子·豔情》：曰

窗曉露微明，未醒雙文睡。輾轉玩瓊顏，愛煞斜鬟膩。　　睡

淺為郎羞，擁損重樓被。後夜卻防郎，只枕郎君臂。〔註27〕

刻畫女子衾帳中怕郎離去而枕郎臂睡的微妙心理。王士祿詞作中屢有效花間之作，如《蕃女怨·次溫飛卿韻》、《河滿子·效和凝體二首》。

趙執信有詞集《飴山詩餘》，其中小、中、長調共計七十二闋。「所著《飴山詞》，不讓衍波王氏。」趙執信之詞亦深受花間派的影響，出入《香奩》、《凝雨》二集。如《菩薩蠻》中「殘更夢著玻璃枕，微涼曉沁鴛鴦錦。」即化用了溫庭筠《菩薩蠻》中「水精簾裏頗黎枕，暖意惹夢鴛鴦錦。」《南鄉子》中「午睡起來遲，瀲灩紅潮壓翠眉。欲驗枕痕餘幾許，垂垂。鬢角斜分半縷絲。」〔註28〕亦是描寫女子午睡初醒之態。可見，王士祿與趙執信二人均受花間詞派的影響，善於描寫閨閣豔情，風格以委婉纏綿為主。

遍觀王士祿與趙執信二人詞作，發現二人並不是以表現閨情為主要旨

〔註25〕〔清〕王士禎：《衍波詞》（卷上），中華書局，1985年版，第6頁。

〔註26〕〔清〕王士祿：《炊聞詞》，國家圖書館藏清光緒二十七年刻本，卷上。

〔註27〕〔清〕王士祿：《炊聞詞》，國家圖書館藏清光緒二十七年刻本，卷上。

〔註28〕〔清〕趙執信：《趙執信全集》，齊魯書社，1993年版，第342頁。

趣，實則是將身世之感寄於詞作之中。這與二人相似的經歷不無關係。王士
祿仕途坎坷，曾兩次受到科場案的牽連，於清康熙三年（1664）入獄。官場上
的失意在詞作中屢有體現，此點可在王士祿自序中得到印證。王士祿的《炊
聞詞》便是作於獄中。王士祿在自序中道：「雖未能研審其精妙，聊可藉彼抗
墜，通此蘊結。因取《花間》、《尊前》、《草堂》諸體，稍規模為之，日少即一
二，多或六七」。〔註29〕在王士祿看來，花間、草堂諸體詞，可以疏通鬱結，
蕩滌煩懣，因此在獄中，王士祿無時無刻不在拈弄吟詠，這次詞作得之於負
手、搖膝、矯首、瞪目、隱几、面壁、繞廊、倚柱、酒酣、夢破、孤燈欲燼、
晨雞乍鳴時。取「炊聞」一語，乃有邯鄲一夢之意。故讀者不能僅從詞作表
面，輕率以其比之溫庭筠、韋莊之語，而是要看到王士祿詞作所寄託的深層
情思。

王士祿《相見歡‧贈季弟》詞云：

> 若為歌管銷愁，蕩離憂。憶逐殘秋征雁問揚州。　　意中漫，
> 憐東閣，少淹留，誰識到來翻送秣陵舟。〔註30〕

淹留他鄉，歸程無計，離愁與今昔之感交融。八月南冠，故王士祿詞中多言
「愁」，如《木蘭花令‧遣愁》云：

> 三春日日和愁住，愁汝來前與汝語。連朝愧汝太殷勤，我醉欲
> 眠君且去。　　麾之不去愁良誤，心已厭君君好喻。不然便覓一丸
> 泥，封卻如愁來往路。

《清商怨‧和歐公韻》云：

> 銀床梧葉落漸滿，悵流光欲晚。平楚高樓，連朝勞望眼。　　畫
> 屏瀟湘漫展。恨夢破，雁和人遠。心上秋來，問秋秋不管。〔註31〕

「心上秋來」便成一個「愁」字，問秋秋不管，此愁無計可消除。又如《菩薩
蠻‧夢破》云：

> 邯鄲夢破抽身急，棹頭怕近長安日。便跨白驢歸，重尋舊釣
> 磯。　　是非書幾卷，失學從兒懶。帶索好行歌，無勞春夢婆。〔註32〕

一句「邯鄲夢破抽身急」道盡王士祿此生遭遇。再如《謁金門‧和尤悔庵寒

〔註29〕〔清〕王士祿：《炊聞詞》，國家圖書館藏清光緒二十七年刻本，序。

〔註30〕〔清〕王士祿：《炊聞詞》，國家圖書館藏清光緒二十七年刻本，卷上。

〔註31〕〔清〕王士祿：《炊聞詞》，國家圖書館藏清光緒二十七年刻本，卷上。

〔註32〕〔清〕王士祿：《炊聞詞》，國家圖書館藏清光緒二十七年刻本，卷上。

夜韻》：

> 深宵寂，暗燭暈成愁色。小婢開簾寒側側，梅花明夜黑。　　雪
> 片風邊瑟瑟，帶個雁聲淒歷。孤枕愁聽蓮漏滴，枕痕朝看濕。〔註33〕

詞人愁聽更漏，徹夜無眠，更顯寂寥之境。《浪淘沙·次李後主韻》詞云：

> 愁似水潺潺，百意闌珊，幾檻風做晚來寒。倚酒澆愁愁不顧，
> 醉也無歡。　　岸幘倚疏闌，愧負青山，試歌行路古來難。何似隨
> 僧閒洗缽，溪畔松間。〔註34〕

詞中流露出歸隱之意，足可見王士祿對現實的失望。

趙執信於清康熙十八年（1679）中進士，又遷右春坊右贊善，兼翰林院檢討，充任《明史》纂修官。可謂平步青雲，春風得意。康熙二十八年（1689），因國忌日觀演《長生殿》，被削職除名，從此一蹶不振。趙執信遂遊歷於吳越間，放浪不羈，將仕途失意之感寄於山水與豔情之間。趙執信《蝶戀花·題畫扇留別蕊枝》詞云：

> 秋老家山紅萬疊，何意淹留，斷送重陽節。醉裏情懷空自結，
> 彎環低盡湘簾月。　　總為相逢教惜別，明日風帆，亂落雙林葉。
> 暮雨迷離天外歌，寒花付與紛紛蝶。〔註35〕

久客他鄉，未免產生鄉愁，《南柯子·白門久客作》詞云：

> 書望江頭雁，腸紆酒底蛇。斜陽容易下簷牙。坐看閒園開過早
> 秋花。　　雨入虛窗碎，山銜斷夢賒。宵分蟋蟀嚮明鴉，正是淒涼
> 時候未還家。〔註36〕

《浣溪沙·秋思》云：

> 寒雨聲聲滴小窗，清宵偏是到秋長，愁人猶自滯江鄉。　　宿
> 酒醒來難續夢，孤衾薄處早驚霜，此時爭道不思量。〔註37〕

清秋夜雨時節，將滯留他鄉的情感一層一層渲染出來，語特淒婉，真摯動人。

《釵頭鳳·秋思》：

> 棲鴉絕，啼螿切，晚陰搖漾玲瓏月。鄉山路，家園樹，新秋風
> 景，幾番晴雨，去去去。　　清歌咽，春情疊，醉紅雙眼頻生纈。

〔註33〕〔清〕王士祿：《炊聞詞》，國家圖書館藏清光緒二十七年刻本，卷上。
〔註34〕〔清〕王士祿：《炊聞詞》，國家圖書館藏清光緒二十七年刻本，卷上。
〔註35〕〔清〕趙執信：《趙執信全集》，齊魯書社，1993年版，第600頁。
〔註36〕〔清〕趙執信：《趙執信全集》，齊魯書社，1993年版，第337頁。
〔註37〕〔清〕趙執信：《趙執信全集》，齊魯書社，1993年版，第337頁。

　　雲朝暮，人新故，迷離歸夢，一時難訴，住住住。〔註38〕

《惜分釵‧歸興》云：

　　　人已倦，秋將半，社前空羨飛飛燕。望齊城，計歸程，似隔銀
河，一水牽情，盈盈。　　清尊斷，寒蛩亂，鞭絲夢嫋西風岸。乍
涼生，宿裝輕，細雨留連，待到新晴，行行。〔註39〕

從總體上看，趙執信與王士祿的詞作皆有寄託身世之感，但趙執信詞風清新
圓潤，不事雕琢，如初發芙蓉；王士祿則逾窮而其詞逾工。

（二）王士祿與趙執信均關注女性

　　王士祿關注女性文學，在匯輯整理女性文集方面頗有貢獻。王士祿彙編
《然脂集》，尚有《朱鳥逸史》、《閨閣語林》，惜未卒業。清順治六年，王士祿
會試下第，始纂《然脂集》，至清康熙四年書成，前後歷時十六載，匯輯古今
閨閣之文共二百三十卷。成書後，因無力刻行，只能藏於篋笥。幾經散佚，清
代嘉慶、道光年間姜慶成搜得一百八十卷，後又陸續散佚。山東省圖書館曾
藏有鈔本，戰後散佚。現上海圖書館藏有手稿本九冊，存風雅四卷，又卷一
至卷十五，卷二十一至三十三（內缺卷十六至二十）。前有《引用書目》一卷，
《宮閨氏籍藝文考略》五卷，存卷一卷二。「然脂」取徐陵《玉臺新詠序》中
「於是然脂暝寫，弄筆晨書，選錄豔歌，凡為十卷。然脂暝寫」之句，「然脂」
意為點燃蠟燭，徐陵其時並無此意，只是由於王士祿的引用，「然脂」遂代指
女性作品。

　　閨閣之文集，始於顏竣、殷淳、徐勉、崔光、蔡省風、陳彭年等人所纂，
惜湮沒不傳。有明一代，閨閣之文集則有：江盈科《閨秀詩評》、李時遠《詩
統》、錢謙益《列朝詩集》，始涉及閨秀。沈宜修《伊人思》、季嫻《閨秀集》、
蘇竹浦《胭脂機》，稍詳於前人。鄒流綺《紅蕉集》、梅鼎祚《青泥蓮花》，皆
為北人所著。酈琥《彤管遺編》，間載賦、序諸文；張之象《彤管新編》、田藝
衡《詩女史》，略似酈編。方維儀《宮閨文史》，稍有編次，益以奏疏、女誡等
十餘篇。江元祚《續文苑》，未能別裁雅俗。因此王士祿感慨閨閣文集纂述之
未備，「惜彤管之凋零，矢意輯為此書。歷今十五寒暑，始克就緒。時則繇皇
古以迄當代，人則繇宮閨以迄風塵，文則繇風雅以迄雜著。」〔註40〕

〔註38〕〔清〕趙執信：《趙執信全集》，齊魯書社，1993 年版，第 338 頁。
〔註39〕〔清〕趙執信：《趙執信全集》，齊魯書社，1993 年版，第 338 頁。
〔註40〕胡文楷：《歷代婦女著作考》，商務印書館，1957 年版，第 687 頁。

　　據光緒七年江標手記，《然脂集》其書總為四部，分別是：賦、詩、文、說，又細分為六十四類。賦之類分為兩種：賦、騷。詩之類及附錄分為二十三種；文之類分為三十八種，說部則凡雜著之自為一書者皆收錄。其傳奇尤雅者，亦附錄於四部之末。「部以網之，類之目之，部以經之，類以緯之，橫目以觀，斯亦犁然井然已。」〔註41〕王士禎亦在《香祖筆記》中載：「先兄西樵先生，撰古今閨閣詩文為《然脂集》多至二百卷。詩部不必言，文部至五十餘卷。自廿一史已下瀏觀採摭，可稱宏博精覈。而說部尤創獲，為古人未有。」〔註42〕又略錄其書目，共計五十六卷。

　　此外，王士祿還編纂過閨中遺事《朱鳥逸史》，以及閨閣語錄《閨閣語林》，二書均未完成。《朱鳥逸史》可見於《琅琊二子合選初集》、《琅琊二子近詩合選》、《王考功年譜》、《今世說》、《鄉園憶舊錄》中。《閨閣語林》著錄於《山東通志》、《中國古籍善本書目》、《山東文獻書目》中，今存稿本一卷，藏於山東省博物館。

　　王士禎為王士祿所撰年譜中說：「今先生著書，惟《然脂集》二百三十餘卷條目粗就，餘如《讀史蒙拾》、《朱鳥逸史》、《賓實別錄》、《閨閣語林》、《南榮曝餘錄》、《群言頭屑》、《毛角陽秋》諸書，率未卒業。」〔註43〕《琅琊二子合選初集》卷二《長歌寄李都閫兼索閨人隨遺稿》王士祿自注曰：「餘有《朱鳥逸史》一編以括閨秀佚遺之文。」《琅琊二子近詩合選》卷五注釋中言：「更生聞餘有《然脂集》、《朱鳥逸史》之輯，欣然以細君詩詞見投，且為小傳。」〔註44〕清初錢塘人王晫《今世說》卷二有王士祿小傳云：王名士祿，字子底，山東新城人，壬辰進士，官司勳。眉宇朗秀，襟懷伉爽，為人望所屬。撰《然脂集》，攬擷古今閨秀文章至百六十卷。又撰閨中遺事，為《朱鳥逸史》六十餘卷。」〔註45〕陳維崧《婦人集》曾云：「秦淮董姬才色擅一時，後歸如皋冒推官，明秀溫惠，與推官雅相稱。居豔月樓，集古今閨幃軼事，薈為一書，名曰《奩豔》。王吏部（王士祿）撰《朱鳥逸史》，往往津逮

〔註41〕胡文楷：《歷代婦女著作考》，商務印書館，1957年版，第688頁。

〔註42〕〔清〕王士禎：《香祖筆記》，上海古籍出版社，1982年版，第161頁。

〔註43〕〔清〕王士禎：《王考功年譜》，《王士禎年譜》，中華書局，1992年版，第94頁。

〔註44〕張宏生：《明清文學與性別研究》，江蘇古籍出版社，2002年版，第531頁。

〔註45〕〔清〕王晫：《今世說》，《清代筆記小說大觀》，上海古籍出版社，2007年版，第123頁。

之。」〔註46〕陳維崧認為王士祿《朱鳥逸史》乃是董小宛《奩豔》之餘緒。
王培荀《鄉園憶舊錄》中載：「所著《朱鳥逸史》未見。其《然脂集》數十卷，
鈔本存王愚泉允灝處。愚泉歿，家落，未知後來如何。」〔註47〕可知，到清
代道光年間，《朱鳥逸史》已經散佚不存。

　　趙執信被放斥後，往往流連歌筵花酒，寄其抑鬱，因此集中多贈妓之作。
趙執信曾多次寓居吳門，為吳中酒妓作詞《虞美人》、《小重山》；為吳妓耿四
娘賦《眼兒媚》、《南柯子》。清康熙四十三年，趙執信客居津門，與津門名妓
蕊枝、真珠、玉素、金仙等人相交好，並賦詞酬贈。為蕊枝題畫扇，並賦詞
《蝶戀花》、《減字木蘭花》及《鵲橋仙》；為真珠作詞《柳梢青》；為玉素贈詞
《南柯子》。雖為贈妓詞，但並未流於淺浮，詞作大多清新流暢，情真意切，
蘊藉含蓄。如《虞美人·贈小妓玉姿》云：「園林南畔荷香起，玉貌臨池水。
柳枝嬌小未成陰，知否恁時相見已留心。　　而今十載重相見，猶是雛鴛燕。
燈前鬢影枕眉痕，便道司空見慣也銷魂。」〔註48〕寫出趙執信與玉姿十年重
見之相思之情。又如《眼兒媚·留別吳妓耿四娘》云：「越來溪上午煙濃，心
事去留中。翻憐住久，從看天遠，步放杯空。　　他鄉又作匆匆別，愁對翠眉
峰。三分春思，兩番幽夢，一點秋風。」〔註49〕此詞近於韋詞之疏朗清秀，
結處淡遠，實為佳作。

　　趙執信將津門狎遊之事，錄成筆記《海鷗小譜》。趙執信對待妓女的態度，
「如海客之於鷗鳥，不自覺其相親近也」，又同有天涯淪落之感，故能相近相
交也。趙執信把妓女比作「海鷗」，即謂海客無機心，則白鷗可狎之意。因被
「放斥」，仕途無望，不自覺地與妓女親近，正如陳竹町所說：「不緣落魄滯
江湖，肯與師師立傳無？卻笑平安杜書記，只將慟哭換歡娛。」〔註50〕

　　這些贈妓詞作並未停留在對妓女容貌、服飾、神態的描摹上，還對妓女
的技藝、品格、性格作了刻畫與品評，其中不乏流露出真摯的感情。如其與
津門妓女若青之間，就不僅是親昵之情，還有患難中互幫互助之義。趙執信
病時，若青悉心照顧，「湯藥洗沐，抑搔扶掖，無不曲體而周至」；趙執信臨

〔註46〕〔清〕王文濡編：《香豔叢書》，嶽麓書社，1994年版，第518頁。
〔註47〕〔清〕王培荀：《鄉園憶舊錄》，齊魯書社，1993年版，第26頁。
〔註48〕〔清〕趙執信：《趙執信全集》，齊魯書社，1993年版，第335頁。
〔註49〕〔清〕趙執信：《趙執信全集》，齊魯書社，1993年版，第336頁。
〔註50〕〔清〕趙執信：《海鷗小譜》，《趙執信全集》，齊魯書社，1993年版，第609
　　　　頁。

行前，「妓悽楚不自勝，屢廢飲食。余再三慰之。妓自言生平未嘗如此矣。」〔註51〕趙執信為若青作《夜合花》、《少年遊》，其中有「夢中從此尋猶近，寒夜奈無眠。轉眼春風，預愁江上，萬點見青山」，道盡離愁別緒。

趙執信久相交者乃品性、才華皆為上流者。而俗豔者如金錢，趙執信則認為「可暫見而不可久狎者也」。其中與金仙相交最久，過從最密，金仙「姿貌中上，而修眉稚齒，風韻體態，近是上流；若其贈答敏慧，雖文士靡以加也。」趙執信為金仙賦詩《不忘十絕句》，賦詞《謁金門》、《女冠子》、《清平樂》諸闋。金仙病時，趙執信曾強之服藥，含咽甚艱，因此有「藥爐煙嫋鬢鬟愁，卻月長矉翠欲流。不忘嬌多緣咽苦，向人強笑背燈羞。」寫出二人日常生活點滴之情。

《海鷗小譜》中還有對妓女身世的同情與遭遇的感慨。津門西郭人蕊枝，與若青齊名，尋常人不得一見。清康熙四十年（1701），趙執信遊津門時，友人百計為致之，始得見。康熙四十三年（1704）再見蕊枝時，其已為權勢者所主，不得復見。數日後，蕊枝主動相見，敘舊傷離，手中所持趙執信為其所題畫扇，容色憔悴，數語而別。別後，趙執信感慨道：「如何兩度臨滄海，不見輕泥蘸客襟。」又有秦人玉如，三年之內，初被人棄，後被人所爭，再被人所棄。趙執信聞之有感曰：「（玉如）性嬌憨，不肯俛仰人，故人浸惡之。嗟乎！一人之身，三載之內，非有美醜懸殊也，前之所棄，即為後之所爭，且前之所爭，而又為所棄矣。人生遇合，亦猶是耳。安得如妓立至，余為引巨觴而慰之。」〔註52〕趙執信從玉如遭遇悟到人生遇合，進而聯繫到自身，因此感同身受，希望引巨觴安慰之，實則是安慰自己被罷斥的遭遇。

第二節　趙進美與高珩的戲曲創作

一、趙進美散曲、雜劇的詩化與雅化

趙進美的散曲集《清止詞餘》，所作散曲均為套數，共五套四十一首曲子。最早作於崇禎八年，清明前後，時年十六歲，作散曲套數《醉花陰·秋韆》及

〔註51〕〔清〕趙執信：《海鷗小譜》，《趙執信全集》，齊魯書社，1993年版，第608頁。

〔註52〕〔清〕趙執信：《海鷗小譜》，《趙執信全集》，齊魯書社，1993年版，第606頁。

《粉蝶兒‧清明遊》。其餘均為明崇禎九年（1636）至明崇禎十四年（1641）間所作。趙進美所作套數，如《春閨》包括《步步嬌》、《醉扶歸》、《皂羅袍》、《好姐姐》、《香柳娘》、《尾聲》一套。《春閨》又有《桂枝香》、《不是路》、《長拍》、《短拍》、《尾聲》。所作亦有南北合套，即將北曲曲牌與南曲曲牌依次相間聯成一套。如《雪夜有寄》即將《北新水令》、《南步步嬌》、《北折桂令》、《南江兒水》、《北雁兒落》、《南僥僥令》、《北收江南》、《南園林好》、《北沽美酒》、《南尾》、《二犯江兒水》、《前腔》聯成一個完整的套數。

　　明崇禎十四年（1641），趙進美抵維揚，卜居。常與鄭元勳、王光魯、等人唱和，並有結社雅集諸事。鄭元勳為趙進美《清止閣詞餘》題詞，曰：「（趙進美）其文豔若綺繡，韻入絲桐，固已膾炙宇內間。為時曲又何麗以則，駘蕩而不淫，真風人之遺也耶。夫表東海者，其聲壯，吳趙之音妖而浮。趙子生於齊，而能取吳越而調之，無亢，無失靡，殆不拘於方音歟。謂之大雅，復作可也。詩餘云乎哉，則詞苑諸賢又當遜為領袖矣。」〔註53〕

　　如《粉蝶兒‧清明遊》：

　　　　日嫩煙迷，碧澄澄小橋流水，俺待住驊騮緩步。徐窺度，梨園穿，杏塢草香。露氣問垂楊皺著，雙敢則是東君思不禁憔悴。〔註54〕

《南步步嬌‧雪夜有寄》：

　　　　滿天風玉戲春城。靜簾箔寒威。定飄飄一色明，杯底傳歌，燈前回影。莫道是最多情。雪窗，還想個人孤另。〔註55〕

《北雁兒落‧雪夜有寄》曲云：

　　　　有日價翠臻臻在海棠城，有日價軟設向胭脂井，有日價點薔薇妝未成，都則是剪芭蕉睡未醒。則這淡梳裏野不爭，怎般透心靈敢是曾。再休說外相兒無才性，都只道知音人少志誠。酸丁，枉殺了讀書窗相廝並。娉婷，則饒這杏壇邊女學生。〔註56〕

《北沽美酒‧雪夜有寄》曲云：

〔註53〕〔清〕趙進美：《清止閣集》，《山東文獻集成》（第2輯第29冊），山東大學出版社，2009年版，第676頁。

〔註54〕〔清〕趙進美：《清止閣集》，《山東文獻集成》（第2輯第29冊），山東大學出版社，2009年版，第678頁。

〔註55〕〔清〕趙進美：《清止閣集》，《山東文獻集成》（第2輯第29冊），山東大學出版社，2009年版，第679頁。

〔註56〕〔清〕趙進美：《清止閣集》，《山東文獻集成》（第2輯第29冊），山東大學出版社，2009年版，第680頁。

俺待袖黃庭上玉京，吹豔雪嚼紅冰，姑射峰頭舊有名。剪剪曉
風輕，好珍重。羅衣春冷穩坐。幾回追省閒步處，一晌消停似這般，
冷冥冥梨花暗影，都則道嬌滴滴海棠。睡未醒我呵，一聲，兩聲。
（呀）遮莫是秀才家話兒偄幸。〔註57〕

趙進美的散曲，取吳越音而調齊音，無失亢，無失靡，又兼以俚語方
音入曲，具有雅俗融合的特點，當為大雅之作。王士禛曾認為趙進美的散
曲不減元代散曲家張可久之韻，正指出了趙進美與張可久的散曲都有雅化的
特徵。

趙進美弱冠後，撰雜劇《瑤臺夢》。崇禎十四年，王光魯為《瑤臺夢》作
序曰：「一日，（趙進美）閱許瀍瑤臺之夢，怳然如身所經歷事，乃按譜而歌
之。譬景純、太白作遊仙詩。」王光魯以為趙進美此雜劇類似於郭璞與李白
的遊仙詩，點出了《瑤臺夢》以詩入曲的創作特點。

《瑤臺夢》雜劇僅一折，演《太平廣記》所載許瀍遇仙一事。道士許瀍
因過謫降人間，臥病河中，魂夢出遊。仙女許飛瓊令仙童暗中指引，使其魂
入瑤臺。許飛瓊登場云：「瓊樹扶疏露氣濃，月侵簾室影玲瓏。間催玉兔獻靈
藥，滿臼天香玉屑紅。」許瀍魂上云：「【天下樂】寂寂空山雲可凌，淒清，星
漢平。白雲深露，涼鶴唳聲。俺只見忒楞楞宿鳥飛，語訝訝棲雁驚。想見俺這
步跚跚林外影。」旦、末一出場便渲染出仙境淒清蕭疏的氛圍。待許瀍一覺
醒來，久屙痊癒，只是幽夢已斷，徒增淒涼之感。末唱：

【憶帝京】露下天高夜氣清，風掠得翠竹鳴，院落幽澄，不道
魂歸蕊珠宮，還疑是身在碧蓉城。對絳河瑩淨，雲扉半扃。天香未
冷，紫煙深，仙步輕，佩玉猶存天際聲。鴉駕曉風寒，不憐俺醒波，
鶴影秋帷靜。〔註58〕

【遊四門】閒階月色晃疏櫺，嘹嘹新雁起沙汀，驚魂不共孤身
靜。幾回價按納倚圍屏，驚寒露咽蟬聲。

【翠裙腰】雖醫好，難求扁鵲三秋病。不知您又餘下許多情，
欄杆倚遍癡相佞。和樂步庭，聽銅壺水冷無聲。

〔註57〕〔清〕趙進美：《清止閣集》，《山東文獻集成》（第2輯第29冊），山東大學
出版社，2009年版，第680頁。
〔註58〕〔清〕趙進美：《清止閣集》，《山東文獻集成》（第2輯第29冊），山東大學
出版社，2009年版，第686頁。

【賺煞】玉人遙鸞鶴靜，空相念與誰質證。咄咄虛庭唯對影。有日價西風內彩雲橫。袖黃庭，手拂著青萍。俺可也十二瑤臺謁帝京。白玉樓記成，紫霞裳光映。那時節捧瑤觴依舊相對在海棠城。〔註59〕

趙進美此雜劇中並無俗語、謔語、市語、蠻語、方言等詞語，亦無插科打諢，而是以詞入曲，甚至以詩入曲，呈現出典雅清麗的語言特點。此外，劇中旦、末的唱詞共同構成了一種幽寂澄空的意境，結尾處又韻外有味。無論從語言上，還是意境上看，趙進美的雜劇均有典雅化的傾向。足可媲美東晉郭璞的《遊仙詩》。

趙進美的侄孫趙執信、趙執琯愛好戲曲等俗文學作品，又均善詞律，承繼趙氏家族的詞學傳統。趙執信愛好元曲，嘗攜《元人百種曲》於身邊，日夕吟誦。至於在自傳小說《海鷗小譜》中多有贈別詩，留別詞，亦是俗中帶雅的一例。如《蝶戀花》詞曰：「秋老家山紅萬疊，何意淹留，斷送重陽節。醉裏情懷空自結，彎環低近湘簾月。　　總為相逢教惜別，明日風帆，亂落霜林葉。暮雨迷離天外歇，寒花付與紛紛蝶。」〔註60〕

趙執琯，字嶰音，號鐵峰。趙作體之子，趙元美之孫。與從兄趙執信一樣，趙執琯喜讀孔尚任的《桃花扇》傳奇，曾賦詩四首題詠之。其《題〈桃花扇〉傳奇四絕句》其一云：「君王扶醉理雲璈，瓊樹輝光璧月高。可笑兵樞無賴子，只將樂府抵龍韜。」其二云：「新亭空復淚沾襟，誰使神州竟陸沉。千古名流成黨錮，卻從巾幗覓同心。」其三云：「上游戰鼓起雷霆，羽檄星馳達禁扃。卿相盡為花鳥使，莫將跋扈怨南寧。」其四云：「雲亭裁曲按紅牙，一代風流寄扇紗。譜到阿香腸斷處，還如和血寫桃花。」〔註61〕詩中對弘光小朝廷的君王朱由崧、清流文人侯方域、卿相田仰、閹黨阮大鋮、軍將左良玉等人進行了嘲諷，對李香君則是同情與傷懷。趙執琯《花影來》詞云：「莫道山齋寂寞，簡編以外，圖畫盈前。領略此中風味，蕭灑悠閒。映窗紗、四圍山影，漾几席、一帶流泉。又何勞、浪遊五嶽，苦費攀援。　　俄延。吾鄉之內，近來能事，以往高賢。購取奇蹤長懸。眼底足留連。蓬室居，庾公塵斷。

〔註59〕〔清〕趙進美：《清止閣集》，《山東文獻集成》（第2輯第29冊），山東大學出版社，2009年版，第687頁。

〔註60〕〔清〕趙執信：《趙執信全集》，齊魯書社，1993年版，第600頁。

〔註61〕〔清〕趙執琯：《知畏堂詩餘》，《鐵峰詩集》，清乾隆二十七年趙氏知畏堂刻本，卷一。

木方丈、謝客情率。歎良工,經營不易,鑒賞尤難。」〔註62〕此篇長調即有以散文入詞的特點,詞中鋪陳敘事、寫景,並融合議論、抒情,展示出一幅山齋賞畫圖。從一個側面反映了趙氏家族雅俗融合的創作傾向。

二、趙進美與高珩戲曲中的佛教思想

趙進美的雜劇《立地成佛》與高珩的俚曲《醒夢戲曲》都在不同程度上體現了佛教的思想與教義。這固然與孝婦河流域佛教思想盛行不無關係,但更多地說明佛教對二人的思想、心態、處事方式等方面的影響是深遠的。二人曾身歷鼎革,趙進美的佛道雜劇,均作於鼎革前後,佛道思想浸潤到其作品中是不難理解的。高珩精通佛理,其思想雜糅儒、佛、道三家,屢仕屢歸的做官方式,超然物外的心態,無論是詩歌還是戲曲,均受到了佛道思想的影響。

趙進美早年通二氏之說,著有雜劇《立地成佛》。清順治四年(1647),趙進美與丁耀亢於京師結社。丁耀亢在為《書立地成佛劇後》自稱為「琅琊社弟子」,故知此篇跋文最早作於清順治四年末。由此推知,趙進美《立地成佛》的寫作年代應在順治四年之前。

高珩於清康熙二十四年(1685)之前撰《醒夢戲曲》。〔註63〕高珩自幼便能探究佛經主旨,「從先祠中得釋典殘板,即反覆究繹,得其大旨。」高珩弱冠時,有感於袁了凡先生立命之說,作《四勉堂說略》。致仕後,高珩不接賓客,「几上唯梵夾,旁行金剛淨名數卷,外不復觀他書。」〔註64〕可知《醒夢戲曲》應作於高珩歸田之後。

趙進美與高珩過從甚密,酬酢頻繁。明崇禎八年(1635),趙進美與高珩會晤於句曲署中,二人扁舟同榻、觴詠共之。崇禎十六年(1643),趙進美進京,寓居青州公館,與高珩相鄰而居。清順治三年(1646),趙進美入京,與高珩同朝為官,朝夕聚首。居京師期間,二人曾同遊韋公寺、崇教寺、東壇、先農壇、後湖、城南池亭等地,並偕同里諸君子結文社,分韻賦詩。

鼎革前後,趙進美撰《立地成佛》,依二人之關係,高珩定是看過此劇的。

〔註62〕〔清〕趙執琯:《知畏堂詩餘》,《鐵峰詩集》,清乾隆二十七年趙氏知畏堂刻本,卷一。

〔註63〕關於《醒夢戲曲》的寫作年代,筆者認為應在康熙二十四年前,且應十分接近康熙二十四年。因康熙二十四年至康熙二十七年間,至少有兩人如韓沖、蒲松齡為此俚曲作序、題詩,故《醒夢戲曲》的創作年代應十分接近康熙二十四年。

〔註64〕〔清〕高之騄:《高氏家模彙編》,清康熙五十年家刻本,卷上。

致仕後，高珩亦通過戲曲的形式來闡釋自己的佛教思想，二人不約而同地選擇戲曲這種形式來宣揚、闡釋自己對佛教的理解，可見趙進美的《立地成佛》確實對高珩的俚曲產生了影響。至少在文學體裁這一方面，是有影響的。

《立地成佛》與《醒夢戲曲》的相同之處：兩劇都是為了闡釋作者的佛教思想以及對佛教道義的理解。《立地成佛》一本四折，前有楔子，正目曰「施焰口到處逐人來，放屠刀立地成佛去。」演豐干禪師欲往新安休寧寺說法度葉屠夫之事。第四折衷，豐干禪師與葉屠夫闡釋佛法道：

> 【喬牌兒】（末）子道是沙糖甜到頭，更不知橄欖香來後，幾萬千性命一時丟，填不滿猩猩口。口腹與性命誰重？飲食與生死誰急？人只不想到身上來。
>
> 【沉醉東風】你捧飽腹在筵前席口，他泣冤魂早在腸下心頭。人便餓死波，咬著十個指都是疼，他怎把一條命幹消受。同須是血氣之儔，那天地也幾日生成你一頓收，有那個食兒不嘔。
>
> ……
>
> 【甜水令】看不上厭久思新，嫌甜道苦，靈心活肉，一頓頓吃過了界牌頭，更不道天物須留。人身難得，因循不救，也剩下些陰雨綢繆。〔註65〕

豐干禪師論戒殺之事，情理交融，至情至理。「人身難得」，四字一出，發人深省。又論及孝悌一事，禪師認為衣食是小孝，慈悲戒殺才是大孝。趙進美的《立地成佛》寫作主旨是為了宣揚佛教中眾生向善不殺生，放下屠刀立地成佛的思想。孫楷第《戲曲小說書錄解題》評此劇曰：「詞古樸遒勁，綽有元人之風，與馬致遠《任瘋子》劇差相伯仲。」〔註66〕以雜劇的形式解釋佛理，把艱深的佛教道義用淺顯樸質的語言道出，顯示出了作者深厚的佛教造詣，以及慈悲的胸懷。

高珩的《醒夢戲曲》共包括《一筆勾》、《山坡羊》、《小曲》、《清江引》、《踏莎行》、《滿江紅》、《折桂令》、《耍孩兒》八支俚曲。其中有釋濟癲的批校與評語。

開篇的《一筆勾》，是高珩傚仿蓮池大師的《七筆勾》而作。「一筆勾」，

〔註65〕〔清〕趙進美：《清止閣集》，《山東文獻集成》（第2輯第29冊），山東大學出版社，2009年版，第703頁。
〔註66〕孫楷第：《戲曲小說書錄解題》，人民文學出版社，2010年版，第332頁。

為佛教禪語，意謂破除一切塵緣，把世俗塵念拋卻。在佛教教義看來，一切的福壽、智勇、嫋娜、少俊、煩惱皆是虛妄的。釋濟癲認為高珩此曲「味涼而辣，細咀之，乃覺甘回齒頰。」堪為確評。

《山坡羊》云：

> 再休聽，自古胡謅，人命無常，都要斷氣。跳鑽鑽的身子，閻王難制。彭祖八百，我正嫌這孩子命短。一任你山塌江枯，你看我還熬犯了天地。你看那日頭月明，不病不老，西了又東，東了又西，我合他一齊無休，我心裏才略略肯依。就死遍人寰，絕了人種，那裡輪著到我罵？犯了判官，打煞了急腳，咱偏有這一股子粗氣聽知。再休誇八洞神仙，他有什麼本領，他有什麼蹺蹊聽知盤古氏是我的哥哥，孫行者只好做小小的兄弟。
>
> ……
>
> 方才報升的美官，一煞時全不掛口。就是那脫了鉤的鼇魚，離了網的神鷹，不似你這般得意。假哭佯啼我的天、我的爺，那孝眷人等，哀哀亂嚷。南寺裏和尚、北院裏道士，才聽見你送了漿水，掛起門紙，抖抖袈裟，敲敲鐘磬，滿臉喜氣。休遲，你該受用的東西，等待你時節久了。金漆的棺材，斬新的架衣，非欺。從此後，便宜煞你了，再不煩惱，再不痛楚，也不怕人了，不怕鬼了，穩穩萬載高眠，壽與天齊。〔註67〕

此處造語奇警，詼諧幽默。將晦澀高深的佛教思想通過詼諧的語言寫出，如一瓢涼水，淋漓痛快。把「彭祖」「八洞神仙」「盤古氏」「孫行者」一併否定，正是「人生禍福天職掌，誰算天的賬？」揭示出芸芸眾人皆是平等的佛教道義。

《立地成佛》與《醒夢戲曲》的語言均形象生動、含蓄幽默：

《立地成佛》豐干禪師登場云：「上山看月滿空明，夜氣著身風露清。坐到六龍出海後，回頭何處指銀繩。俺豐乾和尚，本是西方古佛，只因世界眾生，相殘相害，沒個了期，做慣了潑皮光棍，又要做和事老人。老僧只發了這個念頭，一口氣到南贍部洲震旦地方，破衲免不得說大話，弄小詭，要拿住猴子抽筋，單等著蒼蠅入網。」〔註68〕豐干禪師語出幽默詼諧。

〔註67〕〔清〕高珩：《醒夢戲曲》，山東省圖書館藏清初刻本，卷一。

〔註68〕〔清〕趙進美：《清止閣集》，《山東文獻集成》（第2輯第29冊），山東大學出版社，2009年版，第687頁。

待到葉屠夫入寺聽講，豐干禪師諷之：

（末云）九牛拽山，一線繫磨。走的自走，坐的自坐。

【青哥兒】滑的律水晶盤，珍珠飯，則教你一回家軟似風癱，卻也七八當場做一番。喔喔喔，聽雞鳴度函谷關。

而《醒夢戲曲》翻苦為樂，更加恢諧滑稽。如《山坡羊》中：

彭祖號啕，只哭的千人下淚。這老頭，糊糊塗塗，枉活了這把子年紀。我只說盡著人斷氣，盡著人挺屍，再輪不到我了。那知道，促瞎的閻王到底無情，還把這有意思老頭處治處治。我那七百歲的風光，似水滔滔，駟馬難追。誰知道合那落草的孩子、滿月了兒郎一樣的傷悲。早知道有限的快活，到頭來還尋這條路跑跑，悔不趁旺相時節，再風流風流。更尋上四十九妻，再扎掙扎掙。再生上五十四子，多快活一會。傷悲才發恨去尋尋那洞賓，訪訪那鍾離，他全然不理，抉嘴空回，吃虧。空著那尖嘴的囚牢，誇他眼睛說，彭家這孩子，促壽無疑。〔註69〕

在此曲中，高珩為近八百歲的彭祖代言，彭祖臨終前大哭，皆是對生的留戀以及對閻王的埋怨，真是詼諧絕倒。

此外，《立地成佛》與《醒夢戲曲》雖是俗文學，但俗中有雅，雅俗共存。《醒夢戲曲》有對偶整齊的排比，用典亦貼切，俗中帶雅。如「槿花榮幾朝開放，柳花飄何處家鄉」（《折桂令》）；「消完今古，惟蝶夢，縛死英雄只藕絲。」（《耍孩兒》）「《梅花賦》，君休擬。似飛絮濛濛，沾風又起。」（《滿江紅》）

《立地成佛》劇中，豐干禪師在休寧寺登堂說法時，回答眾僧所提出的問題：

（僧云）如何是佛？

（末云）春雨滿山尋不見，亂雲深處一孤舟。

（僧云）如何是僧？

（末云）當頭孤月照，滿眼惡星纏。

（僧云）如何是說法行法？

（末云）老手舊肐膊，窮嘴餓舌頭

（僧云）如何是講經、誦經？

〔註69〕〔清〕高珩：《醒夢戲曲》，山東省圖書館藏清初刻本，卷一。

（末云）早知燈是火，不用蜜調油。

（僧云）如何是菩薩低眉？

（末云）誰家窮弟子，這個臭婆娘。

（僧云）如何是金剛怒目？

（末云）咭乾身上血，奪卻手中刀。〔註70〕

將高深莫測的佛法，蘊於或典雅或通俗的語言中，機鋒敏銳，真正是雅俗共賞。由上述兩劇的共同之處可見，趙進美的《立地成佛》確實在某些方面對高珩的《醒夢戲曲》產生了影響。

兩劇的不同之處在於：

《立地成佛》雖則表面上是講述因果報應、頓悟成佛之事，其主旨並非侷限於此。第二折裏，葉屠夫家欲施齋飯於豐干禪師，禪師不吃齋飯，而是要化屠夫手中的屠刀，屠刀在這裡指代世人貪侈之念：

【鬥鵪鶉】（末）你說生意呵掘者紅泉，則那前程也猶如黑漆。子道是靈蠢千般，更不聽輪迴一理，疼痛原來之自知。有時節不能言，不能飛，那老僧不道來麼。我想波，我想波，他道是螺子食蠅，蜻蜓咬尾。

……

【十二月】（末）你心腸則分的山南澗北，他身軀怎辨出頭大心低。是一樣貪生怕死，刀也爭十分似草如泥。我問你：宰牛時心腸和宰羊時兩般麼？（外云）則是一般。（末云）可知道您屠子們看著牛羊，不異那老太公說甚麼赤子無知。

……

【三煞】怎教你女不女男不男，可甚的東不東西不西。他便是畜類呵，俺人身跪拜你須留意。可憐他無人替說心中恨，俺有意來奪虎口食。非是我閒生氣，則如今擺開不晚，子怕那悔後是遲。〔註71〕

趙進美在劇中闡述了人之貪欲造成的惡果：

放逸生貪欲，利殺諸物類。一一味各殊，曾不遺微細。我有血

〔註70〕〔清〕趙進美：《清止閣集》，《山東文獻集成》（第2輯第29冊），山東大學出版社，2009年版，第689頁。

〔註71〕〔清〕趙進美：《清止閣集》，《山東文獻集成》（第2輯第29冊），山東大學出版社，2009年版，第696頁。

氣等，皆彼所充化。久食皆為彼，而我墮何處。彼既有生死，亦復有
怖畏。既云有怖畏，亦應有嗔恚。我好即被殺，我言此理得。〔註72〕

葉屠夫宰牛時，牛忽作人言，云是屠夫之父，因殺傷物命，「自死後過了刀山
湯火地域」，被貶做畜生。屠夫深受感動，慈悲心生，遂放下屠刀，隨豐干出
家去了。奉干禪師道：「以冤報冤，如蛇見蠍；以恩報冤，如血洗血。只要一
身清淨，自然萬業皆空。」「唯願慈悲心，種種常自守。一耳一目失，何得有
此心。此心不可失，一失入諸類」可見，遏制貪欲須有慈悲之心。

趙進美好友丁耀亢認為《立地成佛》並非作「放生」文，謂此劇並不為
戒殺生而作。從丁耀亢所言「名將為神，殺人如麻；彌勒成佛，食殮魚肉，
又安見佛之非屠、必不屠而佛也。」「吾常恐繡佛前長齋變為蛇蠍，則人固有
不屠於刀、而屠於不刀者。」等題辭得知，佛與屠夫的區別，即有無慈悲心
腸。真正的佛乃是有慈悲濟世之胸懷。向佛之人重要的是放下貪欲，在於心
靈的受戒與皈依。即「我願世間人，努力慈悲地。能省即與省，勿妄生貪
侈。」〔註73〕

高珩撰《醒夢戲曲》是為風俗教化，寓勸懲於曲中。高珩以其出世之學，
作清涼之曲，並以嬉笑怒罵的方式出之，意即勸世、濟世，點醒世上蒙昧之
人。如《滿江紅》云：

> 且漫誇身強運又強，穩倚著官旺還財旺。打牆板上下翻，無舵
> 船東西撞。呀，才桃李三月香，又芙蓉九月霜。莽後浪，催前浪，陡
> 朝陽，換夕陽，興亡劉與項。巡環帳下場，土饅頭，宴北邙。〔註74〕

英雄終將歸於黃土，紅顏不過白骨，鐵門檻終須是土饅頭。人生短暫，須要
「洗盡塵心裂世網，燒卻牽纏賬」，方能身似蓮花，心同江月。意即只有佛法
才能解脫痛苦。再如《小曲》云：

> 報應總荒唐，那是祥，那是殃。閻羅王也要你看的上。伏皇后
> 凶亡，孔文舉殺場，皇帝爺、神仙官，卻是那曹丞相。細參詳，人
> 間天上，通吃的是迷魂湯。
>
> ……

〔註72〕〔清〕趙進美：《清止閣集》，《山東文獻集成》（第2輯第29冊），山東大學
　　　　出版社，2009年版，第705頁。

〔註73〕〔清〕趙進美：《清止閣集》，《山東文獻集成》（第2輯第29冊），山東大學
　　　　出版社，2009年版，第687頁。

〔註74〕〔清〕高珩：《醒夢戲曲》，山東省圖書館藏清初刻本，卷一。

> 怨不的天，恨不的人，是自己業障。千樣疼，百樣苦，怕你不
> 擔當。低著頭，盡著捱。好一個模樣，刀把在人手，提起來都不氣
> 長。一萬件該愁，也不知道該先從那件講。〔註75〕

則是宣揚佛教中的因果報應，來世的禍福均源於前世的業障。一言以蔽之，
孝婦河流域的文學創作呈現出雅俗交融、文體滲透的特點。具體而言，即
俗中帶雅，雅中有俗，這是詞曲與詩歌，散文與詩歌等文體相互滲透影響的
結果。

第三節　孝婦河家族在散文創作上的相互影響

一、趙進美與王士禛的紀遊散文

趙進美的散文，內容豐富，題材多樣。《清止閣集》中有《清止文草》三
卷，包括賦、論、序、引、記、表、問、傳、行狀、頌、跋等類別。其中史
論類散文的成就最高，如《蕭何論》、《張良論》、《孫叔通論》、《張湯論》、《公
孫弘論》、《楊惲論》、《桑弘羊論》、《車千秋論》、《蕭望之論》，對歷史人物及
歷史事件的評論，目的是以史為鑒，發表對現實問題的看法。清順治七年
（1650），趙進美以才望被推薦為刑科給事中，後又遷禮部左給事中。趙進美
為諫官，立言必本經術，集事動關典禮。其史論文亦有這種特點，針對現實
社會中存在的弊端，提出自己的見解，語言曉暢，構思縝密。

趙進美的山水遊記也頗有特色。《遊過雨岩記》，敘同友人登白石峪之岩
石一事。《遊黃紅峪記》，記敘冬遊黃紅峪，語言簡練，饒具意趣。寫黃紅峪之
小潭結冰狀曰：

> 石氣互映不可辨，冰上有枯樹痕，勁枝頹幹，皆如畫。復進則
> 石之或植或臥，咸丈餘，錯愕相承。初謂徑且窮，既數逾之，衣袂
> 泠泠有聲。受吾趾者，皆若奔雲積雪。目之所聚，惟蒼寒肅肅而
> 已。〔註76〕

冬季的黃紅峪潭水在作者眼中並無肅殺之氣，而是清泠可愛，枯枝結冰如古
畫。潭邊之石，宛若「奔雲積雪」；冰下泉水激石，泠泠作響，如環佩之聲。

〔註75〕〔清〕高珩：《醒夢戲曲》，山東省圖書館藏清初刻本，卷一。
〔註76〕〔清〕趙進美：《清止閣集》，《山東文獻集成》（第2輯第29冊），山東大學
　　　　出版社，2009年版，第739頁。

想像奇特，表現出一種空靈潔淨的意境，如琉璃世界，所造之境與其雜劇《瑤
臺夢》中略同。足見作者匠心獨運，摹景體物之細緻，有柳宗元《永州八記》
之遺風。

　　王士禛的散文最出色的是序跋文和紀遊文。紀遊文中多見乎詩情，往往
融詩境於散文中。散文與詩歌兩種文體的相互滲透，在王士禛的散文上得到
集中體現。以王士禛金陵遊記《登燕子磯》為例：

　　　　東眺京江，西溯建業，自吳大帝以迄梁、陳，憑弔興亡，不能
　　一瞬。詠劉夢得「潮打空城」之語，惘然久之。時落日橫江，烏桕
　　十餘株，丹黃相錯。北風颯然，萬葉交墜，與晚潮相響答，悽懍慘
　　骨，殆不可留，題兩詩亭上而歸。〔註77〕

寫登臨燕子磯上亭所見，融寫景、敘事、議論於一體，並透露出時事變遷之
感，文筆疏宕雅正，意味雋永。又如《遊鍾山靈谷寺記》：

　　　　出通濟門，經天壇，壇已廢，彌望蔓草索煙而已。……午浴樓
　　下，樓後面屏風嶺，風逢逢自絕壑下，林木颯然有聲……梅花庵在
　　山門東，寒香數百樹，尚橫斜山翠中。周顒草堂、王安石定林舊址，
　　皆不可詳。會日夕，遂與上人別，樵唱滿山，悲風騷屑，澗水潺湲，
　　屢亂流而渡。昔人《登樂遊原》詩，若為今詠之。〔註78〕

遊金陵鍾山靈谷寺，所記風格淡遠，情景交融。再如《遊雞鳴山烏龍潭諸勝
記》：

　　　　登雞鳴寺，下瞰臺城，俯臨十廟，原野蕭瑟，林木蒼涼，悲風
　　卷蓬，西日欲匿。寺始於晉永康間，即南宋雷次宗開館、齊竟陵王
　　子良抄四部書處。齊武帝射雉鍾山，至此聞雞鳴，故又稱雞鳴埭矣。
　　禮志公像，登塔望後湖，湖亦號昆明池，故明貯天下版籍之所。今
　　綱罟勿禁，夕陽頹淡，野水縱橫，中惟荷葉田田千頃，鳧鷖將子，
　　十百成群，噯喋波間而已。十廟皆在山麓，帝王廟尤荒闃，童豎數
　　人，眠於輦路。羸馬脫羈，齕草階下。為太息久之。〔註79〕

　　以上所舉王士禛遊金陵記勝之作，無不體現著其含蓄蘊藉的詩風對散文
風格的滲透。作者所選雞鳴寺一帶風物，具有蕭瑟蒼涼的特點，與其內心

〔註77〕〔清〕王士禛：《王士禛全集》，齊魯書社，2007年版，第1577頁。
〔註78〕〔清〕王士禛：《王士禛全集》，齊魯書社，2007年版，第1570頁。
〔註79〕〔清〕王士禛：《王士禛全集》，齊魯書社，2007年版，第1569頁。

悵惘寂寥之情渾融不跡，所謂景語皆情語，用在此篇遊記文上亦是十分恰當的。

二、孫廷銓與趙執信的紀遊、考證散文

孫廷銓文史皆精，散文的成就大於詩歌，風格雄健雋逸。所作散文多為疏、序跋、題辭、墓誌銘，少數作品為遊記。清順治八年（1651），孫廷銓任禮部太常寺少卿，奉旨祭告會稽禹陵，途中所聞所見，纂輯成紀遊散文《南征紀略》。「紀中有史，詩中有畫」，以詩入文。紀遊與考證相結合，是孫廷銓紀遊散文的又一特點。《南征紀略》文中有詩，以詩入文者，如：

> 有柿林千樹，高下扶疏。雖四面林泉殊態，而高深同在一岩，其坡東多紅杏，西多海堂，春秋臨望，爛若雲霞。其樹悉托根，石稜叢條交蔭，雖盛夏生炎，提琴解帶，坐臥其間，夏夏涼生，流泉過席，不復知升降為煩近。……近復於亭下右偏，新築三楹，前列桐竹，後臨深作臺，以對趵泉懸瀑。自下望之，即闊干戶牖，悉在雲中也。時日將夕，禹年（即孫珀齡）為移席臨水，有越客善為越吟，撫鳴弦，吹洞簫，作「石上流泉」之曲，屬而和之。俄而谷嘯風生，輕雷驟過，相與負杖攜壺，凌風而返。閉戶籌燈，移牀聽雨，亦終夜有聲矣。〔註80〕

淄川柿岩之勝，可以解作者之憂。盛夏而不覺暑熱，因作者內心之清涼，故而能作此清涼之語。柿岩之景亦可寄託作者隱逸林泉之情懷，兼敘與友人孫珀齡柿岩之遊。文末以景語作結，韻味無窮，與詩歌有異曲同工之處。又如，記從京口渡江至丹徒江上之景色曰：

> 瓜州西渡，東至鎮江，津闊十里，金山秀出江中，舟中凝望翠巘，亭亭出波持立。又江湍迅急，山下多怪石，散布中川，小者若螺，大者若舫若覆夏屋，往來舟行委曲避之。〔註81〕

再如，記敘杭州府西湖之勝曰：

> 湖之小而名者，莫盛於武林西湖。環山負郭，映媚堤橋，塔寺所縈，畫舫是集，鏡臺是臨。抽琴命酌，於焉逍遙，以向之巨麗絜

〔註80〕〔清〕孫廷銓：《南征紀略》，《四庫全書存目叢書》（史部第 128 冊），齊魯書社，1997 年版，第 222 頁。

〔註81〕〔清〕孫廷銓：《南征紀略》，《四庫全書存目叢書》（史部第 128 冊），齊魯書社，1997 年版，第 233 頁。

之，猶杯中一泓耳。〔註82〕

以「杯中一泓」來寫西湖之小巧，可見筆墨之精練，比喻之新奇。類乎詩歌中作警語也。此外，孫廷銓在寫景、敘事的同時，把議論說理一併融入散文，使得散文的學術性加強。孫廷銓在經諸城縣南行至石門村時，描寫途中之景及槲葉養蠶之場面云：

> 自縣南行，入一谿中。兩岸夾山，層峰遠近包絡，村煙堤沙，
> 岸柳曲折，隨流高下，川原翠浮。馬首七十里，至石門村，宿焉。
> 其中沙石粼粼，一溪屢渡。山半多生槲樹林，是土人之野蠶場。……
> 槲葉初生，狩狩不異桑柔，聽其眠食。食盡即枝枝相換，樹樹相移，
> 皆人力為之。彌山徧谷，一望蠶叢。〔註83〕

並對蠶繭的外形、色澤、性能等進行了詳細地論述，實用性與審美性結合起來：

> 做繭大者二寸以來，非黃非白，色近乎土，淺則黃壤，深則赤
> 埴，粉如果蓏。繁實離離，綴木葉間，又或如雉雞殼也。……又其
> 蠶小者，作蠶堅如石，大才如指上螺。在深谷叢條間，不關人力，
> 樵牧過之，載橐而歸，無所名之，曰山蠶也。其繰備五善焉：色不
> 加染，黯而有章，一也；浣濯雖敝不異色，二也；日御之，上者十
> 歲不敗，三也；與韋衣處，不己華，與紈縠處，不己野，四也；出
> 門不二服，吉凶可從焉，五也。〔註84〕

清代散文學術性的加強，從康熙初年孫廷銓的《顏山雜記》初露端倪。此書成於康熙三年至康熙五年孫廷銓病居顏山期間。孫廷銓有感於顏神鎮之風物、人文長期失真且考之不詳，遂綜括大端作《顏山雜記》四卷。趙進美認為「簡而有法，潔而多姿，上追《考工》、《爾雅》，下亦不失應劭、酈道元。」〔註85〕對益都縣顏山地區的山谷、水泉、城市、官署、鄉校、逸民、孝義、風土、歲時、長城、考靈、泉廟、災祥、物變、物產、物異、逸文十二個條目

〔註82〕〔清〕孫廷銓：《南征紀略》，《四庫全書存目叢書》（史部第128冊），齊魯書社，1997年版，第239頁。

〔註83〕〔清〕孫廷銓：《南征紀略》，《四庫全書存目叢書》（史部第128冊），齊魯書社，1997年版，第227頁。

〔註84〕〔清〕孫廷銓：《南征紀略》，《四庫全書存目叢書》（史部第128冊），齊魯書社，1997年版，第228頁。

〔註85〕〔清〕孫廷銓：《顏山雜記》，《清代詩文集彙編》（第42冊），上海古籍出版社，2010年版，第141頁。

進行考證，敘述言簡意賅。

益都顏神鎮，「襟阜帶溪，向背得所，高岫霞蒸，清泉脈錯，自是百年以來民生日繁、人文日興」，歷經變亂，仍巋然獨完，其得山川之勢由茲可見。孫廷銓記述當地的甕口嶺時云：

> 自土門道至青石關二十里，兩山夾谿，岩壁峻竦，……谷鳥弄於陰林，夕日層陰，徘徊屢顧，誠樵隱之槃居、羈途之逸駕矣。參政四明陳沂詩：「萬嶺千山一道分，向空盤磴歷青雲。丹楓黃菊爭秋色，白石蒼崖共夕曛。長劍倚峰當面立，淨琴流水傍車聞。秦關蜀棧無踰此，絕險真穿虎豹群。」〔註86〕

此篇後又收錄王世貞、孫寶侗詠甕口嶺之詩。語言簡潔典雅，寫景有身臨其境之感，不僅具有地理學價值，亦具有較高的文學史料價值。《顏山雜記》大量收錄了時人吟詠山川名勝的詩文，好友趙進美的詩文是孫廷銓重點著錄的對象。卷一記山川「石馬山黃紅峪」時，引用了趙進美的《遊黃紅峪記》並詩；記「西阜」時，引用了孫廷鐸的《清明飲西阜》詩。記水泉「孝泉」時，引用趙進美的《孝泉》詩；記「二女泉」，引用了趙進美的《疏泉記》；記「范泉」時，則引了趙進美的《范泉》詩。

孫廷銓著書時，搜輯了大量的文獻資料，並對各種資料進行分析研究。如卷三中在考察「顏文姜靈泉廟」時，輯錄了晉代郭緣生《續述征記》、唐代李亢《獨異志》，以及宋碑三方、金碑一方、蒙古碑文一方、元代碑文兩方、明代碑文一方、清代碑文兩方、宋敕一條；並採錄了《青州府志》等地方志、民間傳說等，對顏文姜靈泉廟進行了追本溯源式的考證。

卷三的「籠水辨」，關於民間流傳的顏文姜故事，按照事理，裁其是非：

> 夫姑之嗜水，量非杯勺，實取屨飫。文姜既感泉生於室，當必顯告於姑，以慰旦夕之求，今掩覆秘密，居為私藏，若將懷慳市重於姑者，孝者，固若是乎？其謬一也。婦禮無出門之義，而文姜至以遠汲為勤，則是室無多口；室無多口，則必居無廣宅。環堵之間，一席之地，姑來婦往，靡日不通，曷有耳目之前可容蓋藏，不虞終露？雖愚者不為，其謬二也。文姜既以至孝格天，天恤其勤而生此水，恤婦也，實以慰姑，又何昭示而令蓋藏？慰姑也，又須避姑，

〔註86〕〔清〕孫廷銓：《顏山雜記》，《清代詩文集彙編》（第42冊），上海古籍出版社，2010年版，第146頁。

若其不受於天而有私覆，無端懷異，不為善承。其謬三也。姑即不
仁，有婦如此，宜從孝格。果疑此水，當從面詢，何必瞰亡乃來發
覆？……其謬四。天生此水，既以應姑之求，則應發之無罪，即其
有罪，當緣孝婦之心而恕之，何遽為殃……其謬五也。此緝籠者，
當受於天乎，抑成於人耶？若受於天，則事等於虹流星實，當有光
怪先動里閭，不必覆泉然後著異。若還成之於人，一桮棬寠藪耳，
曷有神力足為變徵，蓋則水渟，發則泉湧，其謬六也。姑嗜此水，
須飲無時，婦取呈姑，日焉三發，乃婦頻發而不驚，姑一發而致患，
是必姑之惡毒觸犯神明，忽焉降割。惡毒之人，不應鑒憐先為生水，
其謬七也。〔註87〕

孫廷銓在文後感慨學者不察其害義，遽援引入書，認為著書者應詳察其義，
不應引荒誕失實之言。此「籠水辨」，實見孫廷銓治學態度之嚴謹、考辨之
詳盡。

孫廷銓的《顏山雜記》對趙執信考證散文是有影響的。趙執信的散文集
有《飴山文集》，最多的是墓誌、行狀，其次是序跋，再次是雜文。這些雜文
中有少量考證類的散文，如《原山考》、《分境議》兩篇，顯示出趙執信博學的
同時，也與雍正朝學術思潮的興盛息息相關。

由於趙執信與孫廷銓同邑，再加上趙氏與孫氏家族的聯姻關係，趙執信
自然是看過先賢孫廷銓的《顏山雜記》。並對其中的某些篇章，如「山川」產
生了興趣或存疑，進而在《顏山雜記》的基礎上對顏神鎮的自然山川進行了
考察，辨偽存真。可以說，趙執信吸收了孫廷銓的追根溯源的文獻考證方法，
並對孫廷銓實地考察不足的方面進行了評論：

鄉先達孫文定公，病新志之陋，更為《顏山雜記》，云：「岱去
長白二百里，中間之山大於長白者多有，圖經皆無專名。」蓋為茲
山鳴其不平也。公素稱博洽，其他著述，頗引《水經注》，而於此獨
茫昧不之考，殊不可解。蓋其書成於里居之後，以故相之尊，不復
能涉歷幽僻，惟寄其耳目於其次子寶侗。貴胄疏庸，形子翰墨，無
足怪者。〔註88〕

〔註87〕〔清〕孫廷銓：《顏山雜記》，《清代詩文集彙編》（第42冊），上海古籍出版
社，2010年版，第185頁。
〔註88〕〔清〕趙執信：《趙執信全集》，齊魯書社，1993年版，第512頁。

　　泰山距鄒平長白山，凡二百多里，其間山大於長白山者眾多。然而孫廷銓當時已五旬，不可能親歷跋涉，因此考證多流於粗陋。清康熙三十六年（1697）至雍正十一年（1733）間〔註89〕，趙執信有感於葉先登主持纂修的《顏神鎮志》謬誤頗多，欲在先賢孫廷銓考證的基礎上再作深入考察。在文獻分析的基礎上，趙執信進一步加強了身至其地而詳考的考察方法：

> 余曾以暇日策蹇獨出，由青石關至原山之極南，有分水嶺，其水東流為淄，西流為汶，跡甚分明。始信酈《注》之可貴，尚因歎著書之難。夫山川傳自往古，非如郡縣城郭，歷代數有遷改，名、境混淆。何以三代以來之名山，而泯滅以至於此？總由臨文者信耳耳不信目，任手則不任足，學術日疏，文章掃地。本朝奉諭旨休《一統志》，六十年而不成。藉使酈道元者主之，胡渭佐之，于欽以上者為之繙閱奔走，則煌煌大觀立見於盛世矣。〔註90〕

　　由此可見，趙執信的《原山考》的確是在孫廷銓《顏山雜記》的基礎上進一步考證的結果。趙執信在孫廷銓的基礎上，考證出淄水所出之原山。並感慨著書之難、學術日疏，提出了著書應重視學術，重視實地考察，在當時具有一定的意義。

　　《分境議》敘益都縣顏神鎮改建博山縣之規劃與方案，執事得以採納，終於在清雍正十二年（1734）間建博山縣，文字優美曉暢。趙執信在文中敘述改建的必要性：

> 至青石一關，乃齊魯之巨防，此邦之門戶，鎮顧不得而有之，則建置乖方，當事者受其過矣。緣此二者，遂使三代以上之名山及雄關巨防，皆自棄於無用之地，泯然不得效靈於盛世，非士大夫之恥乎？

設縣的地理依據：

> 自原山北去至大峪口而斷，其中一水名石白河，東入孝婦河，此天然與淄川分界者也。自原山南下稍遠，越甕口嶺，至分水嶺而

〔註89〕關於趙執信《原山考》的寫作年代，筆者認為大致在清康熙三十六年至雍正十一年間。依據如下：雍正十一年，趙執信的《分境議》是在《原山考》的基礎上寫就，故《原山考》的寫作時間應不晚於雍正十一年。《原山考》中引胡渭的《禹貢錐指》，而此書成書於康熙三十六年，因此《原山考》的寫作時間應不早於康熙三十六年。

〔註90〕〔清〕趙執信：《趙執信全集》，齊魯書社，1993年版，第513頁。

低，其水西流為汶，東流為淄。由青石關外入長峪道，貫乎益都之
境，此天然與萊蕪分界者也。盡取二界中間為新縣有，西與章丘接
壤，則得山、得關、得地利矣。山中之民，近依新縣，作息嘻嘻，
永無勞苦，則得人和矣。〔註91〕

依據原山與其他各縣的天然界限作劃定，並指出這樣劃縣盡得地利與人和，
百姓從此不再受科擾之煩。從《分境議》中涉及的山川河流等疆域知識，可
見趙執信確實進行過實地考察，其剖析源流的考證精神和素養可見一斑。趙
執信的散文考據精確，無牽合傅會，吳江王鳴盛謂趙執信之文「瀏漓頓挫，
清絕滔滔」。其餘散文如《毛詩名物疏鈔》考《詩》之名物；《禮俗權衡》欲
歸齊地之正俗，旁及老、莊、陰符、名、法諸家，皆一一剖析其源流，洞如
觀火。

三、趙執信對王士禎散文的吸收

趙執信認為王士禎之文，「又計當世之文，無逾新城王先生。而先生與公
（趙進美），累世交契，周旋最久，習亦無逾先生者。執信狀公而有所不知，
先生其知之。況執信學於先生者，雖荒略，敢以為請。」〔註92〕意欲請王士
禎為先叔祖撰墓誌銘。趙進美與王士禎累世交契，王士禎自然十分熟悉趙進
美的事蹟。清康熙三十八年（1699），趙執信先作行實，後王士禎據此撰墓誌
銘，兩人或有相互切磋之實。

王士禎的散文理論可見於其序文中。王士禎曾在《半部集序》中論唐宋
之文曰：「唐之文氣勁而節短，其失也尨瑣而詭僻，宋之文氣舒而節長，其失
也嘽緩而俗下。」〔註93〕斟酌於唐宋之文，王士禎認為唯有「勁而不詭，舒
而不俗」之文，方可流傳。綜而論之，王士禎的散文創作與其散文理論基本
上是一致的，其散文本於六經，哀而不傷，樂而不淫，體現出一種溫柔雅正
之風，這與康熙朝的文壇風尚亦是相合的。

康熙四十一年（1702），趙執信為長洲沈東田詩集作序，其《沈東田詩
集序》中，曾言自己少年時性格狂易，始得官時，又有飛揚跋扈之氣，嘗謂
溫柔敦厚之文類「閨閣」之文。被斥後，「山居久之，學雖未進而氣日以和，

〔註91〕〔清〕趙執信：《趙執信全集》，齊魯書社，1993 年版，第 515 頁。
〔註92〕〔清〕趙執信：《趙執信全集》，齊魯書社，1993 年版，第 483 頁。
〔註93〕〔清〕王士禎：《王士禎全集》，齊魯書社，2007 年版，第 1790 頁。

粗有窺於風雅比興之旨。」〔註 94〕蓋溫柔敦厚之文，乃得《詩》教之真傳。可見，趙執信罷官後開始認同並讚賞溫柔風雅之文，其散文觀與王士禛是相近的。

趙執信與王士禛多有書信往來。康熙二十九年（1690），罷官的趙執信寄書與王士禛，言及「秋雨霑足、山泉四溢，臨流坐石、日誦莊騷」之生活狀態。是年冬，王士禛作《雪中再寄伸符宮贊二絕句》寄與趙執信，表達思念之情。康熙三十年（1691），趙執信為王士禛作《西城別墅十三詠為阮亭侍郎作》，其中有「中有披髮翁，雅調抗千古。余亦絕俗人，和歌出商羽」。〔註 95〕意謂十分欣賞王士禛之絕俗雅調。康熙三十六年（1697），趙執信的好友閻若璩，致書趙執信，言及王士禛《唐賢三昧集》中「多舛錯」或「校者之失」。後趙執信寓書與王士禛。〔註 96〕康熙四十六年（1707）至四十八年（1709）間，趙執信寄信札與王士禛欲釋言，信中稱其「特不忍負三十年之知己」，〔註 97〕得知：趙執信三十年來一直引王士禛為知己，故二人無論在詩歌或是散文創作上，均應有相互影響。趙執信與王士禛本為甥婿，確實曾學散文於王士禛，「又計當世之文，無逾新城王先生……況執信學於先生者，雖荒略，敢以為請。」〔註 98〕「追隨十載，深知鄙性好為狂迂之論。」由上述分析可知，趙執信的散文創作確實受到王士禛的影響。

（一）用史家筆法，反映社會現實

王士禛的碑傳類散文，文末多有「論曰」「王士禛曰」「士禛曰」等評論性質的文字，可知這些碑傳散文是用史家的筆法、史評的形式寫出。如《任民育、楊定國傳》中，王士禛為明末抗清名臣揚州知府任民育自縊殉節之事作傳，文末有評：

> 王士禛曰：予以順治庚子理揚州，士大夫為予述民育事，甚烈。民育畢命處在太守廳事西偏，血凝碧，陰雨猶髣髴可見。時距其死十六年矣。會修郡志民育死節事略而不書，予懼其無傳也，得楊諭

〔註 94〕〔清〕趙執信：《趙執信全集》，齊魯書社，1993 年版，第 376 頁。

〔註 95〕〔清〕趙執信：《趙執信全集》，齊魯書社，1993 年版，第 81 頁。

〔註 96〕〔清〕趙執信：《趙執信全集》，齊魯書社，1993 年版，第 536 頁。

〔註 97〕據陳汝潔《王士禛、趙執信交惡真相考》一文，年近五十歲的趙執信，曾於康熙四十六年至康熙四十八年間寄信札與王士禛欲釋言。

〔註 98〕〔清〕趙執信：《中大夫福建提刑按察使司按察使先叔祖韞退趙公暨元配張淑人合葬行實》，《趙執信全集》，齊魯書社，1993 年版，第 483 頁。

德士聰所述任揚州始末，略之為傳。〔註99〕

傳記末尾，王士禎稱此傳是根據楊士聰所述任民育為揚州知府的始末而寫就的。因楊士聰與任民育同為濟寧人，其所述應是詳盡的，這樣一來便保證了此篇傳記的客觀性與真實性。

人物傳記《雙忠祠記》，純用史家筆法，不摻雜個人情感：

> 余聞之，國君死社稷，大夫死眾，士死制，禮之訓也。忠信以為甲冑，禮儀以為干櫓，劫之以眾，沮之以兵，見死不更其守，儒之經也。委質為臣，不幸而丁衰亂之世，又不幸而處危疆存亡之秋，雖有弘濟艱難之略，無所用之。成仁取義，惟一死耳。〔註100〕

此篇所寫為明末巡按御史宋學朱與歷城縣令韓承宣守城抗清殉難之事蹟。本著客觀敘述的原則，用儒家經典禮儀來闡釋二人捨生取義的行為。又如《霜皋先生墓誌銘》，揭示了明末朋黨相爭、政治黑暗的現象：

> 崇禎末，天下大亂，人主孤立於上，朝臣方持門戶，競為朋黨，不復以國事為意。先生慨然謂人曰：「今天下有大弊四：戡亂保邦，須經濟才，制科以虛文取之，所取非所用，弊一；廷臣日以門戶恩讐相傾軋，賢者不免，弊二；右文左武，刀筆吏得持將帥短長，弊三；三營官軍，詭寄糜餉者什八九，倉卒有變，不知何以待之，弊四。」〔註101〕

通過王世德之言，指出了明末崇禎朝的四點弊端：以虛文取士、權臣傾軋、重武輕文、詭寄糜餉。

而趙執信的碑傳文，篇末亦有「趙執信曰」（《王壽州傳》、《房舍人傳》、《孫中郎家傳》）、「贊曰」（《奉直大夫陝西興安州知州賈君傳》、《兩馮君家傳》）、「趙子曰」（《史夫人家傳》）、「評曰」（《張孺人家傳》）等評論文字。趙執信的傳記散文，其中有揭露社會黑暗現實、針砭世風的一面。《伯績張先生暨元配相孺人合葬墓誌》，其中敘萊陽縣令黃某賄賂縣吏，誣告張禹玉，致使其背井離鄉長達十六年之久：

〔註99〕〔清〕王士禎：《帶經堂集》，《清代詩文集彙編》（第 134 冊），上海古籍出版社，2010 年版，第 346 頁。

〔註100〕〔清〕王士禎：《帶經堂集》，《清代詩文集彙編》（第 134 冊），上海古籍出版社，2010 年版，第 760 頁。

〔註101〕〔清〕王士禎：《帶經堂集》，《清代詩文集彙編》（第 134 冊），上海古籍出版社，2010 年版，第 665 頁。

然性不能容人之惡，以故鄉里纖人多怨之。適縣令黃某與先生
有卻，積久逾深，眾共喉令誣先生不法事，巡撫中丞疑不奏。久之，
中丞後至者始視事，黃令略老吏雜先生訟牘於前政大案中趨奏之，
先生遂避地遠出，轉徙南中，涉山左境，通十有六年。……未幾，
劾黃某貪黷不職，下吏論死，會赦，得末減去。先生亦在赦中，自
顧不能委曲於胥吏之手，匍匐訟庭，仰秉憲者鼻息，以求寬釋，故
寧甘輾轉道路，以終其年，蓋有東漢烈士之風焉。〔註102〕

張禹玉因嫉惡如仇，小人多怨恨之。趙執信在張禹玉墓誌銘中，揭露了清代
吏治的黑暗。完全是客觀敘事，語言省淨，「上追司馬、班、蔡，成一家言，
備後日史官所採耳」。

（二）善用比喻、譬喻說理

趙執信的《潛邱先生墓誌》，讚揚閻若璩的求實精神，批評了後世做學問
者「剽賊浮華」、「迂疏言理」之風：

其於書無所不讀，又皆精晰而默識之。其篤嗜若當盛暑者之慕
清涼也；其細若織紉者之於絲縷纖縞也；其區別若老農之辨黍稷菽
粟也；其用力，雖壯夫駿馬日馳數百里，不足以喻其勤；其持論，
雖法吏引囚決獄，具兩造，當五刑，不足以喻其嚴也。〔註103〕

趙執信在閻若璩墓誌中，讚其為古之學者，篤好讀書、辨駁精嚴、用力之勤、
持論之嚴。連用了五個比喻、排比句，增加了文章的氣勢。復如《送閻復申歸
山陽序》中，門人閻復申試於禮部，為當事者所黜。趙執信以泉為喻，寬慰閻
復申云：

夫竭泉，人知其不可酌也；雖牛馬，亦知其不可飲也。若茲泉
者，吾與女則甘之，兒童婦女之汲者，行道之人掬而飲者，日以十
數，而未知有稱也，牛馬或棄而奔矣。余，竭泉也；子，猶斯泉而
未遇甘之者也。雖然，彼江河之大，終古無竭也，曲折千萬里，山
川草木，蟲魚鳥獸，世間之物，無不有也……子其歸而務植其學以
至於江河乎？時將不違乎子。〔註104〕

以「茲泉」喻閻生，謂其未遇甘之者，望其「植其學」，深根固柢，時將不違

〔註102〕〔清〕趙執信：《趙執信全集》，齊魯書社，1993 年版，第 464 頁。
〔註103〕〔清〕趙執信：《趙執信全集》，齊魯書社，1993 年版，第 442 頁。
〔註104〕〔清〕趙執信：《趙執信全集》，齊魯書社，1993 年版，第 405 頁。

願矣。趙執信提攜鼓勵後進如此。

王士禎十分擅長在散文中運用比喻來闡釋自己的見解。《黃湄詩選序》中曰：「某者為唐，某者為宋，李杜蘇黃強分畛域，如蠻觸氏之鬥於蝸角而不自知其陋也。」「河水發源崑崙七萬里而入海，江水發源天彭闕亦萬里而入海，至其生於天，一放乎歸墟則一而已矣。世人顧欲以坳堂之見測江河之大，其不見笑於大方之家者幾希。」〔註105〕王士禎分別以蠻觸氏蝸角之鬥以及江河水、坳堂之水為喻，說明不管是摹擬李杜，還是傚仿歐梅蘇黃，門戶之爭均是持一己之陋見，正如一葉障目不見森林。再如其為門人莆田林石來作《玉岩詩選序》：

> 採玉於于闐、勃律之間，而或遺徑之璧，玉人相之，登以華簏，襲以緹巾，十五城不以易焉，而玉重矣。求木於鄧林，豈尋以往，皆足備欂櫨庼階之用，而或遺豫章之材，工師度之，獻諸明堂，任以樑棟，飾以雕鏤文采，而木重矣。文章之士亦然。」〔註106〕

王士禎言林石來之詩文溫潤、縝密，而譬之以玉與木。同時又以玉人與工師喻推擇薦舉之人，因有玉人之華簏與緹巾，玉才得以價值連城；因有工師度木，加以雕鏤，木得以成為棟樑之才，藉以說明伯樂的重要性。門人林石來有詩才，惜懷才不遇，未能選入文學侍從以及翰林史官之列，而自己不能為其推擇薦舉，甚有愧情。

王士禎與趙執信的散文，均善於運用比喻，把抽象的道理與事物變得形象可感，並以淺顯曉暢的語言表達出來，使散文富於很強的感染力，文質兼備。可見趙執信對王士禎散文寫作手法的吸收。

（三）注重側面烘托，環境描寫

王士禎的散文在刻畫人物時，往往著重環境描寫，以突顯人物性格，展現人物神采。正如湖山可增人之秀，泉流可增人之潔，有時寫景即是寫人，環境與人物已經高度融合。

王士禎冬遊長白山嘯園見山亭（張茂蘭故園）時，逢「山雪清寒，竹風蕭瑟」之景，由此想見濟南張茂蘭之風韻也。（《張東谷先生傳》）在《候選知

〔註105〕〔清〕王士禎：《帶經堂集》，《清代詩文集彙編》（第 134 冊），上海古籍出版社，2010 年版，第 321 頁。

〔註106〕〔清〕王士禎：《帶經堂集》，《清代詩文集彙編》（第 134 冊），上海古籍出版社，2010 年版，第 322 頁。

縣馬君墓誌銘》中，刻畫安丘馬長春不屑功名、篤嗜名茶的形象：

> 數困公車，不以屑意。治圃數畝，有古木數百章，修竹千挺，
> 又植昌州海棠、紅梨各一株於草堂之側。布袍草履，日婆娑其間，
> 樂而忘老。性嗜茶，茶具必精好，嘗蓄名茶，茶客至論文輒自前點
> 飲，客以為樂。蕭然欲友陸鴻漸、段碣之之流於千載之上。〔註107〕

馬長春愛茶如陸羽、段碣之，蕭然自得，怡而忘老。再如《范縣儒學教諭候
補知縣趙君子靜墓誌銘》中的環境描寫，描寫妹夫趙作耳澗園曰：

> 其地在鎮東北五里，平地忽起小山，東西兩溪抱山而流，坳窪
> 岈突，具高深之態，君考卜築「澗園」於此。藝花竹，治亭榭，景物
> 幽絕。君益增葺之。余以丙戌春訪君園居，汀渚迴複，亂流而渡，板
> 橋數折，始達於園。入門聞泉聲瀧瀧，在竹中伏而不見，忽有大聲如
> 千兩車，作瀑布，自懸崖噴薄而下，則東溪與西溪匯處也。〔註108〕

趙作耳之澗園，幽絕高深，其中自有幽人居焉。東西兩溪合處最幽，山巔最
高處築可亭，飛瀑穿松林，「偶來臨水坐，已似入山深」。〔註109〕正所謂，
以清幽奇絕之境襯托清奇之人、清奇之事。環境與人物已達到密不可分的
境界。

趙執信的散文刻畫人物時，亦通過側面描寫，加以烘托映襯，來表現人
物的性格風采。趙執信描寫從父趙作肅異於俗者時，則先寫其短衣獨騎，歌
嘯自得來展現其獨特的個性。如《先府君行略》中，刻畫其父趙作肱曰：

> 先王父舊闢園林於秋谷之北，范泉之南，疏池構亭，擅一方之
> 勝。府君增其臺榭，殖其卉木，名之曰「因園」。自春徂秋，無日不
> 往。往則具壺觴，命絲竹，坐客則周親老友，侍以弟侄兒孫，聽歌
> 對弈，流連共醉，歲以為常。守土官長及殊方勝流造訪者，率以疾
> 辭。其有徑詣園中者，亦藹然延納，屨屨杖藜，談笑無倦，語不及
> 朝廷事。或以郡縣利弊相諗者，亦不酬答。識者咸謂風致似謝太傅，
> 而曠遠不啻過之。遊人至者，無問文俗，或識與不識，分泉占樹，

〔註107〕〔清〕王士禛：《帶經堂集》，《清代詩文集彙編》（第134冊），上海古籍出
版社，2010年版，第388頁。

〔註108〕〔清〕王士禛：《帶經堂集》，《清代詩文集彙編》（第134冊），上海古籍出
版社，2010年版，第875頁。

〔註109〕〔清〕王士禛：《古夫于亭稿》，國家圖書館藏清康熙四十六年林佶寫刻本，
卷一。

　　聽其自適，有鷗鳥忘機之意。〔註110〕

趙執信描寫其父趙作肱在因園中，同子侄兒孫引壺觴、聞絲竹、相對弈的陶
然自適生活。如同隱居在山陰的謝安一樣，不問世事，只談山水；忘卻心機，
可與鷗鷺為盟。又如《耿益都東歸擁馬圖記》中，趙執信通過側面描寫益都
縣令耿君之賢德：

　　　　客曰：「昔者吾宿於村舍，辨色而發，則道周之人盈焉：立者，
　　坐者，跂者、踞者，步者，羸而扶掖僂而杖者，負攜孺稚者，具衣
　　冠者，手壺榼者，衣結履穿者，緇而髡者，婦女作隊相牽曳者，皆
　　舉首注目，曰：『耿君且至。』初陽欲升，塵霧未豁，有數騎自西馳
　　來，馬瘏裘敝，寒色可掬也。道周之人趨風而前。有乘駑者，面黧
　　黑，髭鬢斑白，眾咸擁之。或捧其轡，或戴其足，翕然拜跪，歡號
　　叫哭，聲如風雨，吾意此耿君矣。」〔註111〕

耿君因有公事而遠赴塞北，非百姓之所願，待耿君歸益都時，百姓夾道迎接，
場面闊大。耿君自西歸來，十步一下馬，一里而百酹。耿君近州城時，百姓空
城盡出，張幕升旌，鼓吹動地。

　　綜上所論，趙執信與王士禎二人在交往過程中，散文風格有類似之處，
此可作為趙執信對王士禎散文吸收的證據。

〔註110〕〔清〕趙執信：《趙執信全集》，齊魯書社，1993年版，第497頁。
〔註111〕〔清〕趙執信：《趙執信全集》，齊魯書社，1993年版，第415頁。

第六章　孝婦河家族與蒲松齡、
唐夢賚的文學關係

第一節　王士禎與蒲松齡在文學上的雙向互動

　　蒲松齡與王氏家族的王士禎、王士祿、王啟座皆有文字交往。蒲松齡在畢氏家族坐館時結識進而私淑王士禎，王士禎還為蒲松齡評定詩歌，蒲松齡詩歌中閒適自然的風格，應是受到王士禎淡遠詩風的影響。王士禎創作「談異」筆記時，曾採《聊齋誌異》中的數則入《池北偶談》。

一、王氏家族及王士禎對蒲松齡的影響

（一）王氏家族對蒲松齡創作的影響

　　蒲松齡在撰寫《聊齋誌異》的過程中，收錄了王氏家族的奇聞異事，如《王司馬》、《齙石》、《廟鬼》、《四十千》等。《王司馬》一篇，以王氏家族的王象乾作為談異對象。「王司馬新城王大司馬霽宇，鎮北邊時，常使匠人鑄一大杆刀，闊盈尺，重百鈞。每按邊，輒使四人扛之。鹵簿所止，則置地上，故今北人捉之人力撼不可少動。司馬陰以桐木依樣為刀，寬狹大小無異，貼以銀箔，時於馬上舞動。諸部落望見，無不震驚。又於邊外埋葦薄為界，橫斜十餘里。狀若藩籬，揚言曰：『此吾長城也。』北兵至，悉拔而火之。司馬又置之。既而三火，乃以炮石伏機其下，北兵焚薄，藥石盡發，死傷甚眾。既遁去，司馬設薄如前。北兵遙望皆卻走，以故帖服若神。」〔註1〕蒲松齡描寫了

〔註1〕〔清〕蒲松齡：《聊齋誌異》，嶽麓書社，1988年版，第384頁。

王象乾的足智多謀，其用桐木作鐵刀、在葦界下置炮石震服敵人。

《䣢石》一文，記載新城王與敕家有王姓馬夫者，入嶗山學道，以白石果腹的異事。「新城王欽文太翁家，有圉人王姓，幼入勞山學道。久之，不火食，惟啖松子及白石，遍體生毛。既數年，念母老歸里，漸復火食，猶啖石如故。向日視之，即知石之甘苦酸鹹，如啖芋然。母死，復入山，今又十七八年矣。」〔註2〕蒲松齡聽聞了關於王氏家族僕人的奇異事，記錄在《聊齋誌異》卷中。雖然王士禎《池北偶談》中的《啖石》與蒲松齡此篇亦記載此僕人之事，且王士禎記載甚詳於蒲松齡，但二者並未存在抄錄關係。

《廟鬼》記述新城王象坤曾孫王啟後遇城隍廟中的泥鬼作怪一事。《四十千》則記新城王象乾的管家僕人生子，為前世夙孽，債還而子亡之事。文曰「新城王大司馬，有主計僕，家稱素封。忽夢一人奔入，曰：『汝欠四十千，今宜還矣。』問之，不答，徑入內去。既醒，妻產男。知為夙孽，遂以四十千捆置一室，凡兒衣食病藥，皆取給焉。過三四歲，視空中錢，僅存七百。適乳姥抱兒至，調笑於側。因呼之曰：『四十千將盡，汝宜行矣。』言已，兒忽顏色蹙變，項折目張。再撫之，氣已絕矣。乃以餘資治葬具而瘞之。此可為負欠者戒也。昔有老而無子者，問諸高僧。僧曰：『汝不欠人者，人又不欠汝者，烏得子？』蓋生佳兒，所以報我之緣；生頑兒，所以取我之債。生者勿喜，死者勿悲也。」〔註3〕

以上這些記述新城王氏家族的佚聞，很可能是蒲松齡坐館畢氏家族時所聽聞的，再加以藝術化地加工而成。畢氏家族與王氏家族世代聯姻，如王象乾、王象賁、王象震、王象艮、王象龍均娶畢氏家族之女為妻。畢氏家族與王氏家族過從甚密，畢氏家族定流傳著關於王氏家族的奇談，這為蒲松齡的創作提供了素材，可看作是王氏家族通過畢氏家族間接對蒲松齡創作《聊齋誌異》產生的影響。

（二）王士禎對《聊齋誌異》的點評

據蒲松齡同邑王培荀《鄉園憶舊錄》載：「吾淄蒲柳泉《聊齋誌異》未盡脫稿時，漁洋每閱一篇，寄還按名再索，來往札余俱見之，亦點正一二字，頗覺改觀。……《誌異》有漁洋頂批、旁批、總批。」〔註4〕可知，在蒲松齡創作

〔註2〕〔清〕蒲松齡：《聊齋誌異》，嶽麓書社，1988年版，第42頁。
〔註3〕〔清〕蒲松齡：《聊齋誌異》，嶽麓書社，1988年版，第25頁。
〔註4〕〔清〕王培荀：《鄉園憶舊錄》，齊魯書社，1993年版，第78頁。

《聊齋誌異》期間，王士禎評點過其文稿，有頂批、旁批、總批等形式。

在蒲松齡寄與王士禎的信札中，有「前拙《志》蒙點志其目，未遑繕寫。今老臥蓬窗，因得以暇自逸，遂與同人共錄之，輯為二冊，因便呈進。猶之四本論，遙擲急走，惟先生進而教之。」數語，知王士禎確為《聊齋誌異》作過點評、批點。據袁世碩先生《蒲松齡與王士禎》一文考證：清康熙二十六年，王士禎丁父憂期間，到淄川畢氏家族弔唁畢盛育時，結識蒲松齡。後向蒲松齡借閱《聊齋誌異》，並做了評點。

王士禎對《聊齋誌異》的評點，對蒲松齡來說無疑是一種肯定與鼓勵，從中亦可見這些篇目對王士禎後來創作《池北偶談》的影響。王士禎對《聊齋誌異》中的 33 篇筆記作了評點，共有 36 條批語。〔註5〕

王士禎所評《聊齋誌異》篇目分別為：卷一中的《噴水》、《王六郎》；卷二中的《俠女》、《酒友》、《蓮香》、《張誠》、《巧娘》、《口技》、《紅玉》、《狐聯》；卷三中的《金陵女子》、《閻羅》、《連瑣》、《連城》、《汪士秀》、《商三官》、《鴝鵒》、《阿霞》；卷四中的《青梅》、《促織》、《柳秀才》、《豐都御史》、《狐諧》、《小獵犬》；卷五中的《趙城虎》、《武技》、《荷花三娘子》；卷八中的《蔣太史》、《邵士梅》；卷九中的《於去惡》、《張貢士》、《王司馬》、《郭安》。其中《促織》、《狐諧》、《武技》各有評語 2 條，其餘各有評語 1 條。

王士禎的評語大概分為以下幾類：一、辨分真偽、考訂典事。王士禎學識淵博，評點中有大量考訂、考證性質的評語，如評《噴水》：「玉叔襁褓失恃，此事恐屬傳聞之誤。」〔註6〕評《王六郎》：「月令乃東郡耿隱事。」評《口技》：「頗似王於一集中《李一足傳》。」評《邵士梅》：「邵前生為棲霞人，與其妻三世為夫婦，事更奇也。高東海以病死，非庾死，邵自述甚詳。」〔註7〕評《張貢士》：「豈杞園耶？大奇。」評《王司馬》：「今撫順東北哈達城東，插柳以界蒙古，南至朝鮮，西至山海，長亙千里，名『柳條邊』，私越者置重典，著為令。」〔註8〕二、對人物形象的品評。如評《蓮香》：「賢哉蓮娘，巾幗中吾見亦罕，況狐耶！」〔註9〕評《紅玉》：「程嬰、杵臼，未嘗聞諸巾幗，況狐

〔註5〕參見王清平：《王士禎評點〈聊齋誌異〉條目補證》，《蒲松齡研究》，1999 年第 4 期。

〔註6〕盛偉：《蒲松齡全集》，學林出版社，1998 年版，第 42 頁。

〔註7〕盛偉：《蒲松齡全集》，學林出版社，1998 年版，第 347 頁。

〔註8〕盛偉：《蒲松齡全集》，學林出版社，1998 年版，第 871 頁。

〔註9〕盛偉：《蒲松齡全集》，學林出版社，1998 年版，第 194 頁。

耶。」評《商三官》:「龐娥、謝小娥,得此鼎足矣。」〔註10〕評《阿霞》:「忽景忽鄭,阿霞亦殊草草。」評《柳秀才》:「柳秀才有大功德於沂,沂雖百世祀可也。」〔註11〕三、從文學審美的角度對作品整體的點評。如評《俠女》:「神龍見首不見尾,此俠女其猶龍乎?」評《連城》:「雅是情種,不意《牡丹亭》後復有此人。」〔註12〕評《張誠》:「一本絕妙傳奇,敘次文筆亦工。」〔註13〕評《連瑣》:「結盡而不盡,甚妙。」評《促織》:「狀小物,瑰異如此,是《考工記》之苗裔。」〔註14〕評《青梅》:「天下得一知己,可以不恨,況在閨闥耶。青梅,張之知己也,乃王女者又能知青梅。事妙文妙,可以傳矣。」〔註15〕

(三)王士禎對蒲松齡詩風的影響

蒲松齡私淑王士禎,在寄與王士禎的書札中曾曰「私淑者竊附門牆矣」。此書札作於清康熙四十年(1701)春,距離兩人上次相見已十餘年,可以推測,在此年之前,蒲松齡就開始私淑王士禎。由於王士禎以詩聞名遐邇,且新城與淄川本為鄰邑,蒲松齡或在與王士禎結識之前就開始仰慕王士禎之詩才。康熙五年,蒲松林倣仿王士禎《冶春絕句》而作《大明湖冶春詞,用阮亭前年紅橋冶春絕句原韻》,其三曰:「夕陽倒浸綠波中,襯得桃花分外紅。待看月明應更好,酒船歸去莫匆匆。」其四曰:「江南詞客庾蘭成,白髮飄蕭百感生。莫怪看花倍惆悵,紅橋回首不勝情。」〔註16〕此詩是蒲松齡私淑王士禎的例證,私淑的時間應不晚於康熙五年。

此外,蒲松齡還請王士禎為其評定詩歌。康熙四十年,王士禎歸里遷葬,十月將返京師,蒲松齡賦五古《俚言奉送大司寇先生假滿赴闕》為其送別,同時又有《復與王司寇》書札一封。其中有「少苦鮑、謝諸詩,詰屈不能成誦,故於七古一道,尤為粗淺。近妄擬古作,寄求指南,冀不吝數筆之塗,亦猶在夷貊則進之耳。」〔註17〕從信札中得知,蒲松齡雖然留心風雅詩文,但

〔註10〕 盛偉:《蒲松齡全集》,學林出版社,1998年版,第265頁。
〔註11〕 盛偉:《蒲松齡全集》,學林出版社,1998年版,第590頁。
〔註12〕 盛偉:《蒲松齡全集》,學林出版社,1998年版,第261頁。
〔註13〕 盛偉:《蒲松齡全集》,學林出版社,1998年版,第204頁。
〔註14〕 盛偉:《蒲松齡全集》,學林出版社,1998年版,第127頁。
〔註15〕 朱一玄:《〈聊齋誌異〉資料彙編》,南開大學出版社,1985年版,第482頁。
〔註16〕 〔清〕蒲松齡:《聊齋全集 文詩詞筆記》(詩集),廣益書局,1936年版,第57頁。
〔註17〕 盛偉:《蒲松齡全集》,學林出版社,1998年版,第1136頁。

苦於無所師授，故寄去數首擬古之作，希望得到王士禛的點拔與品定。

康熙四十一年（1702），王士禛寄《古歡錄》與蒲松齡，蒲松齡有詩《謝阮亭先生遙賜〈古歡錄〉，用黃太史題〈放鷴圖〉韻》紀之。康熙四十七年（1708），王士禛又贈近刻《唐人萬首絕句選》於蒲松齡，蒲松齡有詩《王司寇阮亭先生寄示近刻，挑燈吟誦，至夜夢見之》二首紀事。蒲松齡確實仰慕王士禛的詩才，瓣香已久，故蒲松齡其詩受王士禛影響不言而喻。

此外，蒲松齡還通過王氏家族的其他成員借得王士禛詩文集。王士驪之子王啟座與蒲松齡交往甚密。王啟座，字玉斧，諸生，有《金臺雜詠》、《學詩偶存》、《蓮香亭詩草》。《國朝山左詩續鈔》卷三小傳引「王氏家傳」云：「玉斧性不嗜帖括。伯父司寇公（王士禛）愛之，謂群從風雅，將在此人。每評點其詩，輒為色喜。其後耆舊凋謝，遂為一邑老成文獻，垂二十年。」〔註18〕蒲松齡嘗於王啟座案頭，得王士禛詩文集讀之，「自覺得論衡而思益進」。王啟座還曾允諾贈《蠶尾集》與蒲松齡，後得王士禛親惠詩集。蒲松齡還與王士祿有文字交往。蒲松齡詩集中關於王士祿的詩歌有《晉中喜晤西樵先生寄懷令弟阮亭司寇》、《同王西樵先生渡黃河》、《漢瓦硯歌為王西樵先生作》。

學者多注意蒲松齡《聊齋詩集》中的現實主義詩作，如對百姓疾苦的反映，對科場弊端的揭露，對吏治的諷刺等，以及懷古詠史、酬唱應答之作，而對蒲松齡詩歌中的清和閒適之作關注甚少。下面選錄蒲松齡詩：

《白雲湖》詩云：

閒倚春風一放船，白雲湖上水連天。漁舟三五自成隊，沙鳥一雙飛入煙。菱槳劈雲沖浪去，蒲帆帶雨正風懸。應知我本忘機者，狎鷺盟鷗總自然。

《望雲作》詩云：

銀漢白雲微，悠揚往復飛。思隨峰影幻，影養水心肥。天際依帆遠，林間帶鶴歸。有時零落處，極目送斜暉。

《天心水面亭》詩云：

蔣花種竹饒幽勝，千古斜陽剩此亭。一片野雲流不去，即天即水兩冥冥。

《柳泉消夏雜詠》其三云：

輝流夜月廣庭寬，自取瑤琴斷續彈。一奏碧天愁思曲，雲廊水

〔註18〕〔清〕張鵬展：《國朝山左詩續鈔》，嘉慶十八年四照樓刻本，卷三。

樹不勝寒。

康熙九年（1670），蒲松齡往寶應途中經青石關，作《青石關》詩：

身在甕盎中，仰看飛鳥渡。南山北山雲，千株萬株樹。但見山中人，不見山中路。樵者指以柯，捫蘿自茲去。勾曲上層霄，馬蹄無穩步。忽然聞犬吠，煙火數家聚。挽轡眺來處，茫茫積翠霧。〔註19〕

康熙十年（1671），有詩《元宵後與樹百赴揚州》其二曰：

我到紅橋日已曛，回舟畫槳泊如雲。飽帆夜下揚州路，昧爽歸來壽細君。

《揚州夜下》詩云：

夢醒帆檣一百里，月明江樹密如排。舟中對月擁窗坐，煙舍村樓盡入懷。

康熙十八年（1679），蒲松齡開始坐館畢際有家〔註20〕，多次遊畢氏石隱園。有詩《石隱園》其一：

山光繞屋樹陰濃，爽氣蕭森類早冬。綠竹不因春雨瘦，海棠如為晚妝慵。池牽紫荇絲盈尺，石繡蒼苔翠萬重。悵恨當年高臥意，憑臨澗壑仰芳蹤。〔註21〕

《逃暑石隱園》其一：

繞屋濃陰萬樹蟬，水雲浮動芰荷天。兩餐如客饑投肆，初漏無聲靜入禪。石丈猶堪文字友，薇花定結喜歡緣。雨餘簾外松風冷，竟到匡床攬夜眠。〔註22〕

康熙二十七年（1688），畢際有效樊堂築成，蒲松齡有詩《畢刺史效樊堂落成》其一：

東園雅地舊蒿萊，初構三楹壓綠苔。乍有遊人啼鳥散，忽疑深樹化城開。短畦新插十竿竹，小徑斜通數尺臺。几榻依然花未老，

〔註19〕〔清〕蒲松齡著，路大荒整理：《聊齋詩集》，《蒲松齡集》，中華書局，1962年版，第459頁。

〔註20〕參見尊師鄒宗良先生博士論文《蒲松齡年譜匯考》，山東大學2015年博士畢業論文，第325頁。

〔註21〕〔清〕蒲松齡著，路大荒整理：《聊齋詩集》，《蒲松齡集》，中華書局，1962年版，第619頁。

〔註22〕〔清〕蒲松齡著，路大荒整理：《聊齋詩集》，《蒲松齡集》，中華書局，1962年版，第543頁。

朝朝乘興杖藜來。〔註23〕

又有《讀書效樊堂》其一：

效樊堂下青草芳，效樊堂上日影長。果震清泉薦甘冷，花飛紅

雨散寒香。桔槔聲醒邯鄲夢，竹樹風搖枕簟涼。夜色迢迢更漏靜，

一簾月影上匡床。〔註24〕

康熙三十年（1691），蒲松齡避暑畢氏效樊堂，賦詩《六月初一日移齋

東園》：

斗室蒸騰汗似漿，移齋初至效樊堂。山銜斜照紅連樹，雨灑平

蕪綠滿匡。几榻縱橫緗帙亂，門窗洞豁野風涼。人聲靜後蟬聲息，

夜氣蕭蕭到短床。〔註25〕

蒲松齡詩集中有一部分的詩作具有平淡自然的特點，大概集中在南往寶

應縣作孫蕙幕僚期間、畢氏坐館期間以及撤帳還家期間。尤以康熙四十九年

（1710）之後的還家時期數量最多，這一時期詩風的傾向與蒲松齡自稱「私

淑者竊附門牆」的時間，正相吻合。由此，可推知，蒲松齡晚年時期的詩歌創

作受到王士禎淡遠詩風的影響最為明顯。

二、蒲松齡對王士禎「談異」筆記的影響

王士禎對《聊齋誌異》的評點，主要在清康熙二十六年（1687）秋至康

熙二十八年（1689）期間。而王士禎所閱《聊齋誌異》的篇目對王士禎創作

《池北偶談》亦有影響。康熙二十八年，是王士禎《池北偶談》寫作的最後一

年，王士禎採擷數則編入《池北偶談》的最後一章「談異」中。

《池北偶談》最後一章（卷二十六）中前後依次排列的五篇筆記，為《五

羖大夫》、《賢妾》、《心頭小人》、《天上赤字》、《小獵犬》，是王士禎讀過蒲松

齡的《聊齋誌異》而創作的，或是直接摘錄《聊齋誌異》原文，或是改動數

字，因此這些筆記與《聊齋誌異》中的五篇在文字上十分相似。王士禎所記

述的這五篇筆記，在《聊齋誌異》中分別題為：《五羖大夫》、《妾擊賊》、《張

〔註23〕〔清〕蒲松齡著，路大荒整理：《聊齋詩集》，《蒲松齡集》，中華書局，1962
　　　　年版，第536頁。

〔註24〕〔清〕蒲松齡著，路大荒整理：《聊齋詩集》，《蒲松齡集》，中華書局，1962
　　　　年版，第548頁。

〔註25〕〔清〕蒲松齡著，路大荒整理：《聊齋詩集》，《蒲松齡集》，中華書局，1962
　　　　年版，第547頁。

貢士》、《赤字》、《小獵犬》。

下面對照《聊齋誌異》與《池北偶談》中的這五篇作品，加以分析：

蒲松齡《五羖大夫》文曰：「河津暢體元，字汝玉。為諸生時，夢人呼為『五羖大夫』，喜為佳兆。及遇流寇之亂，盡剝其衣，閉置空室。時冬月，寒甚，暗中摸索，得數羊皮護體，僅不至死。質明，視之，恰符五數。啞然自笑神之戲已也。後以明經授雒南知縣。畢載績先生志。」〔註26〕由此篇末注「畢載績先生志」，可知這是畢際有最先記載的，後由蒲松齡轉述，王士禎摘錄於蒲松齡。

王士禎《五羖大夫》文曰：「河津人暢體元者，少時夢神人呼為『五羖大夫』，頗以自負。及流寇之亂，體元為賊掠，囚縶一室，冬夜寒甚，於壁角得五羊皮覆其身，乃悟神語蓋戲之耳。後以明經仕為雒南知縣。」〔註27〕王士禎此文較之蒲松齡文，更為簡略精悍，少文采而多平實，可知是其從《聊齋誌異》中簡述而來。

蒲松齡《妾擊賊》一文，主要描寫富人之妾擊賊的過程，突顯妾之武藝超群。描寫妾勇戰賊寇的經過：「妾起，默無聲息，暗摸屋中，得挑水木杖一，拔關遽出。群賊亂如蓬麻。妾舞杖動，鳳鳴鉤響，擊四五人仆地；賊盡靡，駭愕亂奔牆，急不得上，傾跌咿啞，亡魂失命。妾拄杖於地，顧笑曰：『此等物事，不直下手插打得，亦學作賊，我不汝殺，殺嫌辱我。』悉縱之逸去。」〔註28〕

王士禎的《賢妾》則簡化妾擊賊的過程：「妾於暗中手一杖，開門徑出，以杖擊賊，踣數人，餘皆奔竄。妾厲聲曰：『鼠子不足辱吾刀杖，且乞汝命，後勿復來送死。』」〔註29〕蒲文詳盡，有情節曲折之妙；王文直陳其事，無側面渲染，可知，王文是從《妾擊賊》一文中簡化而得。

蒲松齡的《張貢士》載：「安邱張貢士，寢疾，仰臥床頭。忽見心頭有小人出，長僅半尺；儒冠儒服，作徘優狀。唱崑山曲，音調清澈，說白自道名貫，一與己同；所唱節末，皆其生平所遭。四折既畢，吟詩而沒。張猶記其梗

〔註26〕〔清〕蒲松齡：《聊齋誌異》，嶽麓書社，1988年版，第133頁。

〔註27〕〔清〕王士禎：《池北偶談（外三種）》，上海古籍出版社，1993年版，第371頁。

〔註28〕〔清〕蒲松齡：《聊齋誌異》，嶽麓書社，1988年版，第158頁。

〔註29〕〔清〕王士禎著、文益人校點：《池北偶談》，齊魯書社，2007年版，第513頁。

概，為人述之。」〔註30〕

　　王士禎《心頭小人》載：「安丘明經張某常晝寢，忽一小人自心頭出，身才半尺許，儒衣儒冠，如伶人結束。唱崑曲，音節殊可聽，說白自道，名貫一與己合，所唱節末，皆其平生所經歷。四折既畢，誦詩而沒。張能憶其梗概，為人述之。」〔註31〕王士禎此文僅改動數字，行文與蒲松齡一文頗為相同。王士禎曾批點過《張貢士》，評曰：「豈杞園耶？大奇。」由此知王士禎是看過並抄錄蒲松齡原文的，因安丘張貞（號杞園）之事實為奇異，王士禎遂改題為《心頭小人》，為了強調「談異」的主題。

　　蒲松齡《赤字》：「順治乙未冬夜，天上赤字如火。其文云：『白苕代靖否覆議朝冶馳。』」〔註32〕王士禎《天上赤字》：「順治乙未冬夜，天上有赤字如火，其文云：『白苕代靖否伏議朝冶馳。』移時始散，沂莒間皆見之。」王士禎此篇比蒲松齡多了結尾「移時始散，沂莒間皆見之。」一句補充性的說明文字，其餘與蒲松齡文相差無幾，可見王士禎確實抄錄《赤字》。

　　蒲松齡《小獵犬》一文，詳寫了小獵鷹撲殺蚊蠅、小獵犬搜噬虱蚤之過程，意趣盎然。「公方凝注，忽又一人入，裝亦如前，腰束小弓矢，牽獵犬如巨蟻。又俄頃，步者騎者，紛紛來以數百輩，鷹亦數百臂，犬亦數百頭。有蚊蠅飛起，縱鷹騰擊，盡撲殺之。獵犬登床緣壁，搜噬虱蚤，凡罅隙之所伏藏，嗅之無不出者。頃刻之間，決殺殆盡。公偽睡睨之。鷹集犬竄於其身。既而一黃衣人，著平天冠，如王者，登別榻，係駟葦簀間。從騎皆下，獻飛獻走，紛集盈側，亦不知作何語。無何，王者登小輦，衛士倉皇，各命鞍馬；萬蹄攢奔，紛如撒菽，煙飛霧騰，斯須散盡。」後寫到小獵犬最終的結局：「公醒轉側，壓於腰底。公覺有物，固疑是犬，急起視之，已匾而死，如紙剪成者然。然自是壁蟲無噍類矣。」〔註33〕

　　王士禎《小獵犬》一文，略寫小獵犬搜噬虱蚊蟲的過程，並隱去了小獵犬的結局：「忽見一小人騎而入，人馬皆可寸餘，腰弓矢，臂鷹，鷹大如蠅。繼至一人，亦如之，牽獵犬，大如巨蟻。二人繞屋盤旋，久之，甲士數千沓至，星旄雲斾，繽紛絡繹，分左右盂合圍，大獵室中，蚊蠅無噍類。」最後在

〔註30〕〔清〕蒲松齡：《聊齋誌異》，嶽麓書社，1988 年版，第 379 頁。
〔註31〕〔清〕王士禎：《池北偶談（外三種）》，上海古籍出版社，1993 年版，第 372 頁。
〔註32〕〔清〕蒲松齡：《聊齋誌異》，嶽麓書社，1988 年版，第 291 頁。
〔註33〕〔清〕蒲松齡：《聊齋誌異》，嶽麓書社，1988 年版，第 164 頁。

文末又加上一段宋犖見小鹿的敘述，與小獵犬互為呼應：「又宋中丞牧仲（犖）曾於柏鄉魏相國座間見一小鹿，長二寸許，雙角嶄然，與大鹿無異。見中丞《筠廊偶筆》。」王士禛在描寫小獵犬時已明確指出「事見蒲秀才松齡《聊齋誌異》。」〔註34〕王士禛曾評點蒲松齡《小獵犬》曰：「《羽獵賦》、《小言賦》合而一之，□奇。」

可以確定，這五篇筆記是王士禛採擷自《聊齋誌異》的，五篇均為怪異奇聞之類，足見蒲松齡對王士禛創作《池北偶談》的影響。

不僅如此，王士禛於清康熙四十二年（1703）至四十三年（1704）間創作《香祖筆記》時，其中亦有「旁及怪異」之篇章。如卷二中敘武林女子王倩玉與表兄私奔之事，卷四中記述京師賣水者趙遜娶婦得寶珠一事，卷七中雷擊流民之因果報應，卷七中西域商人賈胡買石一事，卷五中樵夫鄧公戰猛虎而毀山神像之奇聞，卷四高陵令朱某之白玉籠，等等。這些可看作《聊齋誌異》對王士禛「談異」觀點影響的餘波。

第二節　淄川文學家族與蒲松齡創作之關係

因蒲松齡與淄川高氏、畢氏家族之密切關係，其在創作《聊齋誌異》時的素材來源於高氏家族與畢氏家族，畢氏家族又參與、續補了《聊齋誌異》的某些篇章。蒲松齡坐館畢氏家族長達三十年之久，畢氏家族寫作俚曲的傳統對蒲松齡俚曲的創作亦有影響。高珩曾題序並摘抄《聊齋誌異》，為蒲松齡俚曲作跋文，真正能認識蒲松齡俚曲及《聊齋誌異》的旨趣所歸。

一、《聊齋誌異》取材於高氏、畢氏家族

蒲松齡《聊齋誌異》中取材於高氏家族的共有兩篇：卷五中的《上仙》與《侯靜山》。清康熙二十二年（1683），三月蒲松齡赴濟南應試，與高之騆同行，高珩、高振美後至。因高之騆生病，四人便一起到南郭梁氏家求狐仙問藥，並詢及菩薩、閻羅諸事。歸里後，蒲松齡作《上仙》篇。

《上仙》篇文曰：「癸亥三月，與高季文赴稷下，同居逆旅。季文忽病。會高振美亦從念東先生至郡，因謀醫藥。聞袁鱗公言：南郭梁氏家有狐仙，善長桑之術。遂共詣之。……已乃為季文求藥。（上仙）曰：『歸當夜祀茶

〔註34〕〔清〕王士禛：《池北偶談（外三種）》，上海古籍出版社，1993 年版，第 372 頁。

水，我於大士處討藥奉贈，何恙不已。」眾各有問，悉為剖決。乃辭而歸。過宿，季文少愈。余與振美治裝光歸，遂不暇造訪矣。」〔註35〕

《侯靜山》一篇，乃是記高珩所述明崇禎年間猴仙之神靈託附河間老叟之事。高珩祖父高舉病重，遂從河間府請來猴仙所託付的老叟。猴仙預言高瑋、高珩兄弟二人「雲路不遠」，卻對高舉之病情諱莫如深。可知《侯靜山》是蒲松齡經高珩所述之事，作藝術性加工而成。

文曰：「舊有猴人，弄猴於村。猴斷鎖而逸，不可追，入山中。數十年，人猶見之。其走飄忽，見人則竄。後漸入村中，竊食果餌，人皆莫之見。一日，為村人所睹，逐諸野，射而殺之。而猴之鬼竟不自知其死也，但覺身輕如葉，一息百里。遂往依河間叟。曰：『汝能奉我，我為汝致富。』因自號靜山雲。」〔註36〕

《上仙》是蒲松齡與高珩、高之駬等所共同經歷的，《侯靜山》是由高珩所轉述的，因兩篇均有上仙依附人身以及求仙問藥之事，題材十分相似，又因兩篇同在卷五前後排列，可以推測，《上仙》與《侯靜山》作於同一時期。很可能是高之駬病癒後，高珩有感而述其祖父問病於猴仙之事，歸里後，蒲松齡一併撰成。

蒲松齡坐館畢際有家長達三十年之久，而《聊齋誌異》的大部分篇章則是在畢家坐館閑暇期間所完成的，畢氏家族的成員亦支持蒲松齡的創作。畢際有之母王太君很喜歡聽此類志怪故事，「夜坐淪茗談往跡，或遣諸孫於燈下讀野史。」〔註37〕《聊齋誌異》的謀學篇章或是取材於畢氏家族，或是間接聽聞於畢氏家族，或是蒲松齡於畢家所見所夢所感所悟。可以說，畢氏家族在一定程度上促成了蒲松齡《聊齋誌異》的寫作。

《鴝鵒》一篇，最先由王汾濱講述，畢際有聽聞後記述，最後由蒲松齡轉錄。篇末署「畢載績先生記。」《五羖大夫》一篇，文末亦有「畢載績先生志。」可見，以上兩篇均是蒲松齡通過畢際有的記錄後又潤色加工而成的。

卷四《楊千總》一文中，「畢民部公即家起備兵洮岷時，有千總楊化麟來迎。冠蓋在途，偶見一人遺便路側，楊關弓欲射之，公急呼止。楊曰：『此奴無禮，合小怖之。』乃遙呼曰：『遺屙者，奉贈一股會稽藤簪綰鬒子。』即飛

〔註35〕〔清〕蒲松齡：《聊齋誌異》，嶽麓書社，1988年版，第218頁。
〔註36〕〔清〕蒲松齡：《聊齋誌異》，嶽麓書社，1988年版，第218頁。
〔註37〕盛偉：《蒲松齡全集》，學林出版社，1998年版，第1306頁。

矢去，正中其髻。其人急奔，便液污地。」〔註38〕「洮岷」即洮岷衛，明初於陝西洮州、岷州置衛。文中「畢民部公」所指為畢際有之父畢自嚴，於明萬曆四十四年，起補陝西參政洮岷兵備道。畢自嚴千總神箭手楊化麟之故事，應是蒲松齡於畢氏家族坐館時所聽聞的。

《顛道人》文末補敘的畢自嚴的妹夫殷文屏在畢母壽辰之日玩世不恭、風流不羈的故事，很可能也是蒲松齡通過畢氏家族耳聞的。

康熙二十一年（1682），濟陽縣祝姓婦傭於畢際有家，述其夫兄祝翁死後復歸請其妻一同赴死之事。蒲松齡聞之，作《祝翁》一篇。曰：「濟陽濟陽祝村有祝翁者，年五十餘，病卒。家人入室理纀絰，忽聞翁呼甚急。群奔集靈寢，則見翁已復活。群喜慰問。翁但謂媼曰：『我適去，拚不復返。行數里，轉思拋汝一副老皮骨在兒輩手，寒熱仰人，亦無復生趣，不如從我去。故復歸，欲偕爾同行也。』……媼笑容忽斂，又漸而兩眸俱合，久之無聲，儼如睡去。眾始近視，則膚已冰而鼻無息矣。試翁亦然，始共驚怛。康熙二十一年，翁弟婦傭於畢刺史之家，言之甚悉。」〔註39〕

同年十二月十九日，蒲松齡與畢際友之侄畢盛錫同宿綽然堂〔註40〕，畢盛錫自述因嚮往《青鳳》，而在畢際有別業遇狐，並與狐女相戀又離別之事；蒲松齡記之，作《狐夢》篇。《狐夢》中交代了創作的緣由：「余友畢怡庵，倜儻不群，豪縱自喜；貌豐肥，多髭，士林知名。嘗以故至叔刺史公之別業，休憩樓上。傳言樓中故多狐。畢每讀青鳳傳，心輒嚮往，恨不一遇，因於樓上攝想凝思。……康熙二十一年臘月十九日，畢子與余抵足綽然堂，細述其異。余曰：『有狐若此，則聊齋之筆墨有光榮矣。』遂志之。」〔註41〕

康熙二十二年（1683），蒲松齡在畢際有綽然堂授業，閑暇之餘，從畢際有遊。一日遊園歸來，困倦小寐，夢中有絳妃相召，為其寫檄詞。因作《絳妃》篇，文曰：「癸亥歲，余館於畢刺史公之綽然堂。公家花木最盛，暇輒從公杖履，得恣遊賞。一日眺覽既歸，倦極思寢，解履登床。夢二女郎，被服豔麗，近請曰：『有所奉託，敢屈移玉。』余愕然起，問：『誰相見召？』曰：『絳妃耳。』……乃言：『妾，花神也。闔家細弱，依棲於此，屢被封家婢

〔註38〕〔清〕蒲松齡：《聊齋誌異》，嶽麓書社，1988年版，第138頁。
〔註39〕〔清〕蒲松齡：《聊齋誌異》，嶽麓書社，1988年版，第63頁。
〔註40〕鄒宗良：《蒲松齡年譜匯考》，山東大學2015年博士畢業論文，第363頁。
〔註41〕〔清〕蒲松齡：《聊齋誌異》，嶽麓書社，1988年版，第193頁。

子，橫見摧殘。今欲背城借一，煩君屬檄草耳。』……少間，稿脫，爭持去，啟呈絛妃。妃展閱一過，頗謂不疵，遂復送余歸。醒而憶之，情事宛然。但檄詞強半遺忘，因足而成之。」〔註42〕由於畢氏園中花木繁盛，致使蒲松齡夢見花神，進而受其之託。可見，《絳妃》一篇的完成，乃有賴於畢氏園林之創作環境。

卷六《馬介甫》的故事，則是由畢自肅的曾孫、畢際有的姪孫畢世持所補敘的：「此事余不知其究竟，後數行，乃畢公權撰成之。」〔註43〕可見，畢氏家族的成員不僅為蒲松齡的《聊齋誌異》提供素材，甚至還參與到了《聊齋誌異》的創作中。

卷十一中的《石清虛》的創作亦與畢氏之石隱園有關。〔註44〕畢氏石隱園，因藏有玄象、靈璧、魁星、月窟、菡萏、鳳翔、垂雲、太樸、秋鷹、峨豸十石，而名曰「石隱」。畢自言詩《石隱園懷古》中有「維石性最堅，從不受磨折。」「寧知春與秋，並忘朝與夕。斯為石隱園，吾以適吾適。」〔註45〕等句，畢自寅的《詠石隱園》詩中有「劚遍青山探月窟，鏟平碧落躡雲根。」蒲松齡在《石清虛》篇中有云：「邢雲飛，順天人。好石，見佳石，不惜重直。偶漁於河，有物掛網，沉而取之，則石徑尺，四面玲瓏，峰巒疊秀，喜極，如獲異珍。既歸，雕紫檀為座，供諸案頭。每值天欲雨，則孔孔生雲，遙望如塞新絮。」〔註46〕此段對清虛石的描寫，可與蒲松齡對畢氏石隱園中名石的描寫相對照。蒲松齡在《和畢盛鉅石隱園雜詠》其二「萬笏山」詩中「參差眾峰出，萬竅鳴天籟」〔註47〕之句，在《石清虛》中化為「四面玲瓏，峰巒疊秀」之句。「石丈猶堪文字友」到了《石清虛》中深化為「而卒之石與人相終始」，邢雲飛與石互為知己。

畢氏家族的石隱園、綽然堂、效樊堂等園林建築，為蒲松齡提供了構思《聊齋誌異》的素材，是其筆耕舌織狐鬼故事的絕佳創作場所。

〔註42〕〔清〕蒲松齡：《聊齋誌異》，嶽麓書社，1988 年版，第 232 頁。

〔註43〕〔清〕蒲松齡：《聊齋誌異》，嶽麓書社，1988 年版，第 227 頁。

〔註44〕畢洪亮：《〈石清虛〉的創作與西鋪畢氏石隱園》，《蒲松齡研究》，2009 年第 3 期。

〔註45〕〔明〕畢自嚴：《石隱園藏稿》，中國文聯出版社，2010 年版，第 16 頁。

〔註46〕〔清〕蒲松齡：《聊齋誌異》，嶽麓書社，1988 年版，第 508 頁。

〔註47〕〔清〕蒲松齡著，路大荒整理：《聊齋詩集》，《蒲松齡集》，中華書局，1962 年版，第 491 頁。

二、畢木的詞曲對蒲松齡俚曲的啟發

觀畢木《黃髮翁集》之作，直抒胸臆，「銓契神理，或可解順，或可裂眥」，多為性靈之作。其中的詞近乎散曲，而散曲又類乎俚曲，皆為畢木心聲之言。《八聲廿州歌四調》其四曰：

> 繼書香兒童堪教，話家緣兄弟。通宵更有那，詩朋酒友，皆佳妙，儘可伴月夕花朝。太平時道，無慮無憂度二毛，又何必靦顏低首拜兒曹。（合）辦差役奸刁，紅塵滿眼任風飄，名僵斷，利鎖拋，閉門不許外人敲。〔註48〕

詞中有勘破世態，拋卻功名利祿之語。雖是清涼語，分明是醒世之藥。

畢木曾孫畢盛鑒於清康熙五十六年（1717）重新刻印《黃髮翁全集》時，認為此集在奉訓之外，又可教誨子孫曰：「讀某篇則孝悌心生，讀某篇則忠信念起，讀某篇則禮儀懷動，讀某篇則廉恥意萌。」〔註49〕而畢木俚俗散曲或當屬「廉恥意萌」之類，可見，畢氏後代不僅認同畢木俚曲的創作，還能通過俚曲認識到其獨特的意義，實屬難能可貴。

蒲松齡於康熙十八年（1679）在畢際有家坐館，開始了長達三十年的塾師生涯。畢木的《黃髮翁集》在畢氏子孫中流傳，並被奉為家訓。畢木的詞曲，蒲松齡在閑暇時應該是翻閱過的，對其以後的俚曲創作不無啟發。

蒲松齡在《慈悲曲》的開頭《西江月》中開宗明義道：

> 別書勸人孝悌，俱是義正詞嚴，良藥苦口吃著難，說來徒取人厭。惟有這本孝賢，唱著解悶閒玩，情真詞切韻纏綿，惡煞的人也傷情動念。若是看了說好，大家助毛攢甒，拿著當是《感應篇》，刻來廣把人勸。一來積了陰德，二來也能賺錢，刻了印板天下傳，這宗生意誠善。若是無心抄刻，看了即時送還，不也盡著光為玩，要緊還有一件：詞句曾經推敲，編書亦費鑽研，閒情閒意須留傳，兒孫後日好看。〔註50〕

蒲松齡認為古今勸世之書，多「義正詞言」，雖是良藥，但難以下嚥，平白討人厭。須是用俚曲的形式寫出來，才能情真詞切，韻味纏綿，便是「惡煞

〔註48〕〔明〕畢木：《黃髮翁全集》，《山東文獻集成》（第2輯第27冊），山東大學出版社，2011年版，第646頁。

〔註49〕〔明〕畢木：《黃髮翁全集》，《山東文獻集成》（第2輯第27冊），山東大學出版社，2011年版，第677頁。

〔註50〕〔清〕蒲松齡：《聊齋俚曲集》，國際文化出版公司，1999年版，第103頁。

的人也傷情動念」。而且，此俚曲應編書刻板，流傳子孫後代。實與畢自嚴對俚曲的認識是一致的。

畢木的樂府詞《饗堂壁浪淘沙二首》其一曰：「楊柏二十行，土築低牆，爺娘卜向個中藏。一杯寒食澆墳酒，痛斷兒腸。」其二曰：「親亡十九年，早壞牆垣，子孫房屋幾千間。不與先人來整理，也是徒然。」〔註51〕此詞以對比寫法，揭露亡親之淒涼，諷刺子孫之不孝。

蒲松齡的俚曲中亦有表現孝悌主題的，如《牆頭記》揭示現實社會中子孫不盡奉養老翁之責。《牆頭記》中《耍孩兒》云：

> 一個母一個公，不怕雨不避風，為兒為女死活的掙。給他治下宅子地，還愁他後日過的窮。掙錢來自己何曾用？到老來無人奉養，就合那牛馬相同。
>
> ……
>
> 老婆子死去了，冷合熱自己熬，肚裏飢飽誰知道？身上衣服沒人洗，蝨子蟣子都成條，一雙鞋穿的底兒弔。只轉了飯飽無事，抗牆根也還逍遙。
>
> ……
>
> 天那天好可憐，不看吃來看我穿，十根兩絡人人見。六月還穿著破棉襖，臘月還是舊布衫，待烤火沒人舍筐炭。想是這罪沒受勾，又著我活了一年。

蒲松齡俚曲寫出一位老翁年輕為子孫置房買地，年老後衣食無著落的情形。以俚曲喜聞樂見的方式娓娓道來，便於民眾接受與傳播。

蒲松齡俚曲亦有諧謔風趣的特點，如《姑婦曲》、《慈悲曲》、《禳妒咒》、《富貴神仙》均有喜劇場面，這種特點與畢木散曲套數《廣瘡辭嘲友人作》的風格相近，可知蒲松齡俚曲受到畢木散曲的啟發。《富貴神仙》第一回《楔子》對欲求長生之人進行諷刺：

> 笑世人求仙求佛，這念頭忒也謬妄。一個俗俗人兒，怎能把青天去上？就是那鶴壯如驢，他能馱我到仙府，也怕那裡的神仙太多，這後來的無處安放。

《禳妒咒》中描寫高蕃迎娶江城時的場景，充滿了諧韻與風趣：

〔註51〕〔明〕畢木：《黃髮翁全集》，《山東文獻集成》（第2輯第27冊），山東大學出版社，2011年版，第643頁。

堂上翻身才拜罷，坐上轎一片喧嘩。呀！聽那喇叭嘻嘻哈哈，那嗩吶滴滴答答，一片人聲吱吱呀呀，門前花炮乒乒乓乓，十對家丁批溜撲喇，一行人馬喇留喇蹋，鑼兒噹噹，鼓兒帕帕。……鄰近知道，說是樊家，一個聽的，撇嘴呲牙，一口屋沒有，到處為家，教書為業，過的揭巴，這些人去，怎麼打發？不用說那賞錢，饅饅也是難拿。〔註52〕

畢木散曲《耍孩兒七調》其一：「傷春最苦情無奈，縱有萬選青錢何處買，見的是出岫雲飛。那裡有春水滿四澤，蒼蠅揮去東坡扇，菡萏新紅茂叔臺。智仙亭上歐陽醉，玉川子烹茶解悶，曹孟德煮酒青梅。」其三：「只俺這窮酸丁老秀才，厭氈帽兒頭上戴，傷春待寫無佳句，對酒尊開不放懷。悶慊慊情思無聊賴，一任他面上皮皺，鬢角簪歪。」〔註53〕以散曲寫傷春主題，刻畫了附庸風雅而無真才實學的老秀才之窮酸相。另外，此曲俗中有雅，雅俗交融，亦莊亦諧。

蒲松齡俚曲中也有雅語，如《禳妒咒》第十一回，寫悍婦江城被休後，高蕃閒來無事訪友人王子雅時所聽小曲《疊斷橋》：

正月一年新，正月一年新，火樹銀燈夜夜春。寂寞錦屏人，憔悴煞誰相問？半掩繡房門，半掩繡房門，別君愁緒亂紛紛。紅袖掩朱唇，漫漫將牙兒印。

二月花朝，二月花朝，溪梅開過子生條。獨自傍妝臺，嫩把菱花照。相思病難招，相思病難招，藥鼎添薪細細燒。只將更點兒，細數到金雞叫。

……

七月秋間，七月秋間，桐葉無聲下井欄。忽聽秋聲愁，越覺著容顏變。最苦是孤單，最苦是孤單，庭院寂寂人倚欄。瘦來一撚腰，怎禁的蟲聲亂。〔註54〕

在曲中抒寫相思，展示出一幅思婦懷人圖，確是俗中帶雅的範例。畢木與蒲松齡的俚曲中均有雅俗交融的特點。

〔註52〕〔清〕蒲松齡：《聊齋俚曲集》，國際文化出版公司，1999年版，第487頁。

〔註53〕〔明〕畢木：《黃髮翁全集》，《山東文獻集成》（第2輯第27冊），山東大學出版社，2011年版，第644頁。

〔註54〕〔清〕蒲松齡：《聊齋俚曲集》，國際文化出版公司，1999年版，第502頁。

三、高珩與蒲松齡相互之間的序跋題詞

高珩對蒲松齡的《聊齋誌異》、《琴瑟樂》多有序跋，並摘抄《聊齋誌異》的某些篇章。蒲松齡對高珩的俚曲《醒夢戲曲》同樣有題詩。通過這些序跋與題詩，高珩與蒲松齡二人均注重俗文學的功效與作用，在俗文學可以有補於世、有益風化上，二人的觀點高度一致。

清康熙十八年（1679），蒲松齡初稿本《聊齋誌異》第一冊已成。〔註55〕是年春日，高珩為此一冊作序，序中有云：

> 竟馳想天外，幻跡人區，無乃為《齊諧》濫觴乎？曰：是也。
> 然子長列傳，不厭滑稽；戹言寓意，蒙莊嚆矢。且二十一史果皆實
> 錄乎？仙人之議李郭也，固有遺憾久矣。而況勃窣文心，筆補造化，
> 不止生花，且同煉石。
>
> ⋯⋯
>
> 吾願讀書之士，覽此奇文，須深慧業，眼光如電，牆壁皆通，
> 能知作者之意，並能知聖人或雅言、或罕言、或不語之故，則六經
> 之義，三才之統，諸聖之衡，一一貫之。〔註56〕

高珩認為蒲松齡此書可補教化之不及，其中誇張想像之語，與《莊子》戹言、寓言異曲同工；而其筆補造化，又類同與聖人之言、六經之義。康熙二十一年（1682），《聊齋誌異》初稿本第二冊也完成，唐夢賚為第二冊作序。在序中，表達了相似的觀點：「今觀留仙所著，其論斷大義，皆本於賞善罰淫與安義命之旨，足以開物而成務，正如楊雲法言，桓譚謂其必傳矣。」〔註57〕

高珩對俗文學的重視，在其為蒲松齡的俚曲《琴瑟樂》所撰跋文中亦可得到證實：

> 撮古人詞曲之妙，莫至於董解元《西廂記》，其天真爛漫，純以
> 俚質行文，較實甫更為真切，此聖歎所以欣賞不置也。此篇中鄙俚
> 處見大雅，瑣屑處具精神，真與董解元而神似者。

〔註55〕尊師鄒宗良先生的博士論文《蒲松齡年譜匯考》（2015 年，山東大學博士論文）第 330 頁：《聊齋誌異》初稿本為十六冊，今存四冊而全帙八冊的《聊齋誌異》手稿本乃作者暮年據十六冊本初稿改訂而成者。⋯⋯初稿本第一冊，編訂輯成於本年（康熙十八年）春日⋯⋯至康熙二十一年秋，作者初稿本第二冊，即唐《序》所言「再得」、「一卷」創作完成。

〔註56〕朱一玄：《〈聊齋誌異〉資料彙編》，南開大學出版社，1985 年版，第 572 頁。

〔註57〕朱一玄：《〈聊齋誌異〉資料彙編》，南開大學出版社，1985 年版，第 576 頁。

今人不善讀書，每將奇文忽略，看過如此篇，必有以小詞忽之者，不知文無大小，看相結構如何耳！片中起伏頓挫，呼應關鎖，絕似《水滸傳》；摹景寫情，雜用方言，絕似《金瓶梅》；至其鏤心刻骨，秀雅絕倫，則兼《西廂》、《牡丹亭》之長。而能自出機杼，不肯抄襲一筆。食古而化，乃有斯文。〔註58〕

這篇跋文作於康熙三十四年（1695）清明時。對於俗文學，高珩的觀點是於「鄙俚處見大雅」，即俗中有雅。文字不論雅俗，但見神、理者為妙。文字最重要的是得體，莊語、俚語均是如此，一旦得體，便於瑣屑之處見精神，可與大雅者相提並論。高珩認為蒲松齡的俚曲《琴瑟樂》以結構而論，可算作奇文。起伏呼應，似《水滸傳》；雜用方言，類《金瓶梅》；秀雅絕倫，則似《西廂記》與《牡丹亭》。

在蒲松齡《聊齋誌異》的後續創作其間，高珩便借閱、摘抄，並加以評點。康熙三十年，高珩摘抄《聊齋誌異》中有益於世之篇目，並有《寄聊齋》書札與蒲松齡。其書云：「別來數日，想進修益復駸駸也。往年看《誌異》書未細心，今方細閱，卓然新出《豔異編》也，而尤勝之加倍者；則結構有法，點染多姿，四六詩詞無不佳妙；至跋語動人之勸懲，樂己之崇修，方知序中前身菩提，非漫語耳。……《誌異》四冊，在敝齋方摘抄其有益於世者，數日內亦即送還也。」〔註59〕高珩認為《聊齋誌異》比之明代王世貞的《豔異編》，勝之數倍；其作品結構有法、渲染多姿；文末則以異史氏跋語來「動人之勸懲，樂己之崇修」。高珩逐漸領悟到蒲松齡之良苦用心。

高珩十分讚賞《聊齋誌異》之有補於世，謂其是「前身菩提」。高珩亦創作俚曲《醒夢戲曲》來警醒世人。高珩本人亦喜讀志怪、傳奇作品，早在清康熙十六年十二月，高珩與唐夢賚共遊蘇州時，於閶門曾搜訪志怪傳奇小說，高珩宿閶門詩其三有：「《剪燈新話》、《虞初志》，搜訪陳農恐未如。」〔註60〕之句。

蒲松齡對高珩俚曲《醒夢戲曲》同樣有題詩。高珩的俚曲《醒夢戲曲》共有《一筆勾》、《山坡羊》、《小曲》、《清江引》、《踏莎行》、《滿江紅》、《折桂

〔註58〕袁世碩：《蒲松齡事蹟著述新考》，齊魯書社，1988年版，第116頁。
〔註59〕袁世碩：《蒲松齡志》，山東人民出版社，2009年版，第58頁。
〔註60〕〔清〕唐夢賚：《志壑堂文集》，《清代詩文集彙編》（第103冊），上海古籍出版社，2010年版，第80頁。

令》、《耍孩兒》。名為「醒夢」，可知高珩之醒世用心。由於高珩精通佛理，其中亦有禪語。如《一筆勾》曲云：「七尺何仇，百遍相傾未肯休。變臉才分手，痛楚千般陡。嗟，一息也難留，跟他便走。供給多年，留戀何曾有。因此上，把輪轉身軀一筆勾。」「一筆勾」，即禪語，意為破除一切塵緣。明萬曆年間錢塘雲棲寺蓮池大師曾作《七筆勾》、《駐雲飛》七曲，高珩仰慕蓮池大師已久，此俚曲為倣仿《七筆勾》之作。康熙二十七年（1688），蒲松齡讀高珩《醒夢戲曲》，有詩相贈，題曰《讀高念東〈勸世言〉即寄》：「至語纏綿道自真，三千世界破微塵。擬從珠串消前孽，敢乞蓮花作後身。薄骨原無食肉相，病軀合是入山人。不知淨土程多少，欲向菩提一問津。」〔註61〕趙蔚芝在《聊齋詩集箋注》中注解說：「高氏晚年，篤信佛說。作者（蒲松齡）在《為韓樾老祭念東先生文》中說：『慧業文心，尤闡宗義。降摩尼於兜率之天，散空花於琉璃之地。且欲使苦海澄波，慈燈照世，寓勸懲於俚謠，皆慈悲之妙諦。』《勸世言》即屬於『寓勸懲』的俚謠。」〔註62〕從上述可知，蒲松齡詩題中的《勸世言》即為高珩的俚曲《醒夢戲曲》。尊師鄒宗良先生在博士論文《蒲松齡年譜匯考》中持此論：「此所謂『勸世言』，或即高珩所撰以通俗形式勸世之《醒夢戲曲》。」〔註63〕

第三節　高氏家族與唐夢賚在詩文上的交叉影響

　　淄川高氏家族的高珩、高之騊父子與同邑士紳唐夢賚過從甚密。唐夢賚之父唐曰俞曾私淑高珩，唐夢賚與高珩同朝為官、同遊吳越、同耽禪悅。唐夢賚從學從遊於高珩久矣，在文學創作上定深受其影響。而高之騊因其父高珩與唐夢賚之關係，而每引唐夢賚為師長。

一、唐夢賚受高珩詩風的浸染

　　唐夢賚，字濟武，別號豹岩。幼能為古文辭，從其父唐曰俞學習古文。清順治五年（1648）舉人，次年成進士，順治八年授翰林院檢討。因上疏言張煊事，忤帝意，遂罷歸。歸田後，寄情山水，棲心禪悅。唐夢賚曾請高珩為其父唐曰俞作傳，在《高念東先生書》中道：「惟先生為斗南之喬嶽，惟先君子

〔註61〕趙蔚芝：《聊齋詩集箋注》，山東大學出版社，1996年版，第804頁。
〔註62〕趙蔚芝：《聊齋詩集箋注》，山東大學出版社，1996年版，第804頁。
〔註63〕鄒宗良：《蒲松齡年譜匯考》，山東大學2015年博士畢業論文，第402頁。

托牆東之芳鄰。……先君子之私淑於先生非一日矣。」〔註64〕可知其父唐曰俞私淑高珩已久。而唐夢賚既從其父習古文，又從遊於高珩，可見，唐夢賚受高珩影響之深。

　　唐夢賚與高珩本為同邑，後同朝為官，晨夕過從。高珩嘗招唐夢賚飲於候仙園、載酒堂，雅集賦詩，唐夢賚詩集卷四有《載酒堂倡和集》。二人皆好遊，嘗於康熙十六年（1677）至康熙十七年（1678）間，同遊吳越；並訪禪問道於夏敬孚。唐夢賚《志壑堂文集》中有《吳越同遊日記》。正如唐夢賚所言，年來從學於高珩，受其教誨之深，「從杖履於林泉之下，登二勞，探禹穴，習靜於候仙園、石湖別墅。賞奇析疑、杖策聯詠，皆人生之未易有者。回顧生平，非先生之教不至今日，獨胸臆間所不了者。」〔註65〕

　　高珩評點過唐夢賚的詩文。康熙十九年（1680），唐夢賚讀高珩所評詩文，作《夏日細閱念東先生向所點定拙詩文，欣然有作》曰：「掩關長夏悵離居，稍理前年未了書。一字九廻思煩悟，數行重訂氣方舒。何曾夢見花生筆，聊免人言獺祭魚。不信金門真萬里，依然几杖奉吾廬。」〔註66〕詩中稱高珩把唐夢賚詩文「獺祭魚」之堆砌處經「數行重訂」改定後，確實為妙筆生花。

　　高珩其詩瓣香白居易、陸游，而王士禎謂唐夢賚「論詩以蘇、陸為宗，跌宕排傲，上軼旁出。」高珩與唐夢賚的詩歌均有閒適簡逸、清遠超曠的特點，這是二人朝夕過從互相影響之結果，亦是唐夢賚瓣香高珩之所在。

　　康熙八年（1669），高珩祭告神農、虞帝二陵還朝，便道歸里，唐夢賚作詩《念東先生祭告過里門奉贈》其二云：「採真舊夢破岩阿，柔櫓瀟湘木葉波。朱節渡江鼓吹緩，君山一點綠嵯峨。」〔註67〕

　　康熙十二年（1673）夏，高珩、唐夢賚集於候仙園議修邑志，唐夢賚有詩《候仙園銷夏》。其一曰：「習靜閒園入夏時，長林支枕正相宜。酒因試藥開封早，棋為侵邊落子遲。肘後禁方傳海藏，囊中丹訣授仙師。園丁雨歇欣然

〔註64〕〔清〕唐夢賚：《志壑堂文集》，《清代詩文集彙編》（第103冊），上海古籍出版社，2010年版，第272頁。

〔註65〕〔清〕唐夢賚：《志壑堂文集》，《清代詩文集彙編》（第103冊），上海古籍出版社，2010年版，第274頁。

〔註66〕〔清〕唐夢賚：《志壑堂詩集》，《清代詩文集彙編》（第103冊），上海古籍出版社，2010年版，第145頁。

〔註67〕〔清〕唐夢賚：《志壑堂詩集》，《清代詩文集彙編》（第103冊），上海古籍出版社，2010年版，第59頁。

報，水漲南溪已滿陂。」〔註68〕

康熙十五年（1676），作《山王莊道中和念東先生時重陽前一日》其一云：「野廟秋風鎮水涯，前車又復過山家。驚看岸斷真千尺，不信詩成便八叉。磴道轉時山奧衍，泉流潎處水橫斜。只宜拄杖從容去，處處開樽對菊花。」〔註69〕

康熙十六年（1677），作《濟南歸途即事十六絕句》其一：「煙波一棹暑雲涼，檀板留人唱李郎。南望佛山添晚翠，渡江聽罷正斜陽。」第十二首：「有約西來過別村，歸途無那已黃昏。幾時載酒明泉外，藕葉清溪繞寺門。」〔註70〕

高珩詩中的禪悟與超曠，也影響著唐夢賚的詩歌創作。唐夢賚羨慕高珩之為人，「東蒙居士紫霞翁，起居不與世情同。別館崇臺住不得，蒼崖鑿破仰穹隆。」〔註71〕遂築志壑堂，與高珩比鄰而居，相與嘯詠溪山之間，里中稱曰「二老」。唐夢賚《感懷五絕句》其一云：「海鳥翻飛過近溪，晴川晴日碧岩西。漢陰已老心猶在，閱世何曾若木雞。」其三云：「尚平生死更何疑，半百蹉跎病不支。孺子應知橋下意，枯松頑石盡吾師。」〔註72〕相似的人生經歷，對佛道的感悟，對功名的淡薄，是唐夢賚受高珩詩風薰浸的前提。

康熙十八年（1679），唐夢賚重遊吳越，高珩贈詩二十首，唐夢賚作《念東先生聞余出遊寄詩二十章報以十章》第三首云：「樹影東時我亦東，野人偃仰亦何功。可知湖海安眠處，正在公卿枬腹中。」第八首云：「青蘿洞裡舊閒吟，百道鳴泉百尺陰。便說河豚堪一飽，不應苦筍為抽簪。」〔註73〕此詩寄情山水，有超塵絕俗之妙。

康熙十九年（1680），唐夢賚重遊吳越，至金陵，有詩《金陵道上雜詠》六首，其一云：「鬖鬖風柳綠絲偏，略似倡條發覆肩。卻出秦淮相問訊，於今

〔註68〕〔清〕唐夢賚：《志壑堂詩集》，《清代詩文集彙編》（第 103 冊），上海古籍出版社，2010 年版，第 34 頁。

〔註69〕〔清〕唐夢賚：《志壑堂詩集》，《清代詩文集彙編》（第 103 冊），上海古籍出版社，2010 年版，第 46 頁。

〔註70〕〔清〕唐夢賚：《志壑堂詩集》，《清代詩文集彙編》（第 103 冊），上海古籍出版社，2010 年版，第 64 頁。

〔註71〕〔清〕唐夢賚：《志壑堂詩集》，《清代詩文集彙編》（第 103 冊），上海古籍出版社，2010 年版，第 130 頁。

〔註72〕〔清〕唐夢賚：《志壑堂詩集》，《清代詩文集彙編》（第 103 冊），上海古籍出版社，2010 年版，第 55 頁。

〔註73〕〔清〕唐夢賚：《志壑堂詩集》，《清代詩文集彙編》（第 103 冊），上海古籍出版社，2010 年版，第 146 頁。

不見已三年。」其二云：「蓮葉田田蓮子稀，風翻一片蕩漁磯。祇知解制僧初散，都著西天壞色衣。」〔註74〕這組詩歌清曠閒逸，頗有高珩詩風特點。

王士禛曾批點過唐夢賚的詩歌，對其詩歌加以讚賞，並選為《阮亭選志壑堂詩》十五卷。從王士禛圈點的詩句以及評語中，可看出唐夢賚詩歌類乎高珩詩之處。如《念東先生遊愚公谷余以事不過行有寄九首》其五云：

> 向不渡乾時，陳風一過之。綠荷浮似鏡，青杏繫如棋。雀鼠聲無怨，萑苻獄不疑。此行豈寂寞，康節好吟詩。盡城三畝宅，聊可著羊裘。何處濃陰合，兼之曲澗幽。木春蘆荻岸，山翠夕陽舟。焉得來陶謝，從公賦遠遊。

王士禛評此詩曰：「侶高季迪。」〔註75〕王士禛認為明初詩人高啟其詩神韻天然，唐夢賚此詩可與高啟詩比肩。再如《小築傍王肩望先生故居》詩：

> 僻巷曾鄰贅世翁，傳聞只在野花中。數遷蘭室疑難定，新築蝸廬制欲同。小鬨方塘六七尺，旋載修竹兩三叢。爐香清磬闌干外，笑似黃冠斗姥宮。

王士禛評曰：「章法好，所謂清空一氣如話。」〔註76〕《祈雨茶話》詩：

> 荷笠先傳樵客知，蝸居如甑出休遲。城陰黃鳥穿林早，驢背青帘過市低。偶爾清齋堪噀雨，無端高詠憶圍棋。只愁十日淫霖苦，雙蠏朋尊欲自攜。

王士禛評云：「好句可書團扇。」〔註77〕《劉生座上再用前韻四首》其一：

> 漁扉入夜可曾關，尚笑鳧鷗未解閒。王謝文章霜樹裏，陶朱事業水雲間。嘗聞鑑曲難為水，除卻蘭亭不似山。宛委藏書知有在，好探金簡共人還。

王士禛評曰：「唱和數詩，皆仙人語，不似食煙火者。」〔註78〕《念東先生招

〔註74〕〔清〕唐夢賚：《志壑堂詩集》，《清代詩文集彙編》（第103冊），上海古籍出版社，2010年版，第152頁。

〔註75〕〔清〕唐夢賚：《阮亭選志壑堂詩》，《清代詩文集彙編》（第103冊），上海古籍出版社，2010年版，第563頁。

〔註76〕〔清〕唐夢賚：《阮亭選志壑堂詩》，《清代詩文集彙編》（第103冊），上海古籍出版社，2010年版，第566頁。

〔註77〕〔清〕唐夢賚：《阮亭選志壑堂詩》，《清代詩文集彙編》（第103冊），上海古籍出版社，2010年版，第567頁。

〔註78〕〔清〕唐夢賚：《阮亭選志壑堂詩》，《清代詩文集彙編》（第103冊），上海古籍出版社，2010年版，第582頁。

同房子明小飲東池上》詩：

> 崔屋蜂衙太鬧生，閒人無事自閒行。單衣初換清涼世，紈扇重
> 持故舊情。杏子如棋方煮酒，楊花飛雪未聞鶯。天廚尚憶鰣魚貢，
> 攜榼誰嗔暫出城。

王士禎評曰：「風標絕世。」〔註79〕《海棠花下》詩：

> 生平不作送春詩，對爾佯狂百度思。爛熳移來隨手活，飄零開
> 後轉頭遲。初非解事山蜂報，恁被尋香蛺蝶知。何似浣紗溪上女，
> 苧蘿村裡五湖時。

王士禎評曰：「唐人鼓吹集中絕妙之作。」〔註80〕《送阮亭宮詹北上》詩：

> 皇華著述四三都，握塵來同舊酒壚。庾嶺梅花如故否，曹溪衣
> 鉢尚存無。何山勝蹟停橈賦，幾處都官負弩趨。聞道使君當請沐，
> 那能少別錦秋湖。

王士禎評曰：「清空一氣。」〔註81〕《金陵二首》其一：

> 文定橋邊雲水屯，危闌相向似溪村。於今始識秦淮渡，桃葉橫
> 舟只對門。

王士禎評曰：「風味佳。」〔註82〕

　　從上述所選錄的詩歌中，可知高珩、唐夢賚、王士禎三人在詩歌審美上的相似之處。王士禎認為唐夢賚的詩歌具有清空一氣、風標絕世、聲情俱妙、興會神到等特點，這些特點正是王士禎神韻詩風所推崇的地方。而唐夢賚受高珩詩歌的影響恰在清新自得、簡逸妙悟之間。

二、唐夢賚對高之騌詩風轉變的影響

　　高之騌，字仲治，號思庵，一號松鶴，高珩仲子。著有《強恕堂詩集》八卷行於世，詩集為張篤慶所刪定。高之騌因其父高珩與唐夢賚過從密切，而每引唐夢賚為師長。

〔註79〕　〔清〕唐夢賚：《阮亭選志鑾堂詩》，《清代詩文集彙編》（第103冊），上海古籍出版社，2010年版，第595頁。

〔註80〕　〔清〕唐夢賚：《阮亭選志鑾堂詩》，《清代詩文集彙編》（第103冊），上海古籍出版社，2010年版，第604頁。

〔註81〕　〔清〕唐夢賚：《阮亭選志鑾堂詩》，《清代詩文集彙編》（第103冊），上海古籍出版社，2010年版，第611頁。

〔註82〕　〔清〕唐夢賚：《阮亭選志鑾堂詩》，《清代詩文集彙編》（第103冊），上海古籍出版社，2010年版，第620頁。

　　高之騊與唐夢賚的唱和贈答詩作頗多。高之騊有《豹山石閣上步唐太史先生韻》、《秋夜飲豹山之清夢樓》，題唐夢賚志壑堂之《畫余亭》、《坐唐太史重辟新軒》、《元夜酬唐太史賜和之作仍用前韻》、《久雨懷濟武先生村居》、《濟武唐先生自北村別業移齋志壑堂中》、《唐太史招飲偶成》等有關贈答酬和之作。高之騊入庠，唐夢賚亦有賀序，《高念東先生仲子入庠賀序》。康熙二十二年（1683），高之騊廷試，唐夢賚送之並賦詩《送高仲治廷試》。

　　高之騊早年詩學西崑體、香奩體，但傷之婉約。「夫宮體之流也，降而為玉溪子之西崑，西崑之弊也，又降而為韓致堯之香奩，此不可不慎也。」「詩無雄分，便傷婉弱，詩無英分，便墮庸膚。」〔註83〕隨著年歲增長，高之騊亦有老健之詩，如《旱蝗行》、《鷗鴞》、《埋老牛》、《流離行短歌》、《豺虎行》、《季春旱》、《狂奴》一類，此類風格應是自覺學習唐夢賚的結果。

　　康熙三十七年（1698），唐夢賚卒，高之騊為其作悼亡詩《哭唐豹岩先生》八首。其三曰：「新詩刻燭醉花茵，每向先生步後塵。可忍重來明月夜，圖書依舊乍無人。」其五曰：「借箸常為斯世憂，耆英勁節柱中流。身前未竟蒼生事，意氣還應對玉樓。」其七曰：「後學殷勤獎借成，詩壇文社盡宗盟。凌空箕尾猶憐否，寒士傷心廣廈傾。」〔註84〕又在《唐太史招飲偶成》詩中曰：「白髮頻增雪，閒身懶釣名。世情談不得，古道仰先生。」從詩中可見，高之騊追隨仰慕唐夢賚已久，唐夢賚「借箸常為斯世憂」的胸懷為高之騊所激賞。

　　高之騊有數首紀旱災、蝗災之詩，選錄如下：

《旱蝗行》詩云：

　　　　千古重農桑，災祥史所志。三岐秀不頻，旱蝗時一至。今年春夏間，無雨祝融熾。山城麥不登，飛蝗紛紛起。燕趙齊晉吳，是處傳皆被。聲勢亂驚濤，蔽日還張翅。四野競號呼，五色分旗幟。白叟與黃僮，男女雜踏出。送往復驅來，絡繹看如織。性命隴上苗，剜肉心頭穗。屈指四十天，何曾一夜睡。民燒長陌□，官鑄八蠟位。涕泣仰蒼穹，掩淚慘赤地。但得雨無蝗，秋種重布植。天意苦難度，

〔註83〕〔清〕高之騊：《強恕堂詩集》，《四庫全書存目叢書》（集部第 238 冊），齊魯書社，1997 年版，第 171 頁。

〔註84〕〔清〕高之騊：《強恕堂詩集》，《四庫全書存目叢書》（集部第 238 冊），齊魯書社，1997 年版，第 232 頁。

數奇恐難避。忍飢不得安，何以應租吏。〔註85〕

康熙四十三年（1704），淄川遭遇旱災與蝗災，長達四十餘天，農民顆粒無收，高之騊此詩便反映了當時的旱蝗災情。高之騊捐穀數百石，減價平糴，可見其宅心仁厚。《季春旱》詩云：

> 五日四番風，三月無一雨。穀芽未出苗，麥根蒸渴土。回頭兩
> 歲前，旱魃頻年舞。千里少炊煙，道路多豺虎。今如災更滋，是將
> 空海宇。譬彼沉疴翁，後愈艱前愈。老眼驚世人，瞽狂天或怒。驕
> 奢徧閭閻，儉勤非往古。背面九疑峰，笑含刀不吐。只堪致雷霆，
> 何以格田祖。急來賽水龍，鳴鑼擂大鼓。〔註86〕

其他如《憂旱》：詩「松竹情猶繫，桑麻慮不輕。塵高風有暈，日烈雨無聲。交謫甘妻子，追呼愧耦耕。數奇前定在，未敢問君平。」《遣懷》其一：「六年三旱憂人憂，草根枯死穀何秋。白骨青燐悲故邱，皇仁不敵豺狼怒，丁夫堂上聲啾啾。」〔註87〕

對於旱災所導致的流離失所、盜賊四起、催租逼稅的現象，高之騊詩作中亦有反映：

《流離行短歌》其一云：

> 家具一車或一擔，泥途桗腹驚泛濫。黃葉村邊紅日暗，弱男小
> 婦行偏遲，負荷忍淚回頭□。

其二云：

> 孝婦河邊斜日變，梓潼山下哀鴻倦。老嫗回首淚如線。兒女有
> 時歸故鄉，故鄉未必我重見。〔註88〕

《久旱憂盜》詩云：

> 大患為吾尚有家，驚聞豺虎亂如麻。雨無消息云何益，風自顛
> 狂日又斜。饑骨秋原增鬼火，叢幹馳路辨龍蛇。誰能箋乞豐隆部，

〔註85〕〔清〕高之騊：《強恕堂詩集》，《四庫全書存目叢書》（集部第238冊），齊魯
　　　書社，1997年版，第177頁。
〔註86〕〔清〕高之騊：《強恕堂詩集》，《四庫全書存目叢書》（集部第238冊），齊魯
　　　書社，1997年版，第192頁。
〔註87〕〔清〕高之騊：《強恕堂詩集》，《四庫全書存目叢書》（集部第238冊），齊魯
　　　書社，1997年版，第244、197頁。
〔註88〕〔清〕高之騊：《強恕堂詩集》，《四庫全書存目叢書》（集部第238冊），齊魯
　　　書社，1997年版，第184頁。

百結愁驅霹靂車。〔註89〕

《喜聞浩蕩皇恩重賜明年租賦》詩云：

> 飢寒愁頓釋，田賦拜綸音。今歲明年赦，一彈再鼓琴。還疑東
> 海淺，不似主恩淡。春雨荒疇穗，知應轉帝心。〔註90〕

高之騊寄心社稷，多描寫百姓生活、世情冷暖，這些詩作雄渾流暢、感情深摯，有以詩存史之功。

《圉夫歎》詩云：「昨日紛紛羽書下，擒虎邊庭勾戰馬。百萬軍糧須橐駝，徵馬不足便徵贏。大戶誰敢違官牘，小戶暗割心頭肉。三日點卯一百回，遲來憂樸如椽竹。鄰封梟隼恣攫挐，戒嚴呵禁出里閭。圉夫無淚亦欷歔，於今贏馬不如驢。」〔註91〕當時於陵令截掠周村巨鎮贏馬，百里為之駭然，高之騊此詩便作於當時。

《豺虎行》：「浹山有豺虎，吟嘯鎮山路。聞道始來時，闊步無回顧。飢搏弗向人，威振擊孤兔。比年禁網疏，紛紛初類聚。結黨窺市城，當關少畏怖。飼難滿奇貪，逆則膺重怒。磨爪礪剛牙，閭里多惶懼。東鄰駭老農，西鄰攫老嫗。脂膏痛淋漓，碎骨如破瓠。天高未可憑，君門安可愬。誰能一敕之，海外棲煙霧。不然張寶弓，一箭飲毛羽。援手急殘黎，暢為遊獵賦。」〔註92〕高之騊在詩中，把流寇比作豺虎，搜刮民脂民膏，欺凌弱老。而「比年禁網疏」法網疏露，地偏無門，百姓無可申訴。

高之騊屢次以豺虎、鴟鴞來比流賊與兇暴之徒。《鴟鴞》詩云：「鴟鴞復鴟鴞，爾聲何浩浩。老僧迴不聞，固無傷遠抱。由來逸世士，毀譽從顛倒。善者好之宜，不善惡亦好。安能變蕙蘭，薰蕕同草草。」〔註93〕此詩繼承《詩經》現實主義詩風，描寫了艱辛生存、備受欺凌的百姓。

高之騊的紀實詩，亦有婉轉之作，如《聽雨誌喜》：「半夜瀟瀟雨灑然，

〔註89〕〔清〕高之騊：《強恕堂詩集》，《四庫全書存目叢書》（集部第238冊），齊魯書社，1997年版，第255頁。

〔註90〕〔清〕高之騊：《強恕堂詩集》，《四庫全書存目叢書》（集部第238冊），齊魯書社，1997年版，第259頁。

〔註91〕〔清〕高之騊：《強恕堂詩集》，《四庫全書存目叢書》（集部第238冊），齊魯書社，1997年版，第176頁。

〔註92〕〔清〕高之騊：《強恕堂詩集》，《四庫全書存目叢書》（集部第238冊），齊魯書社，1997年版，第190頁。

〔註93〕〔清〕高之騊：《強恕堂詩集》，《四庫全書存目叢書》（集部第238冊），齊魯書社，1997年版，第180頁。

愁眉開處不曾眠。銀灣乍喜沉焦土，媧石遲教補漏天。來夢欲移青鳳尾，招魂先下首陽巔。明朝載酒亭中路，宿約經心醉採蓮。」〔註94〕憂旱喜雨至，此詩運思深摯，婉而有章，既有現實意義，又有婉約情思。

三、高珩與唐夢賚的濟世之文

高珩與唐夢賚雖蕭然世外，但二人均殫心經濟大業，關心民瘼，嘗討論國計民生之策。高珩在為順天張能麟的《救荒書》作序時，指出學者應著利世之書：

> 學者治書，英雄創業，其道略同。夫經營四海屬意關中者，漢皇獨有卓識矣。操觚之士，何獨不然，故著述不在多端，顧利世何如耳。利世之著述，二種而止耳。其一為明道之書，天經地義，子孝臣忠，所以立人極也。其一為濟世之書，含哺康食，亨屯出塞，所以延人命也。而二者又各有緩急，不可為典要焉。〔註95〕

高珩認為學者之著書與英雄之創業，其利世之道略同。而利世之書有明道與濟世二種，一為「立人極」，一為「延人命」。

高珩在《畢少保公〈石隱園藏稿〉又序》中，對畢自嚴濟蒼生為己任的做法極為推崇：「夫度世誠未易論，亦並未知濟世之功勝榮世之文，倍蓰無算故耳。士大夫既立身廊廟矣，苟無濟世之功，即翔步三台，或非君子之所樂道也。」〔註96〕又在《勸民緒言》題辭中道：「予每謂善世之學、濟世之功，惟有志之士饒為之。」而唐夢賚在《耿又樸太史詩集序》中，也認為詩文創作要有益於世：

> 太史自此以至公卿亦其常也，願益為其關於世者，察民謠耳知
> 里俗，繪豳風而陳稼穡，當不止寶鼎芝房、天馬碧雞之章矣。〔註97〕

詩文有知里俗、陳稼穡之作用，唐夢賚與高珩主張相似，其文章尤注重桑梓、稼穡，多濟世之文。

〔註94〕〔清〕高之騊：《強恕堂詩集》，《四庫全書存目叢書》（集部第238冊），齊魯書社，1997年版，第257頁。

〔註95〕〔清〕高珩：《棲雲閣文集》，《四庫全書存目叢書》（集部第202冊），齊魯書社，1997年版，第169頁。

〔註96〕〔清〕高珩：《棲雲閣文集》，《四庫全書存目叢書》（集部第202冊），齊魯書社，1997年版，第187頁。

〔註97〕〔清〕唐夢賚：《志壑堂文集》，《清代詩文集彙編》（第103冊），上海古籍出版社，2010年版，第189頁。

　　高珩其文，往往以悲憫為懷，關心國計民生。如《棲雲閣文集》卷七中《請建常平倉疏》，建立義倉來拯饑荒；為定制度以杜絕奢靡之而撰《杜奢疏》；嚴黜當權之賄賂而作《察貪疏》；酌裁提鎮事上《裁提鎮疏》；酌裁督撫上《酌裁督撫疏》。

　　高珩認為拯饑荒，無奇策，要未雨綢繆，設立義倉，只有救備預，天行才能非災矣。清康熙七年（1668），高珩奉命祭告炎帝虞帝之陵，至酃縣、寧遠兩縣，士民之以困苦控告者近數百人。高珩恐民之控訴或有不真，至長沙，向撫臣周召南詢問此事才知其真。而通政司以湖南偏深、日月已久，未及時上奏。高珩於祭告之際，上《陳湖南民瘼疏》，伏祈聖裁。「祭陵之役，捐數百金以救溺女者；立義社，以養棄兒；浮湘湖之粟數百斛，以拯淮揚之饑。」〔註98〕

　　《棲雲閣文集》卷八中有《與巡方議》、《又與巡方議》，認為「百姓之利害在有司，有司之懲勸在舉劾。舉一人劾一人，而即能令惡者懲、賢者勸。」《與當事論民害》、《時務五款》、《行錢議》等文，議及逃人之害、錢糧之害、舊糧蒙混難清之弊、常平倉無實之害、士風之弊、民風之弊、保甲不行之弊、差人下縣之害、櫃書比較之害、罪役不遣之害、誣告之害、輕生圖賴之害、上發告示不貼之弊，涉及到刑獄、督捕、稼穡、民風、行錢、等多個方面。《實行保結以砥士趨議》、《三教議》，從風俗教化入手，認為「欲端士習，莫若實行保結；欲行保結，莫若嚴飭官方而已。」〔註99〕高珩為文「自然超逸，無摹擬之跡，無束縛之苦，意不求工，而旨無弗暢。」〔註100〕唐夢賚文章雅健整潔，王士禛認為「其文近於蒙莊」，雖有過譽之嫌，但足見唐夢賚行文之氣勢。唐夢賚雖然辭官歸隱，但仍不忘經濟。唐夢賚在《耿又樸太史詩集序》中，認為詩文創作要著眼當世：「太史自此以至公卿亦其常也，顧益為其關於世者，察民謠耳知里俗，繪豳風而陳稼穡，當不止寶鼎芝房、天馬碧雞之章矣。」〔註101〕

　　高珩曾著《荒政考略》，論及災荒時的救濟政策。唐夢賚讀此文後，頗為

〔註98〕〔清〕唐夢賚：《志壑堂文集》，《清代詩文集彙編》（第103冊），上海古籍出版社，2010年版，第230頁。

〔註99〕〔清〕高珩：《棲雲閣文集》，《四庫全書存目叢書》（集部第202冊），齊魯書社，1997年版，第284頁。

〔註100〕〔清〕方昂：《棲雲閣文集跋》，《四庫全書存目叢書》（集部第202冊），齊魯書社，1997年版，第419頁。

〔註101〕〔清〕唐夢賚：《志壑堂文集》，《清代詩文集彙編》（第103冊），上海古籍出版社，2010年版，第189頁。

認同高珩請建常平倉之法，並為此文作序，在《荒政考略序》中道：「夫屯衛者，古今安上全下之大計也。」「誠遵祖宗之良法，推而廣之，以及於邊塞鎮守之處。」「明衛地，原係養兵之舊業，故明更名地畝，未取贖之官田；以其人耕其地，老弱者汰而壯者留傲。古人三戶垛籍之法，給以牛種，二戶耕而一丁在伍；行之三年，直省之兵餉可省。然後海內知氣寬然有餘，天倉富邊鎮強，而水旱無憂也。」〔註102〕

唐夢賚以為民日瘠而國用未充，著《銅鈔疏》、《禁糶說》、《備邊策》等，可謂救世之文。在與高珩書札《又上高念東先生書》中，唐夢賚與高珩討論過經濟大業，以為天下軍儲不自供時，應該鑄鈔、糶粟、屯田、蠲租，「國用浩繁，銀目少而民困，俸日薄而官難，上下古今之政，非行銅鈔以救之。」〔註103〕唐夢賚撰《禁糶說》，分析禁糶令的危害，希望禁糶令能夠解除：

> 然既已禁糶矣，則此糶者糶之何人？曰：糶之本處人向外販者，糶之外來販買人有依靠者，糶之本處大家有錢能收困者。但一經禁糶，則糧價頓賤。向之糶一石者，今且糶一石幾斗，而後足糶之日又遲。在官糧不完，則敲朴之日既多，在民衣不辦，則飢寒之日又多，相對號呼。〔註104〕

高珩在文後評曰：「真酌時濟世之文，韓柳何足復言哉。而縱筆所如，無堅不破，則又文人之樂事也。閑窗讀之，斗酒頓盡。」〔註105〕高珩認為唐夢賚此文可代韓愈、柳宗元之言。由此可知唐夢賚運筆氣勢磅礴，說理透闢。

高氏家族的高珩、高之騄父子與唐夢賚過從密切。高珩從詩歌到古文方面，均影響著唐夢賚的創作實踐。高珩詩歌中閒適簡逸、清遠超曠的風格影響了唐夢賚的詩風形成。高之騄嘗引唐夢賚為師長，其詩風由早年的密麗婉約變為雄渾深摯，可謂是自覺學習唐夢賚的結果。高珩與唐夢賚雖蕭然世外，但二人均殫心經濟大業，關心民瘼，嘗討論國計民生之策。這是二人朝夕過從互相影響之結果，亦是唐夢賚瓣香高珩之所在。

〔註102〕〔清〕唐夢賚：《志壑堂文後集》，《清代詩文集彙編》（第103冊），上海古籍出版社，2010年版，第498頁。

〔註103〕〔清〕唐夢賚：《志壑堂文集》，《清代詩文集彙編》（第103冊），上海古籍出版社，2010年版，第274頁。

〔註104〕〔清〕唐夢賚：《志壑堂文後集》，《清代詩文集彙編》（第103冊），上海古籍出版社，2010年版，第533頁。

〔註105〕〔清〕唐夢賚：《志壑堂文後集》，《清代詩文集彙編》（第103冊），上海古籍出版社，2010年版，第534頁。

結　語

　　明清時期，山左地區文風盛行、世家大族雲集，而孝婦河流域的仕宦家族與文學家族數量較多，且主要集中在益都、淄川、新城三縣。益都顏神鎮位於孝婦河的上游，其中趙進美、趙執信家族及孫廷銓、孫廷鐸家族文學成就較為突出。淄川位於孝婦河的中游，顯著的文學家族與個人有：高珩、高瑋家族，張至發、張篤慶家族，以及蒲松齡、唐夢賚二位文人。新城處於孝婦河的下游，顯赫的家族以王象春、王士禎家族最有代表性。翻開明清時期府志、縣志中的孝婦河地勢圖，則發現這一地域山環水繞，地寡土瘠，可耕地資源十分稀少，抑制了傳統農業的發展，但絲織業十分發達；另一方面，礦產資源亦很豐富，如煤炭、陶瓷、琉璃等工業發展迅速，而益都孫氏家族的發展即得益於琉璃業的興盛。孝婦河流域商業及手工業的繁榮帶來了教育業的發達和書院的建立，為世家大族的發展提供了有利的條件。孝婦河原稱「袁水」、「籠水」，之所以改稱孝婦河，是與此地孝婦文化的發展分不開的。孝婦河因北周孝婦「顏文姜」而得名，經歷了宋、元、明、清四代，逐漸形成了特有文化，其中蘊含著至孝、順德、執勤、安民等象徵意義。由於受到孝婦河文化的浸染，這一地區的家族多承忠孝傳統，仗義疏財、好善樂施、賑災救民。孝婦河畔的家族園林成為文學家族交遊的重要場所，而歷代生長於斯的文人、在此地仕宦的士人對孝婦河以及顏文姜多有吟詠，豐富了孝婦河的文化內涵，使得孝婦河成為滌蕩塵纓、耕種牧歌的靈魂寄託之所在。

　　孝婦河流域文學家族的發展，大都集中在明萬曆至清雍正時期（明末清初時期），約一百六十餘年。除孫氏以琉璃業起家外，其餘各家族均是以科舉起家而逐漸發展成為青箱世家。家族注重教育，詩書傳家，延請名師，督課

益力。後代在學習帖括之餘，還廣泛涉獵詩詞古文、經史百家、金石篆刻、書法繪畫、博弈雜劇等。這為家族的發展積累了深厚的文化底蘊。這些文學家族，並不是孤立存在的，而是通過姻親、師生、宦友、交遊等多元關係，共同形成了孝婦河流域文學家族群體。家族聯姻時，既注重門第，亦注重才學，在擴大政治網絡的同時，也為家族間的文學交流提供了地緣優勢。家族間的師生關係，有些是借助通婚聯姻而形成的。如：張篤慶之父張紱授業於表弟趙作肅家，張篤慶因姑丈王士祜而請教於王士禛，高珩則教詩於妹婿之兄張詢。師生關係亦能促進姻親關係的形成。如：趙執信少年時曾學詩於王士禛，既長則娶王士禛從妹之女為妻。同朝為官的宦友關係，同樣能加固姻親關係和師生關係。如：孫廷鐸因其兄孫廷銓的緣故，而私淑其兄之宦友趙進美。可見，家族間實際上形成了聯姻、師生、仕宦、交遊四位一體的多元關係，共同促進了家族間的文學交遊，在一定程度上影響著家族成員的文學道路的選擇，乃至詩文風格的取向。

　　家族群體之間的多元關係，一方面促進了孝婦河流域文學創作的繁榮，另一方面使得家族在文學創作上呈現多樣性的影響。孝婦河文學家族群體作為山左家族的重要縮影，其文學創作的相互影響，正代表著山左文學的發展脈絡。具體表現如下：一、王氏家族與趙氏家族在詩歌創作上存在著世系間的交叉影響。王氏家族的王象春、王象昆、王象明對復古詩風進行反思與創新，積極拓寬詩歌取徑，並與趙氏家族的趙進美在承繼復古、詩歌取徑上有相近之處；趙進美清真絕俗的詩風以及創新求變的詩論，影響了王士禛神韻詩風的形成。王士禛的詩論及創作對趙氏家族既有正向影響又有反向影響。趙執端之詩得王士禛親傳，繼承清空一脈。趙執信的山水詩、田園詩，亦多清麗佳句，其詩歌審美趣味與王士禛存在一定程度的相似性，王士禛對趙執信早年的詩歌創作是有影響的；趙執信詩中有人、詩外有事的詩論則是對詩壇神韻流弊的修正，此點乃是王士禛對趙氏家族的反向影響。二、高氏家族、王氏家族、張氏家族在交往的過程中，詩風與審美趣味存在著一定程度的相似性。高瑋前期明麗的詩風與王士禛的清麗詩風相契合，高珩則啟發了王士禛的詩歌創作，其詩多清遠超逸、禪理妙悟之作，與王士禛興象超逸、妙悟自得的詩風是有傳承關係的。高珩對王士禛的影響相較於趙進美對王士禛的影響，則有淺深之分。三、王氏家族對張篤慶、張元叔姪的影響可分為直接影響與間接影響。張篤慶因王士祜得以結交王士禛，受到了王氏家族神韻詩

風的浸染，創作了大量風骨與神韻兼備的山水田園詩歌，其詩作中雄渾豪健的風骨與縹緲惝恍的風韻正是王士禛的神韻詩所標舉的。張元因從學於張篤慶而受到王士禛詩風的影響，以神韻為宗，此乃間接之影響。四、趙氏家族對孫氏家族的影響。趙進美與孫景昌、孫廷銓叔侄同朝為官，孫廷銓從弟孫廷鐸私淑趙進美，其詩清空一氣。孫廷鐸除受趙進美影響外，亦與王士禛互為影響。孫、王二人赴京會試時，曾於逆旅中談詩誦藝，其二人之詩均清真絕塵。可知，趙進美、孫廷鐸與王士禛三人在詩學觀念和審美趣味上的一致性。家族中最具有文學影響力的可稱為核心創作成員，這些核心人物通過影響其他家族成員的文學創作，而進一步輻射影響整個地域文學的創作風氣。上述所提及之王象春、趙進美、王士禛、趙執信、高珩、張篤慶，實乃家族中的核心成員，在一定程度上引領著山左詩壇的風尚。王象春的詩風從奇崛孤峭的「齊氣」詩到清閒澹遠的禪意詩，代表了萬曆朝至崇禎朝詩壇風氣的多樣化。趙進美的詩風從悲天憫人到清真絕俗，以及高珩清雅超逸的詩作，代表了順治朝向康熙朝交接的詩風。王士禛的神韻妙悟詩風代表了康熙朝初期的主要風尚，而趙執信則代表了康熙朝後期向雍正朝逐漸轉變的現實主義詩風。由此便可窺見明末至清前期詩壇風尚的轉移。

　　孝婦河流域處在東部半島地區和西部運河區域的過渡地段，文化由此呈現出多元的特徵，表現在文學上則是雅俗交融。明末清初，孝婦河文學家族創作了大量的散曲、雜劇、小說等俗文學作品，其中以趙進美、王士禛、高珩為代表。有以下幾點認識：一、王士禛推崇趙進美的詞作，曾選十四首小令入《倚聲初集》，並對其中十二首進行評點。趙進美其詞清麗天然、情思細緻、含蓄雋永；同時又善於化用前人詩句，巧於鍊字，檃括自然，渾然天成，這些特徵恰與王士禛詞作中的詩化特點十分吻合。趙進美的侄孫趙執信、趙執珏所創作的詞篇，皆有以詩入詞、以散文入詞的傾向。王士祿、王士禛兄弟自幼耽詞調，頗尚神韻天然、深微婉轉之詞風。二、孝婦河家族的文學創作呈現文體相互滲透的特徵，即散文與詩歌這兩種文體的滲透影響。孝婦河家族的散文創作，往往借鑒詩歌，以詩風入散文，以詩境入散文。趙進美的山水遊記，語言簡練，饒具意趣，所造意境空靈潔淨，與詩境相類。王士禛的紀遊文風格淡遠，情景交融，融詩境於散文中，其中多見乎詩情，體現出其含蓄蘊藉的詩風對散文風格的滲透。孫廷銓的紀遊散文，以詩入文，文中有畫，文末常以景語作結，韻味無窮，與詩歌有異曲同工之處。三、鼎革前後，趙進

美所撰雜劇《立地成佛》,對摯友高珩康熙年間俚曲《醒夢戲曲》的創作產生了影響。趙進美、高珩二人所創作的雜劇與俚曲,均浸潤著佛道思想。這兩部劇作的語言均俗中有雅,雅俗共存:《立地成佛》將高深莫測的佛法,蘊於或典雅或通俗的語言中,機鋒敏銳,真正是雅俗共賞。《醒夢戲曲》有對偶整齊的排比,用典貼切。這可以看作詞曲與詩歌兩種文體相互滲透的結果。四、還有一點需要補充的是:在散文創作上,王士禛與孫廷銓的散文均對趙執信有一定程度的影響。王士禛的散文創造,體現出一種溫柔雅正之風;趙執信曾學散文於王士禛,罷官後開始認同並讚賞溫柔風雅之文,其散文觀與王士禛是相近的,二人散文風格多有類似之處。二人的傳記散文都常用史家之筆法、史評之形式寫出,說理散文中又善用比喻闡釋見解,刻畫人物時注重環境描寫側面烘托,來展現人物神采。可推知,趙執信對王士禛散文的學習與吸收是顯而易見的。清代散文學術性的加強,康熙初年孫廷銓的《顏山雜記》已開其端,《顏山雜記》多考證類的散文,而同邑後學趙執信的山川考證散文,則在《顏山雜記》的基礎上對顏神鎮的自然山川進行考察,辨偽存真。趙執信吸收了孫廷銓追根溯源的文獻考證方法,並對孫廷銓實地考察不足的方面進行了彌補。

孝婦河文學家族均與淄川蒲松齡、唐夢賚二位文人過從甚密,在文學創作上,相互之間產生了影響。主要體現在以下幾點:一、王士禛與蒲松齡在文學創作上產生了相互影響。具體來說,蒲松齡私淑王士禛,還請王士禛為其評定詩歌,可以說,王士禛的淡遠詩風確實影響了蒲松齡閒適自然的詩歌創作。王士禛對《聊齋誌異》中的 33 篇筆記作了評點,又從一定程度上鼓勵著蒲松齡小說的創作。而王士禛創作《池北偶談》,其中有五篇筆記皆是採擷《聊齋誌異》得以撰成的。二、畢氏家族與蒲松齡關係密切,蒲松齡創作《聊齋誌異》的素材或是取材於畢氏家族,或是間接聽聞於畢氏家族,或是於畢家所見所夢所感所悟而得。畢氏家族又參與、續補了《聊齋誌異》的某些篇章。畢木《黃髮翁集》中的作品,多直抒胸臆,其中的詞近乎散曲,而散曲又類乎俚曲,畢氏家族由此形成了尚俗的文學傳統。蒲松齡於畢氏家族坐館達三十多年,其創作俚曲時,當受到畢木詞曲的啟發。畢木的散曲與蒲松齡俚曲都有諧謔風趣、俗中有雅、亦莊亦諧的特點。三、高氏家族的高珩、高之騊與蒲松齡有交往,蒲松齡在創作《上仙》與《侯靜山》兩篇時,便取材於高氏家族。高珩為蒲松齡的俚曲《琴瑟樂》撰寫跋文,讚賞《聊齋誌異》有補於

世，認為可與大雅之作相提並論。高珩對俗文學的重視可見一斑。四、張氏
家族與蒲松齡多有文字交往。張篤慶雖與蒲松齡情誼深厚，但其認為蒲松齡
的「說鬼談空」是與舉業相違背的，這是由於張氏家族崇尚雅正的家學傳統
所致。張篤慶的族弟張永躋卻不以蒲松齡的《聊齋俚曲》為粗俗，認為俚曲
推陳出新，可用來彌補雅文學宣揚人倫教化之不足。張永躋之子張元認為《聊
齋誌異》雖然荒誕不經，而有「警發薄俗」、「扶樹道教」的功效，實與古文殊
途同歸。張氏家族呈現兩種不同的傾向：張篤慶尚雅避俗，張永躋、張元讚
揚俗文學之功效。五、高氏家族與唐夢賚在交往的過程中，產生了交叉影響。
即高珩影響著唐夢賚的詩歌、古文創作，而唐夢賚對高珩其子高之騊的詩風
轉變亦有影響。高珩與唐夢賚的詩歌均有閒適簡逸、清遠超曠的特點，這是
二人朝夕過從互相影響之結果，亦是唐夢賚受高珩詩風薰浸之所在。高珩與
唐夢賚雖蕭然世外，但高珩與唐夢賚二人在撰古文以述國計良策以及俗文學
可濟世等方面，觀點一致，這是二人朝夕過從的結果。高之騊因其父高珩與
唐夢賚過從密切，而每引唐夢賚為師長。其詩風由早年的密麗婉約變為雄渾
深摯，多有老健之詩，應是自覺學習唐夢賚的結果。在明末清初這一時期，
孝婦河流域的文學，呈現出雅俗交融、各體文學兼備的發展趨勢。孝婦河文
學家族在與蒲松齡的交往中，家族成員的雅俗觀又得以體現。

參考書目

一、譜牒、年譜類

1. 高之騄：《高氏家模彙編》，清康熙五十年家刻本，國家圖書館藏。

2. 高仲治：《般陽高氏家模彙編二卷》，清乾隆三年刊本。

3. 高遠塄等纂修：《淄川高氏族譜不分卷》，清光緒十九年刻本，國家圖書館、中國人民大學圖書館藏。

4. 畢自嚴：《淄西畢氏世德家傳一卷》，明崇禎刻本。

5. 畢自嚴：《畢氏傳志六卷》，山東省博物館藏。

6. 畢盛鑒：《畢氏南村家譜》，清鈔本。

7. 畢撫遠：《淄西畢氏世譜》，民國十二年石印本。

8. 畢岱壓：《淄川畢氏世譜不分卷》，清嘉慶十二年刻本。

9. 孫以寧：《續修顏山孫氏族譜》，淄博市圖書館，乾隆十四年。

10. 孫以寧：《顏山孫氏家乘一卷》，清末鉛印本，蘇州圖書館藏。

11. 孫繼等纂修：《顏山孫氏族譜二卷》，清道光二十二年刻本，人民大學圖書館、淄博圖書館藏。

12. 孫惟諫：《孫氏家乘集略》，清乾隆七年抄本，藏山東省圖書館。

13. 趙以文：《籠水趙氏世譜六卷》，清光緒三年石印本，淄博市博山區趙德芳藏，博山圖書館有殘本。

14. 張務振、張務瀚：《淄川張氏宗譜》不分卷，清光緒九年刻本，中國人民大學圖書館、大連市圖書館藏。

15. 王兆弘等：《新城王氏世譜》，清乾隆二十五年新城王氏家刻本，山東省圖書館藏。

16. 張篤慶：《厚齋自著年譜一卷》，山東省圖書館藏稿本。

17. 張篤慶：《先相國少保公年譜》不分卷，清初刻本，藏山東省圖書館。

18. 王士禛撰，孫言誠點校：《王士禛年譜》，中華書局，1992年。

19. 王士禛：《王考功年譜》，中華書局，1992年。

20. 畢盛鑒：《畢自嚴年譜》，《石隱園藏稿》，中國文聯出版社，2010年。

21. 李森文：《趙執信年譜》，齊魯書社，1988年。

22. 徐植農：《趙執信年譜》，《明清詩文研究叢刊》，1982年第2輯。

23. 劉聿鑫：《馮惟敏、馮溥、李之芳、田雯、張篤慶、郝懿行、王懿榮年譜》，山東大學出版社，2002年。

24. 鄒宗良：《蒲松齡年譜匯考》，山東大學博士論文，2015年。

二、總集、別集類

1. 趙進美：《清止閣集九卷》，山東省圖書館藏清初鈔本。

2. 趙進美：《清止閣集二十卷》，《山東文獻集成》，山東大學出版社，2009年。

3. 趙作羹：《季漢紀二十卷》，清雍正間稿本。

4. 趙作肅：《見山堂遺詩》，清乾隆間刻本。

5. 趙執信：《趙執信全集》，齊魯書社，1993年。

6. 趙執信：《秋谷先生遺文一卷》，清乾隆十六年益都趙氏因園刻本。

7. 趙執信：《飴山詩集二十卷》，清乾隆十七年益都趙氏因園刻本。

8. 趙執信：《飴山文集十二卷附錄一卷》，清乾隆乾隆三十九年益都趙氏因園刻本。

9. 趙執信：《飴山詩餘一卷》，山東省博物館藏稿本。

10. 趙執信：《宋大家三蘇曾王文鈔不分卷》，清康熙中益都趙念鈔本。

11. 趙執信：《談龍錄一卷》，清乾隆益都李文藻刻歷城周永年印岱園叢書初集本。

12. 趙執信：《聲調前譜一卷後譜一卷續譜一卷附通轉韻式一卷》，益都趙執端、趙懲輯，中共山東省委黨校圖書館藏清乾隆趙氏因園刻本。

13. 趙執端：《寶菌堂遺詩二卷》，清乾隆刻本，藏上海圖書館。

14. 趙執琯：《鐵峰詩集五卷》，乾隆二十七年趙氏知畏堂刻本，藏山東省圖書館。

15. 趙貫：《鐵硯齋詩》，清嘉慶刻本。

16. 高舉、高譽：《陶世名言》六卷，明萬曆間刻本，藏國家圖書館。

17. 高舉：《古今韻撮》九卷，明萬曆四十一年高氏家刻本。

18. 高譽：《塤篪編》二卷，清光緒二十年淄川高氏刻本，藏山東省圖書館。

19. 高珩：《棲雲閣詩二卷》，淄川孫氏稿本。

20. 高珩：《棲雲閣詩十六卷拾遺三卷文集十五卷》，《四庫全書存目叢書》影印清乾隆三年、四十四年刻合印本。

21. 高珩：《醒夢戲曲》一卷，清初刻本，藏山東省圖書館。

22. 高珩：《四勉堂說略》一卷，清康熙五十年高氏家刻本，藏國家圖書館。

23. 高瑋：《留耕堂遺詩》四卷，清乾隆四十二年畏天齋刻本，藏山東省圖書館。

24. 高瑋：《為善於家》一卷，清康熙五十年高氏家刻本，藏國家圖書館。

25. 高瑋：《三要圖說》一卷，清康熙五十年高氏家刻本，藏國家圖書館。

26. 高之騱：《強恕堂詩集八卷》，《四庫全書存目叢書》影印清乾隆三年刻本。

27. 高之騄：《曠庵遺詩》，濰縣丁氏鈔本。

28. 高中謀：《般陽高中謀先生日誌不分卷》，山東省圖書館藏稿本。

29. 王之垣：《歷仕錄》，《四庫全書存目叢書》，齊魯書社，1997 年。

30. 王之垣：《攝生編》，香港：天馬圖書有限公司，1999 年。

31. 王之垣：《柄燭編》，香港：天馬圖書有限公司，1999 年。

32. 王象乾：《忠勤錄》，明萬曆間刻本，國家圖書館藏。

33. 王象晉：《清寤齋心賞編》，《四庫全書存目叢書》，齊魯書社，1997 年。

34. 王象晉：《剪桐載筆》，《四庫全書存目叢書》，齊魯書社，1997 年。

35. 王象晉：《賜閒堂集》，《四庫全書存目叢書》，齊魯書社，1997 年。

36. 王象春：《問山亭詩拾遺一卷》，《山東文獻集成》，山東大學出版社，2009 年。

37. 王象春著，張昆河、張健之注：《齊音》，濟南出版社，1993 年。

38. 王象春：《昭代選屑》，日本文政三年刻本。

39. 王象明：《聊聊草》，北京大學圖書館藏明崇禎間刻本。

40. 王與胤：《隴首集》，《四庫全書存目叢書》，齊魯書社，1997 年。

41. 王與玟：《籠鵝館集》，清抄本，國家圖書館藏。

42. 王士祿：《十笏草堂詩選》，《清代詩文集彙編》，上海：上海古籍出版社，2011 年。

43. 王士祿：《十笏草堂辛甲集》，《清代詩文集彙編》，上海：上海古籍出版社，2011 年。

44. 王士祿：《十笏草堂上浮集》，《清代詩文集彙編》，上海：上海古籍出版社，2011 年。

45. 王士祿：《焦山古鼎考》，《四庫全書存目叢書》，齊魯書社，1997 年。

46. 王士祿：《炊聞詞》二卷，《四庫全書存目叢書》，齊魯書社，1997 年。

47. 王士祿：《辛甲集》，《四庫全書存目叢書補編》，齊魯書社，1997 年。

48. 王士祿：《燃脂集例》一卷，《四庫全書存目叢書》，齊魯書社，1997 年。

49. 王士祿：《讀史蒙拾》一卷，《四庫全書存目叢書》，齊魯書社，1997 年。

50. 王士祿撰，王士禛選：《考功集選》，稿本，山東省圖書館藏。

51. 王士祿：《表餘堂詩》一卷，稿本，山東省博物館藏。

52. 王士祿、王士禛：《琅琊二子近詩合選》，順治間刻本，國家圖書館藏。

53. 王士祿、王士祜、王士禛等：《新城王氏雜文詩詞》，康熙間刻本，國家圖書館藏。

54. 王士祿、王士禛選：《濤音集》，清乾隆五十七年刻本，山東大學圖書館藏。

55. 王士祿撰，顧有孝輯：《王西樵詩選》六卷附詩話一卷，清康熙十一年刻本，國家圖書館藏。

56. 王士祿撰，吳之振選：《西樵詩選》，康熙十一年吳氏鑒古堂刻本，國家圖書館藏。

57. 王士祿：《王子底詩》，清漑堂刻本，山東省圖書館藏。

58. 王士祜：《古缽集選》，《四庫全書存目叢書》，齊魯書社，1997 年。

59. 王士禧：《函玉集》，稿本，國家圖書館藏。

60. 王士禧：《抱山堂小草一卷函玉集一卷》，清抄本，國家圖書館藏。

61. 王士禛：《帶經堂集》，《清代詩文集彙編（第 134 冊）》，上海古籍出版社，2010 年。

62. 王士禛：《帶經堂詩話》，人民文學出版社，1998 年。

63. 王士禛撰，袁世碩主編：《王士禛全集》，齊魯書社，2007 年。

64. 王士禛：《香祖筆記》，商務印書館，1934 年。

65. 王士禛：《漁洋山人詩集》，《四庫全書存目叢書》，齊魯書社，1997 年。

66. 王士禛：《漁洋山人集外詩》，《叢書集成續編》，上海書店出版社，1994 年。

67. 王士禛：《感舊集》，《四庫禁燬書叢刊》，北京出版社，1997 年。

68. 王士禛、鄒祗謨：《倚聲初集》，《續修四庫全書》，上海古籍出版社，2002 年。

69. 王士禛：《入吳集》，康熙間刻本，國家圖書館藏。

70. 王士禛撰，李毓芙等注：《漁洋精華錄集釋》，上海古籍出版社，1999 年。

71. 王士禛撰，吳之振選：《阮亭詩選》，康熙間刻本，國家圖書館藏。

72. 王士禛撰，翁方綱輯：《漁洋杜詩話》，乾隆三十二年大興翁氏刻本，國家圖書館藏。

73. 王士禛：《池北偶談（外三種）》，上海古籍出版社，1993 年。

74. 王士禛：《古夫于亭稿》，清康熙四十六年林佶寫刻本，國家圖書館藏。

75. 王士禛：《古夫于亭雜錄》，中華書局，1988 年。

76. 王士禛：《衍波詞》，廣東人民出版社，1986 年。

77. 王士驪：《庚寅漫錄》，稿本，國家圖書館藏。

78. 王啟涑：《王阮亭行述》，康熙五十年刻藍印本，國家圖書館藏。

79. 畢木：《黃髮翁詩文集二卷》，明萬曆四十六年家刻本。

80. 畢木：《黃髮翁續集一卷》，清康熙三十九年畢盛胄抄本，藏山東省圖書館。

81. 畢木：《黃髮翁全集四卷黃髮翁戲筆一卷》，山東大學圖書館藏清鈔本。

82. 畢木：《黃髮翁戲筆》，《山東文獻集成》，山東大學出版社，2011 年。

83. 畢自嚴：《畢伯陽奏稿殘本一卷》，山東省博物館藏明鈔本。

84. 畢自嚴：《畢自嚴遺稿一卷》，山東省圖書館藏明末鈔本（清淄川唐夢賚批校）。

85. 畢自嚴：《白陽畢公自嚴遺蹟一卷》，山東省圖書館藏稿本。

86. 畢自嚴：《石隱園詩文藏稿》八卷，有清順治十七年刻本，中國科學院圖書館藏。

87. 畢自嚴：《石隱園詩草一卷附石隱園題詠一卷石隱園雜詠一卷》，民國十四年畢柱承鈔本。

88. 畢自嚴：《白陽老人手書》，淄川西鋪蒲松齡書館藏。

89. 畢自嚴：《抽簪贅言》一卷，崇禎刻本，北京圖書館藏。

90. 畢自嚴：《回話奏疏》一卷，崇禎刻本，北京圖書館藏。

91. 畢自嚴：《度支奏議》一百十九卷，明崇禎刻本。

92. 畢自嚴：《撫津督餉撫留憲留計共疏草》十九卷，明天啟刻本，藏於中國科學院圖書館。

93. 畢自肅：《遼東疏稿》四卷，清抄本，藏北京圖書館。

94. 畢際有：《淄乘征》一卷，清康熙刻本，藏淄博市博物館。

95. 畢際有：《存吾草》不分卷，清鈔本。

96. 畢際彥：《醉吟草》，藏於淄川西鋪畢家。

97. 畢際竑：《訥庵癡說》，藏於淄川西鋪畢家。

98. 畢盛鉅：《石隱園題詠一卷》，民國十四年畢柱抄本，藏山東省圖書館。

99. 畢世持：《困傭家草一卷》，民國十三年淄川畢先敫鈔本。

100. 畢海珖：《澗堂詩草一卷》，山東省博物館藏稿本（清益都趙執信批校，趙文泉跋）。

101. 畢海珖：《澗堂詩草一卷》，民國十三年淄川畢先敫鈔本。

102. 畢海珖：《澗堂草不分卷》，山東省圖書館藏清鈔本。

103. 張敬：《張儀部集》不分卷，明萬曆張至發刻本，山東省藝術館藏。

104. 張敬：《儀部張先生文集》二卷，明萬曆張至發刻本，山東省博物館藏。

105. 張中發：《回首窩稿》，藏於家。

106. 張紳：《向火道人詩集》，藏於家。

107. 張篤慶：《崑崙山房詩集二卷》淄川孫氏稿本。

108. 張篤慶：《崑崙山房郢中集三卷崑崙山房詩集十三卷》，山東省圖書館藏清鈔本。

109. 張篤慶：《崑崙山房詩稿一卷》，山東省圖書館藏清鈔本。

110. 張篤慶：《雲高洞遊草一卷》，山東省博物館藏稿本。

111. 張篤慶：《兩漢高士贊一卷》，山東省博物館藏清淡志軒鈔本。

112. 張篤慶：《知北遊草一卷》，山東省博物館藏稿本。

113. 張篤慶：《張氏述祖德詩》，淄博市圖書館館藏。

114. 張篤慶：《崑崙山房明季百一詩》二卷，清抄本，藏山東省圖書館。

115. 張篤慶：《漁洋山人評點崑崙山房詩稿》三卷，王士禛批、王獻唐跋稿本，藏山東省圖書館。

116. 張篤慶、王士禛、郎廷槐等：《詩問》，清乾隆四十二年姚江洪熙春暉草堂刻本。

117. 張篤慶：《五代史截存》四卷，四庫全書本，藏山東省藝術館。

118. 張元：《綠筠軒詩四卷》，山東省圖書館藏清鈔本。

119. 張元：《平山詩草》一卷，乾隆十五年刻本，山東省博物館藏。

120. 張作哲：《聽雨樓詩》二卷，清抄本，藏山東省博物館。

121. 張作賓：《南圃詩草》五卷，清道光十八年刻本，藏山東省博物館。

122. 孫廷銓：《顏山雜記四卷》，清康熙五年刻本。

123. 孫廷銓：《南征紀略二卷》，《四庫全書存目叢書》影印清初刻本。

124. 孫廷銓：《沚亭刪定文集二卷》，《四庫全書存目叢書》影印清康熙十七年慕天顏刻本。

125. 孫廷銓：《沚亭自刪詩》一卷，《山東通志・藝文志》著錄。有師儉堂刻孫文定公全集本。

126. 孫廷鐸：《說研堂集》四卷，民國二十一年顏山孫氏鉛印本，藏青島圖書館。

127. 孫廷鐸：《緒園新集》一卷，清初刻本，藏山東省博物館。

128. 孫寶侗：《惇裕堂集》，民國二十一年石印本，藏青島圖書館。

129. 蒲松齡：《聊齋軒鶴筆札一卷》，山東省博物館藏清鈔本。

130. 蒲松齡：《聊齋文集十卷》，山東省博物館藏稿本。

131. 蒲松齡：《聊齋詩集二卷詞集一卷》，清淄川王滄佩鈔本（淄川王滄佩、日照王獻唐跋）。

132. 蒲松齡：《聊齋詞一卷》，清宣統二年國學扶輪社排印本。

133. 蒲松齡：《慈悲曲一卷》，山東省博物館藏清鈔本。

134. 蒲松齡：《富貴神仙十四回不分卷》，山東省博物館藏清酌月書屋鈔本。

135. 蒲松齡：《聊齋俚曲集》，國際文化出版公司，1999年。

136. 唐夢賚：《志壑堂文集》，《清代詩文集彙編》，上海古籍出版社，2010年。

137. 唐夢賚：《阮亭選志壑堂詩》，《清代詩文集彙編》，上海古籍出版社，2010年。

138. 唐夢賚：《志壑堂集》，《清代詩文集彙編》，上海古籍出版社，2010年。

139. 唐夢賚：《志壑堂詩集一卷》，淄川孫氏稿本。

140. 唐夢賚：《志壑堂詞一卷》，山東省博物館藏稿本。

141. 宋弼等：《山左明詩鈔》，《四庫全書存目叢書》，齊魯書社，1997年。

142. 盧見曾：《國朝山左詩鈔》，《山東文獻集成》影印乾隆盧氏雅雨堂刻本。

143. 張鵬展：《國朝山左詩續鈔》，《山東文獻集成》影印嘉慶十八年四照樓刻本。

144. 宋弼：《國朝山左詩補鈔》，《山東文獻集成》影印嘉慶十八年四照樓刻本。

145. 余正酉：《國朝山左詩匯鈔後集》，《山東文獻集成》影印道光二十九年海棠書屋刻本。

146. 趙愚軒：《青州明詩鈔、續編》，《山東文獻集成》，山東大學出版社，2007年。

147. 徐世昌：《晚晴簃詩匯》，上海古籍出版社，1994年。

148. 沈德潛：《清詩別裁集》，浙江古籍出版社，1998年。

149. 王培荀：《聽雨樓隨筆》，山東大學出版社，1992年。

150. 王培荀：《鄉園憶舊錄》，齊魯書社，1993年。

三、方志、史料類

1. 孫葆田等：《山東通志》，民國四年鉛印本。

2. 陶錦：《青州府志》，清康熙六十年刻本。

3. 蔣焜：《濟南府志》，清康熙三十一年刻本

4. 王贈芳：《濟南府志》，清道光二十年刻本

5. 陳奮花：《益都縣志》，清康熙十一年刻本。

6. 富申：《博山縣志》，清乾隆十八年刻本。

7. 王蔭桂：《續修博山縣志》，民國二十四年刻本。

8. 葉先登：《顏神鎮志》，清康熙九年刻本。

9. 張鳴鐸：《淄川縣志》，清乾隆四十一年刻本。

10. 方作霖：《三續淄川縣志》，民國九年刻本。

11. 王象晉等纂：《新城縣志》，清鈔本，國家圖書館、南開大學圖書館藏。

12. 崔懋：《新城縣志》，康熙三十二年刻本。

13. 袁勵傑：《民國重修新城縣志》，民國二十二年鉛印本。

14. 孫衍：《長山縣志》，清康熙五十五年刻本。

15. 屠壽徵：《臨朐縣志》，清康熙十一年刻本。

16. 程素期：《鄒平縣志》，清康熙三十四年刻本。

17. 宋祖法：《歷城縣志》，清康熙六十一年刻本。

18. 毛承霖：《續修歷城縣志》，民國十三年至十五年鉛印本。

19. 徐宗幹：《泰安縣志》，清光緒八年刻本。

20. 錢鏐：《廬江縣志》，清光緒十一年木活字本。

21. 桓臺縣地方史志編纂委員會：《桓臺縣志》，齊魯書社，1992 年。

22. 張廷玉：《明史》，中華書局，1974 年。

23. 趙爾巽：《清史稿》，中華書局，1977 年。

24. 朱彝尊：《曝書亭集》，國學整理社，1937 年。

25. 楊士聰：，《甲申核真略》，浙江古籍出版社，1985 年。

26. 清高宗敕編：《清朝文獻通考》，新興書局，1965 年。

27. 朱保炯等：《明清進士題名碑錄》，上海古籍出版社，1980 年。

28. 錢儀吉：《清代碑傳全集》，上海古籍出版社，1987 年。

29. 《清實錄》，中華書局影印，1895 年。

30. 趙翼：《廿二史箚記》，商務印書館，1987 年。

四、其他文集

1. 田雯：《古歡堂集》，上海古籍出版社，2010 年。

2. 孔尚任：《孔尚任詩文集》，中華書局，1962 年。

3. 顧炎武：《顧亭林詩文集》，中華書局，1983 年。

4. 汪琬：《說鈴》，清乾隆年間嘯園刻本。

5. 翁方綱：《石洲詩話》，中華書局，1985 年。

6. 王晫：《今世說》，《清代筆記小說大觀》，上海古籍出版社，2007 年。

7. 朱鶴齡：《愚庵小集》，清文淵閣四庫全書本。

8. 何世璂：《然燈記聞》，《清詩話》，上海古籍出版社，1978 年。

9. 袁枚：《隨園詩話》，人民文學出版社，1960 年。

10. 沈德潛：《清詩別裁集》，上海古籍出版社，2013 年。

11. 丁耀亢：《丁耀亢全集》，中州古籍出版社，1999 年。

12. 李雯：《蓼齋集》，《清代詩文集彙編》，上海古籍出版社，2010 年。

13. 曹溶：《靜惕堂詩集》，清雍正三年刊本。

14. 馮溥：《佳山堂詩集十卷二集九卷》，《四庫全書存目叢書》影印清康熙間刻本。

15. 邢侗：《來禽館集》，《四庫全書存目叢書》影印明萬曆四十六年刻清康熙十九年重修本。

16. 錢謙益：《牧齋初學集》，文海出版社，1986 年。

17. 錢謙益：《列朝詩集小傳》，古典文學出版社，1957 年。

18. 施閏章：《施愚山集》，黃山書社，1992 年。

19. 宋琬：《宋琬全集》，齊魯書社，2003 年。

20. 龔鼎孳：《龔鼎孳詩》，廣陵書社，2006 年。

21. 龔鼎孳：《定山堂詩集》，清光緒九年聖彝書屋刻本。

22. 陳維崧：《陳迦陵文集》，商務印書館，1936 年。

23. 嚴羽：《滄浪詩話》，人民文學出版社，1961 年。

24. 謝榛：《四溟詩話》，人民文學出版社，1961 年。

25. 楊慎：《升菴詩話》，上海古籍出版社，1987 年。

26. 朱彝尊：《靜志居詩話》，人民文學出版社，2006 年。

27. 朱彝尊：《明詩綜》，上海古籍出版社，1993 年。

28. 胡應麟：《詩藪》，上海古籍出版社，1979 年。

29. 王應奎：《柳南續筆》，河北教育出版社，1996 年。

30. 黃宗羲：《明儒學案》，上海古籍出版社，1987 年。

31. 黃宗羲：《明文海》，上海古籍出版社，1994 年。

32. 吳偉業：《梅村集》，清康熙七年刻本。

33. 吳偉業：《吳梅村全集》，上海古籍出版社，1990 年。

34. 汪汝謙：《春星堂集》，光緒十二年錢塘汪氏刻本。

35. 馮班，《鈍吟集三卷》，齊魯書社，1997 年。

36. 吳喬：《圍爐詩話》，《叢書集成初編》，中華書局，1985 年。

37. 仲呈保：《翰村詩稿》，《四庫全書存目叢書》，齊魯書社，1997 年。

38. 周亮工：《賴古堂集》，上海古籍出版社，2002 年。

39. 吳雯：《蓮洋詩抄》，《文淵閣四庫全書》，上海古籍出版社，1987 年。

40. 查慎行：《敬業堂詩集》，上海古籍出版社，1986 年。

41. 李漁：《閒情偶寄》，國學研究社，1936 年。

五、研究著作

1. 永瑢、紀昀：《四庫全書總目提要》，中華書局，1965 年。

2. 中國科學院圖書館：《續修四庫全書總目提要》，臺灣商務印書館，1972 年。

3. 王紹曾：《山東文獻書目》，齊魯書社，1993 年。

4. 孫殿起：《販書偶記》，上海古籍出版社，1982 年。

5. 柯愈春：《清人詩文集總目提要》，北京古籍出版社，2001 年。

6. 張舜徽：《清人文集別錄》，中華書局，1963 年

7. 袁行云：《清人詩集敘錄》，文化藝術出版社，1994 年。

8. 王紹曾：《清史稿藝文志拾遺》，中華書局，2000 年。

9. 柯愈春：《清人詩文集總目提要》，北京古籍出版社，2001 年。

10. 崔建英等：《明別集版本志》，中華書局，2005 年。

11. 陳田：《明詩紀事》，上海古籍出版社，1993 年。

12. 鄧之誠：《清詩紀事初編》，上海古籍出版社，1965 年。

13. 張宏生：《全清詞》，南京大學出版社，2012 年。

14. 陳乃乾：《清名家詞》，上海書店，1982 年。

15. 葉恭綽：《全清詞抄》，中華書局香港分局，1975 年。

16. 謝伯陽：《全清散曲》，齊魯書社，2006 年。

17. 國學扶輪社:《國朝文匯》,清宣統元年石印本。

18. 黃景進:《王漁洋詩論之研究》,文史哲出版社,1980 年。

19. 路大荒:《蒲松齡集》,上海古籍出版社,1986 年。

20. 袁世碩:《蒲松齡事蹟著述新考》,齊魯書社,1988 年。

21. 吳調公:《神韻論》,人民文學出版社,1991 年。

22. 孔繁信,邱少華:《王漁洋研究論集》,山東文藝出版社,1991 年。

23. 邱少華編:《王漁洋紀念館藏碑帖選》,1992 年。

24. 尹丕聰:《王漁洋詩友錄》,北京燕山出版社,1993 年。

25. 裴培科:《新城王氏家族》,天馬圖書有限公司,2004 年。

26. 王利民:《王士禛詩歌研究》,中華書局,2007 年。

27. 桓臺國際王漁洋討論會組委會:《桓臺國際王漁洋討論會論文集》,山東大學出版社,1995 年。

28. 謝正光,佘汝豐:《清初人選清初詩匯考》,南京大學出版社,1998 年。

29. 朱一玄:《聊齋誌異資料彙編》,中州古籍出版社,1998 年。

30. 張健:《清代詩學研究》,北京大學出版社,1999 年。

31. 馮榮昌:《馮惟敏論稿》,中國戲劇出版社,1999 年。

32. 陳文新:《明代文學》,湖南人民出版社,2000 年。

33. 蔣寅:《王漁洋與康熙詩壇》,中國社會科學出版社,2001 年。

34. 蔣寅:《王漁洋事蹟徵略》,人民文學出版社,2001 年。

35. 裴世俊:《王士禛傳論》,中國戲劇出版社,2001 年。

36. 黃河:《王士禛與清初詩歌思想》,天津人民出版社,2002 年。

37. 趙蔚芝、劉聿鑫:《〈談龍錄〉注釋》,中國文化出版社,2011 年

38. 陳平原:《晚明文學思潮研究》,湖北教育出版社,2002 年。

39. 李聖華:《晚明詩歌研究》,人民文學出版社,2002 年。

40. 錢仲聯:《清詩紀事》,江蘇古籍出版社,1987 年。

41. 嚴迪昌:《清詩史》,浙江古籍出版社,2002 年。

42. 朱則傑:《清詩考證》,人民文學出版社,2012 年。

43. 孟森:《明清史講義》,商務印書館,2011 年。

44. 趙園:《明清之際士大夫研究:作為一種現象的遺民》,北京師範大學出版社,2014 年。

45. 趙園：《明清之際士大夫研究：士風與士論》，北京師範大學出版社，2014 年。

46. 溫睿臨：《南疆逸史》，中華書局，1959 年。

47. 蕭一山：《清代通史》，中華書局，1962 年。

48. 錢穆：《中國學術思想史論叢》，安徽教育出版社，2004 年。

49. 錢穆：《國史大綱》，商務印書館，1996 年。

50. 王紹曾：《明清時期的山左學術》，齊魯書社，2014 年。

51. 李桄：《東林黨籍考》，人民出版社，1957 年。

52. 謝國楨：《明清之際黨社運動考》，上海書店出版社，2006 年。

53. 左東嶺：《明代心學與詩學》，學院出版社，2002 年。

54. 嵇文甫：《晚明思想史論》，河南大學出版社，2008 年。

55. 陳寅恪：《金明館叢稿初編》，上海古籍出版社，1980 年。

56. 李伯齊：《山東文學史論》，齊魯書社，2003 年。

57. 張傑：《清代科舉家族》，社會科學文獻出版社，2003 年。

58. 張忠綱：《山東杜詩學文獻研究》，齊魯書社，2004 年。

59. 王小舒：《王漁洋與神韻詩》，山東文藝出版社，2004 年。

60. 劉世南：《清詩流派史》，人民文學出版社，2004 年。

61. 裴培科主編：《新城王氏家族》，香港：天馬圖書有限公司，2004 年。

62. 李伯齊主編：《山東分體文學史・詩歌卷》，齊魯書社，2005 年。

63. 王小舒：《神韻詩學》，山東人民出版社，2006 年。

64. 張明主編：《王士禎志》，齊魯書社，2006 年。

65. 朱麗霞：《清代松江府望族與文學研究》，上海古籍出版社，2006 年。

66. 王利民：《王士禎詩歌研究》，中華書局，2007 年。

67. 孫紀文：《王士禎詩學研究》，寧夏人民出版社，2008 年。

68. 石玲，王小舒，劉靖淵：《清詩與傳統——以山左與江南個案為例》，齊魯書社，2008 年。

69. 張明：《王士禎志》，山東人民出版社，2009 年。

70. 朱亞非：《明清山東仕宦家族與家族文化》，山東人民出版社，2009 年。

71. 宮泉久：《清初山左詩歌研究》，中國社會科學出版社，2009 年。

72. 張永剛：《東林黨議與晚明文學活動》，中國社會科學出版社，2009 年。

73. 孫立：《明末清初詩論研究》，廣東高等教育出版社，2011 年。

74. 盛偉編：《蒲松齡全集》，學林出版社，1998 年。

75. 鄒宗良：《蒲松齡研究叢稿》，山東大學出版社，2011 年。

76. 袁世碩：《蒲松齡事蹟著述新考》，齊魯書社，1988 年。

77. 袁世碩：《蒲松齡志》，山東人民出版社，2009 年。

78. 李伯齊、王勇：《山東文學史》，山東人民出版社，2011 年。

79. 李伯齊、許金榜：《山東分體文學史》，齊魯書社，2005 年。

80. 羅時進：《地域‧家族‧文學——清代江南詩文研究》，上海古籍出版社，2011 年。

81. 艾爾曼著、趙剛譯：《經學、政治和宗族：中華帝國晚期常州文學派研究》，江蘇人民出版社，2005 年。

82. 王小舒：《中國詩歌通史（清代卷）》，人民文學出版社，2012 年。

83. 張秉國：《臨朐馮氏家族文化研究》，中華書局，2013 年。

84. 何成：《明清新城王氏家族文化研究》，中華書局，2013 年。

85. 王勇：《明清博山趙氏家族文化研究》，中華書局，2013 年。

86. 石玲、王小舒：《清詩與傳統——以山左與江南個案為例》，齊魯書社，2008 年。

87. 陳汝潔：《趙執信研究叢稿》，中國戲劇出版社，2009 年。

88. 《齊文化叢書》編輯委員會：《齊文化叢書》，齊魯書社，1997 年。

89. 邱文山：《齊文化與中華文明》，齊魯書社，2006 年。

90. 李泉、王云：《山東運河文化研究》，齊魯書社，2006 年。

91. 孫楷第：《戲曲小說書錄解題》，人民文學出版社，2010 年。

92. 郭預衡：《中國散文史》，上海古籍出版社，2000 年。

93. 王文濡：《香豔叢書》，嶽麓書社，1994 年。

94. 胡文楷：《歷代婦女著作考》，商務印書館，1957 年。

95. 梁乙真：《清代婦女文學史》，中華書局，1927 年。

96. 張宏生：《明清文學與性別研究》，江蘇古籍出版社，2002 年。

97. 孫之梅：《錢謙益與明末清初文學》，山東大學出版社，1996 年。

附　錄

附錄一：孝婦河流域圖

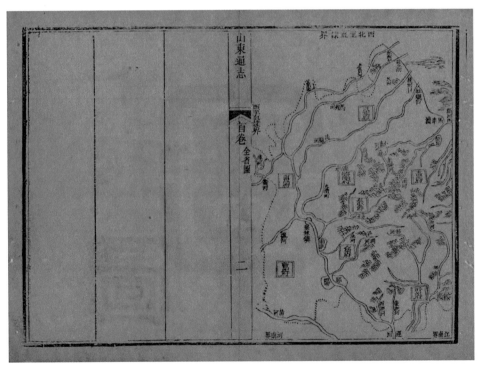

孝婦河流域圖（岳濬等纂《山東通志》，清乾隆元年刻本）

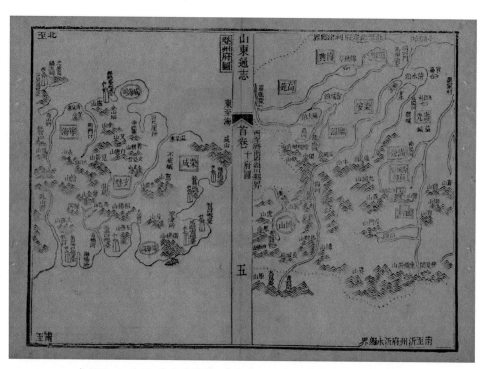

孝婦河上游圖（岳濬等纂《山東通志》，清乾隆元年刻本）

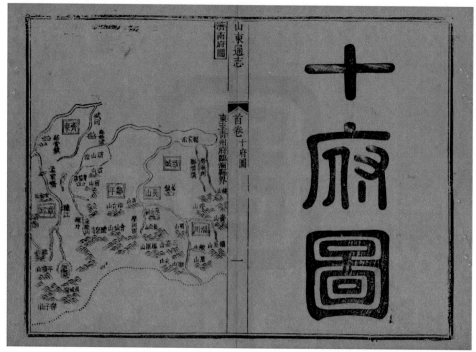

孝婦河（般水）下游圖（岳濬等纂《山東通志》，清乾隆元年刻本）

附錄二：孝婦河流域文學家族世系簡表

淄川高氏家族世系簡表

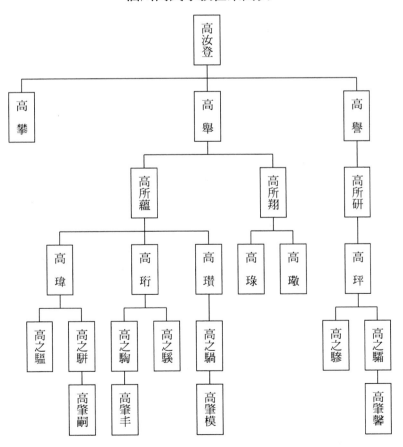

新城王氏家族世系簡表

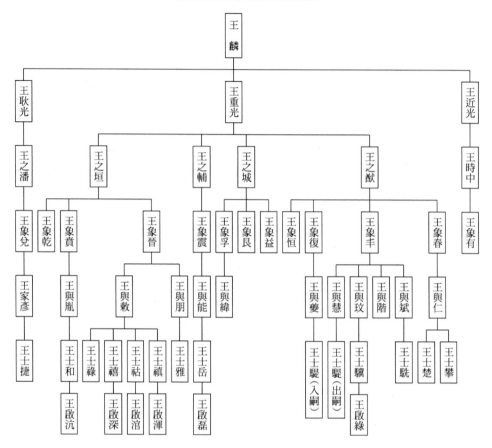

益都趙氏家族世系簡表

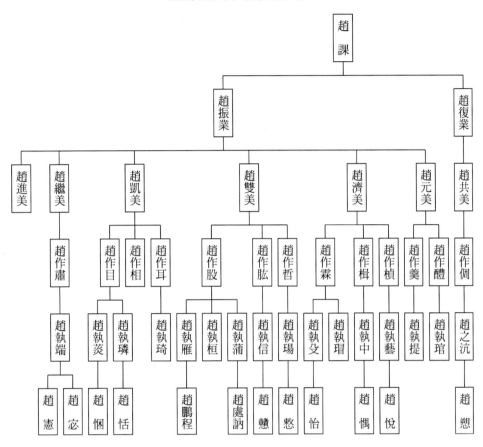

益都孫氏家族世系簡表

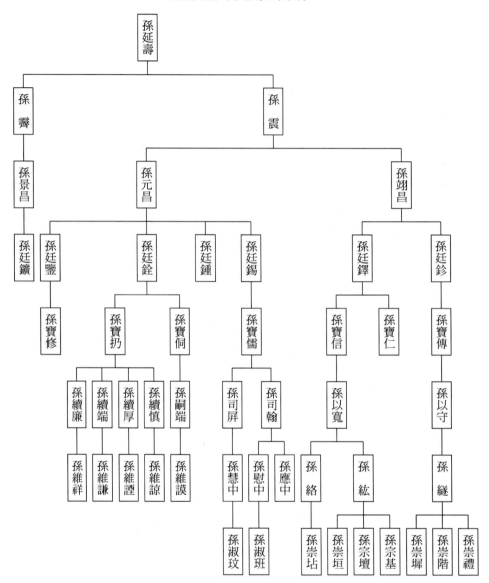

淄川張氏家族世系簡表

附錄三：孝婦河流域文學家族聯姻表

淄川高氏家族婚姻娶入表（八世至十五世）

代　次	夫　名	妻　名	地域家族	姻親關係
八	高舉	趙氏	益都趙氏	趙爾衡之女
九	高所蘊	王氏	新城王氏	王象乾之女
	高所翔	王氏	新城王氏	王象艮之女
十	高瑋	張氏	淄川張氏	張至發孫女、張泰來之女
十一	高之騊	畢氏	淄川畢氏	畢際竑之女
	高之騋	孫氏	益都孫氏	孫廷銓姪女、孫廷鍾之女
	高之驌	趙氏	益都趙氏	趙班璽之女
十二	高肇嗣	畢氏	淄川畢氏	畢際竑孫女、畢盛育之女
	高肇和	張氏	淄川張氏	
十三	高宏緒	王氏	新城王氏	王士禛曾孫女
	高懿緒	畢氏	淄川畢氏	畢世瀣長女
	高作緒	畢氏	淄川畢氏	畢際有曾孫女、畢世泊之女
	高咸緒	畢氏	淄川畢氏	畢際有曾孫女、畢世泊之女
	高迪緒	畢氏	淄川畢氏	畢世演之女
	高任緒	張氏	淄川張氏	
十四	高貽壯	孫氏	益都孫氏	
十五	高西謀	畢氏	淄川畢氏	畢岱葵之女
	高章謀	畢氏	淄川畢氏	畢岱焞之女
	高遠遜	孫氏	益都孫氏	孫崇垣之女

新城王氏家族婚姻娶入表（六世至九世）

代　次	夫　名	妻　名	地域家族	姻親關係
六	王象乾	畢氏	淄川畢氏	
	王象賁	畢氏	淄川畢氏	
	王象震	畢氏	淄川畢氏	
	王象艮	畢氏	淄川畢氏	
	王象孚	孫氏	益都孫氏	
	王象益	孫氏	益都孫氏	
	王象恒	高氏	淄川高氏	
	王象龍	畢氏	淄川畢氏	
七	王與緯	畢氏	淄川畢氏	
	王與仁	趙氏	益都趙氏	
八	王士捷	畢氏	淄川畢氏	
	王士禧	趙氏	益都趙氏	
	王士祜	張氏	淄川張氏	張至發孫女、張泰孚之女
	王士楚	畢氏	淄川畢氏	
	王士攀	畢氏	淄川畢氏	
	王士雅	高氏	淄川高氏	高所蘊次女、高珩妹
	王士駴	王氏	新城王氏	畢際有長女
九	王啟渾	高氏	淄川高氏	高玶之女
	王啟宛	畢氏	淄川畢氏	
	王啟緣	畢氏	淄川畢氏	畢際有孫女、畢盛鎰次女
	王啟磊	孫氏	益都孫氏	
	王啟涫	畢氏	淄川畢氏	畢世持之妹
	王啟沆	高氏	淄川高氏	高珩之女

益都趙氏家族婚姻娶入表：（十世到十三世）

代　次	夫　名	妻　名	地域家族	姻親關係
十	趙進美	張氏	淄川張氏	張泰象之女
十一	趙作肅	王氏	新城王氏	王與敕季女、王士禛季妹
	趙作目	孫氏	益都孫氏	孫廷鍾之女、孫廷銓侄女
十二	趙晉璽	張氏	淄川張氏	張紞長女、張篤慶妹

	趙執桓	王氏	新城王氏	王士祜之女
	趙執信	孫氏	益都孫氏	孫廷銓孫女、孫寶仍次女
	趙執端	王氏	新城王氏	王士祜之女
	趙執夋	畢氏	淄川畢氏	畢際有孫女、畢盛鉅之女
	趙執提	高氏	淄川高氏	高之騧之女
	趙蔭宣	孫氏	益都孫氏	孫廷鐸之女
十三	趙澤普	孫氏	益都孫氏	孫寶仍之女
	趙憲	王氏	新城王氏	王啟深長女
	趙宓	畢氏	淄川畢氏	畢世沆之女
	趙戀	畢氏	淄川畢氏	畢世持之女
	趙恬	孫氏	益都孫氏	孫續廉次女
	趙悅	張氏	淄川張氏	張立功之女
	趙澤益	孫氏	益都孫氏	孫寶仁之女
	趙澤觀	孫氏	益都孫氏	孫寶信之女
	趙鵬程	孫氏	益都孫氏	孫續廉長女
	趙處訥	高氏	淄川高氏	高之騃之女
	趙愒	高氏	淄川高氏	高肇蕡之女

益都孫氏家族婚姻娶入表（九世至十二世）

代　次	夫　名	妻　名	地域家族	姻親關係
九	孫廷鑛	趙氏	益都趙氏	趙繼美之女
十	孫寶仍	王氏	新城王氏	王與階之女、王士禛從妹
	孫寶侗	高氏	淄川高氏	高珽之女
	孫寶修	畢氏	淄川畢氏	畢際有五女
十一	孫續端	趙氏	益都趙氏	趙作肅長女
	孫續厚	王氏	新城王氏	王士禛侄女
	孫續慎	趙氏	益都趙氏	趙作相之女
	孫嗣端	趙氏	益都趙氏	趙作股之女
	孫以寬	趙氏	益都趙氏	趙作耳之女
十二	孫維譓	畢氏	淄川畢氏	畢世泊之女
	孫維謙	畢氏	淄川畢氏	畢世泊之女
	孫維諲	趙氏	益都趙氏	趙執琯之女

	孫維詳	趙氏	益都趙氏	趙執珺之女
	孫維諒	趙氏	益都趙氏	趙執雁之女
	孫應中	趙氏	益都趙氏	趙愬之女
	孫慰中	趙氏	益都趙氏	趙蔭寬之女
	孫絡	趙氏	益都趙氏	趙執琦之女

淄川張氏家族婚姻娶入表（十一世至十四世）

代　次	夫　名	妻　名	地域家族	姻親關係
十一	張譜	高氏	淄川高氏	高所翔之女
	張綏	畢氏	淄川畢氏	畢際有三女
十二	張篤慶	高氏	淄川高氏	高珩季女
		續娶孫氏	益都孫氏	孫廷銓侄女、孫冰臣之女
	張淑慶	高氏	淄川高氏	高璟次女
	張方慶	孫氏	益都孫氏	孫廷鑛女
	張毓慶	畢氏	淄川畢氏	畢盛鎰長女
	張履慶	趙氏	益都趙氏	趙雙美之女
	張永祉	畢氏	淄川畢氏	畢木之女
	張本惇	孫氏	益都孫氏	孫祕予孫女
十三	張思祖	畢氏	淄川畢氏	畢世演之女
十四	張作賓	孫氏	益都孫氏	孫以寬之女
	張甲齡	畢氏	淄川畢氏	畢海樂之女

附錄四：趙進美年譜簡表

明神宗萬曆四十八年庚申（1620） 一歲

趙進美生於是年九月二十二日寅時。其先蒙陰人，始祖趙平徙益都顏神鎮。祖龍溪公趙課，贈中大夫、陝西布政使司參政。父曁垣公趙振業，明天啟乙丑進士，累官江南布政使司參議（趙執信《中大夫、福建提刑按察使司按察使先叔祖軸退趙公曁元配張淑人合葬行實》，以下簡稱《行實》）。

明熹宗天啟五年乙丑（1625） 六歲

父趙振業成進士，為邯鄲令。

天啟六年丙寅（1626） 七歲

從父宦遊，居邯鄲。

明思宗崇禎元年戊辰（1628） 九歲

始學帖括，喜讀古文辭。父振業縱之讀古人書，不專以帖括督促之。趙進美塾誦之餘，取古人舊作一二篇擬之，偶為其父振業所見，出以示客，咸大驚，稱「聖童」。（趙執信《行實》）

崇禎三年庚午（1630） 十一歲

父趙振業選授雲南道監察御史。

崇禎五年壬申（1632） 十三歲

與宋琬初遇於天壇道士舍中，宋琬時年十九歲。

崇禎六年癸酉（1633）　十四歲

補邑諸生。

崇禎七年甲戌（1634）　十五歲

父振業提舉應天學政，「抑囂浮以挽士習，崇純雅以正文體」。所試僅應天、太平、寧國三府以童子入泮者，如陳嘉善、徐明弼、唐稷、吳六一等十餘人，前後皆登甲科。（趙執信《行實》）

學大就，《左傳》、《史記》、兩漢、唐宋諸大家之文，皆能成誦。已窺堂奧，發為文章，塾師避席。

與諸城丁耀亢有詩作信札往來，交流切磋。丁耀亢作《山中酬次趙韞退來什》詩云：「春雲秘可把，之子未應知。山色能無共，天風空爾吹。懷孤冰雪靜，珮遠杜蘅遲。去去青泉峽，何由愜所思。」〔註1〕（丁耀亢《逍遙遊·故山遊》）

崇禎八年乙亥（1635）　十六歲

春，趙振業調任四川布政使司右參議、分守川北道。送父至句曲。

清明前後，作散曲套數《醉花陰·秋韆》及《粉蝶兒·清明遊》。自記云：「乙亥禁煙，溪上置秋韆各二。紅梁繞燕，畫板隨鶯，或獨豔矜高，或雙影並落。而彩繩天際，雕轂風餘，未識衣香，終疑霞散。則芊眠色映，駘蕩情深矣。漠漠蝶庵，仙仙柳幕，飲觴勸醉，勻楮求思。欲徵記豆之歌，聊擬騰魚之賦云爾。」〔註2〕（《清止詞餘》序）

與淄川高珩相晤於句曲署中，二人握手歡如。時高珩弱冠，趙進美才垂髫耳。對高珩言及孫廷銓，而高珩先於考卷中知孫廷銓、馮溥之名。一個月後，趙進美北歸，與高珩扁舟同榻、觴詠共之。（高珩《三君子序》）

仲秋，丁耀亢遊泰山。趙進美評丁耀亢《岱遊》詩曰：「遊岱者，應制體也。作遊山便非，遊東岱即東帝早朝也。作遊他岱便非，見此詩如見東岱。不見東岱，又未必見此詩也。雲氣蒼蒼，高深極矣。」〔註3〕（丁耀亢《岱遊》序）丁耀亢過青石關，因懷趙進美，賦詩《過青石關懷趙韞退》懷之。

〔註1〕〔清〕丁耀亢：《丁耀亢全集》，中州古籍出版社，1999年版，第674頁。
〔註2〕〔清〕趙進美：《清止閣集》，《山東文獻集成》（第2輯第29冊），山東大學出版社，2009年版，第679頁。
〔註3〕〔清〕丁耀亢：《丁耀亢全集》，中州古籍出版社，1999年版，第637頁。

崇禎九年丙子（1636） 十七歲

秋，與高珩候鄉試，遇孫廷銓、馮溥，四人握手相歡。是科，趙進美中丙子鄉試第一，遂名噪海內；高珩僅中副榜。（高珩《三君子序》）

父趙振業升湖廣按察使副使、分巡荊西道。

崇禎十年丁丑（1637） 十八歲

會試下第，淄川張至發為會試主考官。歸里，始婚於張氏。張氏，益都人總督宣大、兵部尚書張曉之孫，舉人張聯軫之女。後封恭人，贈淑人。靜默有閨德，十四歲適趙進美。（趙執信《行實》）

崇禎十一年戊寅（1638） 十九歲

合族人，為庭社。（趙進美《先兄崝伯墓誌銘》）

崇禎十二年己卯（1639） 二十歲

丁耀亢南遊，慕趙進美工於詞曲，以詞作《江南詩餘》寄之。〔註4〕中有《念奴嬌·揚州懷舊》一闋，趙進美評曰：「周美成《柳陰直》一闋，思致雅麗，復不失悲歌太息之意，讀之擊節。今又得此首。」〔註5〕（丁耀亢《逍遙遊·江南詩餘》）

隨父任居楚中。（高珩《三君子序》）

崇禎十三年庚辰（1640） 二十一歲

上元日，從楚中出發赴京會試，逾月雨雪載道。渡瀰水，涉漯水，過淇園，經鄴城，過盧溝。「時患多倉徨，誰知旅遊難」，感懷作《北征》組詩十六首。途經邯鄲，作《北征》其十二，自注：「邯鄲，大人舊治。」（《清止閣詩》卷上）

高珩、孫廷銓同赴京師會試。三月榜發，孫廷銓、趙進美成進士，高珩下第。趙進美中三甲第二百三十二名，桐城方以智中二甲第五十四名，太倉周鼎中二甲二十八名，祥符周亮工中三甲第一百二十八名，益都孫廷銓中三甲第一百五十名、孫景昌中三甲第一百九十五名，萊陽姜垓中三甲第二百二

〔註4〕丁耀亢《江南詩餘》紀曰：「余不解音律，每見吾友趙韞退、鍾一士工於詞曲，甚慕之。偶而效顰，後以寄韞退，遂漫以為當。然吹律無學，徒令周郎顧人。」

〔註5〕〔清〕丁耀亢：《丁耀亢全集》，中州古籍出版社，1999年版，第674頁。

十六名。(《明清進士題名碑錄索引》)

始授行人，奉使江西寧、益二藩府。

春，周鼎、孫廷銓過訪，有《周其章、孫枚先見過》詩。宿新城，與孫廷銓酬唱，有《次新城同孫枚先作》詩。從春到夏，數次過訪孫景昌、孫廷銓叔侄。

同徐乾君、方以智飲姜垓寓中，因與方以智次韻贈答，作《同徐乾君、方密之飲姜如須寓，次密之韻》，「慷慨能同語，從容聊授餐。」

同臨川揭重熙、華亭包爾庚、華亭章簡、方以智、清苑梁以樟宴集嘉善錢棟寓中，飲酒賦詩餞別。次日錢棟將赴留都盛京任職方郎，趙進美作《同揭萬年、包長明、章次弓、方密之、梁公狄，集錢仲馭寓賦贈，時仲馭將赴留都職方郎》二首，為其送別。

夏，京城大旱，田野涸殘，流亡遍布，作《對雨作》二首紀其事。酷夏，偶至水關，小憩於藥王廟柳樹下。(《偶至水關，暑甚，小憩藥廟柳下》)

返里，時山東亦大災。過濟南，有《過濟南見蝗災》詩紀其事：「侵畦禾色亂，出郭樹陰稀。指點農夫語，新蝗背日飛。」

返里後，與兄弟、子侄宴飲。

秋，過泰安，見「逃亡成大盜」；過濟寧、曹縣，「憂盜祝年豐」。山東境內，所見皆蕭瑟之景，病葉狼藉，污田斷嶺，而催科甚急，百姓貧病交加，作《途中雜感》八首詠歎。

冬，至安陸省覲，寄家書與兄趙繼美，報雙親皆健之事，作《使歸作書有懷家嵩伯》詩。

歲末，有書寄孫廷銓，並作《寄懷孫枚先》詩：「兵火相尋事漸非，神州北望驛書稀。」

臘日，作《臘日》詩。歲杪微雨，與徐章民夜談，作《臘盡微雨，同徐章民夜坐》詩：「遙愁家遠逼戎馬，漸覺年來重友朋。」

崇禎十四年辛巳（1641） 二十二歲

正月，李自成占河南，張獻忠占襄陽，作《聞寇歸襄城遽陷》詩：「吹笛久聽襄陽樂，飲馬休歌蜀道難。」

春，將赴安陸，作《將發雲中言懷》四首，紀中原荒歉、襄陽城陷事。

寒食節，渡長江，聞笛。登漢陽江天閣，思國事，「烽火春深何處斷，故

山宜製薜蘿衣」（《登漢陽江天閣》）。與劉謙甫唱酬，作詩《贈別劉謙甫》感慨時勢。

至黃州，經大石坡，過道士洑；泊潯陽、彭澤縣之馬當山；遇風，泊蓮花洲；以阻風，登東梁山；過采石磯，至金陵。

桐城吳子遠、方其義邀泛舟秦淮河，以將赴揚州，不果赴，賦《吳子遠、方直之邀泛秦淮，不果赴，復惠詩見留，舟發後和其韻》詩留別。

抵揚州，卜居，有《維揚卜寓》詩：「近看鄉國難成返，病寄託天涯須卜鄰。」泊瓜州，望京口諸山。寓揚州期間，與鄭元勳、王光魯、劉宜綏、周穎侯等人交往密切，並有結社雅集諸事。

宴集揚州鄭元勳影園，有《集鄭超宗影園得七虞》詩。微雨，與鄭元勳飲姜坂舟中。鄭元勳為趙進美《清止閣詞餘》題詞，謂：「趙子生於齊，而能取吳越而調之。無失亢，無失靡，殆不拘於方者歟。謂之大雅，復作可也。詩餘云乎哉？則詞苑諸賢，又當遜為領袖矣。」〔註6〕（《清止閣詞餘》序）

王光魯為趙進美雜劇《瑤臺夢》作序，自稱「邗水社弟」。趙進美作曾拜讀過王光魯的傳奇《想當然》，同意王光魯託名嘉、隆間人將此傳奇刊行於世。〔註7〕（《瑤臺夢》序）

有書寄兄趙繼美與孫景昌，《寄孫義侶》詩言明末社會現狀云：「他鄉豈必盡樂國，世亂未敢辭驅馳。」「千家開門城郭靜，縱橫白骨填路衢。」「飛蝗蔽天耕牛死，瘠地不得伸勤劬。」

孫廷銓將謁選北上，因作《孫介黃將謁選北上書以問之》慰問。秀水沈起將返鴛湖，賦《沈仲方將歸鴛湖作畫留別賦贈》留別。新建戴國士有詩相贈，作《贈戴初士同日納二姬》、《再贈戴初士並訂遊白門》詩以答。

將赴南京，贈別查繼佐，有《將赴白門留別查伊璜》詩。在南京與周穎侯、梁於涘酬唱，有《周穎侯以詩及佳染貽贈率賦奉答》、《集梁飲光齋中》詩。

旋回揚州，中秋同社諸子雅集，有詩贈文玉同、周穎侯、劉宜綏。重陽前二日，同沈起、黃雲、黎元寬、劉宜綏集平山堂之鑒樓，各有詩作。與黃雲次韻贈答，有《重陽前二日，沈仲方、黃仙裳招同黎左嚴、劉宜綏集平山堂》

〔註6〕〔清〕趙進美：《清止閣集》，《山東文獻集成》（第2輯第29冊），山東大學出版社，2009年版，第676頁。

〔註7〕王光魯在《瑤臺夢序》中曰：「余向有少作，託之嘉、隆間人，輒退謬以為可。」

詩。重陽，雅集陳氏山莊，分韻賦詩。過真州，留別鄭伯昆。寓居汪汝為余竹園，有詩贈汪汝為。宴集江開先之衍園，又同鄭元勳送別蘇啟先。

將去揚州，陳青雷、姜垓、劉宜綏同赴舟中，小酌送別，因有《予將去廣陵，陳青雷、姜如須、劉宜綏同赴舟中，言別小酌》詩。

崇禎十五年壬午（1642） 二十三歲

北上進京。早春，與孫景昌在旅舍夜談，有《旅邸與孫義侶夜談》詩。

從祀定陵，作《從祀定陵恭祀》詩。春遊臥佛寺，宿碧雲寺，同魏思令、郭全果夜坐池上小飲，有詩紀遊。遊京郊來青軒，「登臨多朗懷，渺渺復惆悵。」作《春懷》六首、《臥病四首》。

徂夏，效徐渭作詩《燕市五月歌》八首。有友人過，出而示之，無不捧腹，以此為娛樂也。（《燕市五月歌》序）

夏夜雨後，過丁耀亢雙河庵寓所小飲縱談，丁耀亢道其山居遇仙事，因作《過丁野鶴雙河庵，小飲縱談，並道其山中遇仙事》詩：「月出見二子，寂坐臨繩床。復置一尊酒，論舊心翱翔。」「交遊厭常士，仙鬼喜清狂。」〔註8〕又為丁耀亢《羅漢卷》題贊。

松江徐孚遠過訪，留飲，有詩贈之。題諸城丘石常《樹下美人圖》。

將返里，與卜介臣賦詩贈別。初秋，過青州，憶周穎侯有《青州道中》詩，因次韻和作。

里居，雨中游洗硯池，有詩紀遊。抱恙，病中閒吟；病後遊溪上，憶孫廷銓，次韻其見寄詩。冬日，過田家，觀稼畢，祝雞灑酒，有《田家冬日雜興並序》五首。冬遊黃紅峪，有《遊黃紅峪》詩；出獵，遊魯殿。

歲末大雪，與孫廷銓登顏神鎮敵樓夜坐，小飲賦詩，有《敵樓同孫介黃夜坐小飲作》四首。

崇禎十六年癸未（1643） 二十四歲

正月，過顏神鎮城東范公祠下之范泉，作《偶過范泉》詩：「艱難郭外意，珍重離亂身。」頗見離亂之感。初七日，與孫廷銓飲鎮城敵樓。早春，觀儺戲，有詩紀事。

〔註8〕〔清〕趙進美：《清止閣集》，《山東文獻集成》（第2輯第29冊），山東大學出版社，2009年版，第515頁。

上元日，賦詩答高珩見寄詩作。中有「舊緒愁中失，孤城亂後登。一丘堪避世，皂帽憶吾朋」之句。(《上元答高蕙佩見寄之作》)

寒食節後，送孫廷銓赴撫寧。秋，又有《寄孫介黃撫寧》詩相寄。

端午，悼亡弟趙萃美，作《端午日悼念亡弟歆叔》詩。

入秋，高珩有書至，書云「將買小舟北上，可飽看天津紫蟹矣」，進美作詩戲答。七月，高珩、高瑋上公車，有《送高鎮青蕙佩兄弟計偕北上，時予亦將赴闕》詩。

八月，北上進京，途中作《陽丘道中》、《歷下》、《濟水》、《禹城》、《桃園》、《德水》、《少年》、《景州》、《阜城》、《獻縣》、《河間》、《天雄》、《新城贈客》、《繩河》、《涿鹿》、《青樓》、《不寐》、《良鄉微雨》、《桑乾》、《機婦》、《帝城早秋》諸詩。

抵京師，寓居青州公館，與高珩相鄰而居。放榜後，高珩中式，兩人朝夕聚首(高珩《三君子序》)，有《徐暗公、李舒章、吳子遠、高蕙佩過雪鴻齋小飲作》、《飲高蕙佩邸中》、《答高蕙佩戲贈之作》諸詩酬唱。又與徐孚遠、李雯、吳子遠、鍾一士、馮薇圃、朱玉符、龔玉津、方以智諸公相唱酬，有詩紀事。

重陽日，謁茂陵，途經九龍池、翠屏山，有《重陽日詣茂陵因經九龍池翠屏山諸處》四首。

十月，齎詔南行。賦詩留別李雯、方以智、張中柱、桑笠雲等人。(高珩《三君子序》)

將赴江西，有書寄高珩，作《寄高蕙佩庶常，時予有豫章之役》二首。

初刻詩集《清止閣詩》二卷，前有查繼佐、吳子遠、李雯、方以智諸序。(《清止閣詩》自序)

便道歸里，宿般陽，高鎮青攜酒相過，劇談至夜分。渡淄水，謝碧玉攜酒餞別，有《渡淄水，謝碧玉攜酒相餞》詩。至臨朐，與馮溥談舊事，憶高珩、孫廷銓諸友，有《冶源喜逢馮孔博，談舊因憶高蕙佩、孫介黃》詩紀其事。

南行，途經蔣峪、穆陵關、高橋、東苑、琅琊、李家莊、郯城、宿遷，皆有詩紀事。

崇禎十七年甲申　清世祖順治元年（1644）　二十五歲

二月始至淮陰、寶應，於淮陰逢朱玉符，過舟中小飲，並過晤金繩陽。

花朝後途經高郵至揚州，盧長華招飲，吳鑒在、錢幼光過晤，吳子遠招飲，許香嚴、鄭琅軒、李盧山等酬唱。

寒食節到京口。清明前後至丹陽、常州、無錫，微雨遊惠山。後至吳門，在閶門與田孫若連舟敘談。又經松陵、嘉禾、崇德、武林、富陽、桐廬、嚴州、蘭陰、龍游縣到到江西上饒；四月後自涼水至興安；過弋陽、貴溪、金溪、臨川、進賢、南昌、吳城、南康、湖口縣、鱘魚鎮，有詩紀事。後至臨川，與張次巒、張恭錫、徐仲光贈答。

五月，清軍入京師，大順軍西走，福王朱由崧稱帝於南京，建元弘光。作《江上聞國難》四首，後又作《悲歌》四首、《秣陵》六首，抒發亡國之痛。

五月後至南昌，與戴初士、朱赤山、熊子文、沈旭輪雅集渡青閣賦詩，與沈方平、錢武山、劉九賦、熊南坡、劉世安、陳令君、曠白於等相攜遊、相唱和，均有詩作。期間賦詩寄懷高珩、孫廷銓，題曰《懷高蔥佩》、《懷孫介黃》。

夏，趙進美僑居金陵，遇馮金吾、劉嶧罏，有詩《贈馮金吾》、《初入都遇同鄉劉嶧罏》。

秋，與紀春曉、耿玄度同飲故人鄭琅軒齋中，有《雨夕同紀春曉、耿玄度飲鄭琅軒，時春曉將有浙行》詩。

冬日，閒居金陵，賦詩篇《閒居》四首、《歲晏二首》、《冬日擬古》五首。

父趙振業由山東巡撫與按察使推薦，起補山西按察使司僉事，管布政司參議事、督糧道。

順治二年乙酉（1645） 二十六歲

仍居金陵。人日，招客小飲；上元夜，同社諸子集張如祖宅；十六日夜，再同諸子集張如祖宅。花朝日，同社諸子集吉祥寺觀梅。上巳日，同耿玄度、李盧山、任貞野、孔儀之集雨花臺。寒食節，同丁右海、高雲岫、鄭琅軒、張伯光、馮殿公再雅集雨花臺。清明，同宋琬、任貞野、孔儀之、馮素生殿公父子、朱火西飲城南園中。均有詩紀事。

春，同耿玄度、李盧山、吳子遠飲烏龍潭；雨中同社諸子集玉樹堂；耿玄度、道子兄弟招同社諸子游半山園，登朝陽城門。均有詩紀遊。

與張椿齡、井玉章、張參前、湯金吾等人贈答，有《送張椿齡之華亭》、《送井玉章謫浙江臬幕》、《寄張參前太守》、《贈湯愚公金吾》諸詩。

五月，清軍破金陵，弘光朝亡。趙進美離金陵，與諸子贈別，有《留別丁右海》、《留別李廬山》、《別鄭琅軒》、《別孔儀之》、《將去金陵次劉憲石（正宗）老師見送韻》詩。

五月五日次句曲。經丹陽，留別同年許默庵。又與宋琬避地吳閶、嘉禾間吳村、蔣灣。

六月，清兵入吳江，趙進美轉徙久之。（趙執信《行實》）作《避地吳村十二首》、《吳村偶作》十二首、《木榻行贈宋玉叔》、《曲水庵同玉叔題》四首、《西塘六首》、《蔣灣六首》、《蔣灣秋懷》十首、《答宋玉叔亂定訊四首即依來韻》、《聞宋玉叔病，詩以問之》四首、《嘉禾二首》、《吳門二首》。「海內干戈今未休，吾曹落魄仍淹留。」（《木榻行贈宋玉叔》）宋琬亦有《曲水庵寓居次趙韞退韻》之作。

避地嘉禾時，墜水，幸得免；宋琬與其兄亦溺焉，幸而無恙。宋琬作《韞退嘉禾之變，墜水得免，未幾，家兄與余溺焉，亦幸無恙，作此志慨，並寄趙子》紀事。趙進美有暴客之警，宋琬寄《趙韞退有暴客之警走問三首》慰問。

中秋亂定後，作《王敬哉有〈喜韞退至〉之作見贈，促棹未及奉答舟中忽成一首》奉答王崇簡：「到時家國應全改，亂後期懷好共開。」（《南征草》）

雨阻常州，宗開先、吳子遠、陳青雷、李輔臣諸故人留作五日飲，有詩紀事。

亂定後歸里，會世祖章皇帝下詔，直省撫按薦舉地方人才，趙進美遂被舉薦於朝。冬，赴京任太常寺博士，高珩作《送韞退北上》五首贈別。時博士冷曹，無所短長，而趙進美負文章盛名，都門人士負笈從遊者甚眾。

四月，高珩始授內翰林院秘書院檢討。五月，充任明史纂修官。

孫廷銓擢吏部主事。父趙振業奉命督山西屯田糧餉。

順治三年丙戌（1646）　二十七歲

入京後，羈身簿祿，欲盡棄筆硯事。然「其間或迫於贈答，或觸於遊眺，或良辰入懷，或深居永念，楮墨在前，復不能自己。」（《燕市集》自序）

初春，遊慈仁寺，有《初春登慈仁寺閣》二首。

二月十二日花朝節，同曹溶、龔鼎孳、王崇簡、宋琬、李雯、張學曾、

朱虛等讌集，限韻賦詩，因作《春日過秋岳齋頭，限韻近體各一章，即席同賦》六首。龔鼎孳有《花朝同敬哉、韞退、玉叔、爾唯、舒章、岇庵社集秋岳齋限韻十體》，中有「三年故國已荒陵，二月清明正寒食。薄宦何須苦死留，曳車終日畏王侯」〔註9〕句。曹溶有《芝麓、舒章、爾唯、敬哉、玉叔、韞退過集分賦》詩：「燕麥凄然地，何令客子繁。」「鄙事勤余藝，微官誤一生。」〔註10〕高珩、孫廷銓、宋琬約遊韋公寺觀海棠，因事未赴約。清明，過孫廷銓齋，同宋琬贈答，有《清明過介黃齋中，同宋玉叔賦》、《同前分得二蕭》詩。

清明後，高珩請告歸里，因作《送高蕙佩歸里》詩，中有「此去但存新賦草，何妨高臥舊漁磯」；「不因張翰思歸興，空見江淹論隱書。名嶽自能留杖履，餘生惟幸有樵漁。」〔註11〕等句。

同年傅維鱗初授編修，進美寄書與傅維鱗其父傅永淳年伯。龔鼎孳南歸，作《送龔孝升奉常外艱南歸》二首送別。秋，孫廷銓任山西鄉試主考官，淄川沈潤任河南鄉試副主考，進美作詩《秋日有懷介黃使關西靜瀾使中州》懷此二人。

冬日感興，寄懷高珩，有《冬日感興兼寄蕙佩二首》詩寄與高珩。雪夜集孫廷銓齋中，聞琴賦詩，有《雪夜集介黃齋中聽絃索》。

充任順天鄉試同考官，取金鉉、李昌垣等六人，極畿甸之選。時龔鼎孳持文柄，舉薦趙進美。曾邀當時文士同賦古今各體詩，擊缽立成，趙進美擅場，眾人折服。（趙執信《行實》）

高珩赴京師，任內翰林秘書院檢討。

順治四年丁亥（1647） 二十八歲

初春，同宋琬、山陰張學曾、桐城姚文然、宋徵庚集曹溶齋，曹溶將南歸，分韻賦詩。有《初春同張爾唯宋玉叔姚若侯宋轅文集秋岳齋分韻，時秋岳將南歸》、《送秋岳還里》五首。送別王玉符使越，送趙介眉使閩，送宋徵庚歸華亭，送楊鼎臣還武鄉，有詩紀之。

四月十六日，趙進美家兄趙繼美卒，時趙進美守官京師，聞訃告，為位

〔註9〕〔清〕龔鼎孳：《定山堂詩集》，清光緒九年聖彝書屋刻本，卷十七。
〔註10〕〔清〕曹溶：《靜惕堂詩集》，清雍正三年刊本，卷十五。
〔註11〕〔清〕趙進美：《清止閣集》，《山東文獻集成》（第2輯第29冊），山東大學出版社，2009年版，第589頁。

而泣。(趙進美《先兄峭伯墓誌銘》)

夏，雨後晚涼，同孫廷銓、宋琬、孟津王鐸遊崇教寺，有《夏日，同介黃、玉叔陪王覺斯先生遊崇教寺》詩二首紀其事。宋琬暫假將歸萊陽，趙進美賦詩《送宋玉叔還萊陽》送別。

初秋，雨中游慈仁寺；雨後，同孫廷銓遊東壇，有詩《初秋雨後同孫介黃過東壇》三首、《積雨古槐》。

送益都鍾諤至新蔡，作《送鍾一士之新蔡》四首。哭門人趙元公；挽渭南知縣同年楊杏園；寄贈舊太平明府法君；送侄孫趙受介按蜀。冬日集梁眉居水堂。

淄川亂定後，有詩《寄慰高蔥佩，時淄川亂定》二首寄慰高珩。「遠夢青楓改，相悲白髮生。」「近郭揚雄宅，何妨更閉關。」〔註12〕

十二月，高珩入京補舊職，尋升國子監祭酒，寓居趙進美處。趙進美、高珩、孫廷銓、馮溥一時咸聚。復偕同里諸君子結社，數日一小聚，或閒日不面，輒走馬相訪。(高珩《三君子序》)

除夕夜，次李呈祥韻，有詩《除夜和李吉津》。高珩亦有酬唱詩：《和韞退早朝韻》、《除夕次韞退早朝韻》。

與丁耀亢結社。丁耀亢《書立地成佛劇後》自稱為「琅邪社弟子」，故知進美雜劇《立地成佛》最晚作於此年。

順治五年戊子（1648） 二十九歲

正月，用早朝韻和高珩，成詩《和蔥佩用前韻》。中有「近欲杜門成小隱，柴車漸喜往來疏。」「晚歲獨隨東郭履，故人時枉右軍書。」〔註13〕等句，似有隱逸之思。

初七日，同高珩遊後湖，小憩僧寺，晚集周寧章齋中，有詩二首。初八日，與高珩、孫廷銓諸社盟集於馮溥宅中，分韻賦詩，作《穀日集孔博宅分韻》。丁耀亢不邀爾至，作《過太常趙韞退與孫枚先考功、馮孔博太史夜集》。十三夜，同社諸子夜集。有詩：《十三夜雪中諸君見過》、《雪甚再呈諸君》、《快雪行酬介黃》、《十六夜得豪字》、《燈夕行》。高珩有《次韞退元宵韻》；馮

〔註12〕〔清〕趙進美：《清止閣集》，《山東文獻集成》（第2輯第29冊），山東大學出版社，2009年版，第595頁。

〔註13〕〔清〕趙進美：《清止閣集》，《山東文獻集成》（第2輯第29冊），山東大學出版社，2009年版，第597頁。

溥作《元宵前二日雪過趙韞退》三首。

挽金處士；送別馮尊尼；贈陳百史少宰；贈梁敷五；贈梁清標。

夏，同高珩、馮廷櫆、王穋遊城南池亭。送沉靜瀾至紹興；送王仙舟督江南水利；為李五弦題畫。

秋，丁耀亢與進美比鄰而居，有《世事柬趙韞退太常五首》；趙進美有詩《答丁野鶴鄰居見贈》三首相贈答。周清溪邀聽箏，有詩《周清溪席上聽箏歌》。

歲暮，王穋拔劍歌舞，賦詩《拔劍行贈王子》贈之，中有「古人失意孰可比，歲暮偃蹇風塵裏。嬴馬難過卿相門，敝裘常被市兒指。」〔註14〕同時抒發淹蹇之懷。

趙振業升江南布政司右參議，整飭廬州兵備道。

順治六年己丑（1649） 三十歲

春，同社諸子雅集陳念蓋宅，看海棠丁香，「移尊雨砌霑仍濕，繞樹風花落未稀」，有詩紀之。

春雨中，與宋琬、王崇簡、宋徵輿、張舉之等宴飲於慈仁寺，賞海棠花。宋琬有書《請同寅看海棠啟》邀之。趙進美有詩《雨中宋荔裳招飲慈仁寺看海棠》，王崇簡作《宋玉叔約同趙韞退、宋轅文、張舉之飲慈仁寺海棠下，分韻》。

四月初一，宋琬再招趙進美、丁耀亢、王崇簡、宋徵輿、米壽都、張舉之京城報國寺看海棠，分韻賦詩。「結伴尋春春已違，晚林風雨落紅稀」。丁耀亢賦詩《四月朔日宋玉叔招同王敬哉宋轅文米吉士張舉之趙韞退報國寺看海棠分韻》（丁耀亢《陸舫詩草》）

初夏，同王崇簡、馮溥、宋琬、宋徵庚作賦詩四首，題為《初夏雜感同王敬哉、馮孔博、宋玉叔、轅文作》。在京師送張芹沚督學山西；送翟義圖督學浙江；送鍾文子督學山左；寄書與將楚珍；題魯六真圖卷；賀劉正宗新宅築成，均有詩紀之。

夏，與孫廷銓、高珩、高瑋、馮溥、李呈祥、王穋、王稚昆等同社諸子游先農壇，對弈、分韻賦詩，作《夏日同諸子游先農壇》，中有「人世看棋過，

〔註14〕〔清〕趙進美：《清止閣集》，《山東文獻集成》（第 2 輯第 29 冊），山東大學出版社，2009 年版，第 602 頁。

－290－

浮雲抱膝吟。」孫廷銓作《夏杪集先農壇分賦》；高瑋作《韞退招飲先農壇次
原韻》；馮溥作《夏日同孫枚先高念東李吉津王稚昆趙韞退王子下集先農壇分
賦》三首。

七夕，集孫五粒新宅；慰問宋徵庾臥病；宿王膠齋夜談；為張幼量作古
劍歌；重九日，尋高珩、馮溥，皆出遊，不值；重九後一日，登慈仁寺閣。

秋，王崇簡招飲，永夜敘談，進美作詩《王敬哉招飲談舊醉歌》紀事：
「主人留客張明燭」「即如杯酒有聚散，詎知世事無反覆。」「四座同停杯不
飲，徒惜庭樹清霜空。」抒發世事無常之感。

送門人李長文編修使浙西；送馮溥使金陵；寄懷郝敏公；送孫廷銓使會
稽祭南鎮禹嶺、廣州祭海；送高珩典試江南；送張爾唯司庾清源。

順治七年庚寅（1650） 三十一歲

以才望被推薦為刑科給事中，為諫官，立言必本經術，集事動關典禮。
「凡有奏章，期於崇國體，行實政，不為矯激，不輕彈劾。」「北郊奉配及籍
田、祈穀諸大典，煌煌然一代禮文，」〔註15〕皆為趙進美所請也。（趙執信《行
實》）

有詩贈宮紫函；送門人邢式九任蘭陽知縣；送門人王嚴石任永春縣令；
送鍾諤赴汝寧任郡丞。

秋，送宋琬赴秦州任僉憲；送傅長雷赴臨清任憲副；冬，送寧德九出守
河南。

高珩遷秘書院侍講學士。

順治八年辛卯（1651） 三十二歲

閏二月，上疏《題為請行律例以重祥刑以廣皇仁事》，認為民命至重，務
必要過詳過慎。

春，過京師城南買園，「何地堪投轄，名園韋曲傍。」「壇樹浮窗進，城雲
接苑涼。」（《春日過城南賈園》）

四月，上疏《題為明經制以盡庶司之職定銓選以杜署官之弊事》，提議修
明往例，參酌時宜，裁舊典，成新制。

春日，憶益都故園，寄家書於趙濟美，有詩《春日憶秋谷園亭，寄家岐

〔註15〕〔清〕趙執信：《趙執信全集》，齊魯書社，1993 年版，第 486 頁。

叔》二首。「故園春最憶，小築傍溪湄。」「當杯仍悵望，應亦念離群。」寄託思鄉之情。(《燕市集》)

初夏，憶故園溪堂，與李天中次韻，有詩《初夏憶故園溪堂，次李天中原韻》。送蔣孝廉還嘉善；送薛行塢歸省；送張公選歸省；送尹憲甫赴檇李；為張鴻友題畫，有詩紀其事。

八月，上疏《題為嚴革蠹役以收澄清之實效事》以及《題為水荒接境可憫蠲賑務在實行伏祈敕部速議嚴飭以拯災黎事》，皆為有利於吏治民生之建議。

頒詔山西，自秋歷冬，「自燕而南，西曆晉之州郡，為裏者四千有奇。」「既寡登臨眺聽之美，復鮮友朋贈答之歡。」〔註16〕自作詩六十首，集為《西征草》。(《西征草》自序)

經天津，泊舟過寶華庵；德州送劉正宗師秦；登真定大悲閣；經獲鹿至太原；後至汾州、平陽、澤州、潞安。

仲冬，過謁山西趙振業生祠，祠傍居民出迎，老幼夾道，歡呼不絕。有詩《過晉陽家大人生祠》四首紀事。至汾州，微雪，同萬會中游朱滄起解脫園，有詩四首。遊義堂鎮，過仁義驛。至平陽，偶過范潞公自秦師歸，有詩二首。同范潞公、王大公遊龍祠；同轉運諸君登海光樓；同臥齋侍御遊野狐泉，有詩紀遊。

立春日，至潞安使院，有松竹之盛，有詩《潞安使院頗有松竹之盛，是日立春》紀之。

順治九年壬辰（1652） 三十三歲

正月，至邯鄲。上元日，又謁趙振業生祠，作《邯鄲過家大人生祠，贈諸茂才，是日上元》詩中懷其父：「隔代客驚今夕會，舊遊地比故鄉親。難忘少小趨庭日，絳帳聞經更幾人。」(《西征草》)

旋回都門，以羅漢卷舊稿贈予丁耀亢，丁耀亢家藏羅漢卷失去十年後，復得全卷。丁耀亢作《趙韞退給諫壬午題羅漢贊已不可得及得此卷韞退復以舊稿遺予遂成全卷》以及《家藏羅漢卷壬午失去十年壬辰得於都市排律》。(丁耀亢《陸舫詩草》)

六月初三日，上疏《題為重綸音以昭大信謹陳一得之愚仰佐治平事》，請

〔註16〕〔清〕趙進美：《清止閣集》，《山東文獻集成》（第2輯第29冊），山東大學出版社，2009年版，第613頁。

通滿漢文字之內院大臣同至御前，可杜蒙蔽錯謬之端。

十月初四日，上疏《題為請重銓司之選以清吏治之源事》，認為四司得人尤其重要，為吏治清明之源頭。

十一月二十四日，上疏《題為仰體皇仁敬陳末議以廣聖德事》，奏請表彰順治二年間抗清殉君之明臣，稱其「雖抗顏之罪無辭斧鉞，而授命之義不忝昔賢。」〔註17〕（《清止文草》卷八）

十二月二十五日，上疏《題為聖治方隆典禮宜備敬陳鄒堯之餘仰贊興朝之盛事》，奏請嚴祀事，考明典例，北郊大祀按禮奉配，以和民志。

順治十年癸巳（1653） 三十四歲

正月二十九日，上疏《題為保舉既奉明綸條例尤當詳議謹陳鄒論以備採擇事》，認為保舉誠係良規，奉行必當盡善。

三月，上疏《題為陳恤民之要廣皇仁以協天心事》，認為賦稅和刑獄是恤民的二要。提議將挪用賦稅的官吏罪狀公布於眾，此外，獄訟要速速勘結，不得仍前淹遲，致累民命。

四月，上疏《題為按臣溺職背公借私塞責謹據實直糾伏乞聖斷嚴加處分以信功令事》，揭露總督巡撫等官有蒙蔽專擅、縱兵害民、縱賊殺良等事。

趙進美遷戶科右給事中。閏六月，上疏《題為霖雨示災拯濟宜急祈敕部議以宣聖澤事》，奏請有司設法撫恤災民。

八月初二日，上疏《題為嚴越奉之法以明職掌以尊治體事》，認為通政司執掌封駁，應封進者，封進應駁回者出示駁回。

高珩升任吏部右侍郎兼內翰林國史院學士。孫廷銓遷戶部侍郎。

王象晉卒，進美為其撰《故中奉大夫浙江布政使司右布政司康宇王公墓誌銘》。

順治十一年甲午（1654） 三十五歲

二月，上疏《題為部差既定立法宜詳謹陳澄源之議仰請聖鑒嚴飭事》，奏請嚴加分別考核各官。

三月，上疏《題為請恤河決沖沒之地以普皇澤事》，奏請滿漢大臣設法賑

〔註17〕〔清〕趙進美：《清止閣集》，《山東文獻集成》（第 2 輯第 29 冊），山東大學出版社，2009 年版，第 832 頁。

濟，令哀鴻復集，漕運無梗。

三月，上疏《題為清查未報廢藩田產並乞敕部定各省徵輸畫一之制以裕國儲而均民力事》，奏請有司酌減歲租、量行修葺廢藩田。

三月初五日，上疏《奏為遵諭回奏事》。

四月，高珩轉任吏部左侍郎。九月，請假歸省，允之。

五月十五日，上疏《題為定部議之規以專責成以尊政體事》以及《題為敬陳督捕當詳之法仰請聖鑒飭行事》。

進美遷禮部左給事中。孫廷銓有《趙韞退初擢禮垣給事中賦贈》詩贈進美：「諫章明光出，風清海內聞。不難成意氣，慎勿近紛紜。墀柳春陰靜，宮槐晚綠分。掖門新句好，時為寄殷勤。」

六月初八日，奉命為湖廣鄉試主考官。（《清實錄》）出都，涿鹿道中遇雨；新樂渡河，投石佛寺，同徐莘叟夜談，作詩三首；七夕，宿某秀才別墅；過黃粱夢；宿邯鄲，有詩；鄴下有感作詩二首；宿泥溝驛；過淇水；宿滎澤；至新鄭，宿故相國高少師廢園，作詩二首；經許昌、蔡州至信陽、安陸，安陸者趙振業飭戎七年也。

至漢口，同張李二方伯、余大參、於憲副、張宮二少參、郜僉憲、徐莘叟登晴川閣；同徐莘叟、史林玉、礎中丞登黃鶴樓，有詩紀遊。

中秋後，主持湖廣鄉試，有《闈中作》二首。典試後至武昌，作《武昌雜感》十首。「人生貴令名，志士豈苦貧。披褐彼誰子，散髮行負薪。」「令名尚不希，富貴安足陳。」「悔不當盛年，努力事弓劍。」（《楚役草》）

同祖清洌、徐莘叟再登黃鶴樓。雨中飲梁朗公宅中，談舊。漢陽憶舊遊，同丘太守、鄒節推再登晴川閣，有詩。

武昌頻災，賦詩弔之；見江上大船小船載夠豆，有感作《夠豆行》。詩中有「自從烽火傳江邊，城中鬻女村鬻田。陸行負戴水舟楫，一束近欲值千錢。」等句，可備武昌詩史。

泊漢口，諸生攜酒相送；從漢口江行至金陵，作《江行》詩共十二首、《金陵懷古》詩四首。於金陵高座寺過訪無可上人，「虛壇日落留鳥語，修竹天寒出磬聲。問道萬緣皆不染，獨從元度見交情。」

冬，經真州江口至廣陵，再經高郵、寶應、淮安至宿遷，渡沂水，過蒙陰，歸里。

歲暮，里居遊孝泉，「十年困奔走，望遠意飛越。何當耕溪濱，放歌甘薇

蕨。」〔註18〕有歸隱之意。(《楚役草》) 飲趙濟美秋谷園亭；立春日，再飲秋谷園亭，有詩紀之。

順治十二年乙未（1655） 三十六歲

正月初七日，與兄弟子侄飲趙濟美秋谷園亭，賦詩《人日集園亭二首》、《春日過園亭》。

孫廷鐸讀趙進美近集，作《雨中讀韞退先生近集》：「積雨空齋雲不遊，對君佳什迥忘愁。玄暉字字溫如玉，靖節篇篇淡似秋。冰雪聰明裁尺素，中原風雅結綢繆。典型自足高今古，我願皈依第一流。」〔註19〕（孫廷鐸《嘉樹堂集》）

春，旋回京師。南宮放榜，臺臣有言趙進美以違例取士，又有沈姓考生為蜚語所侵事，趙進美抗疏，上《題為會闈屢致人言制科大典無色伏乞乾斷嚴格覆試以昭至公以定人心事》一疏，請嚴加覆試磨勘試卷，以定人心，疏中有「褻大典而惑眾聽」，「視科場為奇貨，誣詐騙赫之風恐未易息也」〔註20〕等語，頗犯嫌忌。（趙執信《行實》）

四月十五日，上疏《題為楚民困敝已久天恩軫恤宜先謹陳管見仰祈睿鑒採擇事》。

四月十七日，上疏《題為巡方關係甚重考選濫送可駭伏乞睿斷嚴飭以杜倖進而重大典事》。

八月，上疏《題為請定副榜坐監之期以示畫一事》。

秋，調任為江西按察使司副使、分巡湖西道。

順治十三年丙申（1656） 三十七歲

奉湖西之命，假道歸省。（趙進美《先兄崝伯墓誌銘》）經涿鹿，贈別許菊溪赴江南、王念蓼之榆林，有贈別詩二首。

從益都出發至江西，途經廣陵，閏月至端陽，真州觀競渡。夏，沿江西行，登鳩江天門山；過彭蠡，泊舟滕王閣感舊；過新淦；渡峽江，自峽江釣魚

〔註18〕〔清〕趙進美：《清止閣集》，《山東文獻集成》（第 2 輯第 29 冊），山東大學出版社，2009 年版，第 634 頁。

〔註19〕〔清〕孫廷鐸：《說研堂集》，民國二十一年顏山孫氏家藏本，卷一。

〔註20〕〔清〕趙進美：《清止閣集》，《山東文獻集成》（第 2 輯第 29 冊），山東大學出版社，2009 年版，第 853 頁。

臺，兩山環合、竹樹蒙蔚、瀑布乘岩，與韜谷韻互答，欣慨交日。

七月，奉命至郡，舟中望飛閣巍然，江流環繞乃白鷺洲也。簿書之暇，「或杜門謝謁，或徜徉山水，吟嘯自適，無幾微汲汲不自安之意。」〔註21〕（《白鷺草》序）至吉安，遊玄壇觀；與楊青岩同登白鷺洲，有詩紀遊。

出為江西按察使司副使，分巡湖西道。江右新附，山賊未靖。駐節吉安，所屬永豐，及臨江之新淦、峽江，贛之興國，為盜藪。經多方偵訪，「障彭蠡，戍湖口，行鳥道，奪俘獲，降逸盜，」〔註22〕禽叛將，得其主領，言之巡撫張朝璘。張公馳檄招之，解散賊眾。可知，清腰如趙進美者，轉戰麾兵，胸甲百萬。（田雯《中大夫福建提刑按察使司按察使清止趙公墓碑》，以下簡稱《墓碑》）

臘日，飲田心耕宅；觀雪於銅鼓營道中；宿圓通寺；登潯陽鎖江樓。歲暮，於南康守歲，作《南康登樓》詩。

順治十四年丁酉（1657）　三十八歲

訪吉安歸宗寺，遊玉泉瀑布簾，遊開先寺，過青玉峽；渡彭蠡。至饒州，居芝山書院；正月初七日，寄書於王樸齋。送筦汀上還朝，有詩三首。

龔鼎孳因「事涉滿漢，意為輕重」被貶謫，奉使廣東，途經江西吉安，過訪趙進美，贈詩《酬別趙韞退觀察》二首。談花朝社集曹溶齋中舊事，「華館繁星喧櫪馬，應劉宛雒已無多。」〔註23〕趙進美次韻，答為《御史大夫龔芝麓謫丞上林，于役東粵，過吉見訪，惠示二首，次韻奉答》。

春，雨中登白鷺洲閣；同李守、潘周二郡丞遊青原，有詩五首。韓聖秋齎詔過吉安，作詩留之。暮春，行清江，有書寄楊青岩；五日，同田方伯、許少參登白鷺洲閣，有詩紀之。夏，夜行禾江；舟中望梅田山；送田心耕赴閩；送李范林使鳳陽。

五月，整理舊時文集，作《清止文草序》。

高珩左遷大理寺少卿。暮秋，趙進美作《暮秋吉水舟中有懷高蕙佩奉常，予去國未幾，蕙佩亦以少宰學士左遷》。高珩次韻寄詩，作《次韻寄韞退》：「長沙太息得無同，誰念先朝補牘功。招隱山中歌綠桂，懷人江上夢青

〔註21〕〔清〕趙進美：《清止閣集》，《山東文獻集成》（第2輯第29冊），山東大學出版社，2009年版，第636頁。

〔註22〕〔清〕田雯：《古歡堂集》，文淵閣四庫全書本，卷三十二。

〔註23〕〔清〕龔鼎孳：《龔鼎孳詩》，廣陵書社，2006年，卷二十五。

楓。」〔註24〕詩中再次流露出了歸隱之志與故園之思。

冬，過蕭士瑋春浮園。至新喻、分宜，過嚴氏柱國、伯祿二坊；至袁
州，遊化成岩；登宜春臺；遊洪陽洞；送王樸齋赴都門。歲暮，登樓望螺山，
有感賦詩。

順治十五年戊戌（1658） 三十九歲

早春，庭花盛開，漫成詩句，有《閒日庭花盛開即物漫興》八首。登神岡
山，有詩二首。過青原，寺外有亭新成，寺外有鷓鴣嶺，山中有花名紫蝴蝶，
作《再過青園》詩八首。

四月孟夏，整理舊刻詩集《清止閣詩》二卷，始於崇禎十三年，止於崇
禎十六年，舊為二刻，前有查繼佐、吳子遠、李雯、方以智，均刪去不錄。並
於江西玉峽舟中撰序（《清止閣詩》自序），作詩《初夏江上》、《新淦道中》、
《孟夏漫興》四首以及《長日滿賦》。

夏，寄書札於孫廷銓，寄懷王樛。

六月季夏，酷暑，簿書之暇，「偃臥小樓，揮汗如洗，筆硯屏棄。午食後
無所有心，輒倦臥思寐。」〔註25〕戲作小令，每日作一首，風雨稍涼，即輟
不作，共得二十首，自署「鵝岩道人」。所作二十首詞分別為：《菩薩蠻·縫
裳》、《桃源憶故人·調鸚》、《山查子·吹簫》、《謁金門·澆花》、《少年遊·翻
書》、《醉落魄·望月》、《青門引·烹茗》、《山花子·曉妝》、《浣溪沙·學書》、
《憶漢月·調羹》、《甘草子·春遊》、《訴衷情·採蓮》、《謁金門·採蓮》、《望
江南·四時閨詞》四首、《少年遊·詠美人剖菱》、《雨中花·詠美人剖蓮》、
《浣溪沙·秋閨》，均為小令。

秋，送趙元康還都門；舟中得徐章民訃告；送佟匯白中丞移撫兩浙。

秋，王士禎寓居慈仁寺，得「宣和御墨枇杷圖」，趙進美有《為王貽上題
畫二首》其一：「數株最憶慈仁寺，隔斷長安十丈塵。閉戶青天明月下，夜深
風雨起龍鱗。」其二：「黃葉離離已滿叢，婆娑獨得伴幽翁。盡將萬壑煙霞色，
散入霜林五鬣風。」〔註26〕（《清止閣未刻詩》）

〔註24〕〔清〕高珩：《棲雲閣詩》，清康熙五十六年刻本，卷十五。
〔註25〕〔清〕趙進美：《清止閣集》，《山東文獻集成》（第2輯第29冊），山東大學
　　　　出版社，2009年版，第675頁。
〔註26〕〔清〕趙進美：《清止閣集》，《山東文獻集成》（第2輯第29冊），山東大學
　　　　出版社，2009年版，第755頁。

冬，同周伯衡遊白鷺洲，次韻贈答；宿安成使院；遊昌山渡亭子、水仙洞；至永新縣；宿荷山；送鍾青岩。

歲暮，觀雪於新淦、吉州，獨坐整理三年內近作詩歌，得一百三十餘首，錄為一卷，題曰「白鷺草」。(《白鷺草》序)

順治十六年己亥（1659） 四十歲

正月初八日，趙進美為近作詩集《白鷺草》作序。

上巳，遊荒園，「自宜稱小隱，未可厭深杯。」春，泛舟新淦；與戴彬極、吳賡庵、胡允大、許鶴沙酬唱。過玉峽；登天華山；寄書李在公；送高丞郡。賞庭花，有詩《庭花後詠》十首；同班華宇飲新亭。

秋，送羅約齋赴秦；寄書於宋琬。中秋日，無月，與好友查繼佐闊別十九年後重逢，二人共驚衰颯後，共憶亂離前，感慨良多，暢飲不休，作《中秋無月飲查伊璜感舊》。

妻張氏卒於吉安官署，年三十六。趙進美文集中稱其儉素不侈，非溢美之詞，不更立正室。(趙執信《行實》)

送堵誕異至漢上；出萬安縣；過惶恐灘；至皂口，同王顯之夜坐戍舍；寄書於彭禹峰；自永新趨敖城；宿廣福寺；至泰和縣；送胡寧白任衡州憲副。

臘月十七日，大雪，喜而作詩，「四年留滯逢今雪，歲暮江城慰索居。」「卻憶故園風景切，冰溪載酒出雙魚。」

除日，整理詩集，成《白鷺草二集》，並自序：「予既習吉，而吉之吏民亦信予之拙交相忘也。訟獄日簡，賓徒復稀，支枕高臥，懶僻踰於家食。」〔註27〕齋中有書數千卷，尋繹校閱以寄晨夕。

順治十七年庚子（1660） 四十一歲

春，次韻答王邁人；同李雲伯登白鷺洲閣；送別謝子言；送闊異望赴京；同曾逸庵遊西峰寺。

夏，王樸齋寄廬山雲霧茶、青筍，以詩二首贈答。暑日，登白鷺洲閣；至萬安。同陳元水、凌淵烈飲署齋，次韻奉答陳元水，「病憐詩絕俗，老覺筆如神。」送程培風至竟陵；送戴維烈還漢上；贈答李太虛。

〔註27〕〔清〕趙進美：《清止閣集》，《山東文獻集成》（第 2 輯第 29 冊），山東大學出版社，2009 年版，第 651 頁。

重九，雨中游青原山，聽南昌塗君彈琴，賦詩二首。拜謁青原山禪殿，作《凝翠亭記》。

在江西五年，積勞成疾。十月，轉廣東布政使司參政，分守左江道。孫寶仝作《送趙韞退年伯入覲事竣卻赴嶺南》六首。

冬，送王顯之赴毗陵；贈別鄧元固；過神岡山。

順治十八年辛丑（1661）　四十二歲

正月十七日，始南行，「舟中正月換春衣」；過泰和；晚行觀四山積雪；過十八灘；至贛州；南康寄書於江匯思；度庾嶺；至韶州，遊觀音岩、湞陽峽、清遠峽，有詩紀行。

二月至端州。甫至肇慶，防兵以缺餉大嘩，將為變。單騎赴兵營，諭以威信，終使士兵安定。（趙執信《行實》）

夏，登閱江樓；食荔枝，作《初食荔枝》、《食荔枝歌》、《食荔枝戲作》；遊羚羊峽、羚山寺；送鮑夏生赴秦桌便道歸省，有詩二首。

秋，再登閱江樓；閏月七夕後，寄書吉安張虎別；寄王邁人、周伯衡；寄贈張玄林。

寄信札於王士禛，題曰《寄王貽上》：「少年治郡出名家，橋畔簫聲對放衙。畫舫光搖胥浦月，襜帷香動蜀岡花。故園書近秋來雁，臥閣詩成晚上霞。舊跡千年重問訊，隋堤煙柳幾行斜。」〔註28〕（《江粵二歲草》）

趙進美為王士禛詩集作序，曰《題阮亭近集》：「詩文千秋之事，彼門戶相角，議論相勝，徒自苦耳。」〔註29〕（《清止文草·江粵續集》）王士禛對進美此論十分贊同，作詩寄懷進美，題曰《歲暮懷人絕句》，第十三首云：「風塵憔悴趙黃門，嶺表遷移役夢魂。昨見端州書一紙，說詩真欲到河源。」〔註30〕

遊七星岩，作《初遊七星岩》四首、《再遊七星岩》四首。中秋，雨中與金冶公同飲。八月，郭玄庵入京觀見，請偕不果。（《江粵二歲草》自序）

時，布政使空缺，當事者向朝廷舉薦進美，進美以父母年邁，力辭。（趙執信《行實》）有詩《舟行不寐》、《舟中偶成》。

〔註28〕〔清〕趙進美：《清止閣集》，《山東文獻集成》（第2輯第29冊），山東大學出版社，2009年版，第667頁。

〔註29〕〔清〕趙進美：《清止閣集》，《山東文獻集成》（第2輯第29冊），山東大學出版社，2009年版，第769頁。

〔註30〕〔清〕王士禛：《漁洋山人詩集》，清康熙八年沂泳堂刻本，卷十二。

除夕前八日，赴端州，贈別侯公言；晝夜馳駕七十日，始至山左益都顏神鎮。途中傚仿杜詩賦成詩篇《述征詩十八首》。

清聖祖康熙元年壬寅（1662）　四十三歲

歸里途中，至泰和遇施閏章夜談，贈答次韻《泰和遇施愚山少參夜談，惠詩見贈，次韻奉答》。施閏章作詩贈趙進美，《西昌舟次值趙韞退大參粵還》：「舊日題詩高閣在，繫舟那惜一銜杯。」〔註31〕誦趙進美「嶺南」詩歌，有作《江行遇趙韞退副使北歸，誦其〈嶺南集〉有作》：「臨觴歎寡歡，解纜苦別促。」〔註32〕

進美以齎萬壽表北歸，而左江道亦隨之裁去。三月，便道始歸家。「久客變鄉音，入門童稚猜。」（《述征詩》其十八）春遊賞桃花，作《春江曲》二首。

將赴都門，過訪孫廷銓，一宿而別，時孫廷銓省親歸里。孫廷銓作《趙韞退大參自嶺南入覲道過里門一宿而別送之》二首為之送別。

三月十六日，王士禛《漁洋山人詩集》十七卷竣刻，前列趙進美序。

秋，遙和王士禛紅橋唱和詩八首，題曰《秋日王貽上節推拈遊紅橋八首》。

整理兩年間所作詩，合為一卷，題曰《江粵二歲草》。

十月二十一日，侄孫趙執信生於益都之顏神鎮。

康熙二年癸卯（1663）　四十四歲

孫廷銓拜秘書院大學士。

康熙三年甲辰（1664）　四十五歲

始里居，養親者五年。

五月，與高珩、唐夢賚、王㟙等議同遊嶗山，高珩旋奉部檄還朝候補宗人府丞，遊不果。

康熙四年乙巳（1665）　四十六歲

起補陝西布政使司參政，分守關西道，駐鳳翔。鳳翔有蘇公東湖，為「八

〔註31〕〔清〕施閏章：《施閏章詩》卷四十七，廣陵書社，2006年，卷四十七。
〔註32〕〔清〕施閏章：《施閏章詩》卷四十七，廣陵書社，2006年，卷七。

「觀」之一。嘯詠其間，專務與民休息，無所興除。

夏，丁耀亢侯進美不遇，賦詩《途次侯趙韞退不遇》有感：「回首京華付夢思，訂交常憶少年時。文章識面知君早，仕路逃名笑我奇。」〔註33〕

十二月，好友王𥜴卒。

康熙六年丁未（1667） 四十八歲

里居侍奉雙親。

春，馮溥充任會試主考官。建育嬰會、萬柳堂。

孫廷銓為趙振業八旬作壽序，題為《壽趙太公暨垣先生八旬雙壽序》：「韞退夤悟，有聲名，能文，時時道其家法，則予益習其家。既予行作吏，韞退亦省覲入楚，還為大行，每有書間往來，得悉先生起居，且道及治狀，則予又益習其官。」〔註34〕

康熙七年戊申（1668） 四十九歲

里居養親。

高珩奉命祭告神農、虞帝二陵，歸後自號紫霞道人。

康熙九年庚戌（1670） 五十一歲

六月二十四日未時，母李淑人卒，得壽八十有一。有子七人：長子趙繼美，廩生，娶益都宋復楊之女，繼娶淄川張至發子張泰象之女；次子趙雙美，拔貢生，娶益都翟承英之女；三子趙仲美，廩例監生，娶泰安安泰來之女；四子趙進美；五子趙萃美，庠生，娶益都馮可賓之女；六子趙元美，廩生，娶淄川王鼇永之女，庶母方孺人出；七子趙凱美，增廣生，娶萊蕪李盛枝之女，繼娶益都翟鳳翀之子翟元會之女，庶母孔孺人出。有女二人：長女，適益都翟和鸞；次女，適益都董有章。（趙進美《先考中大夫暨先妣李大淑人合葬行實》）

康熙十年辛亥（1671） 五十二歲

八月十一日子時，父趙振業卒，得壽八十有四。先後遭父母喪，居喪盡禮，族黨稱之。

〔註33〕〔清〕丁耀亢：《丁耀亢全集》，中州古籍出版社，1999年版，第454頁。
〔註34〕〔清〕孫廷銓：《沚亭刪定文集》，清康熙十七年慕天顏刻本，卷下。

康熙十一年壬子（1672） 五十三歲

居里服喪。

高珩辭官歸里，孫廷銓因不滿鼇拜專政致仕，二人在城南佛院暢飲。高珩歸里後，於淄川城東門外菜圃，築「載酒堂」三楹。

康熙十三年甲寅（1674） 五十五歲

九月，孫廷銓卒。

吳三桂抵制撤藩，在雲南舉兵叛變，福建、廣東等地相繼煽動。趙進美慨然曰：「此豈臣子避險辭難時耶！」義不避難，乃赴部補江南江鎮道，改浙江杭嚴道。嚴、衢方用兵，趙進美束裝不顧。及其至，則已題補他人矣。

康熙十四年乙卯（1675） 五十六歲

侄孫趙執信成秀才。

康熙十六年丁巳（1677） 五十八歲

進美改河南布政使司參政，分守河北道。時大兵四出，彰、衛、懷三郡當其衝，供給倉卒，趙進美多方措置，民不知擾。（趙執信《行實》）

康熙十七年戊午（1678） 五十九歲

詔舉博學鴻儒，內閣首薦趙進美，徵詣闕，趙進美恥與後進爭名，卒報罷。既還河北，清靜寧一，有人以利弊為請，趙進美笑而不答。巡撫董國興尊重趙進美，始終稱其為先輩。安陽民有受偽劄者，事發後株連甚眾，趙進美當其首罪，委曲開釋，救活三百餘人性命。

田雯詔試博學鴻詞，趙進美與其相識於京師鐵鸛巷。曾與田雯論詩論詩曰：「詩之合者，於宋得嚴滄浪，明得徐昌谷、王元美。昌穀深造，然所自為不愧其言者，十可五六焉；若元美，可三四耳。夫格律嚴，則境地狹；擬議盛，則性情薄；作者病之。至於放意背馳，侏儒嘈濫，以棘晦為超詣，以疏佻為亮節，又下不足道矣。或者雌黃異調，訕誅先招，是未履門閾，而歷數麴室之藏也。陶謝不必為潘陸，李杜不必為王駱，君子泯其同而慎其異，斯可矣。」〔註35〕（田雯《墓碑》）

趙執信舉鄉試第二名。趙執信詔舉博學鴻詞科，山東舉十四人。（《山東

〔註35〕〔清〕田雯：《古歡堂集》，文淵閣四庫全書本，卷三十二。

通志・選舉志》）

十二月，馮溥七十壽辰，門人及友人相聚慶賀。進美請華陰王弘撰為馮溥作賀壽之文，王弘撰作《與趙韞退大參書》婉拒了趙進美的美意。

康熙十八年己未（1679） 六十歲

馮溥位會試主考官，趙執信成進士。

康熙十九年庚申（1680） 六十一歲

趙執信選翰林院庶吉士。

十月二十三日，高珩以老乞休。

康熙二十年辛酉（1681） 六十二歲

巡撫董國興特具奏，囑託趙進美主持河南武鄉試。

趙執信散館，授翰林院編修。

康熙二十一年壬戌（1682） 六十三歲

再齎萬壽表入都，趙執信時為史官。

由九卿舉薦，進美擢福建提刑按察使。福建經歷叛亂後，牢獄甚多，案牘積累如山。趙進美晝夜審訊，手定獄詞，經三月而囹圄一空，獄無冤濫，眾人稱其神明，護巡撫篆「寬大有體」。（王士禎《墓誌銘》）有人勸其非刑法名家，不必自尋勞苦。進美謂：「自我先大夫從政三十年，未嘗假手於人。余亦歷數政，豈以垂老倦勤乎？」總督姚公方取臺灣，或為妖書，言鄭氏當滅事。姚公欲奏之，趙進美辨其偽。姚公嘉歎，謂為老成典型，每事諮詢。（趙執信《行實》）

康熙二十三年甲子（1684） 六十五歲

引年致仕歸里。在益都城東秋谷治園亭，曰「怡園」，丘壑勝絕，泉水繞舍下，幅巾藜杖，嘯詠其間八年。「陶穴為鄰，無非桑柘瓦鼎；茅齋長物，蕭然酒劑琴材。」〔註36〕並自作《怡園記》以寄志趣。

好施濟，里中大饑，以粥濟饑者，以衣贈寒者，以棺槨予亡者。顏神鎮之寺廟、橋樑、道路，修葺無虛日，負貸者則折券無算。

〔註36〕〔清〕田雯：《古歡堂集》，文淵閣四庫全書本，卷三十二。

康熙二十四年乙丑（1685）　六十六歲

六月十四日，王士禛祭告南海北歸，過益都顏神鎮，食於孫廷銓府第，進美與其兄趙雙美來晤，是晚王士禛宿於進美之宅邸。

康熙二十五年丙寅（1686）　六十七歲

趙執信遷右春坊右贊善，兼翰林院檢討，充任《明史》纂修官。

康熙二十七年戊辰（1688）　六十九歲

進美仲兄趙雙美卒。

康熙二十八年己巳（1689）　七十歲

秋，趙執信以「國恤」中觀演《長生殿》事，為禮科給事中黃六鴻彈劾，被罷官返里。親族姍笑，或以時勢相加。進美待之彌厚，事必與議，宴遊必招，有甘鮮必使嘗之。進美病中湯藥，非趙執信言不服也。（趙執信《行實》）

康熙三十一年壬申（1692）　七十三歲

十二月，進美卒，年七十三歲。王士禛為撰《誥授中大夫、福建提刑按察使司清止趙公墓誌銘》，評進美詩歌云：「公少為詩，清真絕俗，得王、孟之趣。使江西時，尤刻意二謝。……丁明末造，多悲天憫人之思，顧盼跌宕，不主故常，有邯鄲生天人之歎。丙戌後官京師，……一變而高華尚聲調。然《梨花》、《楓葉》諸篇，風致不減青邱、海叟。《使楚》一集，尤為藝林所貴重。」〔註37〕

〔註37〕〔清〕趙進美：《清止閣集》，《山東文獻集成》（第 2 輯第 29 冊），山東大學出版社，2009 年版，第 820 頁。